T0278331

ABEJAS Y TRUENOS LEJANOS

ABEJAS Y TRUENOS LEJANOS

Riku Onda

Traducción de Carla Bataller Estruch

Ọ Plata

Argentina • Chile • Colombia • España
Estados Unidos • México • Perú • Uruguay

Título original: *Mitsubachi to Enrai*
Editor original: Gentosha Inc Publishers
Traducción: Carla Bataller Estruch

1.ª edición: julio 2023

ISBN: 978-84-92919-32-1
E-ISBN: 978-84-19497-62-8
Depósito legal: B-9.712-2023

Fotocomposición: Ediciones Urano, S.A.U.
Impreso por: Rodesa, S.A. – Polígono Industrial San Miguel
Parcelas E7-E8 – 31132 Villatuerta (Navarra)

Impreso en España – *Printed in Spain*

PARTICIPANTES

MELODÍA

¿De cuándo era ese recuerdo? No lo sé.

Acababa de aprender a andar, así que no podría ser más que un bebé. Eso sí que lo sé.

La luz del sol brillaba lejana y cubría el mundo con su resplandor: frío, desapasionado, incansable.

En ese momento, para mí el mundo parecía reluciente, infinito, siempre temblando y oscilando, un lugar sublime y, al mismo tiempo, terrorífico.

Percibí una tenue fragancia dulce mezclada con el olor intenso a vegetación que solo se encuentra en la naturaleza.

Soplaba una suave brisa.

Mi cuerpo estaba arropado en un murmullo, apacible y refrescante. Aún no sabía que ese era el sonido de las hojas en los árboles que susurraban y se rozaban entre sí.

Pero había algo más.

Veía en el aire una forma densa y vivaz que cambiaba de un momento a otro, se volvía pequeña y luego más grande, pequeña y grande, sin cesar de transformarse.

Aún era demasiado joven como para decir «mamá» o «papá» y, aun así, sentí que ya buscaba un modo de expresar algo.

Tenía las palabras en la garganta, justo a mi alcance.

Pero, antes, empezó a aflorar otro sonido que captó mi atención.

Como un chaparrón repentino.

Era poderoso, brillante.

Algo (una ola, una vibración) se expandió.

Mientras escuchaba con fascinación, sentí que todo mi ser se sumergía en aquello y una paz se acomodaba en mi corazón.

Si pudiera experimentar ese instante de nuevo, lo describiría como el sonido extraordinario de un enjambre de abejas zumbando en la cima de una colina.

¡Una música sublime y magistral que colmaba el mundo!

PRELUDIO

El joven se dio la vuelta en el cruce con un sobresalto.

Pero no porque le había pitado un coche.

Se hallaba en medio de una gran metrópolis.

La ciudad cosmopolita en el centro de Europa, el primer destino turístico del mundo.

Había viandantes de todas las nacionalidades, formas y tamaños. Un mosaico de distintas etnias llenaba las aceras, una mezcolanza de idiomas subía y bajaba como olas en el mar.

Ese chico que, al detenerse de repente, había alterado el oleaje de transeúntes que fluía a su alrededor, era de estatura media, pero daba la impresión de que pronto crecería más. Aparentaba catorce años, quince quizá, y era la viva imagen de la joven inocencia.

Llevaba gorra, pantalones de algodón y una camiseta de color caqui, junto con un ligero abrigo beis. Una bolsa de tela extragrande le atravesaba en diagonal los hombros. A primera vista, parecía un adolescente normal y corriente, pero había algo extrañamente libre y fácil en él.

Bajo la gorra, lucía un atractivo rostro asiático, pero sus llamativos ojos y su piel blanca le hacían parecer, en cierto sentido, apátrida.

Miraba hacia arriba.

Sin prestar atención al tráfico, sus ojos sosegados observaban un punto fijo.

Un niño rubio que pasaba con su madre siguió la mirada del joven hacia arriba, hasta que la madre tiró de su mano y lo arrastró al otro lado del cruce. El niño echó un vistazo anhelante hacia el joven de la gorra marrón oscuro, antes de ceder con docilidad y seguir a su progenitora.

El joven, inmóvil en medio del paso de peatones, se dio cuenta al fin de que el semáforo había cambiado y se apresuró a cruzar al otro lado.

No cabía duda, había oído algo.

Mientras se ajustaba la bolsa sobre el pecho, reflexionó acerca del sonido que había oído en el paso de cebra.

El zumbido de las abejas.

Un sonido que conocía desde niño, un sonido que nunca confundiría con otro.

¿A lo mejor habían llegado volando desde el ayuntamiento?

Echó un vistazo a su alrededor, con ojos inquisitivos, y cuando vio el gran reloj de la esquina se percató de que llegaría tarde.

No puedo faltar a mi promesa, se dijo.

El joven se bajó la gorra y echó a correr con paso ágil y flexible.

Mieko Saga estaba acostumbrada a ser paciente, aunque se dio cuenta con un sobresalto de que estaba a punto de quedarse dormida.

Miró a su alrededor, sin saber dónde se hallaba, pero cuando vio el piano de cola y la joven que lo tocaba, supo que debía estar en París.

La experiencia le había enseñado que no debía sentarse de repente ni examinar su entorno. Hazlo y la gente sabrá que has estado dormitando. El truco estaba en llevarte una mano con cuidado a la sien, como si escucharas con atención, y luego removerte un poco en el asiento, como si te hubieras cansado de estar en la misma postura tanto tiempo.

Sin embargo, Mieko no era la única a la que le costaba mantenerse despierta. Sabía a ciencia cierta que los otros profesores de música sentirían exactamente lo mismo. Alan Simon, a su lado, era un fumador empedernido, y pasar tanto rato sin su dosis de nicotina mientras escuchaba unas actuaciones terriblemente aburridas lo estaría volviendo loco. Muy pronto le empezarían a temblar los dedos.

Al otro lado, sabía que Sergei Smirnoff, con el rostro avinagrado, apoyaba su corpachón en la mesa, sin mover ni un músculo, aunque estaría pensando en el momento en que todo acabaría y lo liberarían para ir al bar a por vodka.

Mieko coincidía con ellos. Le encantaba la música, pero también la vida y todos sus placeres, tabaco y alcohol incluidos. Lo único que quería era que la liberasen de ese proceso tan doloroso para que, los tres juntos, pudieran ir a por una copa y cotillear.

Se celebraban audiciones en cinco ciudades de todo el mundo: en Moscú, París, Milán, Nueva York y en la ciudad japonesa de Yoshigae. Aparte de Yoshigae, todas las audiciones tenían lugar en los auditorios de conservatorios de renombre.

Mieko conocía las quejas sobre ella y los otros dos jueces que habían seleccionado para las audiciones de París y, de hecho, cada uno había manipulado ciertos hilos entre bambalinas para asegurarse de que los tres acabasen supervisando esas audiciones. El resto de jueces los consideraban como los chicos malos, porque les encantaba beber y siempre estaban listos para soltar un comentario mordaz.

Aun así, se enorgullecían de tener oído para la música. Quizá su comportamiento no fuera el mejor, pero se habían ganado una reputación por detectar originalidad. Si alguien iba a descubrir un nuevo gran nombre entre las personas a las que en un principio habían rechazado, serían ellos. De eso estaban muy seguros.

Pero hasta ellos empezaban a perder la concentración en ese momento.

Un rato antes, se habían presentado un par de pianistas que parecían prometedores, pero las actuaciones posteriores habían frustrado las esperanzas de Mieko.

Lo que buscaban era una *estrella*.

En total había veinticinco candidatos. Ahora iban por la número quince y faltaban diez. Mieko se sentía un poco mareada. A esas alturas, siempre le cruzaba por la mente el mismo pensamiento: ser jueza era una nueva forma de tortura.

Mientras escuchaba las permutaciones sin fin de Bach, Mozart, Chopin, Bach, Mozart, Beethoven, se sintió desvanecer.

En cuanto un pianista comenzaba a tocar, sabía de inmediato si poseía esa chispa especial. Algunos de sus colegas se vanagloriaban de que podían saberlo en cuanto el músico pisaba el escenario. De hecho, algunos pianistas jóvenes poseían incluso cierta aura y, aunque no fuera el caso, resultaba fácil determinar en los primeros minutos la calidad de su música. Dormirse era descortés e insensible, pero si un músico no podía mantener la atención de una jueza que había desarrollado una paciencia infinita, ese pianista tampoco establecería lazos con los fans habituales.

Al fin y al cabo, nunca ocurría un milagro.

Mieko estaba segura de que los otros dos jueces pensaban lo mismo.

El Concurso Internacional de Piano de Yoshigae se celebraba cada tres años, y esa era la sexta edición. En los últimos años, la reputación del certamen había crecido. Los ganadores luego recogían premios en competiciones más famosas. Yoshigae había adquirido la reputación de gran acontecimiento para talentos emergentes.

El ganador del último Yoshigae, de hecho, no había pasado la primera fase de la solicitud. Así pues, era natural que hubiera grandes esperanzas para las audiciones actuales, ya que los participantes conocían la historia a lo Cenicienta de la última edición.

Pero incluso ese ganador procedía de una escuela de música famosa y solo habían rechazado su solicitud por ser demasiado joven para conseguir la experiencia que se pedía de otras competiciones. La realidad era que en pocas ocasiones se producía una brecha tan grande entre la solicitud y la habilidad auténtica del pianista. Si una persona, desde temprana edad, había destacado por su práctica diligente y había tenido un profesor de renombre, entonces ascendería a la fama. La verdad era que si alguien no podía soportar ese tipo de vida, nunca llegaría a ser un pianista destacado. Era imposible que una persona desconocida apareciera de repente y se convirtiera en una estrella. De vez en cuando, aparecía el mejor alumno de un veterano de la escena musical, pero su educación consentida solo le dificultaba su abandono del nido. Un concertista debía poseer nervios de acero. La presión de tantas competiciones exigía una fuerza física y mental enorme y, sin esas cualidades, nadie sobrevivía a las giras machacantes de un pianista profesional.

Aun así, decenas de jóvenes rebosantes de esperanza comparecían ante el piano y no parecían tener fin.

El requisito mínimo era tener buena técnica, e incluso entonces no había ninguna garantía de que alguien se pudiera convertir en un músico de verdad. Eso no significaba, ni siquiera para los profesionales, que su carrera fuera a durar. ¿Cuántas horas habían dedicado a trabajar sobre las teclas en la boca de ese terrorífico monstruo de color negro, tras renunciar a los placeres de la infancia, tras cargar con todas las esperanzas y expectativas de sus padres? Todos soñaban con que un día podrían recibir un aplauso atronador.

«Tu profesión y la mía tienen muchas cosas en común». Mieko recordó las palabras de Mayumi.

Mayumi Ikai era una amiga del instituto que se había convertido en una popular escritora de misterio. Como había crecido sobre todo en el extranjero, Mieko solo había pasado cuatro años de su infancia en Japón, y Mayumi era una de sus escasas amigas. Por la carrera diplomática de su padre, Mieko había viajado entre Europa y Sudamérica, con lo que no había encajado bien en Japón, donde se premiaba la homogeneidad por encima de todo. Solo había trabado amistad con personas solitarias como Mayumi. Incluso ahora quedaban de vez en cuando para tomarse una copa, y Mayumi comparaba el mundo literario con el de la música clásica.

—Se parecen mucho, ¿verdad? —dijo en una ocasión—. Vosotros tenéis demasiados concursos de piano y nosotros tenemos demasiados premios literarios para nuevos escritores. Ves a la misma gente presentarse a esos concursos una y otra vez, para conseguir prestigio, y lo mismo ocurre con todos esos premios en literatura. En los dos ámbitos, solo un puñado de personas son capaces de ganarse la vida con ello. Hay toneladas de escritores que ansían que la gente lea sus libros, toneladas de pianistas que ansían que la gente les escuche, pero los dos ámbitos están en declive, el número de lectores y de asistentes a conciertos decae cada vez más.

Mieko se obligó a sonreír. Sí que era cierto que los seguidores de la música clásica envejecían en todo el mundo; la tarea desalentadora de la profesión era atraer, de algún modo, a un público más joven.

Mayumi siguió hablando.

—En ambos casos, también golpeamos un teclado y existe la concepción, en la superficie, de que ambas profesiones parecen elegantes. Lo único que la gente ve es el producto final, al pulido pianista sobre el escenario, pero, para llegar hasta ahí, hemos tenido que pasar una infinidad de horas discretamente escondidos.

—Cierto —coincidió Mieko—. Las dos nos pasamos horas aporreando nuestros respectivos teclados.

—Y por eso —dijo Mayumi—, las dos profesiones tienen que expandir sus horizontes de forma constante y traer sangre nueva, o nos quedaremos sin líderes. El pastel se hundirá también. Y por ese motivo no dejamos de buscar una nueva cara.

—Pero el coste es distinto —replicó Mieko—. Tú no necesitas dinero para empezar a escribir novelas, pero ¿sabes cuánto han invertido los músicos?

Mayumi fue comprensiva. Asintió y se puso a contar con los dedos.

—Está el precio del instrumento, las partituras, las clases. El coste de los recitales, flores, ropa. Los gastos de viaje, si estudias en el extranjero. Y... ¿qué más?

—En algunos casos, hay que pagar el alquiler del auditorio y del personal. Si sacas un CD, a veces también lo pagas. Luego también están los folletos y la publicidad.

—No es una profesión para gente pobre. —Mayumi se estremeció y Mieko sonrió—. Pero hay una parte importante, ¿eh?, y es que lo tenéis más fácil. La música se entiende en todo el mundo. No hay una barrera lingüística. Todo el mundo puede compartir las mismas emociones. Los escritores tenemos la barrera del idioma, y por eso envidio a los músicos, por la universalidad del idioma y la emoción.

—Tienes razón —dijo Mieko con un encogimiento de hombros.

No era algo que se pudiera explicar con palabras. Pocas veces valía la pena invertir tanto tiempo y dinero, pero, en cuanto vivías ese *momento especial,* sentías una alegría que borraba todas las penas por las que habías pasado para llegar ahí.

Todos y cada uno de nosotros buscamos lo mismo: ansiamos, anhelamos ese momento mágico.

Quedaban cinco dosieres.

Cinco pianistas más.

Mieko había empezado a considerar a cuál de los participantes iba a dejar pasar. A partir de lo que había oído, solo había una persona a la que se sentía cómoda aprobando. Y había otra que, si los otros jueces la recomendaban, también podía pasar. Nadie más estaba al nivel que ella buscaba.

Lo que siempre la desconcertaba a esas alturas era la cuestión del orden de los participantes. Al principio, podía pensar que un pianista había hecho un buen trabajo, pero ¿era cierto? Si oía la misma actuación por segunda vez, ¿seguiría sintiendo lo mismo? En las audiciones y competiciones, el orden era fruto del destino y tenía una gran influencia; aunque ella intentase distinguir con claridad entre orden y habilidad, aún la molestaba.

Se habían presentado dos competidores japoneses hasta ese momento, los dos estudiaban en el conservatorio de París y los dos tenían una técnica excelente. A uno no le importaría aprobarlo si los otros jueces pensaban lo mismo, pero, por desgracia, el otro no la había impresionado. Cuando el nivel técnico era así de elevado, lo que te quedaba para distinguir entre los participantes era un *algo* indescriptible que tiraba de ti, que te agarraba, durante la actuación. Los pianistas con una técnica deslumbrante o con una individualidad obvia y atractiva eran una cosa, pero había una fina línea que separaba las personas que aprobaban de las que no. Competidores sobre los que te quedabas cavilando, que causaban revuelo, de los que no podías apartar la mirada. Cuando tenía dudas, Mieko confiaba en esos sentimientos inefables e imprecisos. Su criterio se reducía a: ¿querría volver a oír a ese pianista o no?

Al abrir la siguiente carpeta, un nombre llamó su atención.

Jin Kazama.

Por norma, Mieko no leía la información básica sobre ninguno de los participantes antes de la competición.

Sin embargo, no pudo evitar examinar ese dosier detenidamente.

Los documentos estaban en francés, así que no tenía ni idea de qué caracteres se usarían para escribir su nombre, pero el chico parecía japonés. La fotografía adjunta mostraba a un joven refinado y un tanto rebelde a la vez. Tenía dieciséis años.

Lo que había llamado su atención era que el currículum estaba prácticamente en blanco. Carecía de formación académica, de experiencia en competiciones. No había nada. Estudió en una escuela primaria en Japón, pero luego se había mudado a Francia. Eso era lo único que se podía sacar del currículum.

No era tan peculiar que no hubiera estudiado en una escuela de música. En el mundillo, donde los prodigios infantiles salían a montones, muchos de los que debutaban como niños no iban a ese tipo de escuelas; de hecho, se daban muchos casos en los que solo asistían de adultos para poder adquirir una formación teórica que enriquecería su interpretación. La misma Mieko había seguido ese último patrón al quedar primera y segunda en dos certámenes internacionales durante su adolescencia (puesto que la consideraron una genio en ciernes) y había ido más tarde a la escuela.

Pero, según ese currículum, no había ninguna prueba de que Jin Kazama hubiera actuado en alguna parte. Solo se constataba que, en la actualidad, era un oyente especial en el Conservatoire National Supérieur de Musique et de Danse en París. *¿Oyente especial,* alguien que solo iba a oír? ¿De verdad existía algo así?

Mieko se devanó los sesos mientras reflexionaba sobre aquello. El chico había pasado la fase de la solicitud escrita y haría una audición en el conservatorio. Le costaba creer que aquello fuera algo inventado.

Pero, cuando miró la parte inferior del documento, bajo la columna que indicaba con quién había estudiado, entendió por qué, a pesar de ese triste currículum, había pasado.

Una calidez le recorrió de repente todo el cuerpo.

No puede ser cierto, pensó, negando con la cabeza.

Había visto esa parte del currículum al principio, pero habría fingido no darse cuenta a propósito.

«Ha estudiado con Yuji von Hoffmann desde los cinco años».

El corazón le martilleaba en el pecho; notaba la sangre que fluía a toda prisa por sus venas.

Mieko no podía entender por qué aquello la había conmocionado tanto, y eso la afectó aún más.

Esa frase tan sencilla era muy importante, y Mieko comprendía por qué no habían rechazado el dosier en el cribado inicial de las solicitudes escritas, a pesar de que carecía de experiencia a la hora de actuar y de que no iba a una escuela de música. El chico, por lo que veía, no tenía gran cosa que ofrecer.

Mieko se moría de ganas por hablar con los otros dos jueces, pero consiguió reprimir su urgencia. Aunque en general pasaba por alto cualquier dato básico sobre los pianistas, Simon siempre solía echarle un vistazo y Smirnoff tenía por norma sonsacar toda la información posible, por lo que seguro que se habrían dado cuenta. Encima había un sello en la solicitud que indicaba que habían adjuntado una carta de recomendación.

¡Una carta de recomendación de Yuji von Hoffmann! Sus compañeros jueces habrían flipado con aquello.

Ahora que lo pensaba, durante la cena de la noche anterior, Simon parecía ansioso por decirles algo. Habían impuesto la norma de no hablar nunca sobre los participantes. Mieko aún recordaba su expresión mientras contenía lo que claramente se moría por decirles.

Simon había hablado, la noche anterior, de Yuji von Hoffmann, que había fallecido en febrero. Su nombre era una leyenda (muy respetado por músicos y por amantes de la música en todo el mundo), pero, por petición suya, se había celebrado un funeral privado al que tan solo asistió la familia más cercana.

Sin embargo, la cosa no acabó allí, porque dos meses más tarde, con motivo de su fallecimiento, músicos internacionales se habían reunido para oficiar un gran funeral en su memoria. Mieko tenía un recital y no pudo acudir, aunque vio la grabación más tarde.

Hoffmann no había dejado testamento. Muy propio de él, ya que no acostumbraba a encariñarse con nada, aunque el funeral hervía de rumores por las últimas palabras que, según se decía, Hoffmann había comunicado a un conocido suyo.

«He dejado una bomba a punto de estallar».

«¿Una bomba?», había preguntado Mieko. Hoffmann había sido desde siempre una figura misteriosa e imponente en el mundo de la música, pero en realidad tenía una vena irreverente y traviesa. Aun así, Mieko no se imaginaba qué había querido decir con esas palabras.

«Cuando muera, estallará. Una bomba preciosa para el mundo».

Los parientes de Hoffmann le habían pedido que esclareciera lo que quería decir, pero él solo había sonreído sin añadir nada más.

Mieko miró con impaciencia los documentos casi en blanco.

Simon y Smirnoff seguramente habrían leído la carta de recomendación de Hoffmann. ¿Qué habría escrito en ella?

Estaba tan alterada que tardó un momento en darse cuenta de la conmoción.

Alzó la mirada y vio que el escenario se había quedado vacío. El personal se movía por allí, adecentándolo.

¿Jin Kazama no iba a comparecer al final?

Eso debía ser... Había algo raro en su dosier. Y con la carta de recomendación. Antes de morir, Hoffmann se habría sentido bastante débil. Y en ese estado de fragilidad había escrito una carta.

Un miembro del personal alzó la voz.

—Acabamos de recibir una llamada del siguiente participante. Dice que le está costando llegar y que vendrá tarde. Actuará el último y los siguientes pianistas se presentarán a continuación en orden.

El público guardó silencio cuando la siguiente pianista, una joven ataviada con un vestido rojo, entró en el escenario, visiblemente desconcertada por el cambio repentino. Su mirada reflejaba el pánico que sentía.

Madre mía.

Mieko estaba decepcionada. Pero, al mismo tiempo, aliviada.

Jin Kazama. ¿Qué tipo de actuación les ofrecería ese joven?

—¡Date prisa!

El chico había llegado al fin a la oficina de las audiciones, donde un funcionario había rasgado su entrada y luego lo había conducido con premura hacia el escenario.

—Esto, eh, me gustaría lavarme las manos —le pidió a un miembro del personal, que parecía listo para agarrarlo por el cuello de la camisa y sacarlo directo al escenario. En vez de eso, respondió:

—Bueno, vale, pero date prisa, ¿quieres? Tienes que cambiarte, ¿no? Los vestuarios están por allí.

—¿Cambiarme? —preguntó el chico con desconcierto—. ¿Cambiarme de ropa, quiere decir?

El hombre lo examinó.

Ni por asomo vestía algo apropiado para el escenario, eso estaba claro. ¿Pensaba salir vestido así? Los participantes solían llevar algo formal o, en todo caso, al menos una chaqueta decente.

El chico parecía escarmentado.

—Lo siento... Estaba ayudando a mi padre con su trabajo y he venido tal cual. De todas formas, iré a lavarme las manos.

Las abrió y el hombre las observó con sorpresa. La tierra se pegaba en las palmas grandes, como si el chico hubiera escarbado en un jardín.

—¿Qué...? —empezó, pero el joven ya había salido corriendo hacia los baños y desaparecido de su vista.

El hombre se quedó mirando la puerta del servicio.

¿Acaso el joven había confundido el auditorio con otra cosa? Nunca había visto a nadie que estuviera a punto de tocar en una audición con las manos manchadas de fango.

Examinó la entrada, con la idea de que quizá fuera para algún otro examen de certificación. Pero no había ningún error. Y el chico era el mismo que el de la foto de la solicitud.

El hombre ladeó la cabeza con desconcierto.

Cuando vieron al joven aparecer en el escenario, Mieko y los otros jueces se quedaron patidifusos.

Es solo un niño.

Esa fue la palabra que les vino a la cabeza.

Parecía totalmente fuera de lugar, en parte por su cabello despeinado y el atuendo casual, una camiseta y pantalones de algodón, pero también por cómo observaba con tanta atención el escenario. Había músicos jóvenes que adquirían un aspecto *punk* de forma deliberada, con el objetivo de provocar al austero mundo de la música clásica, pero ese joven delante de Mieko no encajaba en esa categoría. Parecía natural y espontáneo.

Era un chico encantador. Y se trataba de un encanto del que él no se daba cuenta, en el que no había ni una pizca de timidez. Y su figura esbelta, que se volvería más alta, también era hermosa.

El joven se quedó allí de pie con aire ausente.

Mieko captó la mirada del resto del jurado; se habían quedado sin palabras.

—Eres el último en actuar. Empieza, por favor —dijo Smirnoff con impaciencia por el micrófono.

Les habían dado un micrófono para comunicarse con los participantes, pero Mieko se dio cuenta de que esa era la primera vez que alguien lo había usado en todo el día.

El chico enderezó la espalda.

—Siento mucho haber llegado tarde. —Su voz era más segura y encantadora de lo que habría esperado.

Bajó la cabeza a modo de disculpa y se giró hacia el piano de cola. Y fue como si acabara de verlo.

Una vibración extraña recorrió el auditorio, como una descarga eléctrica.

Mieko la sintió y se fijó en que los otros dos jueces también la notaban.

Los ojos del joven parecieron relucir.

Estiró una mano y se acercó al piano. Casi como si se aproximara a una chica de la que se había enamorado a simple vista.

Se acomodó con elegancia en el banco delante del piano.

Los ojos del chico parecían alegres. No cabía duda de que se había transformado en un instante; antes lucía muy perdido.

Mieko sintió que estaba presenciando algo que no debía ver. Un escalofrío le recorrió la espalda.

¿De qué tengo tanto miedo?, se preguntó.

Y ese miedo se intensificó en cuanto los dedos del chico tocaron las primeras teclas.

Se le puso el vello de punta. Los otros dos jueces a su lado, el personal entre bastidores y, de hecho, todo el mundo en el auditorio, compartían el mismo miedo.

El ambiente había sido relajado y laxo, pero, con esas primeras notas, se produjo un despertar dramático.

El sonido era... distinto. Totalmente distinto.

Mieko ni siquiera se fijó en que la obra de Mozart con la que había empezado a tocar era la misma que llevaba oyendo todo el día. El mismo piano, la misma partitura, y aun así...

Cómo no, había vivido ese tipo de experiencia antes en numerosas ocasiones, en las que un pianista excepcional podía tocar el mismo piano que otros músicos y, con todo, producir un sonido como ningún otro.

Era cierto, pero ese joven...

El sonido era fiero, terrorífico.

Desconcertada a la par que emocionada, Mieko absorbió con codicia el tono y el timbre de la actuación del joven, inclinándose sin darse cuenta para no perderse nada. Por el rabillo del ojo, vio que los dedos de Simon habían dejado de temblar de repente.

El escenario relucía.

El lugar donde el chico comulgaba con el piano, pues era la única forma de expresarlo, brillaba con suavidad; los colores parecían ondular, fluir de debajo de sus dedos.

Cuando una persona interpretaba la música refinada de Mozart, se esforzaba por alcanzar ese grado de elegancia, en abrir mucho los ojos en un intento por expresar pureza e inocencia.

Pero ese joven no necesitaba dar ningún espectáculo. Bebía sin más de su esencia, permanecía relajado, completamente natural.

En su interpretación existía cierta abundancia y, al mismo tiempo, dejaba relucir que aún quedaba mucho por explotar. Se percibía con claridad que no estaba dando lo mejor de sí.

Antes de que Mieko se diera cuenta, había pasado a Beethoven.

El colorido brillante de la obra se transformó en otra cosa, su dinamismo y su resolución fluctuaban de un lado a otro.

No sabía bien cómo expresarlo, pero fue como si ese vector único que se hallaba en Beethoven hubiera salido disparado como una flecha de los dedos del chico. El sonido llenó el auditorio.

Y ahora estaba tocando a Bach.

¿Qué es esto?, pensó Mieko.

El chico había unido a la perfección las tres obras sin ninguna pausa intermedia. Como si, una vez liberado, no pudiera contener el torrente; pasaba de una obra a otra con tanta naturalidad como el respirar.

El joven controlaba todo el auditorio, los espectadores se entregaban a las notas que vertía sobre ellos.

Un sonido poderoso, pensó Mieko casi sin darse cuenta.

¿Quién se habría imaginado que ese piano, que hasta ese momento musitaba con tristeza, pudiera emitir un sonido tan extraordinario?

Las manos grandes del chico danzaron sobre las teclas, tranquilas y relajadas.

La música de Bach parecía un edificio sublime cerniéndose sobre ellos.

Esas pautas elaboradas con miedo y meticulosidad, las capas de líneas melódicas que construían un todo perfectamente estructurado, se habían cerrado sobre todos los asistentes.

Es casi como un demonio, pensó Mieko.

Terrorífico. Horrible.

Mieko estaba conmocionada hasta la médula, pero poco a poco reconoció que una emoción crecía en su interior: la furia.

El chico hizo una reverencia rápida a modo de agradecimiento antes de desaparecer entre bambalinas, y un silencio escalofriante se asentó en el auditorio.

Al cabo de un momento, todos los asistentes se recuperaron y estallaron en un aplauso con los rostros colorados.

El escenario estaba vacío.

El público intercambió miradas. ¿Lo habrían soñado?

Smirnoff se levantó para gritar:

—¡Eh, sacadlo otra vez! Quiero preguntarle un par de cosas.

—No me lo puedo creer. —Simon se dejó caer contra el asiento.

El auditorio se había alborotado.

—¡Venga, sacadlo de nuevo! —bramó Smirnoff.

Hubo un revuelo entre bastidores y apareció una persona.

—Se ha ido. Se ha marchado nada más bajar del escenario.

—¿Qué? —Smirnoff se tiró del pelo.

—La carta de recomendación de Hoffmann acertó de pleno —dijo Simon antes de girarse hacia Mieko—. Tú no la has leído, ¿verdad que no, Mieko? Me moría de ganas por hablarte de ella, pero no podía por lo que habíamos acordado.

—Esto es *imperdonable* —dijo la mujer.

—¿Qué? —preguntó Simon, parpadeando.

—No pienso aceptarlo *en absoluto*.

Mieko fulminó a Simon con la mirada.

Él volvió a parpadear.

—¿Mieko?

Temblando, Mieko apoyó las manos en la mesa.

—No pienso aceptarlo. Ese chico es un insulto hacia el maestro Hoffmann. No pienso permitir que pase la audición.

NOCTURNO

Os presento a Jin Kazama.

Es un regalo. No hay otro modo de expresarlo.

Un regalo de los cielos.

Pero, por favor, no me malinterpretéis.

No le pondréis a prueba a él, sino a mí y a todos vosotros.

No es solo un bonito regalo por la gracia divina.

También es una droga potente.

Habrá gente que lo odie, que se sienta exasperada por su existencia y lo rechace. Pero eso es solo la verdad de quién es él.

Depende de vosotros, de todos nosotros, que veamos a este chico como un auténtico regalo o como un desastre a punto de ocurrir.

Yuji von Hoffmann

—Impacta, te lo juro —dijo Simon—. Has reaccionado justo como vaticinó Hoffmann, Mieko. Y no me sorprendería si esos cínicos de Moscú también reaccionaran de la misma manera.

Mieko estaba sentada a su lado, copa de vino en mano y de mal humor.

Smirnoff bebía en silencio de su copa y miraba con fijeza la carta de recomendación de Hoffmann que había sobre la mesa.

La noche era joven. Los transeúntes pasaban a su lado y los coches se alejaban en un borrón de luces rojas.

Los tres jueces habían acampado en la parte trasera de un bistró a las afueras de París.

El propietario recordaba al trío: iban allí unas cuantas veces al año a beber y quejarse durante horas. Por eso les había llevado hasta su mesa en la parte de atrás.

Parecía que habían acabado de comer, o quizá no tuvieran mucho apetito, pues había pocos platos en la mesa, aunque ya habían consumido dos botellas de vino.

El mal humor de Mieko se debía, en parte, a un intento por ocultar su vergüenza.

Y la fuente de su incomodidad estaba allí, justo delante de sus narices.

Esa letra fluida que ya había visto antes.

Simon y Smirnoff habían intercambiado miradas de preocupación y, al principio, a Mieko le pareció raro. Frustrada, le había dicho a Simon «dame esa carta» y se la había arrancado de la mano. Y aquello la había silenciado.

Asombro. Confusión. Vergüenza. Humillación.

Una maraña de emociones remolineaba en su interior.

Los otros dos jueces la observaban con compasión y escondían sus sonrisas.

Hoffmann, que había partido de ese mundo hacía varios meses, había predicho en su carta el tipo de reacción que Mieko tendría hacia la audición de Jin Kazama.

¿Deberían alabarlo por su clarividencia? ¿O debían calificar a Mieko de inmadura por haber reaccionado con tanta violencia, justo como había dicho el maestro? Ambas cosas, probablemente. Por su parte, Mieko se reprendió para sus adentros por haber sido tan predecible.

Podía imaginarse a Hoffmann mirándola y diciendo: «¿Qué te había dicho?».

Toda la situación fue, para ser sinceros, una sorpresa total.

Desde que era pequeña, la gente la había tildado de salvaje y poco sofisticada. Muy a menudo la trataban como una niña problemática. En cualquier caso, no era una alumna modelo.

Así pues, ¿cómo puedo rechazar la musicalidad de este joven pueblerino?, se preguntó. *Incluso antes de que empezara a tocar... y después de que todos esos profesores de Japón y de Europa me llamaran «tosca» y «desinhibida».*

Sintió un escalofrío repentino.

¿Estaré empezando a convertirme en una de esas personas cabezotas y tozudas? Al hacerme mayor, ¿me he vuelto una vieja gruñona y no me he dado cuenta? Nunca había pensado que esto pudiera ocurrir, pero, cielo santo, ¿me he convertido en parte del sistema?

Se puso a beber vino con más rapidez.

—A ver, ¿qué te molesta tanto, Mieko?

Hasta ese momento, Simon se había burlado de ella con comentarios mordaces y juguetones, pero ahora su tono se había tornado serio.

—¿Perdona?

—Nunca te había visto reaccionar de esa forma. No es como sueles comportarte cuando te enfadas. Normalmente te vuelves ladina o... a lo mejor no debería decirlo, pero... un poco distante. ¿Por qué lo has descartado de esa forma?

Ahora que lo decía, sí que parecía raro. Ya no estaba enfadada con el chico y hasta le costaba recordar la actuación que tanto la había enfurecido.

¿Por qué me ha molestado tanto?

—¿Me estás diciendo que tú no sientes nada? —preguntó—. ¿Como esa sensación horrible, dolorosa, de que te han abofeteado?

Simon ladeó la cabeza.

—No. Sentí un escalofrío y euforia y pensé: «Guau, la forma de tocar de este chico es una locura».

—A eso me refiero —asintió Mieko—. Hay una fina línea que separa eso de la repugnancia. ¿No es como esas veces en las que sientes algo pero no sabes si es bueno o no?

—Bueno, admito que el placer y la revulsión son dos caras de la misma moneda.

Las audiciones eran algo especial. Aunque las grabases, nunca podrías reproducir lo que habías sentido en ese momento.

«No hace falta revisar una audición». De súbito, una voz que había oído en alguna parte le vino a la cabeza. Una voz amable, por donde asomaba una sonrisa, pero estricta.

La voz del maestro Hoffmann.

Sintió un dolor sordo en su interior, una sensación olvidada que se activaba de nuevo.

A lo mejor solo eran celos.

Esa línea en el currículum la había provocado.

«Ha estudiado con Yuji von Hoffmann desde los cinco años».

Una única línea, una línea que siempre había querido lucir en su currículum.

—Me pregunto si... ¿si era bueno de verdad? —musitó Simon, y los tres intercambiaron una mirada.

Mieko sabía cómo se sentía.

—A veces pasa. Todo el mundo se emociona, pero luego se dan cuenta de que era algo pasajero.

—Bueno, solo somos humanos —replicó Simon.

A veces pasa... escuchas a un pianista y piensas: «Anda, esta persona promete mucho», pero entonces lo vuelves a escuchar y te decepciona.

—El problema reside en otra parte —comentó Smirnoff.

—¿Problema? —preguntaron Mieko y Simon a la vez.

—Me ha quedado claro a qué se refería Hoffmann cuando dijo que era una «droga».

La expresión de Smirnoff era solemne, ominosa. Se inclinó hacia delante y la silla del bistró profirió un crujido amenazador.

—¿Qué quieres decir? —preguntó Simon, alzando las cejas.

—Nos enfrentamos a un dilema terrible.

Smirnoff se terminó con total tranquilidad el vino como si fuese agua. Era famoso por aguantar bien la bebida, y quizá para él sí que fuera como agua. Además, siempre que reflexionaba sobre algo, parecía acelerado y más atento.

—¿Dilema? —murmuró Mieko mientras observaba su rostro sobrio.

Mieko se había enfadado, pero después de que Jin Kazama hubiera abandonado el edificio, el personal bulló de animación.

La competición aún no había empezado siquiera y ya hablaban sobre que había nacido una nueva estrella. La forma en la que había aparecido, como el último pianista, y su inmediata desaparición al final influían en la opinión del público. Había dejado un auditorio lleno de emoción. El empleado que había hablado con él explicó lo que había ocurrido.

—Tenía las manos cubiertas de barro y dijo que llegaba tarde porque estaba ayudando a su padre con el trabajo. No entró en el vestuario, sino que fue a los baños a lavarse las manos antes de salir directamente al escenario.

—¿A qué se dedica entonces el padre? —preguntó Smirnoff, molesto por que tuvieran tan poca información sobre el chico, aparte de su currículum.

Normalmente los jueces decidían con rapidez quién pasaba las audiciones, pero ese día se refugiaron en otra sala para revisar los resultados y aún no habían salido de allí. De vez en cuando, el personal oía fuertes voces discutiendo e intercambiaba miradas curiosas. No había precedentes para nada de aquello.

El motivo de esa larga discusión era obvio: Mieko se empeñaba en no aprobar a Jin Kazama.

Los tres jueces sí que coincidían sobre qué otras personas podían pasar, así que dedicaron la mayor parte del tiempo, si no todo, a debatir los méritos de Jin.

Simon y Smirnoff le habían concedido prácticamente la nota más alta en su sistema de puntuación, así que, aunque Mieko le diera un cero, Jin pasaría por los pelos. Podrían haber ignorado sus comentarios y aprobarlo sin más, pero ni Simon ni Smirnoff querían seguir ese camino, de ahí que sus discusiones se alargaran hasta el infinito.

Mieko sabía a la perfección que, en efecto, Jin había superado la audición y, aun así, siguió argumentando para intentar que los otros se retractasen de su decisión.

En esencia, este era su argumento:

Si no fuera alumno de Hoffmann, Mieko no habría opuesto resistencia. Pero, como se había presentado como el discípulo de Hoffmann y había recibido una carta de recomendación, ella no pensaba aceptar esa forma absurda de actuar que chocaba contra la maestría musical del propio Hoffmann. Era como si el chico desafiara a propósito a su profesor, se peleara con él adrede. Esa era una postura cuestionable para un músico. Mieko podía comprender que, después de que Jin se estableciera como músico, decidiese adoptar un estilo distinto, pero en ese momento no reconocer lo que representaba su maestro suponía un gran problema.

Simon y Smirnoff indicaron que entendían su opinión y se turnaron para discutir con ella.

—Admites que posee una habilidad técnica extraordinaria y un gran impacto, ¿verdad? Si es así, tanto si apruebas su forma de tocar como si no, no es competencia nuestra. Si supera el nivel mínimo, entonces debemos darle una oportunidad. Tanto si nos gusta su estilo de interpretación como si no, a estas alturas es irrelevante.

—Para empezar, ¿no dirías que es bastante impresionante que haya causado tanto debate? El hecho de que pueda inspirar reacciones tan diversas es muestra de que hay *algo* en él que vale la pena considerar. Mieko, ¿no eres tú la que siempre dice que, si hay varios jueces, siempre acaban eligiendo a pianistas sosos y que eso es muy aburrido? Quizá haya sido un golpe de suerte, pero la cuestión es que sí que provoca una respuesta emocional intensa, por lo que ¿no deberíamos tenerlo en cuenta? Eso sin mencionar que tiene una técnica soberbia.

No había agujeros en los argumentos de los dos hombres y Mieko, al verse superada en número, guardó silencio.

Lo que dijeron a continuación fue determinante.

—¿No te gustaría oírle tocar de nuevo? ¿No quieres asegurarte de que no ha sido un accidente, algo puntual? ¿No te gustaría que los jueces en Moscú y Nueva York lo oyeran? ¿No sería divertido ver cómo hace que se levanten unas cuantas cejas?

Los dos sabían qué botones presionar para que Mieko cediera. Las audiciones se celebraban simultáneamente en distintas ciudades, y los jueces a cargo de cada una tenían un enfoque un tanto distinto. No discrepaban de forma manifiesta, pero Mieko y sus dos colegas habían apodado a los jueces de Moscú y Nueva York como *La autoridad* y *Los sensatos* respectivamente (apodos irónicos, eso sin duda).

Mieko se imaginó a esos apreciados jueces escuchando a Jin Kazama y reaccionando con desagrado, para luego acorralar a Mieko y a los otros dos jueces y gritarles histéricamente: *Por todos los cielos, ¿cómo habéis podido dejar pasar a un pianista tan vulgar?*

Si pasaba por alto que ella también había reaccionado de esa forma, lo cierto era que esa situación hipotética le resultaba muy atractiva. Y eso, solo eso, hizo que, a regañadientes, aceptara pasar a Jin Kazama a la siguiente fase.

Vale, pues… hora de comunicárselo a los candidatos victoriosos.

Antes de que pudiera asentir conforme, Simon y Smirnoff se levantaron a la vez y salieron de la habitación.

Dejaron a Mieko un poco perpleja. *Me han engañado, me han engatusado para que aceptase*, reflexionó. Pero ya era demasiado tarde.

Sin embargo, quizá fuera Smirnoff quien sentía con más intensidad que el daño estaba hecho.

Mientras el camarero le rellenaba la copa de su tercera botella de vino, Mieko consideró al juez con la mirada.

—Seguro que no recibe clases de música de forma habitual —musitó Smirnoff—. Por cómo se comportó sobre el escenario, por cómo tocó tres obras sin una pausa entre ellas… seguro que nunca había tocado delante de un público. Hoffmann lo sabía, por eso envió la carta de recomendación.

—¿La carta?

—Para asegurarse de que fuera a la audición y pasara.

—Bueno, eso sobra decirlo —dijo Mieko. Smirnoff se encogió de hombros con exageración—. Eh, no finjáis que no lo entendéis. Sabéis muy bien lo que intento decir.

Smirnoff se bebió el vino de un trago.

—Es como has dicho, Mieko. No podemos negar así como así el legado musical del maestro Hoffmann. Todos lo respetamos mucho, era un músico extraordinario. Además, ya no está entre nosotros. —El gesto de Smirnoff era bastante adusto—. Nos hemos adelantado y admitido al chico. Viste el revuelo que causó entre el personal del auditorio, ¿no? Los rumores volaban. También sobre la carta de recomendación de Hoffmann, claro. —Mieko se estremeció—. Así pues, ¿por qué incluir una carta para empezar? Para que sea casi imposible que lo rechacemos.

Smirnoff les dedicó una sonrisa extraña.

Simon tomó el relevo.

—En otras palabras, no pasa nada por rechazar a alguien sin carta de recomendación.

Smirnoff asintió, satisfecho.

—Exacto. Porque todos buscamos ganarnos la vida tras recibir una educación musical. Tenemos alumnos que pagan por lecciones privadas durante toda su vida, y luego les hacemos ir a conservatorios y pagar más matrículas. Nuestros estudiantes, nuestros tesoros, dedican mucho tiempo y esfuerzo a ser grandes, así que no podemos tratar a alguien salido de la nada, sin pedigrí, a alguien que no ha ayudado a un profesional a vivir de la música, de la misma forma. De ahí la carta de recomendación.

Mieko se acordó de repente de un rumor que había oído.

En Japón, el ayuntamiento de una ciudad había financiado una competición de piano, y un participante, que parecía un auténtico genio de la música, había recibido la máxima puntuación, y eso que no tenía contactos en el mundillo de la música en el país y no había recibido clases con nadie relacionado con la competición, y mucho menos con los jueces. A pesar de la nota que sacó, los jueces acabaron resaltando los fallos más pequeños y lo descalificaron.

—La carta de Hoffmann tenía un objetivo doble. El primero era permitir que un completo desconocido asistiera a la audición y pasara. Y el segundo… —Durante un momento, el semblante de Smirnoff adquirió una mirada distante—. El segundo era cerciorarse de que luego no lo ignorasen. De ahí que la carta fuera totalmente necesaria.

Y rechazar a este chico sería equiparable a rechazar al propio maestro. Pero hay algo más escalofriante en este asunto.

Simon les dirigió a los otros dos una mirada seria.

—La técnica de este chico es superior, y quienes lo oyen tocar enseguida se quedan embelesados. Y eso que nunca ha recibido una educación formal.

Mieko y Smirnoff lo escuchaban en silencio.

¿Habremos cometido un error monumental?, pensó Mieko.

Sentía la influencia de una fuerza invisible y aquello la ponía nerviosa.

El móvil de Smirnoff sonó.

Mieko y Simon se sobresaltaron de la sorpresa.

—Perdonad. —El otro juez buscó el móvil. Entre sus manos enormes, parecía minúsculo, como un dedo de chocolate—. Ah... ya. Entiendo. Conque es eso —murmuró al aparato, y luego colgó.

Mieko y Simon lo miraron intrigados.

—Es del auditorio. Al fin han podido contactar con Jin Kazama.

—¿Tanto han tardado?

Simon echó un vistazo a su reloj. Era cerca de la medianoche.

—Al parecer, su padre es apicultor. Y doctor en Biología. Me han dicho que estudia a las abejas en las ciudades. Hoy estaba en el ayuntamiento de París recogiendo abejas.

—Un apicultor...

Mieko y Simon repitieron despacio la palabra, como si la oyeran por primera vez.

—No podía ser un ámbito más distinto —dijo Simon con una sonrisa irónica.

Depende de vosotros, de todos nosotros, que veamos a este chico como un auténtico regalo o como un desastre a punto de ocurrir.

No cabía duda: los tres oían la voz de Hoffmann resonando en sus cabezas.

TRÉMOLO

E l sonido de la lluvia se intensificó. Aya Eiden alzó la mirada del libro.

Era de día, pero fuera había oscurecido por completo; la lluvia torrencial drenaba el bosque de todo color.

Puedo oírlo... caballos en la lluvia.

Era un ritmo que había oído una y otra vez desde niña, pero cuando intentaba describirlo a los adultos como «caballos galopando en la lluvia», su respuesta era una mirada de incomprensión.

Ahora, sin embargo, podía explicarlo mejor.

El cobertizo detrás de la casa tenía un techo de chapa.

Cuando llovía con normalidad, no oía nada raro. Pero cuando se trataba de un aguacero, siempre oía un tipo de música extraño.

Un ritmo galopante.

De niña, había tocado *La Chevaleresque*, de Burgmüller, que incluía un ritmo parecido, y la lluvia en el tejado de chapa sonaba igual.

No hacía mucho tiempo, en YouTube había aparecido el vídeo de una alarma antincendios a todo volumen y una banda tocando a su son. Causó bastante sensación.

Aya soltó un suspiro discreto.

El mundo está lleno de mucha música.

Esa idea tan seria la llenó mientras miraba el paisaje descolorido y distorsionado por la lluvia.

¿De verdad necesito añadirle yo más música?

Bajó la mirada hacia los papeles encima de la mesa.

«La fatiga habitual».

«Ahora que tiene veinte años, solo es una persona ordinaria como todos los demás».

Estaba cansada de oír esos comentarios malintencionados a su espalda.

Cada año, una infinidad de personas, chicos y chicas con talento para el piano, aparecían en escenarios de todo el mundo. Tocaban con una orquesta, los exaltaban como niños prodigio, sus padres deseaban un futuro dorado para su hijo o su hija.

Pero no todos lo conseguirían. Al llegar a la pubertad, algunos se angustiarían sobre lo retorcido que era su mundo y se alejarían de él para pasar su juventud con gente de su misma edad. Otros, mientras tanto, se cansarían de las lecciones de piano interminables, se frustrarían por el escaso progreso y simplemente desaparecerían de escena.

Aya era una de ellos. Había ganado muchas competiciones júnior, tanto en Japón como en el extranjero, y hasta había lanzado un CD debut.

Pero, en el caso de Aya, resultaba bastante claro por qué su carrera se había interrumpido.

Cuando tenía trece años, su madre, su primera profesora, la persona que la había protegido, que la había animado, que la había cuidado, murió de repente.

Si Aya hubiera sido un poco mayor, quizá las cosas habrían sido diferentes. Si hubiera alcanzado esa fase rebelde de los adolescentes (pongamos que con catorce o quince años) y hubiera empezado a sentir que su madre la ahogaba, su muerte habría tenido un impacto distinto.

Pero, en esa época, la quería con todo su corazón y tocaba el piano para hacer feliz a su madre, así que, cuando de repente desapareció de su vida, la pérdida fue abrumadora. Perdió, literalmente, el motivo para seguir tocando.

Aya era una persona tranquila, con poca ambición. Sin embargo, delante de un público no mantenía mucho la calma y, ante la competitividad y los celos de otras personas, se retraía en sí misma. Y por eso su madre la protegía, trabajaba con pericia para motivar a su generosa hija, la guiaba en cada paso del camino; unas veces como profesora y otras como una mánager astuta y capaz.

Su programa de conciertos estaba decidido para el próximo año y medio, así que, cuando su madre murió, una persona de la discográfica se apresuró a actuar como mánager.

Cuando su madre seguía viva, la abuela de Aya se había encargado de todas las tareas del hogar, lo que le permitió a Aya no pensar en nada doméstico, así que tardó un poco en comprender por completo lo que significaba la ausencia de su madre.

La primera vez que fue consciente de verdad de esa ausencia fue en el vestidor de un auditorio de provincias.

El nuevo mánager la había dejado con una estilista, que la aconsejó sobre cómo vestirse para la actuación, la peinó y le aplicó un poco de maquillaje. Su madre siempre había hecho ese tipo de cosas por ella. Tras terminar su tarea, la estilista salió del vestuario hacia su siguiente trabajo.

«Mamá», recordaba Aya haber dicho, «¿está listo el té?».

Fue entonces cuando se percató de lo sola que estaba.

Su madre siempre le había servido una taza de té dulce y tibio de un termo.

Aya se sentía conmocionada, asolada por un profundo sentimiento de pérdida, como si se le hundieran las piernas en el suelo.

De hecho, sintió que el techo se alejaba de ella, junto con un hormigueo cálido y la extraña sensación de que la sangre se escurría de su cuerpo.

Estoy sola.

Fue ese el momento en el que lo entendió.

De repente, fue consciente de todo.

¿Qué es este lugar? ¿Qué hago aquí?

Recorrió la habitación con la mirada, nerviosa.

Paredes blancas. Un reloj redondo sobre el espejo. Un vestuario. Es un vestuario. De un auditorio. Estoy a punto de dar un concierto.

Eso es... Acabo de ensayar con la orquesta. El Concierto para piano n.º 2 *de Prokofiev. Salió según lo planeado.*

Recuerdo que el director y los músicos de la orquesta se quedaron impresionados. Algunos hasta susurraban:

—*Qué alivio. Estaba preocupado por ella, pero puede apañárselas sola.*

—*Es increíble. Pensaba que el golpe la habría afectado más, pero está bastante tranquila.*

—*Supongo que la única forma de superarlo es actuar.*

¿Qué significaba eso?

Sintió un escalofrío en el corazón.

La realidad paralizante de todo la abrumó de nuevo.

Ahora estoy sola.

El regidor de escena fue a buscarla y esos pensamientos daban vueltas y más vueltas en su cabeza mientras conducía al director y a ella hacia el escenario.

El corazón de Aya permaneció paralizado, como si esperase un aplauso.

Lo único que podía ver era el piano de cola, iluminado en silencio.

Y lo supo.

Ni entre el público ni entre bambalinas: su madre no estaba en ninguna parte.

El piano de cola sobre el escenario solía relucir, expectante, como si rebosara con el torrente de música que ella liberaría.

Rápido, pensaba Aya. *Tengo que sentarme y liberar la música.*

Se imaginaba que estaba contenida en esa gran caja negra y siempre tenía que reprimir la necesidad de correr hacia las teclas.

Pero ya no.

Ahora el piano era como una tumba abandonada. Una caja negra vacía que se había entregado al silencio.

No había música en su interior.

Esa fría certeza se convirtió en una masa pesada y, en ese momento, cuando la sintió caer con un golpe en su interior, se dio la vuelta y huyó.

Echó un vistazo rápido a los rostros sorprendidos de la orquesta y al regidor, pero nunca miró atrás. Salió del escenario… con brío y luego al trote.

No oyó el murmullo preocupado de la multitud ni los gritos.

Solo corrió.

Abrió con un empujón la puerta trasera del auditorio y salió, a la llovizna oscura.

Así fue como se convirtió en *El prodigio infantil que desapareció.*

Esa cancelación en el último minuto se volvió legendaria. Sobre todo porque la orquesta informó que el ensayo había sido perfecto; de hecho, más maravilloso que cuando su madre estaba por allí.

Pero hubo más repercusiones, aparte de los perjuicios por incumplimiento de contrato o quejas dirigidas al nuevo mánager de la discográfica. A menos que fuera una figura importante en el mundo de la música, nunca la invitarían a otro concierto. Después de todo, había *genios* para dar y vender.

Durante una temporada, su nombre se convirtió en una especie de broma ridícula entre estudiantes de piano. «Hacer un *Eiden*», así lo llamaban. Significaba cancelar en el último minuto. Los caracteres usados para escribir su apellido (*ei*, gloria, y *den*, transmitir) se convirtieron en objeto de burla. Jugaron con el significado original de su apellido tan poco común, «transmitir gloria», y lo sustituyeron por *dan* (alejarse) y el resultado fue *Eidan*, con el que sugerían que se había alejado de cualquier oportunidad de alcanzar la gloria.

Sorprendentemente, nada de esto desalentó a Aya.

Sabía que para ella tenía sentido marcharse de repente.

Si no había más música dentro del piano que liberar, ¿qué sentido tenía subir a un escenario?

Le daba igual que la pusieran en ridículo o la ignoraran y, de hecho, lo prefería a ser el centro de atención o el objeto de envidia.

Desde que se había marchado, sus seguidores empezaron a desaparecer uno a uno, como la marea baja.

Y en realidad a Aya le resultaba mejor que fuera así; la aliviaba no tener a esos parásitos a su alrededor.

En cuanto aceptó que su madre había muerto, empezó a vivir una nueva vida. Se transfirió a un instituto con estudios generales. La mayoría de estudiantes que tocaban el piano y destacaban en ello solían tener buenas notas. Las de Aya también la situaron entre las primeras de su clase. El instituto local animaba a sus alumnos a ir a la universidad, y ella disfrutó mucho de la vida «normal» de estudiante.

Pero eso no significó que abandonase la música por completo. Aún le gustaba escucharla y seguía tocando.

Aya era muy diferente al resto de las personas que eran consideradas *genios*.

No cabía duda de que tenía mucho talento musical.

Había dos personas que comprendían esto y sabían que, en el caso de Aya, quizás ese talento la apartara del piano: su madre... y alguien más.

Aya nunca necesitó el piano, ni siquiera al principio.

En su niñez, cuando oyó el sonido de los caballos galopando en la lluvia mientras el agua caía sobre el tejado de chapa, pudo oír, y disfrutar, la música procedente de muchas fuentes.

La única razón por la que usaba el piano para expresar su música era porque su madre la había iniciado en él, y resultó que Aya tenía un don, una técnica impresionante. Pero bien podría haber sido otro instrumento o forma de expresión en vez del piano. No tenía ni que interpretar música, ya que el mundo estaba repleto de intérpretes. En ese sentido también era una auténtica *genio*. Todo eso explicaba por qué su madre tuvo que supervisarla con rigurosidad y asegurarse de que se centrara para que no perdiera el interés.

¿Perder a su supervisora fue algo bueno o no? Aya ya no lo sabía.

Cuando su madre estaba viva, solo había otra persona con quien se abría y compartía sus preocupaciones sobre el talento de su hija.

Y justo cuando Aya estaba pensando en ir a la universidad, ese hombre fue a verla.

Su madre y él habían sido compañeros de clase en una escuela de música y, con el aniversario de su muerte a la vuelta de la esquina, le preguntó a Aya si podía tocar algo para él.

Aya no había actuado ante nadie desde el día en que huyó del concierto. Tocaba el piano eléctrico en un grupo de rock y en una banda fusión, pero había evitado a conciencia tocar cualquier obra «seria» en el piano delante de más personas. Y, cómo no, le iba bien que la gente mantuviera las distancias.

Por norma, tendría que haber rechazado la petición del hombre.

Pero al ver al señor Hamazaki, porque así se llamaba, Aya sintió una nostalgia extraña.

El hombre era robusto y rollizo, como uno de esos mapaches de cerámica extragrandes. Detrás de las gafas, sus ojos eran pequeños pero amables, y le recordaron al director del instituto de una famosa serie de televisión de hacía unos años.

Encima, su forma de hablar fue tan relajada y tranquila, como si solo le pidiera un favor casual, como si le dijera que le daría unas monedas si le traía helado de la esquina, que Aya aceptó enseguida.

—¿Qué obra quiere oír? —preguntó.

—La que tú quieras, Aya. O una que le gustase mucho a tu madre.

Aya reflexionó.

—¿Le parece bien si toco una obra reciente?

—Claro.

Después de la muerte de su madre y de que Aya hubiese dejado de actuar, el ambiente en la sala del piano se había transformado.

Estaba repleta de CD y libros, peluches y plantas. Se había convertido en el segundo salón de Aya.

Hamazaki se puso a examinar la habitación.

—Siento el desastre —se disculpó Aya.

—No te preocupes —dijo el hombre, sacudiendo la cabeza—. Es agradable. Es como si el piano y tú os hubierais convertido en un único ser.

—Supongo que es así —rio Aya mientras abría la tapa.

Se sentía emocionada, aunque solo un poco. Se había olvidado de lo que se sentía.

Había pasado tanto tiempo desde que tocó delante de alguien.

Se sumergió de cabeza en la obra, una sonata de Shostakovich.

Había oído a una joven pianista rusa interpretarla en una ocasión; la pieza le había resultado intrigante y la practicó por diversión. La partitura era cara, así que, en vez de comprarla, escuchó la grabación una y otra vez hasta que pudo reproducirla.

Hamazaki parecía sorprendido pero, mientras Aya tocaba, se enderezó y su expresión se iluminó.

Cuando terminó, el hombre aplaudió con fuerza.

—¿Has tocado esa obra para algún profesor de música? —preguntó.

—No, no tengo profesor —replicó la chica con una sonrisa forzada. Cuando su madre vivía, le había dado clases una persona bien conocida, pero tras huir de su última actuación, el profesor había cesado todo contacto, temeroso, quizá, de que lo criticaran por cómo la había instruido; a lo mejor quería demostrar que no tenía nada que ver con esa alumna problemática.

—Así que la has ensayado tú sola —murmuró Hamazaki y enmudeció. Tras una pausa, añadió—: Ha sido excelente. ¿En qué estabas pensando mientras tocabas?

Se llevó una mano a la boca, como si reflexionase sobre algo, y miró a Aya con atención.

—Me imaginaba unas sandías rodando hacia lo lejos.

—¿Sandías?

Aya se explicó:

—Hace poco, vi una escena muy graciosa en una película coreana. Un cargamento de sandías se había caído de un carromato y rodaban por una carretera en las montañas. Algunas se abrieron, otras no. El asfalto se volvió de un rojo intenso, pero las sandías que no se habían partido siguieron rodando por la carretera. Cuando oí esta pieza, me acordé de la escena. ¿No le transmite esa sensación? ¿De sandías rodando felices por una cuesta? ¿No se imagina un escenario en el que tenga que perseguirlas y agarrar una? ¿Y hacia el final no se imagina la escena en la que limpia todas las sandías rotas?

Hamazaki abrió los ojos de la sorpresa y se echó a reír.

—Entiendo. Conque sandías, ¿eh?

Cuando al fin contuvo su regocijo, Hamazaki se sentó recto en la silla.

—Señorita Eiden, ¿considerarías solicitar plaza en nuestra universidad? Me encantaría que lo hicieras.

—«Nuestra universidad...». ¿Qué significa eso? —preguntó, y Hamazaki le ofreció su tarjeta.

Era presidente de una de las tres universidades más importantes de música en Japón.

—Te gusta la música, ¿no? Te gusta mucho y la entiendes en profundidad. Ese es el tipo de estudiante que quiero en nuestra universidad. Me parece que encontrarás muchas cosas interesantes. Deberías estudiar en un conservatorio de verdad. Así pues... ¿qué me dices?

Habló del tirón y Aya abrió los ojos de par en par.

Hamazaki aguardó paciente su respuesta.

Me pregunto qué hizo que decidiera presentarme al examen de admisión, pensó Aya más tarde.

Hasta entonces, había pensado en estudiar Ciencias.

Pero la verdad es que las palabras del señor Hamazaki me llegaron al corazón.

Aunque no vaya a ser concertista, nunca podré vivir sin música.

Pero la música solo ha sido una afición para mí, y quizá sentir esto no sea suficiente.

Recordaba con claridad que, nada más terminar su actuación para los examinadores, los otros profesores miraron al unísono a Hamazaki y se pusieron a aplaudir. El señor Hamazaki le había sonreído.

Descubrió que ese tipo de examinación se alejaba de la norma. Permitir a una candidata que no tenía ningún maestro hacer el examen solo por la recomendación del presidente de la universidad era una medida muy poco habitual, y el puesto de Hamazaki podría haber peligrado.

Al principio, los compañeros de Aya en el departamento de piano intercambiaron miradas tipo «Ah, es ella», como si intentaran recordar algo despectivo sobre la chica, y hubo quien incluso dijo algún comentario rencoroso a su espalda.

Pero, cuando descubrieron lo modesta que era Aya y lo inigualable que era su técnica, empezaron a tratarla como una compañera excepcional.

Y Aya disfrutó mucho de estudiar lo que la universidad tenía que ofrecerle, los métodos y reglas de composición y la historia musical.

Tal como el señor Hamazaki había predicho, estudiar en un conservatorio la hizo apreciar y disfrutar mucho más de la música.

Pero nunca habría esperado que, a esas alturas de la vida, participaría en una competición.

Aya observó la lluvia que caía contra la ventana y soltó otro profundo suspiro.

No recordaba mucho cómo había sido competir a nivel júnior de niña. En aquella época lo vivió como si diera un recital. Esa sería su primera competición en nivel sénior.

«En cuanto cumpla veinte años, será como todos los demás... nada especial».

Esa primavera había cumplido los veinte, la mayoría de edad en Japón. Habían pasado siete años desde que dejó de actuar.

Su tutor actual (un profesor excéntrico con el que se llevaba bien) le había recomendado que entrase en la competición, aunque estaba claro que esa decisión también recibía el apoyo del presidente de la universidad.

Y, cómo no, Aya sentía una deuda de gratitud hacia el señor Hamazaki.

Sabía que, si se negaba a competir, lo avergonzaría. Y como él había tomado unas medidas excepcionales para que ella entrara en su universidad, Aya necesitaba demostrar su valía.

Pero, profesor, ese tipo de música ya no existe dentro de mí, murmuró para sí misma.

Le encantaba la vida en la universidad. Vivía la música fuera de sí y luego tocaba el piano para revivirla. Eso le bastaba. A través del estudio de la teoría y de los conciertos que escuchaba, había sentido que profundizaba más y más en la música.

Mamá... ¿qué debería hacer?

Aya observó las cortinas de lluvia que golpeaban la ventana sin cesar.

Dejó el libro sobre la mesa y se recostó sobre ella.

Las pisadas firmes de los caballos galopantes le resonaban en la cabeza.

NANA

—¿Te importaría caminar una vez más con tu hijo hacia mí? Vale, podéis empezar... Venid hacia mí.

Estaban a las puertas de la guardería. Masami alzó una mano y Machiko, con el semblante nervioso, echó a andar incómoda con su hijo, Akihito, agarrado de su mano.

—Camina con naturalidad. Como haces siempre. No pienses en la cámara.

Akashi no pudo evitar sonreír. Así solo se fijaría más en su forma de andar.

Cómo no, Masami había hecho lo que podía para que Machiko se relajara; visitó su casa en varias ocasiones y mantuvieron conversaciones amistosas. Pero, en la realidad, tener una cámara siguiéndote provocaba una tensión especial, y la grabación de ese día, sobre todo con las madres de la guardería observando a un lado, ponía de los nervios a Machiko, que en general era tranquila y serena.

—Vale... Hemos terminado —anunció Masami, agitando una mano con alegría. Machiko parecía aliviada—. Gracias, Akihito. Agradezco tu cooperación.

Akihito miró inexpresivo a Akashi cuando este lo agarró en brazos.

—*Co-op-era-sión, a-gra-es-co* —repitió el niño con una sonrisa.

Masami bajó la cámara y se acercó a Akashi.

—Después de esto, te grabaré otra vez practicando. Y luego en el vestuario el día de tu actuación.

—Entendido.

—¿Qué tal va? ¿Has encontrado tiempo para practicar?

Cuando Masami miraba por el objetivo de la cámara, era una reportera enérgica y pragmática, pero sin la cámara enseguida se convertía en la antigua compañera de clase de Akashi.

—Bueno… El trabajo me mantiene bastante ocupado —respondió este con timidez—. La verdad es que me encantaría poder encerrarme durante una temporada y practicar una última vez.

Masami se rio.

—Eso es propio de ti, Akashi.

—¿Qué quieres decir?

—Que eres muy modesto. Contigo nunca es *yo, yo, yo*.

—Eso duele.

—¿El *qué*?

—Has adivinado mi debilidad como músico.

—¿Ah, sí?

—Sí.

Masami consideraba la naturaleza modesta del hombre como una de las virtudes de Akashi, eso estaba claro. Pero, en el mundo de los concertistas de piano, necesitabas un ego intenso y un fuerte sentido de la individualidad para prosperar, no modestia. Akashi lo sabía mejor que nadie.

—Pues me encanta cómo tocas, Akashi-kun. No sé por qué exactamente, pero hay algo en tus interpretaciones que me relaja. Poseen una delicadeza indescriptible.

—Delicadeza, ¿eh? —murmuró Akashi. Masami lo estudió, con la frente arrugada en un ligero ceño—. ¿Las grabaciones con los demás pianistas están yendo bien? —Akashi le dirigió una sonrisa animada.

Masami asintió con alivio.

—Sí, todo el mundo ha cooperado. Grabaré a unos pianistas de Ucrania y de Rusia que se quedan con una familia de Yoshigae. Ese alojamiento familiar siempre parece albergar pianistas únicos y la gente cree que es como un conjuro: que quien se quede ahí llegará a la final. Se rumorea que la ucraniana es bastante buena.

—En serio…

«Bastante buena». Bueno, ¿qué esperaba? El mundo de la música clásica en aquella zona tenía una historia brillante, así que cualquier persona procedente de allí seguro que era espectacular.

Akashi suspiró.

Akashi Takashima, de veintiocho años, nació en la ciudad de Akashi en la prefectura de Hyogo, donde habían transferido a su padre. Así se ganó su nombre.

Era el participante con más edad en el Concurso Internacional de Piano de Yoshigae, justo en la edad límite. Solía ser habitual que las competiciones de piano tuvieran concursantes muy jóvenes, y que a alguien de la edad de Akashi lo tratasen como a un anciano.

Cuando a Akashi le preguntaron si podían grabarlo para un documental, le sorprendió descubrir que la productora era su excompañera de instituto Masami Nishina.

Resultó que se le había ocurrido la idea a ella y, cuando se enteró de que Akashi participaría, solicitó grabarle a él.

Yoshigae era una de las ciudades industriales más prominentes de Japón, y una de las principales razones por las que se había aceptado la propuesta de Masami había sido porque, con tantos patrocinadores ansiosos por apoyar la competición, conseguir fondos resultaba fácil.

La primera reacción de Akashi fue rechazar la propuesta.

—¿Aparecer en la tele? Ni hablar. Ni siquiera sé si llegaré a la segunda ronda.

A su edad, con un trabajo y con un crío... Lo cierto era que no estaba en condiciones de competir. La palabra *vergonzoso* hasta le cruzó la mente.

—Tranquilo, no pasa nada —le aseguró Masami—. Lo que la gente quiere de la música es dramatismo. Que alguien como tú, con esposa e hijo, participe en la competición seguro que suscita mucha empatía.

Masami no lo expresó con palabras exactamente, pero el documental también quería centrarse en competidores que no procedieran de familias influyentes. Tener a alguien como Akashi, sin duda la excepción a la norma, haría que el programa fuera mucho más interesante.

Era cierto que Akashi procedía de una familia de asalariados normal y corriente. Su esposa era su novia de la juventud, ahora profesora de Física en un instituto, mientras que Akashi trabajaba para una gran tienda de instrumentos musicales. Dos generaciones de una familia normal de oficinistas.

¡Un padre ordinario en una competición internacional! En el Japón actual, donde la tendencia era que la gente se concentrase más en la familia, aquello podía vender.

Al final, lo que le convenció para aparecer en el programa de televisión fue la idea de que podía ser una especie de recuerdo.

Estaba claro que participar en esa competición marcaría el final de su carrera como músico profesional y que después viviría el resto de su vida como *amateur*.

Pero también quería dejar alguna prueba para que, cuando Akihito fuera mayor, supiera que su padre, en su época, había tenido una ambición musical real. Ese fue el punto determinante para él. Así se lo explicó a Machiko y a Masami y a sus padres.

Pero nada de eso es relevante, dijo otra voz dentro de él.

Solo son excusas, señaló.

¿Qué me dices de la rabia y las dudas que tú, un hombre amable sin ambición, un hombre de gran delicadeza, ha suprimido durante mucho tiempo? ¿No quieres soltar todo eso en la competición?

Exacto, respondió Akashi.

Siempre me ha parecido extraño... ¿Acaso los músicos de alto nivel son los únicos que lo hacen bien? ¿La gente que solo vive por la música es la única que se merece alabanzas?

¿La música de una persona que lleva una vida normal y rutinaria es realmente inferior a la de una persona que vive de ella?

La puerta estaba un poco atascada, pero entonces se abrió despacio y la luz entró en la sala.

Un cuadrado iluminaba el suelo de tierra y en él se proyectaba la sombra de la cabeza de Akashi.

Recordaba muy bien ese olor.

Se imaginó de niño, sentado en el piano, demasiado pequeño para que sus pies alcanzaran los pedales.

Habían pasado muchos años y, aun así, el olor le trajo con claridad los recuerdos de la infancia.

—Guau, qué techo más alto. Y menudas vigas. Los edificios viejos se construyeron bien sólidos, ¿verdad? —La voz de Masami sacó a Akashi de su ensueño.

La mujer alzaba la mirada hacia el techo. La luz estaba encendida, pero sus ojos aún no se habían acostumbrado.

—¿Hay un altillo allá arriba?

—Sí, para los gusanos de seda.

—Ah… Conque eso es.

Masami, cámara en mano, filmó despacio el interior.

La habitación estaba, en esencia, vacía, y el aire era sorprendentemente seco.

En el centro había un piano de media cola, tapado con una funda.

Masami apuntó la cámara hacia el piano y se quedó quieta, grabándolo.

La abuela de Akashi, la que le había comprado el piano, había fallecido cuando él cursaba el último año de secundaria.

Akashi observó un pequeño taburete de madera que había en un rincón del almacén. Su abuela solía sentarse en él, con las piernas remetidas por debajo y la espalda recta, mientras escuchaba tocar a su nieto.

«Siempre tocas con tanta delicadeza, Akashi. Los gusanos de seda también parecen disfrutar de tu música», solía decir.

—Es raro, pero el piano encaja bien en el almacén —comentó Masami.

—Y el mismo almacén es como una sala insonorizada.

—¿Sueles venir aquí a menudo?

—Hacía tiempo que no.

Aún mandaba afinar el piano una vez al año, pero, cuando decidió formar parte de la competición, hizo que lo afinaran con cuidado una vez más.

El afinador, el señor Hanada, tenía la edad de su padre y lo conocía desde hacía años. Cuando Akashi le contó que iba a competir en el Concurso Internacional de Piano de Yoshigae, le sorprendió la alegría del anciano y cómo se había asegurado con entusiasmo e ilusión de que el piano estuviera afinado a la perfección.

«Me alegro tanto. Me encanta cómo tocas, Akashi, desde que eras pequeño. Porque el piano no es solo para prodigios», le había dicho el señor Hanada.

Akashi sabía, cómo no, que no era un niño prodigio. Pero, aun así, le dolió en secreto que Hanada también lo supiera. Sin embargo, fue un cumplido lo bastante justo para un hombre que, a su edad, iba a participar en una competición a modo de despedida.

Akashi reunió fuerzas al saber que Hanada pensaba lo mismo que él.

El piano no es solo para prodigios.

—Tu abuela te compró el piano, ¿no? —preguntó Masami—. Es muy hermoso. Como sacado de un cuadro. Takashima-kun, ¿tocarías algo para mí?

Masami era una persona visual, siempre pensaba en qué escena quedaría mejor en televisión.

Akashi quitó la funda, alzó la tapa, acercó la silla y se sentó ante el piano.

Estaba acostumbrado a esa silla. De tantos años sosteniéndolo, el cojín ya estaba amoldado a su forma.

Aquel era un instrumento pequeño y cómodo, nada como los enormes pianos de cola que se usaban en los conciertos. Cuando Akashi, un hombre adulto ya, lo tocaba, el piano parecía incluso más pequeño.

Siempre le había parecido muy grande.

Akashi acarició con cuidado las teclas amarillentas.

Nunca olvidaría la emoción que sintió la primera vez que se sentó ante él.

Su abuela había ido a verle a un recital y, más tarde, inspirada por la actuación de su nieto, recorrió el vecindario para contarle a todo el mundo que crecería para convertirse en músico profesional. Alguien, al parecer, le había dicho que, si iba a ser profesional, necesitaría algo mejor que el piano de pared en el que había estado practicando.

Y era cierto que Akashi tenía las manos grandes para ser un niño, que podía dominar con facilidad las piezas más complicadas a nivel técnico y que le habían visto un gran potencial y una gran promesa.

La familia de su padre era la más importante en la cría de gusanos de seda de la zona, pero cuando Akashi nació, la industria decaía y el hermano mayor de su padre, que había heredado el negocio, trabajaba en una empresa de electrónica y solo criaba gusanos como actividad paralela. Aun así, poco a poco su abuela consiguió ahorrar algo de dinero y pudo comprar un piano, de segunda mano, para su nieto.

Esa fue la primera vez en su vida que Akashi gritó de pura felicidad. Para un pianista, tener un piano de cola era un sueño hecho realidad.

El problema era que en casa no podía tener el preciado piano que su abuela le había comprado.

Por el trabajo de su padre, tenían que mudarse mucho y el piano no cabía en un piso japonés normal. Aunque consiguieran meterlo, los vecinos se quejarían, así que su padre le dijo que no se lo llevarían con ellos. Akashi derramó lágrimas de amargura.

Al final, el piano se quedó en el almacén y, durante las vacaciones de verano, Navidad y justo antes de los recitales, iba allí a tocar durante todo el día.

Su abuela, claro, no sabía nada sobre música clásica. Pero tenía buen oído y empezó a entender cosas solo por escuchar a su nieto. Akashi solía sorprenderse por la agudeza de su oído, incluso en los últimos años de su vida.

Por ejemplo, su abuela averiguaba mucho sobre su salud y su ánimo solo oyéndolo tocar. Tras cada práctica, se sentaban en la mesa del comedor y le decía cosas como: «Pareces cansado» o «¿Hay algo que te preocupa?». Y acertaba cada vez. En una ocasión, le dijo: «Cuando estás pensando en otra cosa, las notas parecen más cortas».

Aquello lo tomó por sorpresa. Incluso en una lección, si algo lo molestaba, no podía interpretar bien el fraseo ni la articulación y su interpretación, comparada con los momentos en los que estaba en buena forma, tendía a ser más seca, algo que su profesora le había señalado en múltiples ocasiones. Mucha gente, al oírlo así, no captaría la diferencia, que era mínima, pero su abuela sí.

Y cuando otros niños del vecindario se turnaban al piano, su abuela siempre distinguía quién tocaba y nunca fallaba a la hora de describir sus personalidades.

Las opiniones de Akashi sobre música y la resistencia que sentía en ese momento se podían atribuir a la influencia de su abuela.

«Ese tipo cría gusanos en su piano».

«Practica en una sala llena de orugas. ¡Qué asco!».

Los rumores de que practicaba en un almacén donde antes había gusanos de seda se propagaron por la escuela de piano. Los otros niños no lo dejaron pasar. Uno en concreto era bastante persistente. Su escuela era muy conocida y había producido su buena cantidad de pianistas profesionales, y ese chico tenía tanto talento como Akashi, pero siempre quedaba en segundo lugar detrás de él. Akashi se dio cuenta de que debía sentir envidia porque, además de su habilidad al piano, Akashi era afable y caía bien a los demás. Al final, acabó por reírse de la persistencia inquebrantable de ese chico a la hora de difundir historias sobre él.

En la universidad, trabó amistad con una mujer que se había graduado en uno de los mejores colegios privados para mujeres en Japón. Le sorprendió cuando le dijo que la combinación más normal en las profesiones de los padres de sus compañeras era un padre médico y una madre profesora de piano.

Akashi no era un joven prodigio excepcional, pero la gente sí que esperaba cosas buenas de él en el futuro, así que fue a un conservatorio. Aun así, sentía cada vez más inquietud por el elitismo retorcido del mundo de la música y la cantidad de gente involucrada en él.

Había personas que disfrutaban de la música sin más y tenían buen oído, gente que vivía una vida normal, como su abuela. Así pues, ¿por qué los músicos no podían llevar también una vida normal?

No se trataba de si tenía la opción de ser un músico profesional, sino más bien de si quería. Le encantaba el piano, pero dentro de Akashi existía un miedo concreto: el amplio aunque abarrotado mundo de la música estaba muy alejado de lo *ordinario* y, aun así, lo que él ansiaba era ser *ordinario*, estar en el mundo real donde vivía gente como su abuela.

—Conozco esta obra. ¿Cómo se llama?

—*Träumerei*, de Schumann —le dijo a Masami mientras la interpretaba con tranquilidad—. Esta también te suena, ¿verdad?

Empezó a tocar otra cosa.

—Ah… es la canción para el anuncio ese de la medicina estomacal.

—Es Chopin.

—Tu interpretación *sí* que es delicada.

Por algún motivo, aquello sobresaltó a Akashi.

«A los gusanos les encanta oírte tocar». Era como si su abuela le hablara de nuevo. Una calidez inesperada se acumuló en su interior.

—Me voy a quedar aquí a prepararme para la competición —dijo.

—Pero ¿no ibas a alquilar un estudio en ese complejo de montaña…? ¿Nasu Kogen o algo así?

—He cambiado de idea. Creo que esto es lo mejor para mí.

—Bueno, supongo que a mí también me viene bien que te quedes aquí cerca para grabarte.

Masami sonaba un poco dubitativa. Lo cual era comprensible, dado que unas horas antes Akashi se había quejado de que no tenía sitio donde practicar ni tiempo suficiente.

La decisión lo hizo sentir más ligero.

Haré los últimos preparativos aquí, se dijo. *Repasaré por última vez para la competición en este almacén reconvertido de gusanos de seda, en el piano que me compró mi difunta abuela, con ella escuchando. Eso es lo que mejor me viene.*

—¿Conoces la película *Nunca en domingo*?

Mientras acariciaba con cuidado las teclas, Akashi miró a Masami.

—¿Qué pregunta es esa? Pues claro que la conozco. Sale Melina Mercouri —replicó Masami, con las manos a la cadera. El cine era su especialidad.

—Dicen una frase que me encanta.

—¿Cuál? No creo que la recuerde.

Mozart llenó entonces la sala de los gusanos.

Akashi se sentía extrañamente feliz.

—La película estaba ambientada en Grecia, ¿no? Melina Mercouri interpreta a una prostituta alegre y vivaz, hasta que un día aparece un profesor de universidad conservador que enseguida choca con los despreocupados lugareños. Los músicos de la zona no saben leer partituras y no tienen ni idea de música clásica. «¿Y os hacéis llamar músicos?», les espeta. «Pues no lo sois». Aquello fue un golpe para ellos y se deprimen y dicen que ya no van a actuar, porque no son competentes. A ver si me acuerdo… ¿había una escena así?

—Sí. Aunque yo no me dedico a la música, aquello me impresionó.

—¿Y luego qué pasó?

—Melina Mercouri les dice: «¿Qué estáis diciendo? Los pájaros no saben leer partituras y eso no les impide cantar». Al oírlo, sus miradas se iluminan y regresan al bar para tocar de nuevo.

—Ajá.

—Creo que iba de eso.

Dentro del almacén, los compases de Mozart fluyeron hacia el exterior y se mezclaron con los rayos alargados del sol vespertino.

REDOBLE DE TAMBOR

Unas carcajadas alegres rebotaron en el techo ligeramente abovedado y resonaron hacia la multitud que atestaba el vestíbulo de abajo.

Los flashes de las cámaras, los hombres y mujeres con rostros adustos vestidos con trajes negros que iban de un lado para otro, aferrados a sus libretas... Eran periodistas locales o reporteros de revistas sobre música, o el personal de relaciones públicas de las empresas patrocinadoras. También había presentes cronistas de periódicos nacionales y críticos musicales destacados, muestra de la creciente reputación del Concurso Internacional de Piano de Yoshigae en los últimos años.

Mieko Saga, copa de champán en mano, miraba por los enormes ventanales del vestíbulo hacia la plazoleta redonda de fuera, sumida en las tinieblas.

El auditorio formaba parte de una instalación polivalente, que incluía oficinas, un centro comercial y el vestíbulo que rodeaba la plazoleta de piedra. Eran casi las diez de la noche y la plaza estaba desierta, mientras que, dentro, el vestíbulo bullía de actividad. A Mieko, ese contraste tan crudo le recordaba a la propia competición, a la sucesión de alegrías y tristezas que acechaba tras el resplandor del escenario. Durante un momento, sintió como si el fresco de finales de otoño hubiera atravesado el cristal hasta llegar a ella.

Le sorprendió su reflejo en el cristal, esa mirada nerviosa y dura.

Dios santo, qué cara de miedo tengo, pensó. *Como si fuera una estudiante que aguarda nerviosa su turno al piano.*

Se masajeó las mejillas para liberar un poco de tensión, aunque no sabía si funcionaría.

Era la noche inaugural del concurso de Yoshigae, que continuaría durante las próximas dos semanas. La primera ronda empezaba al día siguiente.

Se había celebrado un concierto de inauguración, un recital dado por el ganador del año pasado. Uno de los beneficios más importantes que recibía la persona ganadora era un tour por varias ciudades de Japón, y ese concierto señalaba el inicio.

El ganador del año anterior no había superado la fase de la solicitud escrita, pero había avanzado por las audiciones y conseguido el primer lugar. Luego se convirtió en una estrella a nivel mundial, gracias a su presencia imponente en el escenario, y su aparición en Yoshigae fue una gran noticia.

Una de las recompensas especiales de ser jueza era justo esa: poder disfrutar, desde un asiento entre el público, del concierto triunfal de una estrella que habías ayudado a descubrir. Mieko se sentía llena de energía al pensar que otra estrella nacería en esa competición.

Tras el concierto, usaron el vestíbulo para celebrar una fiesta solo para invitados. Era la primera vez que los jueces de las audiciones de todo el mundo se reunían; también estaban por allí algunos de los pianistas, que le proporcionaban un sabor internacional a la celebración. La fiesta estaba en pleno apogeo, con dignatarios del gobierno local auspiciando la competición, el alcalde de Yoshigae, algunas personas VIP de la zona y gente mayor de las empresas patrocinadoras. Yoshigae era una de las ciudades industriales más importantes de Japón, el hogar de varios fabricantes de fama mundial, y la ciudad recibía grandes ingresos fiscales a pesar de la recesión que asolaba al resto del mundo.

—Pareces perdida, Mieko, ahí sola.

Mieko aún se estaba frotando la cara para aflojar los músculos tensos cuando alguien le tocó el hombro. Era el compositor Tadaaki Hishinuma. Mieko le dirigió una sonrisa irónica.

—Qué forma más fea de expresarlo. Deberías haber dicho que estaba concentrada en la contemplación de algo.

—No me hagas reír. ¿Quién era la joven señorita que se saltaba clases porque decía que no podía soportar pensar demasiado y odiaba el estudio del solfeo? ¿Eh? Era casi como si estuvieras contando las nuevas arrugas que te han salido en los últimos años.

—¡Qué horrible eres! —rio Mieko.

El concurso de Yoshigae siempre encargaba una nueva obra a un compositor japonés que todos los participantes deberían interpretar, y ese año habían elegido a Hishinuma. Uno de sus abuelos había sido un escritor eminente, el otro un gran político. Él mismo era una hermosa figura rodeada por un aura decidida, pero cada vez que abría la boca para hablar, un torrente del dialecto crudo y antiguo de Tokio salía de ella, y cualquiera que lo viera por primera vez acababa desconcertado por el contraste.

—Bueno… ¿qué es eso que me han contado de que el contingente francés descubrió a un pianista espectacular? —Hishinuma la observaba con un brillo en su mirada.

—También te has enterado, ¿no? —Mieko no pudo reprimir la mala cara.

—¿No es hijo de un apicultor? Me parece que todo el mundo lo llama «el Príncipe de las Abejas».

—El Príncipe de las Abejas… —Mieko se quedó sin habla. *Jin Kazama.*

El nombre le pesaba. Simon, Smirnoff y ella se habían reunido hacía poco por primera vez desde las audiciones de París, y saltaba a la vista que, para los tres, el chico seguía siendo como una piedra en su zapato.

Tras la audición, cada uno había estado ocupado con sus propios compromisos, pero entre medias todos habían reunido un poco más de información sobre Kazama.

Lo primero que le había sorprendido a Mieko eran los caracteres empleados para escribir el nombre del chico.

Se había imaginado que el nombre, Jin, se escribiría con el carácter habitual para «benevolencia», pero le impactó descubrir que se escribía con el que significaba «polvo». A Simon le sorprendió su asombro, pero cuando ella le explicó el significado del carácter, Simon se echó a reír.

Sus carcajadas desesperaron a Mieko. Estaban involucrados en el plan de Hoffmann y, encima, ¿el nombre del chico era *polvo*? El padre de Jin debía ser bastante excéntrico. A Simon todo aquello le hizo gracia, pero solo incrementó la ansiedad de Mieko.

Los rumores sobre que un joven pianista increíble había aparecido en la audición de París se habían propagado como la pólvora por el mundillo de la música.

Como siempre, Mieko intentó evitar enterarse de cualquier dato sobre los participantes para no hacerse ideas preconcebidas sobre ellos, pero en lo que respectaba a Jin Kazama, esos rumores desenfrenados lo precedían y ella los había oído todos, tanto si quería como si no. Kazama era, en esencia, un desconocido, así que casi no había antecedentes sobre él, pero eso solo alimentaba las expectativas. Con tanta expectación, ¿y si su actuación no llegaba al nivel esperado? Mieko estaba muerta de miedo. Si el público se sentía decepcionado, seguro que dirigirían su resentimiento hacia los jueces que lo habían permitido pasar.

—¿A qué viene esa cara?

Hishinuma parecía desconcertado. Pensaba que Mieko estaría más emocionada.

—Pues por un par de cosas. Eh… Hasta Hoffmann podía cometer un error, ¿no?

—Me han dicho que había una carta de recomendación. —Mieko no sabía en qué estaba pensando Hishinuma; su expresión se había tornado seria de repente—. Pero parece cierto que Yuji enseñó a este… Príncipe de las Abejas. Llamé a Daphne el otro día y me dijo que Yuji había viajado para enseñar a un niño.

—¡¿Qué?!

Daphne era la esposa de Yuji von Hoffmann. Hishinuma y su familia eran amigos de los Von Hoffmann. Incluso después de la muerte del maestro, se mantenía en contacto con su viuda por teléfono.

—¿El maestro iba él a darle clase? Increíble.

Hoffmann era famoso por aceptar a muy pocos alumnos, ya que apenas daba clase fuera de su casa.

—Daphne le preguntó, pero al parecer él solo sonrió. Qué inconformista que era. Según ella, sonrió y dijo: «Lo hago porque es un músico ambulante».

Un músico ambulante. Una descripción acertada, ya que Jin era el hijo de un apicultor que debía viajar mucho, a los sitios donde las plantas estuvieran en flor.

Pero ¿cómo le había dado clases? El chico no sabía cómo comportarse en un escenario, no había ninguna prueba de que hubiera recibido instrucciones de un profesional.

—Bueno, ¿cuándo actúa el príncipe? Estoy seguro de que no ha venido a la fiesta, ¿eh? —Hishinuma echó un vistazo al vestíbulo.

—Está previsto que toque el último día de la primera ronda. Parece que llegará a Japón justo a tiempo.

Toda la competición duraba dos semanas, y el noventa y pico por ciento de los concursantes de la primera ronda actuaban a lo largo de cinco días. Algunos pianistas que tocaban al día siguiente habían acudido a la fiesta de inauguración, mientras que otros aún pulían con furia sus obras.

Japón estaba muy lejos de Europa y América, por lo que formar parte de la competición saldría caro. Aunque los participantes hubieran optado por un alojamiento familiar, la carga económica era considerable. Los que llegaban unos días antes a Yoshigae y se quedaban en un hotel eran pianistas de países vecinos, China y Corea, y a menudo hijos de familias ricas. El resto no tenían otra opción que llegar en el último momento. Mieko no sabía si Jin Kazama era rico o no, aunque seguramente no debía serlo.

—Oh, no, no mires, pero la reina se ha dignado a comparecer —musitó Hishinuma.

—¿Has dicho algo, Tadaaki? —dijo una potente voz de contralto.

—Siempre ha tenido muy buen oído —le comentó el compositor a su colega.

Se les acercó una atractiva rusa pelirroja, con el pecho voluptuoso y ataviada con un traje azul. Esa presencia espléndida y poderosa no era otra que Olga Slutskaya, famosa pianista y profesora con una consolidada reputación. Amante de Japón, había adquirido un buen nivel en el idioma. Rondaba los setenta años, pero no había perdido ni pizca de su encanto cautivador ni de su vitalidad. Tenía un amplio círculo de contactos en el mundo musical, además de grandes habilidades directivas y políticas, y se sabía que, como presidenta de los jueces, había desempeñado un papel clave para convertir el concurso de Yoshigae en un acontecimiento realmente internacional.

—No estarás hablando mal de mí, ¿verdad? —Olga le dirigió una sonrisa dulce y movió sus hombros torneados.

—Tonterías —replicó Hishinuma con una sonrisa aduladora.

No era mucho más joven que Olga, pero Mieko, sonriendo para sí, pensó que ese anciano siempre era muy humilde y educado ante mujeres hermosas.

—Estábamos hablando sobre que quizás este año también nazca una estrella.

—Eso sería maravilloso —dijo Olga con una carcajada. Su mirada pareció relucir durante un instante.

Obviamente había oído hablar sobre la audición de París y había tenido en cuenta los gustos y la reputación del panel de tres jueces. Olga era estricta, una persona que seguía las normas y prefería las actuaciones ortodoxas que reflejaran una profunda comprensión de la pieza. No cabía duda de que no apreciaría a una persona excéntrica y pintoresca como el Príncipe de las Abejas de París. Sin embargo, como también era pragmática, seguro que aprovechaba al máximo cualquier cosa que crease emoción y atrajese más atención al concurso, ya fuera la carta de recomendación de Hoffmann o ese Príncipe de las Abejas… o del Polvo.

—Cuánto tiempo, eh, Mieko. Pásate por mi habitación luego, ¿quieres? —dijo Olga, dirigiéndole una mirada solemne por el rabillo del ojo. Mieko respondió con una sonrisa evasiva cuando Olga pasó a su lado. *Dios no lo quiera*, musitó Mieko para sí misma. Examinó la sala con rapidez en busca de otro grupo llamativo al que unirse.

Si alguien iba a considerar al Príncipe de las Abejas como un enemigo, esa sería *Olga*.

—Aparte de las audiciones de París, he oído un rumor de que hay otra superestrella entre bambalinas, esta vez de Nueva York —musitó Hishinuma mientras seguía la mirada de Mieko.

—¿Ah, sí?

Este anciano es demasiado rápido para mí, maldijo para sí.

Su mirada se posó en un hombre alto y delgado... que sonreía, pero con un brillo lacerado en sus ojos.

Nathaniel Silverberg.

Lucía una desobediente masa de pelo castaño claro, como una auténtica melena leonina que sobresalía en todas direcciones a pesar de sus esfuerzos por domarla. En general, era una persona amable, franca y encantadora, pero a veces podía ser fiero y era implacable consigo mismo y con otras personas en temas musicales. Si tenías la desgracia de sufrir su ira, nadie podría limar las asperezas después. Mieko solo había presenciado esa parte suya en una ocasión, cuando se transformó en otra persona completamente distinta; su pelo se convirtió no tanto en una melena de león sino en un halo de llamas que rodease la cabeza de una estatua de alguna deidad budista.

Tenía la misma edad que ella, rozando los cincuenta; era un pianista en su mejor momento, tanto por popularidad como por habilidad, y hacía poco había debutado como director y productor teatral. Sin embargo, también era conocido en otros ámbitos aparte del de la música clásica. Nataniel era británico, pero, como profesor en Juilliard desde hacía unos años, había convertido Estados Unidos en su base de operaciones.

—Menuda mata de pelo... Qué envidia —musitó Hishinuma, dándole unas palmaditas a su cabello ralo.

—Bueno, se ha reducido mucho últimamente, ¿sabes? Antes la gente decía, con mala baba, que podía ser uno de los bailarines de *El rey león*, con esa melena danzando a su alrededor.

Hishinuma se rio.

—Me han contado que su divorcio ha sido un gran trauma, pero aún tiene un cutis bastante joven.

—Diría que tiene la cara un poco grasa.

Mieko también se había enterado de cómo habían arrastrado por el lodo a Nathaniel durante el divorcio con su última esposa.

—En cuestión de mujeres siempre ha sido bastante escurridizo —murmuró.

Hishinuma le dirigió una mirada inquisitiva, pero entonces se propinó una palmada teatral en la frente.

—Ostras, es cierto. Ese tipo fue *tu* marido, ¿verdad?

¿En serio? ¿Cómo se podía haber olvidado de eso? El muy vejestorio.

—Es agua pasada —replicó Mieko.

—Ya… Bueno, ¿qué tal le va a tu hijo?

—Me escribió el otro día. Este año ha conseguido trabajo. En el gobierno. Se parece a su padre en todo… hasta en su aspecto.

Tras disolver su matrimonio con Nathaniel, por petición de sus padres Mieko había pedido cita para un matrimonio *miai* y se había casado con un banquero, graduado por la Universidad de Tokio. En retrospectiva, había sido una locura, pero en esa época se sentía cansada después de haber estado a merced de Nathaniel y lo cierto era que, si se casaba de nuevo, lo mejor sería hacerlo con un hombre serio y de fiar. El hijo que tuvo con su segundo marido se parecía al dedillo a su padre, como si los hubieran cortado por el mismo patrón. Lo criaron para que fuera tan sensato y lúcido que costaba creer que fuera el hijo de la despreocupada Mieko.

Su marido y ella se habían divorciado antes de que Shinya empezara primaria; su exmarido se había quedado con la custodia, así que ella no sabía cómo lo había educado en realidad. Él pronto se volvió a casar. Los recuerdos que tenía Mieko de Shinya pertenecían a su infancia. Su nueva madre adoptiva parecía una persona capaz, y Mieko le estaba muy agradecida por criar a Shinya para que fuera un joven fuerte y honrado.

Shinya no tocaba el piano, pero disfrutaba de la música y durante el instituto había ido a algunos de los conciertos de Mieko. Luego le escribía cartas con sus pensamientos. Sus observaciones siempre eran perspicaces, y Mieko sentía una mezcla de felicidad y vergüenza a partes iguales cuando las leía. En la actualidad, intercambiaban correos más a menudo que llamadas, y los padres del joven parecían de acuerdo con eso.

Me pregunto a qué progenitor se parecerá la hija de Nathaniel, pensó.

Nada más pensarlo, su mirada se encontró con la de él y Mieko se sobresaltó.

Había detectado un indicio de vergüenza en la expresión de Nathaniel.

Sabía que, para él, había sido difícil olvidarla. El hombre endureció el rostro enseguida; mala señal. Estaría recordando lo de París y el incidente del Príncipe de las Abejas. Mieko estaba segura de ello.

Nathaniel se acercó, con el rostro adusto.

Mieko se obligó a sonreír.

—Cuánto tiempo. —Nathaniel la miró con dureza—. Tienes buen aspecto.

Ella hizo lo que pudo para sonar alegre.

—Tú también.

La expresión de Nathaniel siguió endurecida, aunque le dirigió una de sus sonrisas encantadoras a Hishinuma.

—Profesor Hishinuma, hace demasiado que no nos vemos. La obra que ha compuesto es muy interesante. La toqué y la disfruté mucho.

—Me alegro de oírlo.

Mientras observaba a Nathaniel deliberar con entusiasmo sobre la obra con Hishinuma, Mieko percibió su desaprobación hacia ella.

Está enfadado. Indignado conmigo por haber aprobado al chico con la carta de recomendación de Hoffmann.

¿Por qué, Mieko?, estará pensando. *¿Por qué demonios no lo detuviste?*

Casi pudo imaginar la rabia de Nathaniel cuando lo oyera tocar.

Se le pondría el pelo de punta igual que a esa deidad budista tan enfadada. El motivo: Nathaniel había sido uno de los alumnos del grupo selecto y reducido de Hoffmann.

Solía volar una vez a la semana desde Inglaterra para recibir clases de Hoffmann, pero este nunca le dio *a él* una carta de recomendación.

Para aquellas personas que adoraban a Hoffmann, que se maravillaban con él e incluso que lo idolatraban, era como si el maestro hubiera hechizado sus emociones, y causara estragos con ellas. *Igual que hizo conmigo*, pensó Mieko. *Este chico aparece con una carta sin precedentes, con una recomendación de un mentor al que admiramos por encima de todos los demás, y me ha inquietado de verdad... ¿Cómo voy a lidiar con esto?*

No pude hacer nada, quería decirle a Nathaniel.

Esta bomba que ha creado el maestro Hoffmann ya ha estallado. El regalo del maestro ya ha sido entregado...

Una sombra apareció en su línea de visión, como si atravesara el aire.

—Profesor Silverberg.

La sombra parecía envuelta en una tenue luz.

Mieko solo pudo parpadear al ver el rostro resplandeciente de ese chico.

—Ah... Aquí estás, Masaru.

Nathaniel lo invitó a acercarse, todo sonrisas.

—¿Masaru? —preguntó Mieko al oír el nombre japonés.

—Sí —respondió Nathaniel, mirando al chico—. Es de ascendencia japonesa. Su madre es peruano-japonesa de tercera generación.

—Peruano-japonesa de tercera generación —repitió Mieko, con los ojos en el semblante del joven. Le parecía más latinoamericano, no detectó ni rastro de sangre japonesa en sus rasgos. *Con tanta mezcla de razas, te hace pensar en la palabra «híbrido».*

—También es... —había dicho Nathaniel al presentarlo. Seguro que habría estado pensando en Jin Kazama.

Ese joven era tan alto como Nathaniel e iba vestido con un traje de *tweed* gris hecho a medida. Viril, pero discreto. Salvaje, pero contemplativo. Coexistían en él elementos contradictorios, aunque sin la obligación de mezclarse. A veces veías a alguien cuyo cuerpo te hacía visualizar la *velocidad física*, y Masaru era justo eso. Un animal esbelto con un poder explosivo justo debajo de la superficie.

—Espero que te portes especialmente bien con este joven —comentó Nathaniel con una expresión cómica en su rostro mientras hacía una reverencia profunda. Rodeó los hombros de Masaru para acercárselo más—. Es la joya oculta de Juilliard. Empezó a competir este año. Tu primera competición fue en Osaka, ¿verdad? ¿Por qué Osaka?

—Pensé que sería un buen simulacro antes de Yoshigae. Quería acostumbrarme a la atmósfera y a la sensación de un auditorio. Pero no conocía muy bien las normas y me descalificaron por una infracción.

El joven se rascó la cabeza, avergonzado.

—¿Cómo? —preguntó Mieko llena de sorpresa y entornó los ojos.

Así que era él... El joven que había conseguido las notas más altas pero que, sin ningún contacto con la música japonesa para defender su caso, había acabado descalificado.

—Su nombre, Masaru, significa «victoria» en japonés, ¿verdad? —Nathaniel miró a Mieko—. Masaru, esta es Mieko Saga, una vieja amiga mía.

—Sí, claro, es un placer conocerla al fin.

Los ojos de Masaru brillaron cuando le ofreció su mano.

Si es «victoria» contra «polvo», se acabó el juego.

Mieko observó la plazoleta del exterior a través de los ventanales de cristal.

La noche se oscurecía. En tan solo unas horas, el telón de la competición se alzaría.

PITO, PITO, GORGORITO

—Estoy pensando en el rojo para la final.

Kanade parecía tan seria que Aya no pudo evitar sonreír.

—Pero no sé si llegaré a la final.

Aya quiso que aquello sonara con ligereza, como una broma, pero
Kanade se dio la vuelta y le dirigió una mirada que daba miedo.

—Aya-chan, ¿por qué sigues diciendo esas cosas? Hay mucha gente joven en el mundo que se muere por estar en una competición y no
llegan ni a participar. Si vas a pensar eso, mejor retírate ya. No te
preocupes por mi padre.

—Lo siento…

Aya guardó silencio y examinó los vestidos.

La competición de Yoshigae arrancaba al día siguiente y ahora
que habían terminado de decidir el orden de las actuaciones, Aya había
hecho un viaje rápido de un día de vuelta a Tokio.

Estaban en la casa del presidente Hamazaki, cerca de la universidad; era una imponente mansión de estilo japonés con un jardín
exuberante.

Aya y Kanade, la hija pequeña del señor Hamazaki, se habían
sentado en la amplia sala de estar, ahora llena de vestidos extendidos
sobre el tatami para su inspección.

Era el sueño de toda chica aparecer en un escenario con un vestido espectacular. Había muchas chicas que empezaban a ir a clases de
piano solo con eso en mente: llevar un vestido precioso a un recital.

Pero, para los intérpretes, los vestidos también podían resultar
bastante molestos.

Podían ser voluminosos y caros. Y no debías llevar el mismo
demasiadas veces.

En competiciones, era habitual que una chica luciera un vestido para cada actuación. Si sobrevivías hasta la final de Yoshigae, eso implicaba que debías tener cuatro atuendos.

Siempre podías alquilar uno, claro, pero si no era cómodo podía entorpecer tu actuación, y los pianistas solían preferir usar sus propios trajes, a los que se habían acostumbrado.

Habían pasado años desde que Aya actuase delante de un público y no tenía ningún vestido. Hasta los trece años, su madre siempre le había cosido los trajes del escenario. Aya prefería ropa más tosca y masculina, y había pensado en ponerse un traje de chaqueta para la competición.

Hasta que Kanade le preguntó como quien no quiere la cosa: «Bueno, ¿qué te vas a poner?». Cuando se enteró de la idea del traje de chaqueta, se horrorizó. «Eso es impensable. Un traje de chaqueta quedaría raro».

Los Hamazaki tenían dos hijas; la mayor, Haruka, se había graduado en canto y estudiaba en Italia, mientras que Kanade estudiaba violín en la misma universidad que Aya, pero dos cursos por delante. Cada chica había elegido su especialidad acorde con sus nombres: Haruka significaba «canción pura» y Kanade, «tocar un instrumento».

El señor Hamazaki le había pedido a Aya que asistiera a su universidad, pero, nada más empezar, fue su hija Kanade la que la tomó bajo su protección. Al principio lo hizo porque era su deber, pero la disciplinada Kanade y la más relajada Aya se llevaron bien, y ahora eran como dos hermanas.

Las chicas Hamazaki tenían un armario lleno de vestidos, así que tomaron la pronta decisión de prestarle a Aya los que necesitase.

Como ella prefería diseños sencillos en tonos monocromáticos, había elegido solo vestidos oscuros, pero Kanade no se lo recomendó. Como el piano era negro y en la final tendría que actuar con una orquesta cuyos miembros vestirían de negro, si ella lucía el mismo color, se perdería en el escenario.

También era recomendable para todas las mujeres músicas, no solo las pianistas, que no se restringieran los hombros; por eso muchas elegían vestidos sin mangas. Los corpiños también eran populares, pero a Aya no le gustaban demasiado. Con sus hombros caídos, las tiras finas no le irían bien, porque se le podrían escurrir con facilidad. Tras mucha prueba y error, se decantó por los vestidos sin mangas. Había oído historias de terror de todo tipo: vestidos hermosos pero con los que costaba actuar, intérpretes que tropezaban con el bajo de sus vestidos, tirantes que se caían, chicas que elegían telas más baratas y sintéticas y que acababan sudando como locas durante su actuación, y vestidos que se subían mientras las artistas tocaban y las hacían perder la concentración.

Tras muchas dudas, acabaron eligiendo cuatro vestidos: uno era bermellón, otro azul intenso, otro verde oscuro y el último de un lamé plateado. La pregunta ahora era en qué orden debería llevarlos.

Kanade percibía el desconcierto de Aya. Sabía que había entrado en la universidad gracias a la recomendación de su padre y que ella solo había aceptado a regañadientes participar en la competición porque se sentía obligada y no deseaba por nada del mundo ganar un premio.

—¿Aya-chan? —dijo—. Siempre has pensado que te ayudo porque mi padre me lo pidió, ¿verdad?

Aya se quedó atónita. No se había imaginado que Kanade sacaría ese tema en un momento así. Ni que lo sacaría en general.

—Era muy fan tuya —añadió Kanade—. Desde pequeña, mi padre me ha dicho que tengo un oído excelente. Cuando iba a ver competiciones, siempre sabía quién ganaría y quiénes harían grandes cosas. Llegó un punto en el que él siempre me preguntaba: «Bueno, ¿cuál crees que triunfará?».

Aya sabía que Kanade tenía un oído espectacular, además de una mezcla maravillosa de intuición y perspicacia crítica. Kanade tocaba canciones de muchos géneros y escuchaba a muchos grupos independientes. A veces le decía a Aya que una banda en concreto llegaría a ser grande y, en efecto, luego debutaban por todo lo alto. A ella le asombraba el sentido musical infalible de su amiga. Sus actuaciones no eran especialmente llamativas, pero su sonido poseía una madurez que superaba su edad y la gente entendida la consideraba una gran violinista.

—La primera vez que te oí tocar, aluciné —le contó Kanade—. Estaba acostumbrada a oír a los alumnos que venían a estudiar con mi padre y había muchos niños prodigio entre ellos que tenían una técnica espectacular. Pero tú eras distinta. Me atrajo tu musicalidad, tan libre y sencilla, tan generosa, pero con una visión evocadora. —Aya se sentía un poco incómoda. ¿De verdad la estaba describiendo?—. No sabes lo emocionada que me sentí cuando te oí tocar. Recuerdo que le dije a mi padre: «Esta chica será una estrella». No solo estaba segura... estaba *convencida* de ello.

Aya se rascó la cabeza.

—Y entonces...

Kanade abrió los ojos de repente y miró a Aya, que dejó de rascarse.

—Y entonces, de pronto, dejaste de actuar. Eso me impactó. La verdad es que me sentí humillada. Es un poco tarde para decir esto, pero me sentí insultada, como si me hubieras traicionado.

—Lo... lo siento —respondió Aya.

Kanade resopló y relajó el semblante.

—Y luego, años más tarde, mi padre llegó a casa una noche y me dijo: «Tenías razón, Kanade. Diste en el clavo».

—¿Quieres decir...?

Kanade asintió.

—Fue el día en que mi padre te oyó tocar la sonata para piano de Shostakovich —explicó la violinista. Aya miró a Kanade directamente a los ojos—. Me alegré mucho cuando me dijo que iba a conseguir que vinieras a la universidad. No dijo «Quiero que se matricule», sino «Voy a asegurarme de que se matricule». Sabes que tiene pinta de majo, ¿no? Pues a veces puede ser bastante duro.

—¿El profesor Hamazaki? —Aya sintió que la calidez la inundaba por dentro—. Bueno... supongo que es gracias a ti que pueda estudiar aquí.

—¡Sí, todo gracias a mí! Así que muéstrame gratitud —rio Kanade—. Mi padre no lo hizo solo por mi intuición. Llevaba mucho, muchísimo tiempo pensando en ti.

¿Acaso mi madre le pidió que cuidara de mí?, reflexionó Aya.

—Por eso tienes que darlo todo en el concurso. Por mi orgullo y mi honor. ¿Vale? —dijo Kanade. Aya asintió—. Bien, pues. ¿Cuál será tu vestido ganador?

Las dos volvieron a comparar los cuatro atuendos.

—Quiero este para la final —respondió Aya al cabo de un rato, señalando el vestido plateado superelegante.

—¿No es un poco sobrio? —Kanade ladeó la cabeza sin convicción, pero Aya negó.

—No lo es. Es mi favorito. El segundo carácter de mi nombre, Aya, significa «noche». Este vestido me recuerda a la luz de la luna. Es perfecto.

—Dicho así, supongo que tienes razón.

—Haré todo lo que pueda para poder lucirlo en la final. Gracias, Kanade-chan.

Aya se lo agradeció con tanta sinceridad que fue el turno de Kanade de sentir un poco de vergüenza y apartar la mirada.

Al salir de la casa de los Hamazaki, Aya no pudo contener un suspiro.

Las temperaturas en el exterior habían bajado.

Sí que parecía finales de otoño. El ambiente frío en sus mejillas era como un abrazo.

Kanade la había hecho tan feliz, la había conmovido tanto… Pero ahora que estaba fuera, sus sentimientos negativos regresaron.

La competición empezaría al día siguiente, aunque le costara creerlo.

Sabía que debía seguir las indicaciones de Kanade, recomponerse y concentrarse.

Sin embargo, Aya no actuaría hasta el último día de la primera ronda, ya que era la número 88 en la lista. El ocho era el número de la suerte, y el carácter chino se expandía para simbolizar prosperidad. Pero lo que más la asombraba del número era la cantidad de participantes que había.

Vamos a ver: ¿por qué, a estas alturas de la vida, tengo que tener a gente poniéndome nota?, pensó, reflexionando sobre su reticencia ante todo el asunto. *Mi vida musical en la actualidad me llena. Quiero que la música sea mi vocación, eso está claro, pero convertirme en una concertista no es lo que tenía en mente. Estudiar música es una cosa, pero no creo que sea apta para actuar delante de otra gente.*

Había otra cuestión que la preocupaba.

No hacía mucho, había llegado una petición de una cadena de televisión a la universidad en la que preguntaban si podían grabarla durante el concurso. Querían hacer un documental con todo el proceso, desde el principio hasta el final. De todos los estudiantes que participaban, habían elegido a Aya. Ella se apresuró a denegar la petición con educación, pero le dejó un regusto amargo.

Estaba claro lo que querían hacer: grabar el drama de la *resurrección de la niña prodigio.*

La chica que había desaparecido por voluntad propia de los escenarios había regresado. Qué contento se sentiría todo el mundo si revelase que iba a dedicar ese retorno a su difunta madre. Resultaba deprimente pensar que así era como el resto de la gente veía su participación.

Nunca se arrepentía de haberse apartado de los conciertos. Aún amaba la música con todo su corazón y la vida sin ella le resultaba impensable. Pero le costaba asimilar la idea de que la gente percibiera sus motivos de un modo muy distinto: pensaban que se moría por volver al escenario o que solo ahora se sentía lo bastante recuperada para hacerlo. Aya era una persona tranquila y desenfadada, aunque podía ser inconformista. Y ese aspecto de su personalidad era lo que la hacía dudar a la hora de emprender esa *resurrección* que todo el mundo parecía estar esperando.

Bueno, no será una resurrección si no supero la primera ronda de la competición, pensó. *Acabaré siendo el hazmerreír de todo el mundo.*

Aya rio con amargura.

Como la universidad estaba cerca, los pies la llevaron en esa dirección.

Era tarde, pero los edificios estaban bien iluminados.

Como norma, las salas de práctica estaban disponibles las veinticuatro horas del día. Cuando se aproximaba una competición, unos exámenes o un concierto de la universidad, los alumnos solían pasar toda la noche allí, practicando sin fin.

A Aya no le apetecía volver a casa directamente, así que decidió echar un vistazo a las salas de práctica. Estaba cansada de tanto decidir sobre su vestimenta. Tocar un poco el piano la animaría antes de volver a casa.

Como era de esperar, las salas estaban casi todas llenas. A través de las puertas insonorizadas, captaba todos los repasos frenéticos de los estudios de Chopin y las sonatas de Beethoven. Vio a dos alumnos que participaban en el concurso de Yoshigae. Una tensión palpable de última hora, de cansancio nocturno, llenaba las salas.

Su piano preferido estaba ocupado, así que fue a buscar su segundo favorito.

La música que fluía de una sala la hizo detenerse en seco.

Pero ¿qué...?

Durante un momento, no supo lo que estaba oyendo.

Una masa indescriptible de sonido.

No podía distinguir la melodía.

¿Sería *jazz*?

Se quedó escuchando.

Nunca había oído a nadie tocar así. Conocía prácticamente el sonido de cada uno de los estudiantes del departamento de piano. ¿Podía ser alguien de composición? Aya se acercó a la puerta y apoyó una oreja en ella.

Sabía que un par de alumnos habían formado una banda de *jazz* y a menudo tocaban juntos.

Pero, mientras escuchaba, un escalofrío la recorrió entera y se le secó la garganta.

No, no era uno de esos alumnos. Fuese quien fuere, era excepcional. Extraordinario. Tan bueno como cualquier estudiante de su departamento. O incluso más. No sabía por qué, pero el sonido era increíble.

Y, sobre todo, era *peculiar.*

Eso fue lo que la había hecho detenerse a escuchar. En general, lo que salía de las puertas insonorizadas sonaba apagado y monótono, deformaba toda individualidad y adorno.

Sin embargo, aquel sonido era rico. Atravesaba muy bien la puerta.

No había allí ningún alumno que pudiera crear un sonido así a partir de uno de esos pianos.

Aya echó la cabeza hacia atrás, con el corazón latiéndole más rápido.

Un pasaje maravilloso. Aunque el pianista tocaba en octavas, cada nota se sincronizaba con precisión y sonaba con total claridad. ¿Cómo podía tocar de un modo tan uniforme?

La chica sintió que la sangre le desaparecía del cuerpo; una conmoción que rozaba el miedo.

Estoy oyendo algo completamente maravilloso, pensó. *Mañana comienza la competición, estoy en una sala de ensayo de la universidad, de noche, y siento que algo está sacudiendo todo mi ser.*

El sonido cambió y la sorprendió de nuevo. La velocidad electrizante disminuyó de repente, reemplazada por un humor relajado.

Rumba, pensó. Era un ritmo de rumba. Al seductor acompañamiento de la mano izquierda, la derecha añadía una melodía que Aya había oído antes.

¿Qué es? Lo conozco. Hay mucha improvisación de por medio, pero esto es...

Apretó más la oreja contra la puerta.

Zui zui zukkorobashi! El equivalente japonés de la canción tradicional infantil *Pito, pito, gorgorito*. ¡E interpretada, increíblemente, con ritmo de rumba! Sin poder contenerse, Aya echó un vistazo por la ventanita cuadrada de la puerta.

Lo primero que vio fue una gorra de color marrón oscuro. La desgastada prenda se balanceaba adelante y atrás. La llevaba un chico joven. No estaba sentado, sino de pie, y se movía de un lado a otro mientras tocaba. Como era de esperar, Aya no lo había visto jamás. Se puso de puntillas para intentar echar un vistazo a su cara.

No es un alumno de la universidad. Y es muy joven. A lo mejor... ¿sigue en el instituto?

Tocaba la rumba con su propio estilo. De súbito, miró el techo y luego la pared.

Durante un segundo, dejó de tocar.

Y, con la misma rapidez, arrancó con un estudio de Chopin.

Pero ¿qué...?

Aya se dio la vuelta para pensar.

No cabía duda. Ese chico estaba tocando la obertura del mismo *Estudio n.° 1* de Chopin que practicaba un alumno entusiasta en una sala situada en el otro extremo del edificio. La interpretaba de tal forma que seguía su ritmo.

¡Imposible! ¿Cómo podía oírlo desde dentro de la sala de ensayo?

La recorrió un escalofrío. Ese chico tocaba en una sincronía perfecta una pieza que oía a lo lejos. La oía de verdad.

El sonido se enturbió, se tornó desagradable al oído.

Aya estaba desconcertada. ¿Se habría equivocado?

Era la misma melodía. Esa gloriosa frase que llegaba como una ola para luego retroceder.

Se le puso la piel de gallina.

Ya lo entiendo. Es la misma frase que está tocando ese estudiante, pero a un semitono exacto por encima.

Tocaba con tanta naturalidad, con tanta despreocupación. Era una interpretación moderada, objetiva.

Sin dejar de balancearse, el chico se giró hacia la puerta.

Su mirada se encontró con la de Aya.

Y dejó de tocar.

Ocurrió tan de golpe que Aya no pudo apartarse. Sus ojos seguían fijos en él. El joven farfulló algo, como si lo hubieran descubierto en medio de una travesura.

Lo ama.

En cuanto le vio la cara, esas fueron las palabras que le vinieron a la mente. El dios de la música amaba a ese chico.

No tenía ni idea de por qué se sentía así. Pero, cuando le vio el rostro, fue lo que pensó. *Beatífico, inocente.* Palabras que no usaba de forma habitual, pero, al ver al muchacho, entendió de inmediato el sentido de la imagen que conjuraban.

El chico se quitó la gorra. Agarró su bolsa de viaje del suelo y salió a toda prisa por la puerta.

—Lo siento. Lo siento —le dijo inclinando la cabeza.

—Pero ¿por qué? ¿Por qué te disculpas? —preguntó Aya, pero el chico estaba listo para salir corriendo.

—Lo siento mucho. Sé que no debería, pero mientras paseaba por fuera, oí el piano y pensé que tenía un sonido precioso, así que entré… —El chico seguía haciendo reverencias mientras se alejaba—. No… no suelo tocar un piano así de bueno muy a menudo. Así que he pensado que…

—¿A qué te refieres? —Aya parpadeó debido a la sorpresa. ¿Había oído el piano desde la calle? ¿El sonido de un piano en una sala insono-rizada?—. ¡Espera! ¿Quién… quién eres? —El chico se puso de nuevo la gorra y salió corriendo—. ¡Espera! ¡Dime tu nombre!

Aya intentó seguirle, pero el muchacho ya había atravesado la puerta principal y lo vio correr no hacia la entrada de la universidad, sino hacia el muro al fondo del jardín.

—No puede ser.

Se quedó mirándolo mientras desaparecía en la oscuridad.

De algún modo, encontró un punto de apoyo y trepó por el muro de ladrillo.

¿En serio? ¿Había entrado sin permiso?

Aya se olvidó de todo (la competición, los vestidos, las grabaciones) y desde la puerta observó la noche con la mirada perdida.

EL CLAVECÍN BIEN TEMPLADO, LIBRO 1, N.º 1

Masaru Carlos Levi Anatole se despertó a las seis de la mañana en su habitación de hotel, tan solo unos segundos antes de que sonara el despertador. Lo apagó a toda prisa. Pocas veces necesitaba despertador. Casi siempre podía despertarse él solo, exactamente a la hora deseada, pero lo ponía de todas formas por si acaso.

Después de unos días en Japón, ya había superado el *jet lag*.

Masaru salió de la cama, se quitó el *yukata* (de la talla más grande que existía, pero le quedaba corto) y abrió las cortinas.

Le habían dado una habitación con unas vistas maravillosas de la ciudad marítima de Yoshigae, donde el Pacífico formaba un arco enorme a lo lejos. Había amanecido nublado, pero era un día luminoso y el océano brillaba con una mezcla de azul y gris. Masaru profirió un gritito de alegría.

A pesar de su color insólito, en Japón el Pacífico parecía un dibujo hecho con pluma y tinta. Quizá porque lo contemplaba a través de una atmósfera cargada de humedad. Le costaba creer que fuera el mismo océano que veía desde la Costa Oeste de Estados Unidos.

Masaru extendió los brazos para hacer unos cuantos estiramientos que le relajaran las extremidades y luego se echó agua fría en la cara. Se puso la ropa de deporte, bajó al vestíbulo en ascensor y salió fuera para correr con tranquilidad.

Las calles, desiertas a esa hora tan temprana, parecían limpias y refrescantes. Notaba la vigorizante brisa fría en las mejillas.

Sonidos de perros paseando, sus uñas chasqueando en las aceras, el rugido de la motocicleta mientras un chico repartía el periódico matutino.

Esos eran los sonidos de Japón. Masaru corrió un rato, se detuvo, luego siguió corriendo. Era alto, con zancadas largas y atrevidas y unos hombros musculosos; cualquiera lo habría creído atleta con tan solo verlo.

De hecho, lo había sido. Se había especializado en salto de altura e incluso ahora, en Juilliard, consideraba que los músicos eran una especie de atletas.

Los pianos que debía tocar en distintos sitios eran pistas de atletismo que se veían afectadas por el clima, mientras que el auditorio equivalía a un estadio. Dedos largos y manos grandes eran una pieza clave, pero también había que aportar hombros y muñecas, la habilidad de contener la respiración durante periodos largos, de respirar profundamente; los músculos debían albergar un poder explosivo y era necesario conseguir resistencia mediante el entrenamiento doloroso de la zona abdominal. Todo eso hacía posible crear unos bellos pianísimos y fortísimos. También se requería una comprensión humilde y profunda de la música, la capacidad de interpretar con espíritu generoso. Y Masaru poseía todas y cada una de estas cualidades.

Imaginó el oxígeno llenando todo su cuerpo, al compás de sus zancadas y su respiración.

Nunca escuchaba música mientras corría. Sin embargo, su cabeza rebosaba con la música de Bach. Bach era música matutina. *El clavecín bien templado*, una de las obras asignadas a la primera ronda. Esa mañana, no oía en su cabeza la versión de Glenn Gould, sino la de Gustav Leonhardt.

—*Ohayo, Nippon* —murmuró en japonés.

«Buenos días, Japón».

Masaru, a los cinco años, había vivido en Japón durante dos.

La verdad era que no lo recordaba bien. Como sabía hablar un poco de japonés, lo llevaron a la escuela primaria pública que había cerca de su casa. No duró ni tres meses.

Con su personalidad optimista y natural, la experiencia no lo había marcado demasiado, aunque todavía recordaba haberse sentido como un extraterrestre.

Su madre, Michiko, se consternó más que él.

Era una mujer peruana trabajadora, japonesa de tercera generación que no parecía ser de Asia del Este en absoluto, aunque sentía un orgullo desmesurado por su herencia japonesa. La complacía mucho seguir los preceptos que la sociedad peruano-japonesa tenía en alta estima: honrar el trabajo duro, cumplir con las promesas, ser amable con el prójimo, ahorrar, estudiar, llevar una vida justa y mantenerse a uno mismo y a su propia casa limpios y presentables. Sus hermanos destacaban cada uno en su sector y ocupaban cargos importantes. La madre de Masaru no era una excepción: se había graduado en Ingeniería por la Universidad Nacional de Perú y fue a estudiar a Francia. Tras obtener su doctorado, trabajó en un centro de investigación nuclear, se casó con un físico francés y tuvo a Masaru. Y de ahí su nombre largo y complejo.

Como Francia y Japón colaboraban en cuestiones de energía nuclear, Michiko y su marido se trasladaron a Yokohama. Fue la primera vez que ella visitó Japón y la mudanza la emocionó. Había oído que la educación allí tenía un alto nivel, y por eso apuntó a Masaru a la escuela pública.

Sus esperanzas se frustraron.

Japón y la pequeña *sociedad* en la escuela primaria rechazaron por completo a Masaru. Cuando el niño llegaba a casa todos los días, su mochila estaba llena de sobras malolientes. Aparte de no comer, cada mañana, cuando estaba a punto de salir, vomitaba el contenido de su estómago. Michiko también sufrió un muro de rechazo por su apariencia latinoamericana. Era una persona encantadora, alegre y animada, y Masaru recordaba lo infeliz que parecía en aquella época, incluso más que él. El resultado fue que lo transfirieron a una escuela internacional durante los diez meses que les quedaban hasta su regreso a Francia.

Para su madre, su experiencia en Japón fue todo un golpe, aunque lo fue menos para Masaru. Estaba triste por decepcionar a su madre, pero también sentía que aquel era el otro lado de la moneda de todo el encanto de Japón.

Aunque se había sentido incómodo en la escuela primaria, presentía que todas las escuelas eran iguales en cualquier parte. Francia tampoco era perfecta. ¿Quizá la cosa mejoraba porque los franceses estaban acostumbrados a ver más razas y, con su larga historia colonialista, se sentían cómodos tratando a gente de otras tierras? Sin embargo, también tenían prejuicios, como en todas partes. Y, fueras donde fueras, los niños eran crueles con cualquiera que tuviera un aspecto distinto. La única diferencia era que, en Francia, con su población multiétnica, Masaru no destacaba tanto. Después de tres temporadas allí, sus padres cambiaron de trabajo y, con once años, Masaru los acompañó a Estados Unidos.

—Ma-kun, ya estoy. ¡Vamos!

Masaru se dio la vuelta.

Incluso ahora recordaba esa voz tan alegre. Habían pasado más de diez años desde que la oyera por última vez, pero sonaba clara en su memoria.

Fue en Japón donde Masaru había visto por primera vez un piano.

Volvió corriendo al hotel, se duchó y bajó al restaurante a desayunar.

Eran las siete y veinte y la planta baja estaba llena sobre todo de hombres de negocios. También había un puñado de concursantes, aunque no muchos.

La primera ronda de la competición, que comenzaba ese día, duraría cinco jornadas y, como no arrancaba hasta la tarde, seguramente los pianistas se tomarían su tiempo en salir de la cama. Los que tocasen ese día llegarían tarde, justo antes de que terminase el servicio de desayuno, y se saltarían la comida. Todos practicarían teniendo en cuenta la hora que les habían asignado. Algunos hasta se sentirían demasiado nerviosos para comer o dormir y se dedicarían a estudiar con cuidado su programa para el recital.

Masaru era el tipo de persona que se animaba ante un público y nunca había sufrido miedo escénico. Pensaba que el resto del mundo era igual, así que le sorprendió descubrir que había pianistas que perdían el apetito por completo a medida que se acercaba la competición y acababan bastante demacrados.

Su primer certamen en Osaka le había parecido alucinante. Fue como una competición deportiva, con ese sentimiento intenso de darlo todo o irse a casa. Se había emocionado mucho.

Descubrió que lo que más le gustaba sobre las competiciones era la oportunidad de escuchar todo tipo de actuaciones en directo y a pianistas con distintas habilidades.

«¿En qué piensas, Masaru? No hace falta que escuches con tanta seriedad estas actuaciones».

Recordaba que alguien le había dicho eso... seguramente otro alumno de Juilliard que también competía. Masaru escuchaba cada interpretación desde el primer día, excepto, claro, las que iban antes y después de la suya.

«¿Qué dices? —había respondido—. Es divertido. Casi no tenemos la oportunidad de escuchar a tantos pianistas diferentes».

Su compañero de clase lo había mirado atónito. ¿En serio? ¿A Masaru le parecía *divertido*?

Seguramente se pensaría que Masaru iba a responder con un comentario similar a los de Jennifer Chan: «No puedo escuchar malas interpretaciones. Me daña los oídos».

Por supuesto, había algunas actuaciones aburridas y otras que eran un espectáculo de terror a nivel técnico.

Pero a Masaru le resultaba interesante analizar los puntos débiles y cómo se podían mejorar.

«Masaru es el más capaz entre todos nosotros para ser profesor», solía remarcar su mentor, Nathaniel Silverberg.

Nacionalidad, personalidad, las manías del maestro... todo eso influía en una actuación, y Masaru se preguntaba cómo la misma obra interpretada en el mismo piano podía acabar sonando tan distinta.

Una competición se convertía en una auténtica exhibición de pianistas, y él nunca se cansaba de escuchar. Cuando pensaba en todos los jóvenes del mundo fascinados por el instrumento, ansiosos por pasar una increíble cantidad de tiempo practicando, su magia le afectaba de nuevo. Igual que le había ocurrido la primera vez que oyó un piano.

—Ma-kun, ya estoy. ¡Vamos!

La niña le sacaba un par de años.

Tenía unos ojos enormes que relucían y una melena lisa y larga de color negro.

—Ah… Vale.

Masaru siempre dudaba en la puerta principal y fingía que no le interesaba acompañarla.

Luego ella lo agarraba de la mano y se marchaban. Masaru esperaba a que lo hiciera. Le gustaba la sensación de su mano en la suya mientras los dos iban a su lección de piano.

La chica recibía clases de forma habitual, y Masaru era más bien como un añadido. Se daba cuenta ahora de la generosidad de la niña y de su profesor, que le había permitido acompañarla en las clases.

Las lecciones eran poco convencionales. La casa del profesor siempre estaba llena de distintos tipos de música, desde rock y *jazz* hasta canciones japonesas y *enka*. A Masaru le gustaban en concreto dos canciones en esa época, y aún sabía cantarlas: *Isezakicho Blues*, de Mina Aoe, y *Funa uta*, o *Saloma*, de Aki Yashiro.

«Te gustan las voces roncas, ¿a que sí, Ma-kun? Tienes gustos sencillos». Recordaba que a su profesor y a la niña les había impresionado aquello.

Tocaban estilos musicales variados, a veces improvisaban, hacían escalas y luego interpretaban una canción a cuatro manos. Se dejaban llevar más y más, y el tiempo volaba.

Cuando la niña tocaba, uno se olvidaba de la edad que tenía. Había algo mucho más grande en su interior, algo que parecía evolucionado y maduro. Beatífico, incluso.

Masaru pensaba que, con mucha práctica, cualquiera podría hacerlo, pero el nivel de la niña era tan elevado que ya había superado la práctica básica. Era un prodigio, la primera a quien conoció. Estaba seguro de que, en el futuro, sería famosa.

Pero no recordaba su nombre y por eso, cuando supo usar internet, no la buscó. Tenía un nombre complicado y entre ellos solo se llamaban mediante formas abreviadas de sus nombres: «Ma-kun» para él y «Aa-chan» para ella. A lo mejor la niña tampoco recordaba el nombre de Masaru.

Vivían en el mismo barrio, aunque ella acudía a una escuela privada, por lo que no iban a la misma y nunca se habían encontrado allí. Sin embargo, él se acostumbró a oír el sonido del piano filtrándose por las ventanas cada vez que pasaba junto a su casa.

Un día se chocó con ella mientras la niña salía por la puerta con una bolsa que llevaba bordada una clave de sol. Su rostro le pareció muy distinto al de sus compañeros de clase. Poseía una luz interior que enseguida le maravilló.

Antes de darse cuenta de lo que hacía, preguntó:

—¿Eres tú la que siempre toca el piano?

La chica lo miró y sus ojos transmitieron una inmensa curiosidad.

—Sí. ¿Tú quién eres?

—Me gusta la parte que va después de esa más lenta.

Masaru canturreó la frase y la chica abrió mucho los ojos.

—Guau, tienes muy buen oído. Esa parte es difícil de tocar. —La chica guardó silencio un momento—. Oye, ¿estás libre ahora?

—¿Qué?

Masaru estaba desconcertado.

—Vayamos a ver a mi profesor. Estoy segura de que te gustará la clase. Venga, vamos, Ma-kun.

Fue la primera vez que lo agarró de la mano y salió corriendo de inmediato.

Su profesor no se sorprendió cuando la vio aparecer con un niño de aspecto latinoamericano.

—Ah, ¿es amigo tuyo? —preguntó.

—Se llama Ma-kun y tiene muy buen oído para la música.

El profesor no tardó en quedarse boquiabierto ante el oído de Masaru.

Tenía oído absoluto y podía reproducir cualquier melodía que escuchara. El profesor le enseñó lo básico, aunque, sin un piano en casa, Masaru no podía repasar después.

La niña y él no tardaron en tocar canciones fáciles para cuatro manos que acababan cantando juntos en voz alta.

El profesor murmuraba su aprobación.

—Os parecéis tanto —reflexionó—. Como si tuvierais un inmenso espíritu musical dentro, poderoso y brillante, que no se puede contener... Debéis sacarlo.

—El sonido de Ma-kun es como el océano, ¿a que sí? —dijo la niña.

—¿El océano? —preguntaron Masaru y el profesor.

—Sí, bajo el cielo de un intenso azul, con olas chocando contra la costa. Hay gaviotas volando y, de vez en cuando, descansan en la cresta de una ola, balanceándose arriba y abajo. Como es el océano de Ma-kun, se sientan tranquilas.

—Me gusta cómo lo has descrito —rio el profesor.

Pero Masaru no pudo reírse. Esas palabras, procedentes de una niña prodigio como ella, no eran un elogio vacío, pues la pequeña creía que ese era su *auténtico* sonido. Aquello lo llenó de alegría.

Cuando llegó el momento de que Masaru regresara a Francia, su profesor habló con él.

—Ma-kun, tu sonido es maravilloso. Me gustaría que siguieras practicando. Si no puedes, entonces sigue amando la música del mismo modo. Será un tesoro para ti.

La niña lloró como una magdalena.

—¡Dijiste que practicaríamos hasta que pudiéramos tocar a Rachmaninoff juntos!

Y dio un pisotón de frustración.

Cuando se cansó de llorar, centró sus ojos enrojecidos en él.

—Prométeme que seguirás tocando el piano —dijo, y le dio la bolsa con el bordado de clave de sol.

De vuelta en Francia, Masaru les dijo a sus padres que quería estudiar piano.

Hasta ese momento, no había expresado con claridad un deseo sobre nada en concreto, por lo que aquello les tomó por sorpresa, pero accedieron. Masaru recibía lecciones en la casa de un universitario del barrio que estudiaba música; llevaba las partituras en la bolsa con la clave de sol.

Al cabo de unas cuantas clases, su tutor se puso en contacto con los padres del joven.

—Me gustaría presentarlo a mi propio profesor —dijo.

Antes de que pudieran darse cuenta, Masaru empezó a destacar y, al cabo de dos años, se hizo famoso como niño prodigio. Tal y como su profesor había dicho en Japón, su sonido era único.

—Escúchame, Masaru —le dijo Nathaniel Silverberg cuando el joven decidió participar en el Concurso Internacional de Piano de Yoshigae—. Eres una estrella. Iluminas la sala. Posees cierta aura. Un instinto asombroso e innato sobre la música. Y una fuerza interior potente y poderosa. —Nathaniel lo miró con seriedad—. Esto no se lo digo a todos mis alumnos. Se sentirían demasiado presionados o los volvería engreídos.

Nathaniel tenía una forma brusca y particular de hablar. A Masaru le gustaba cómo sonaba, inteligente y un poco torpe a la vez.

—Pero esto a ti sí que te lo diré —prosiguió su profesor—. Creo en tu talento más que en el de ninguna otra persona. Tráete el trofeo a casa. Honra tu nombre y *gana*.

—Lo haré —murmuró Masaru.

Terminó de desayunar y regresó a su dormitorio a cambiarse.

También quería escuchar a todos los participantes de esa competición.

Esa mañana iba a ver a un amigo de Nathaniel, un profesor en un conservatorio, para tomar prestado su piano con tal de practicar. Por la tarde disfrutaría de las actuaciones.

Se fijó en la bolsa de tela enrollada en la maleta, oscurecida por el paso del tiempo.

La bolsa con la clave de sol bordada que conservaba como amuleto de buena suerte.

Por la ventana, el océano Pacífico en Yoshigae relució.

—He venido hasta aquí, como una amplia ola que cruza el océano —susurró a la chica con los ojos enrojecidos de su recuerdo—. Pero ¿acaso esta gran ola que traigo a las costas de Japón se convertirá en un tsunami?

Se enderezó y se puso una camisa blanca.

LA CANCIÓN DE ROCKY

—¿Que cuándo fue la última vez que actué delante de un público?

Akashi Takashima rebuscó en su memoria y decidió que seguramente había sido dos años antes, cuando tocó la música de fondo en la boda de una amiga.

Se había convertido en un adulto trabajador, consiguió una especie de trabajo en la industria musical, fue padre, asentó la cabeza y, aunque no creía tener mucho miedo escénico, ahora, en la mañana del primer día de la competición, se puso nervioso al descubrir que estaba más tenso de lo esperado.

No. Lo mejor será pensar lo contrario.

Ahora debo cargar más peso en mi vida, tengo más responsabilidades, y precisamente por eso, porque conozco el mundo, siento este nuevo temor.

La primera jornada de la competición. El cielo estaba despejado, hacía sol.

Akashi había llegado a Yoshigae el día anterior y se había quedado a pasar la noche en una cadena de hoteles en el centro de la ciudad. Era el último de la primera jornada, así que podría haber llegado por la mañana o incluso por la tarde, pero no podía arriesgarse a sufrir un retraso. Había practicado hasta el momento de partir. Un compañero de trabajo en la tienda de música era de Yoshigae y sus padres lo habían invitado a su casa para hacer un calentamiento de última hora.

Akashi era el número 22. Se suponía que había dieciocho participantes por día en la primera ronda, por lo que esperaba tocar en la segunda jornada, pero varios pianistas se habían retirado y lo habían movido al último puesto del día.

No tenía ni idea de si era bueno o malo que fuera el último, aunque le esperaban unas largas horas por delante y sabía que le costaría mantener la concentración.

Aun así, se alegraba de que fuera domingo, ya que Machiko podría ir a escucharlo. Les habían pedido a sus padres que cuidaran del pequeño Akihito mientras él estaba fuera. Machiko daba clase el lunes, así que pasaría la noche en el hotel con Akashi y luego tomaría un tren bien temprano, aunque estaba muy entusiasmada por tener la oportunidad de oír tocar a su marido después de tanto tiempo. La actuación se grabaría y Masami también la filmaría con su cámara, con lo que podría haberla visto después, pero Machiko insistió en oírlo en directo. Si no pasaba a la segunda ronda, esa sería su primera y última oportunidad de escucharlo. En la primera ronda, tocarían cerca de noventa personas, y solo veinticuatro pasarían a la siguiente. Por tanto, sesenta y seis concursantes no avanzarían en la competición. Y luego, solo doce, la mitad, pasarían a la tercera. Y solo seis a la final.

Para su sorpresa, Akashi había dormido profundamente la noche anterior. Sin ningún piano ni otra distracción en la habitación del hotel, podía relajarse. Si se hubiera quedado en casa, el piano habría acaparado sus pensamientos.

Se tomó su tiempo para desayunar mientras leía el periódico.

Ese día lo juzgarían por una actuación de veinte minutos. Estaría en el mismo barco que el resto de jóvenes estudiantes de música que practicaban todo el día (no, todo el *año*), cada uno con su profesor cerca para buscar la mejor estrategia en la competición.

Todo le resultaba bastante extraño. No era el tipo de experiencia que uno se encontraría en el curso normal de la vida.

Durante ese año, le había pedido a su antiguo profesor que juzgara su forma de tocar y había dedicado cada minuto libre a practicar, pero era bastante obvio cuánto tiempo podían consagrar los demás participantes comparados con él. Y Akashi se sentía impaciente por esa disparidad. A su edad, practicar durante muchas horas no era la única forma de avanzar; se trataba de una cuestión de calidad, no de cantidad. Sabía que, si comparaba la tenacidad mental necesaria para una práctica significativa de calidad, él salía bien parado y se enorgullecía más que nadie del simple placer de tocar el piano.

Esperaba ser el pianista de más edad, pero, al mirar el programa, vio a gente a la que no le sacaba demasiados años y suspiró de alivio. Su propia reacción le hizo gracia. Había una participante de Rusia que tenía casi su edad y otros dos que eran un par de años más jóvenes que él, de Rusia y Francia. ¿Seguirían siendo estudiantes? ¿O trabajarían como él? El país de procedencia daba igual: costaba ganarse la vida mediante la música. *Aunque seguro que no tienen niños*, musitó.

Había sido raro tomarse tiempo libre del trabajo para una competición tan larga, pero sus compañeros y su jefe lo apoyaban. Al fin y al cabo, ellos también eran músicos. Un par hasta irían a oírlo en la primera ronda. Al parecer, todo el personal tenía planeado asistir si llegaba a la final.

La final. Solo esa palabra resultaba emocionante.

Cuando estudiaba, había llegado a la final de la competición más prestigiosa de Japón en aquella época. Acabó quinto, la mejor posición que había alcanzado nunca.

El concurso de Yoshigae había recibido más atención en los últimos tiempos y sus ganadores conseguían más protagonismo. De China llegaban pianistas muy prometedores, uno detrás de otro. Y de Corea, donde la política nacional dictaminaba que se debía invertir con vehemencia en las artes. Las actuaciones estándares en los dos países habían mejorado de forma astronómica, y a Yoshigae habían acudido diversos competidores de esas naciones. Akashi sabía que la esperanza de llegar hasta la final era mínima, pero lo ansiaba para tocar el *Concierto para piano n.º 1* de Chopin con una orquesta al completo.

En ese momento, todos los otros participantes estarían pensando justo eso mismo. Esperaban actuar con una orquesta con ese concierto de Tchaikovsky, Rachmaninoff o Grieg del que se habían enamorado de niños.

Sintió que la fuerza crecía en su interior y suspiró.

—Relájate, relájate —se dijo—. Será un día largo. Emocionarte ahora no servirá de nada.

Estaba a punto de levantarse cuando se fijó en que los cordones de sus zapatillas estaban casi sueltos.

Se agachó para atárselos y descubrió que no podía.

Pero ¿qué...? Los dedos oscilaban tiesos sobre los cordones.

—¿Qué me pasa?

Cuando al fin pudo atárselos, sintió que era la primera vez que lo hacía. Habían pasado casi quince minutos.

Se levantó.

¿Pánico escénico?

Unas gotas de sudor aparecieron en su frente.

Pensó en sus primeras actuaciones sobre un escenario. Se había sentido nervioso, sí, pero no recordaba haber estado así de alterado.

Vio una imagen espantosamente vívida de sí mismo sentado en el piano, sobre el escenario, con la mente en blanco y sin poder recordar qué notas debía tocar.

No, eso no pasará jamás. No cuando he practicado tanto. O sea, eso no me ha pasado jamás.

Pero, claro, tampoco me había puesto nervioso por atarme los cordones hasta ahora.

Una fría voz le susurró al oído: *Ya no eres músico. Trabajas en una tienda de música, tienes una familia en casa. Has perdido facultades. Has dicho con confianza que eres un tipo normal con trabajo, pero lo cierto es que has huido. Has quemado tus naves por miedo a llevar una vida de músico. No eres más que un desertor.*

Akashi había oído esa voz en muchas ocasiones. Se había dicho que su música surgía precisamente de llevar una vida normal y corriente, pero al final aquello solo era envidia. Si hubiera tenido un talento excepcional, seguro que habría elegido la vida del músico profesional. Y, de haber sido profesional, ahora miraría con desprecio a aquellas personas que trabajaban para vivir, tenían familia y presumían de su *música de tipejo normal.*

Entonces, ¿qué hago aquí? ¿Quién soy, haciendo ahora todo esto?

Una soledad espantosa se apoderó de él y sus pies parecieron hundirse en el suelo.

Cada pianista siente cierto aislamiento, pero la soledad que notaba Akashi en ese momento no se podía compartir con cualquiera que subiera al escenario ni con su familia. Era algo más cercano a una desesperación extrema.

—Buenos días, Takashima-kun —dijo una voz, y él tardó un momento en responder.

Masami había llegado al fin para empezar a filmar.

Ya podría haber aparecido en otro momento, pensó Akashi, y casi chasqueó la lengua de frustración mientras intentaba no revelar sus sentimientos.

—Ah, buenos días.

Su voz sonaba forzada, su rostro aún mostraba desconcierto. Masami se sobresaltó y apartó la mirada.

No quiero que me graben. ¿Qué derecho tiene esta mujer a venir aquí y apuntarme con su cámara?

En los últimos días, la filmación le había resultado deprimente e irritante y se dio cuenta de que había empezado a odiar a Masami por aquello. Ella también se habría fijado, pero era su trabajo, por lo que no podía parar. Aun así, cierta incomodidad se había instalado entre los dos.

Pero ese día, Akashi no podía soportarlo. No podía soportar nada. Si Masami pasaba el día cámara en mano, siguiéndolo, no sabía qué insultos le acabaría dirigiendo. Quizá dijera algo de lo que más tarde se arrepentiría.

Akashi respiró hondo.

—Lo siento, pero hoy es un poco… —intentó decir, con el semblante endurecido, y Masami asintió con énfasis como para adelantarse. Él se fijó en que, aunque llevaba su enorme bolsa como siempre, esa mañana no sujetaba una cámara.

—No te preocupes, no te voy a filmar ahora mismo. Iré al auditorio a grabar a la gente que trabaja en montar la competición y a un par de pianistas.

—Lo siento. —Fue lo único que pudo decir.

—Pero sí que quiero grabarte más tarde en el vestuario y mientras esperas para salir al escenario. Sin eso, el documental no funcionará, así que espero que lo entiendas.

Masami hablaba con tono seco y monótono para comunicar sus necesidades.

Akashi asintió.

—Claro. Lo entiendo.

—*Good luck* —le deseó ella en inglés.

Se marchó y Akashi se desinfló.

Masami había captado lo nervioso que estaba antes de actuar. Se sentía aliviado por su rápida partida, aunque también se arrepentía de su comportamiento tan infantil. *Si estoy así de nervioso, no soy mejor que cualquier estudiante que compita.* Había querido tocar un poco diferente, dar una actuación más madura, más adulta, y se sentía triste por lo limitado que era su abanico de opciones al final.

A pesar de todo, hablar con Masami le había tranquilizado un poco.

Respiró hondo.

Vale... Les daré una actuación más madura, más adulta. Tomaré esta compleja soledad y mis sentimientos ambiguos sobre la música y los expresaré en mi interpretación. Esa es la única ventaja que tiene ser el competidor más viejo en este mundillo.

Se sentó más erguido, dobló el periódico y pidió otro café a una camarera que pasaba cerca.

Masami había dejado a Akashi enseguida, pero no pudo evitar soltar un profundo suspiro cuando desapareció de su vista.

Le costaba creer que incluso Akashi pudiera tener ese aspecto a veces.

Al presentarse ante otros participantes en los últimos días, descubrió que muchos estaban tensos y varios se habían negado a que les filmase. A otros no les importaba en absoluto (y ella se preguntó por qué), pero la mayoría de competidores de América del Norte no podían ocultar sus sentimientos. Algunas de las familias que los hospedaban habían acudido a la puerta para disculparse. «Lo sentimos mucho, pero hoy no es un buen día para grabar».

Había pensado que Akashi estaría bien, pero hasta él se ponía nervioso. Los reportajes así de íntimos, como el que hacía ella, conllevaban pasar una cantidad desmedida de tiempo juntos, y era inevitable que la relación con la otra persona se volviera un poco frágil en algunas ocasiones.

Le gustaría dejar a Akashi en paz, pero no podía. Por su trabajo. Era el primer día de la competición, en el que Akashi actuaría, y quería ver qué tal le iba, pero la intuición le dijo que mantuviera la cámara en la bolsa. Si hubiera intentado filmarle en ese momento, él se habría negado y no habría permitido que lo grabara tocando el piano, una pieza clave para el éxito de su documental.

Qué ambiente más cruel y exigente era aquel.

Desde que había empezado el reportaje, Masami se había sorprendido por lo duro, e inesperado, que era el mundo de la música clásica y de las competiciones de piano.

Masami siempre se había imaginado el mundillo de la música clásica como elegante y noble, pero la realidad era muy distinta. A menos que tuvieras padres adinerados, tocar un instrumento resultaba difícil. Y la situación de la vivienda en Japón hacía complicado encontrar un espacio para practicar. Algunas personas podían graduarse del conservatorio y especializarse en un instrumento de viento, por ejemplo, pero luego no conseguían un lugar para practicar. Había instrumentos que se podían enmudecer, pero muchos músicos evitaban esa opción porque no les gustaba el sonido. Y, además, había que considerar el coste de mantener un instrumento.

Y ahora las competiciones de piano se habían convertido en una gran industria.

Como el público y el personal de apoyo debían quedarse en la zona durante todo el concurso, la localidad recibía un impulso económico y una oportunidad de oro para mejorar su imagen. Aquello había resultado en una avalancha de competiciones, grandes y pequeñas, por todo el mundo; los pianistas buscaban los concursos que impulsarían sus carreras y los organizadores buscaban participantes excepcionales que aportasen más renombre a la competición. Todo el negocio se había vuelto tan despiadado que los certámenes se habían convertido en feudos en guerra.

Por todo el esfuerzo que los pianistas dedicaban a participar en una competición, el dinero del premio debía valer la pena y debía haber una gira de conciertos asegurada para el ganador. Los concursos que garantizaban todos estos beneficios recibían más solicitudes. Los patrocinadores necesitaban tener una estrella prometedora con posibilidades de ganar, o no salía rentable invertir. Sin embargo, no resultaba fácil mantener las expectativas de ambas partes, así que, sin importar cuántas competiciones surgieran por doquier, muchas no duraban.

Los fabricantes de pianos también competían con ferocidad. Que los participantes tocaran sus pianos daba buena publicidad en el mercado. En los concursos más grandes, existía la tradición de permitir que los pianistas eligieran entre diversos fabricantes y consultaran con afinadores. Cada fabricante quería que eligieran su instrumento. Cuando su nombre aparecía como patrocinador de un concurso, empezaban a circular rumores de que, si no elegías su piano, no ganarías, así que la mayoría de pianistas hacían justo eso. Y, con el incremento de esa situación, otros fabricantes dejaron de proporcionar sus pianos.

Durante una competición, cada fabricante enviaba equipos de afinadores para que dedicasen unos cuidados exclusivos a sus instrumentos. Mientras el reloj avanzaba, contando cada segundo, afinaban el piano y lo ajustaban a las preferencias de cada instrumentista; era un trabajo lleno de presión y agotador físicamente. Muchos afinadores decían que no dormían nada durante toda la competición.

Con tanto pianista sobresaliente, ¿cómo iban a decidir quién quedaría primero y quién segundo, y luego, además, el resto?

Masami sintió una leve aprensión mientras observaba a los pianistas practicar hasta dejarse el corazón.

A ella todos le parecían espectaculares y no se diferenciaban demasiado. Le costaba creer que fueran a eliminar a casi un centenar de grandes intérpretes, exceptuando un puñado. Encima, esas personas habían dedicado cada segundo de su existencia, desde su infancia, al piano. Sus vidas estaban enfocadas en el único objetivo de convertirse en pianistas profesionales.

Qué mundo más terrorífico.

Masami había dicho esto en voz alta sin pensar y Akashi asintió.

—Sí, sí que *es* un mundo terrorífico —había dicho y luego, como si acabara de ocurrírsele, pensó—: Pero por eso es maravilloso.

—¿A qué te refieres?

Akashi no parecía haberse dado cuenta de que había hablado en voz alta.

—Bueno... —dijo con timidez—. No es un gran logro ser el primero si solo cien personas en todo el mundo tocan tu mismo instrumento, ¿verdad? Pero aquí tenemos una base bien amplia, y por eso el pequeño grupo de músicos que destacan en la cima son tan espectaculares. Saber cuántos músicos decepcionados se amontonan en la sombra hace que la música sea más hermosa.

—¿Ah, sí? —había dicho Masami, llena de dudas, y Akashi soltó una carcajada tierna.

—Al final son seres humanos los que interpretan. Las cosas como son.

La sonrisa de Akashi la atravesó entera.

Ay, cómo le había gustado esa sonrisa suya.

Siempre había sonreído así. Su amable sonrisa no estaba motivada por el deseo de caer bien a otra gente, ni para evitar su desagrado, ni tan solo para no presionarles. Era, en cambio, una sonrisa que surgía de lo más profundo de su ser y reflejaba una bondad genuina hacia los demás. Masami se había sentido atraída también por la forma que tenía Akashi de ser riguroso y honesto consigo mismo. Todo el mundo parecía captar eso mismo de él; había sido popular entre las chicas y un buen amigo con los chicos.

Siendo sincera, Masami había pedido grabarlo a él para la cadena precisamente porque era Akashi. La hacía feliz ver que no había cambiado, que seguía siendo bondadoso con los demás, pero igual de exigente consigo mismo.

El mundo de las competiciones debía ser muy abrumador para que alguien como él se pusiera así de nervioso.

Masami se dirigió hacia el auditorio para entrevistar a los voluntarios. Los patrocinadores le habían dado permiso, así que ya habrían decidido qué miembros del personal hablarían con ella.

El concurso empezaba de verdad.

Masami temblaba de emoción, como si ella misma fuera a subir al escenario.

Vio un altar a Inari en medio del pueblo, donde la gente pedía buena suerte. Rezar a la deidad Inari no cambiaría nada, o eso se dijo, pero se encaminó hacia allí de todas formas mientras murmuraba una oración por Akashi.

Solo pido que Akashi toque de una forma que le haga feliz. Y que llegue a la segunda ronda.

Se acordó entonces de un problema más realista. Si no pasaba de la primera ronda, su documental tampoco iría a ninguna parte. Se apresuró hacia el auditorio.

La instalación enorme y polivalente se alzaba hacia el cielo claro y sosegado. Esa tarde, la competición que todo el mundo esperaba comenzaría al fin.

PRIMERA RONDA

NO HAY NADA COMO EL MUNDO DEL ESPECTÁCULO

Alexei Zakhaev se hallaba en la oscuridad de los bastidores. Tomó una bocanada profunda de aire para tranquilizar el golpeteo de su corazón.

¡¿Por qué soy el primero?! ¿Por qué tuve que sacar el primer puesto en el sorteo?

Suspiró de nuevo por enésima vez.

Había estado muy seguro de que no sería el primero en tocar y por eso sacó el primer papel que rozaron sus dedos. En cuanto lo abrió, sus ojos captaron el cruel número: el 1.

Le había entregado el papel al organizador, que lo miró con compasión y anunció:

—El número uno.

Unos fuertes vítores surgieron de entre los participantes congregados.

No existía ningún número más estresante ni que ofreciera peor desventaja. Ponía un foco temporal en ti, pero la gente se interesaba por los músicos que iban *después*. Como mucho, el primer pianista establecería cierto nivel. Y los que fueran después se juzgarían según si eran mejores o peores, pero pocas veces la persona que había puesto el listón ganaba el premio. Con noventa participantes tras él, ¿quién iba a recordar al primero?

Menuda suerte.

Alexei había llamado a su mentor por teléfono para transmitirle la noticia y su profesor no supo qué decir. Lo único que podía hacer Alexei era dar una actuación memorable para que la gente recordase lo bueno que había sido el primer pianista.

En la oscuridad, calentó los dedos.

Daba igual cuántas veces apareciera en un escenario, que nunca se acostumbraría a esa tensión tan única.

Pero hay una cosa buena, pensó. *Acabaré antes que nadie y luego me podré relajar. Mucho mejor que esperar, con el corazón a mil por hora, a que toquen todos esos pianistas.*

Alexei se reconfortó con esa idea.

Aun así... ¿por qué el primero? Si hubiera movido un poco los dedos para agarrar otro trozo de papel...

El regidor de escena le estaba diciendo algo y Alexei recuperó el sentido común.

La puerta se abrió.

Las luces del escenario.

El piano, negro e inmóvil, aguardaba bajo ellas.

Mi turno.

Alexei respiró hondo y se mentalizó para lo que iba a pasar.

Nada más empezar la competición, la rutina prevaleció. El personal, los participantes y los jueces se hallaban en una batalla contrarreloj: se aseguraban de que todo fuera según lo planeado, que las actuaciones no sobrepasaran el límite de tiempo, que las puntuaciones se decidieran con rapidez. Cada uno hacía su trabajo conteniendo el aliento para que la competición prosiguiera sin problemas.

Las actuaciones de la primera ronda duraban veinte minutos cada una.

Debían incluir una obra de *El clavecín bien templado* de Bach, con al menos una fuga de tres voces; el primer movimiento de una sonata de Haydn, Mozart o Beethoven y, por último, una obra de un compositor del Romanticismo.

Tocar las tres en veinte minutos podría parecer sencillo, pero no lo era. Si superabas el límite de tiempo, te quitaban puntos. En la primera ronda no había aplausos entre cada obra para ahorrar tiempo.

El auditorio estaba a un sesenta por ciento de capacidad. La mayoría del público mantenía algún tipo de relación con los pianistas, pero también había gente ajena a ellos, como fervientes seguidores de la música clásica, aficionados a los que les gustaba descubrir nuevos favoritos entre los participantes y predecir quién pasaría a la segunda ronda. Los asientos de la izquierda se llenaron primero, pues proporcionaban una buena vista de las manos del pianista.

Los jueces se sentaban en el balcón de la planta superior. Trece jueces de todos los rincones del mundo para evaluar las actuaciones. Puntuar la primera ronda era fácil: había que señalar cada actuación con O, D o X. La primera daba tres puntos, la segunda uno y la última cero. Los pianistas con mayor puntuación pasarían a la siguiente fase.

—El nivel es extremadamente alto —reflexionó Nathaniel Silverberg tras oír a los primeros cinco intérpretes.

En general, el objetivo de la primera ronda era eliminar cualquier pianista con debilidades técnicas. Pero últimamente pocos sufrían ese problema.

En la actualidad, cuando cualquier persona del mundo podía acceder de múltiples formas a distintas actuaciones y los pianistas adaptaban su enfoque a los diferentes concursos, el listón técnico había subido bastante.

Nathaniel recordaba que, hasta no hacía mucho, los músicos elegían las piezas más difíciles que supieran tocar, pero ahora los programas solían estar llenos de obras seguras y firmes que pudieran manejar sin riesgo, y eso era algo bueno.

Sin embargo, las diferencias entre pianistas saltaban a la vista.

No es lo mismo que alguien *pueda tocar el piano* o que *toque el piano*, aunque suene parecido. Existía un enorme abismo entre las dos cuestiones, y Nathaniel lo sabía.

Lo que complicaba todo el asunto era que, entre los pianistas que poseían la técnica necesaria, había personas que podían llevarla a otro nivel, que ostentaban una habilidad innata, y otras que solo harían girar las ruedas, por así decirlo, para acabar ofreciendo una actuación sin mucha sustancia. El abismo entre estos dos tipos de pianistas era grande y, si un intérprete se percataba de su existencia, podía descubrir la chispa necesaria para saltar de un lado a otro.

En el pasado, los grandes pianistas no parpadeaban siquiera ante las digitaciones complicadas y el enfoque excéntrico de muchos intérpretes superaba la mera individualidad. Pero esa generación más relajada, más indulgente, había desaparecido.

Por eso el nivel entre los concursantes era bastante elevado, pero nadie era rival para Masaru.

Nathaniel esbozó una ligera sonrisa y asintió para sí mismo.

Masaru estaba sentado justo debajo del balcón donde su mentor, Nathaniel, uno de los jueces, se había acomodado.

Al igual que él, se sentía impresionado por el elevado nivel de los participantes.

Son todos tan buenos, pensó. *Una competición de alto nivel como esta es, sin duda alguna, algo de otro mundo. Atrae a los mejores pianistas.*

Delante de Masaru se habían sentado dos chicas que parecían estudiar música. Estaban muy bien informadas, y el chico escuchó con discreción su charla. No se le daba bien el japonés escrito, pero comprendía bastante el idioma hablado, ya que había pasado tiempo con estudiantes de intercambio en Nueva York para conservar su destreza a la hora de conversar.

Lo hizo con la esperanza de que, algún día, pudiera hablar de nuevo con su amiga de la infancia, Aa-chan. No tenía ni idea de cuándo ocurriría aquello, ni de si pasaría alguna vez, pero entretanto sus conocimientos lingüísticos le resultaban útiles.

—La joya de hoy será Jennifer Chan —dijo una de las chicas.

—La llaman la Lang Lang femenina, ¿no?

—Ya ha dado conciertos. Nakajima... ¿la que iba un curso por delante de nosotras? Pues ella fue a uno en Nueva York.

Estaban en un pequeño descanso. Las dos chicas examinaban sus programas y compartían los cotilleos que habían oído sobre los pianistas.

Guau, se lo saben todo, pensó Masaru.

—Yo a este también quiero oírlo, a Masaru Carlos. Toca mañana.

Eso tomó a Masaru por sorpresa.

—He oído que es espectacular.

—Y es guapísimo. Es japonés de tercera o cuarta generación, o algo así, pero no tiene cara de nipón para nada.

Masaru rezó para que no se dieran la vuelta.

—El Príncipe de las Abejas toca el último día.

—Vale.

¿El Príncipe de las Abejas?

Seguro que lo habría oído mal. Masaru aguzó el oído.

—Es muy mono. Dicen que solo tiene dieciséis años. Qué lástima…
¡le sacamos cinco!

Masaru buscó la página que estaban mirando las chicas en su programa. Había estado tan ocupado en escuchar a todo el mundo que
no le había echado ni un vistazo al programa oficial.

—Comentan que su audición en París fue extraordinaria.

—Lástima que en la web solo aparezca su foto. Ojalá pusieran
vídeos también.

Jin Kazama.

A Masaru no se le daba bien leer kanji, así que miró la versión en
románico de su nombre.

El rostro de un chico joven e inocente. No había una edad mínima para competir. Masaru había oído que el participante más joven
tenía quince años, así que este sería el segundo más joven. La columna donde debía aparecer su experiencia en competiciones estaba en
blanco.

Le llamó la atención la parte donde se enumeraban los profesores
del chico.

«Yuji von Hoffmann».

¡Imposible! ¿Alguien había estudiado bajo la tutela de Hoffmann?

Masaru abrió los ojos de par en par. Era el profesor de su profesor. Pero, por lo que había oído, Hoffmann no había invitado a Silverberg a ser su alumno y tuvo que volar de Londres a la casa de
Hoffmann en Alemania para pedirle específicamente que le diera
lecciones.

¿El maestro Silverberg lo sabe?

Masaru alzó la mirada hacia el techo.

Le gustaba oír las actuaciones de la gente, pero no le interesaban
los cotilleos, por lo que no había escuchado rumores sobre las audiciones previas al concurso.

Mmm... ¿Llegó a la competición mediante la audición?

Ahora sí que estaba interesado.

Quiero oírle tocar, pensó. *Debe de ser como un lienzo en blanco.*

—Dicen que estaba ayudando a su padre y, cuando apareció en la audición, iba cubierto de barro. ¿No te parece raro?

—El hijo de un apicultor viajará mucho, ¿no? ¿Cómo conseguirá practicar?

—Es todo muy extraño.

Masaru no entendió la palabra *apicultor* al principio, pero luego recordó lo de «Príncipe de las Abejas» y se percató de su significado.

Jin Kazama. ¿Qué tipo de pianista sería?

Cuando la chica alta apareció en el escenario ataviada con un vestido rojo, hubo un revuelo entre el público.

El rojo era intenso y chocante, y la chica atravesó el escenario con una mirada decidida. Irradiaba una gran energía.

La duodécima pianista, procedente de los Estados Unidos: Jennifer Chan.

La intérprete más destacada del día.

Mieko Saga observó con atención la deslumbrante figura. La joven era alta, por eso los anchos hombros y el cuerpo robusto no saltaban a la vista enseguida. Con una constitución así de espléndida, su actuación sería digna de contemplar.

Antes incluso de oírla, Mieko predijo que era del tipo DUR.

DUR era el término que empleaba para un pianista que había trascendido las habilidades técnicas y tocaba tan bien que luego ansiabas que te *diera un respiro*.

Algunos de los otros jueces también parecían expectantes.

Jennifer Chan no perdió el tiempo y se lanzó a por su primera pieza nada más sentarse.

Un murmullo de asombro recorrió el auditorio.

Poseía una voz clara y cristalina, un sonido amplio... Y resultó evidente en un instante.

Mieko pensó que su Bach era maravillosamente dinámico. Estaba entre impresionada y consternada.

Luego llegó el primer movimiento de la *Waldstein*, la *Sonata n.º 21 para piano* de Beethoven.

Las elecciones de Chan eran perfectas. El tempo de esa obra encajaba a la perfección con su destreza y su dinamismo.

Si te paras a pensarlo, el piano es un instrumento asombroso, reflexionó Mieko. Cuando Chan tocaba, el piano era como una edición grande y especial de un Mercedes-Benz. Manejado a la perfección y rebosante de energía, el coche abrazaba la carretera y aceleraba hacia delante con la estabilidad de una roca. Según el pianista, el piano de cola podía semejarse a una camioneta familiar o a un descapotable guay pero poco manejable.

Jennifer Chan terminó con gran habilidad la *Waldstein*. La alternancia entre pianísimos y fortísimos tuvo al público al borde del aplauso, pero recordaron la norma al respecto y se contuvieron.

Esa pieza por sí sola ocupó diez minutos. Resultaba difícil discernir si podría terminar dentro del límite de tiempo establecido. La pianista fue directa a por la obra final.

La *Polonesa, Op. 53*, en la bemol mayor, de Chopin.

Otra obra perfecta para ella. La más hermosa entre las polonesas de Chopin, tan conocida que, si no ibas con cuidado, podía sonar trillada, pero ella la interpretó con su toque especial, nítido, y con su energía. Mieko decidió que era una actuación robusta y conmovedora.

En el instante en que Chan terminó, estalló el aplauso. Estaba claro que el público había sentido una oleada de catarsis, completamente embelesado por un despliegue tan emotivo.

Mieko pensó que era justo como decían los rumores; había dado una buena actuación. *Sí* que era una especie de «Lang Lang femenina», una reputación que Chan seguro que conocía.

Le sobrevino una oleada de aprehensión.

El mundo solo necesitaba a *un* Lang Lang. Si aparecía otro más, ¿cómo podrían soportarlo?

El chico se sentaba en la última fila del auditorio; bajo la gorra, se veía su rostro pálido y el cabello aplastado.

Parecía estar murmurando para sí. No... murmurando no, *cantando*.

Ladeó la cabeza y luego la sacudió con disimulo.

—No, eso no es —dijo en voz tan baja que nadie lo oyó.

Dos chicas atravesaron a toda prisa la puerta del auditorio.

—Ay, no, nos la hemos perdido... A Jennifer Chan.

—Tenía ganas de escucharla.

Eran Kanade Hamazaki y Aya Eiden.

—Sabía que debería haberme arreglado el pelo ayer —musitó Aya.

—Solo faltan tres pianistas por tocar.

—Vayamos a por el CD de la actuación de Chan. Creo que nos harán una copia enseguida. Si la pedimos, seguro que la tienen mañana.

Las dos jóvenes se habían detenido.

Cuando el muchacho vio el rostro de Aya Eiden, se encogió.

Era la chica de la noche anterior.

La que lo había interrogado sobre usar la sala de ensayo. ¿Lo reconocería?

Con disimulo, se bajó la gorra para ocultar sus ojos.

—¿Dónde nos sentamos?

—Quiero oírlo todo bien, así que sentémonos por el medio. El sonido en este auditorio está bien equilibrado.

Pasaron a su lado sin fijarse en él y se acomodaron en los asientos del medio. El chico suspiró de alivio.

Debía ser una estudiante de piano del conservatorio, tenía sentido que fuera a escuchar. ¿O también participaría en la competición?

El chico se quedó observando sus nucas.

Se enfrascó en un recuerdo entusiasta del piano de aquella sala. El instrumento había sido maravilloso. Estaba afinado a la perfección, pero eso era de esperar en un conservatorio.

Qué suerte tenía esa gente de practicar en un buen piano cada día.

En su cabeza, lo estaba tocando. Un piano magnífico con un sonido sublime.

Repetía la música una y otra vez en su mente.

Se escurrió en el asiento para oír a la siguiente pianista.

La chica del vestido rojo era excelente. Con discreción, empezó a cantar la melodía para sí.

Cuando anunciaron el intervalo, el chico salió junto con el resto del público.

Decidió ir a la sala de ensayo. El primer día de la competición casi había terminado. Si había una sala libre, a lo mejor le dejaban tocar. Sintió una oleada de emoción al subir en el ascensor.

Me pregunto dónde estará papá hoy. Miró su reloj. Su padre estaría de camino a algún lugar nuevo. Se sintió culpable de no poder ayudar.

Ojalá recuerde que me prometió comprarme un piano si llegaba a la final.

Su padre era un hombre generoso con un gran corazón, aunque también bastante estricto. Podía ser minucioso y cuidadoso con las abejas, pero no se interesaba en el resto de las cosas.

No había un piano en la casa del chico.

Y nunca había pensado en lo extraño que era aquello.

BALADA

Machiko Takashima fue corriendo hacia el auditorio. Comprobó el nombre y estaba a punto de entrar cuando se detuvo de repente y alzó los ojos hacia el cielo.

El sol se había puesto hacía tiempo y en el exterior reinaba la oscuridad. Era la primera vez que visitaba Yoshigae, pero el auditorio se hallaba cerca de la estación y por todas partes había carteles sobre la competición y flechas que indicaban el camino, así que lo encontró sin mayor dificultad.

El viaje de ida y vuelta a casa de sus padres para dejar allí a su hijo Akihito le había llevado tiempo y no salió de la estación de Tokio hasta las tres de la tarde. Si se perdía la actuación de Akashi por accidente, la palabra *devastada* no podría ni empezar a describir cómo se sentiría.

Akashi le había enviado el programa de actuaciones, por lo que sabía que aún faltaba una hora antes de su turno, pero ya lo habían adelantado y Machiko llevaba ansiosa desde la mañana, preocupada por si lo avanzaban más.

Cuando llegó al lugar adecuado, se percató de su tensión. El auditorio de tamaño mediano tenía una recepción acristalada, con la sala de concierto al otro lado. Las puertas estaban cerradas.

La visión de las puertas le bastó para constreñirle el corazón.

Machiko respiró hondo, accedió al auditorio y enseñó su entrada.

—El auditorio está cerrado durante las actuaciones. Espere a que acabe, por favor —le dijeron. Ella asintió.

—¿Van bien de tiempo?

—Sí, según el programa.

Aliviada, dio una vuelta por la recepción.

Había muchas mujeres jóvenes, supuso que estudiantes de conservatorio. Charlaban con naturalidad entre ellas y tenían pinta de estar acostumbradas a todo aquello. Para Machiko, que casi ni había pisado un auditorio en su vida, aquel era un mundo desconocido y echó un vistazo nervioso a su alrededor. Al igual que ella, había familiares que resultaban fáciles de localizar porque no sabían qué hacer. *Conozco ese sentimiento*, pensó.

Había una mujer mayor con aire solemne que debía ser profesora de piano.

Siempre resultaba fácil distinguir a las profesoras. De niña, Machiko había ido a clase de piano durante un periodo corto y le daba la impresión de que, por algún motivo, las maestras de piano siempre tenían un montón de pelo. Las de más edad siempre se lo enrollaban encima de la cabeza y vestían ropa desparejada: una blusa y una chaqueta corta que no pegaban con una falda larga y amplia. Y no fallaba: la de allí también lucía un tipo de broche que las mujeres de la edad de Machiko nunca llevarían.

Yo jamás he tenido talento para la música, pensó con un suspiro.

El sonido de un aplauso la sacó de su ensimismamiento. Machiko se apresuró a entrar.

Para su sorpresa, había mucho público. En el escenario, un hombre con traje estaba afinando el piano.

¿Dónde me siento?

Las filas en la parte trasera parecían bastante vacías. Mientras se acomodaba en su asiento, se fue tranquilizando al fin.

Pu-um, pu-um, resonaron las cuerdas del piano.

El afinador, plantado ante las teclas, parecía ajeno al público mientras se concentraba en las notas.

Había algo tranquilizador en esa silueta, de pie bajo la suave luz del escenario.

Lo ha conseguido al fin, se dijo Machiko, y soltó un suspiro quedo.

Desde que era niña, le habían dicho que fuera desapasionada y no revelara sus emociones, pero al ver el piano de cola sobre el escenario y pensar en su marido, que aguardaba entre bastidores, le vino a la mente la frase «llena de emoción».

Después de que Akashi decidiera participar en la competición, las cosas se habían complicado.

Existía un dicho bien conocido que decía: «Sáltate un día de ensayo y lo sabrás, sáltate dos y los críticos lo sabrán, sáltate tres y el público lo sabrá». Pero en cuanto Akashi empezó a trabajar y nació Akihito, hubo varios días cada semana en los que no tocaba el piano, y hacía tan solo un año que había empezado a prepararse en serio para el concurso. Una persona esforzada como Akashi podía, cómo no, encontrar tiempo para ensayar bien temprano por las mañanas, por la noche o durante los días festivos, y cuando al fin construyeron una casa para ellos, dijo que quería practicar todo lo que pudiera, por lo que prepararon una pequeña habitación insonorizada para un piano de pared. Eso ya les costó un dineral, por no mencionar los precios de las partituras, algo que había sorprendido a Machiko, o el gasto de que el antiguo profesor de su marido fuera a aconsejarle cada pocas semanas para que recuperase su técnica.

«Esta es la primera y última vez», le había dicho Akashi, y ella entendía cómo se sentía. Su marido casi no pedía nada para sí, por lo que Machiko no se quejó y sacó el dinero de sus cuentas de ahorros para ayudar a pagarlo todo, pero sabía que para Akashi era más duro, porque tenía que dormir menos para conseguir más tiempo de práctica y, cuando estaba muy cansado, eso afectaba de forma negativa a los ensayos. A veces se sentía tan frustrado que se planteaba dejarlo todo.

Lo más difícil fue mantener su motivación. Cada dos semanas o así, Akashi pasaba por un periodo en el que el reto le parecía absurdo y se ponía a farfullar con desprecio que nadie le había pedido que hiciera aquello. ¿Por qué lo había dejado para tan tarde? Machiko lo animaba, recordándole lo cara que había salido la habitación insonorizada. «Al menos tenemos que hacer que ese dinero invertido valga la pena, ¿no?».

Uno de los motivos por los que lo apoyaba tanto era porque ella se arrepentía de no haber llegado a ser profesional en su propio ámbito.

El padre de Machiko tenía un doctorado en ingeniería espacial y trabajaba como consultor para el gobierno. Sus dos hermanos mayores eran investigadores. Machiko tenía esperanzas de trabajar en investigación, pero, durante su época estudiantil, se dio cuenta de que le faltaba esa chispa tan necesaria y de que allí no encontraría lo que buscaba. Al final decidió ser profesora.

Pero el deseo de dedicarse a la investigación igual que sus hermanos aún ardía en su interior.

Cuando Akashi le reveló que quería participar en el concurso, Machiko empatizó con él. Sabía que su marido sentía lo mismo sobre su sueño y que no había renunciado del todo a conseguirlo. A Akashi le sorprendió con cuánto entusiasmo lo animó su esposa.

En un rincón del escenario había un cartel en blanco con el nombre y el número del siguiente participante. El público fue guardando silencio y una chica rubia con un vestido azul salió a recibir el aplauso.

Machiko comprobó el programa. La pianista era rusa. Los occidentales siempre aparentaban tener más edad, pero esa joven solo tenía veinte años.

Un sonido elegante empezó a fluir desde el escenario.

Machiko no recordaba la última vez que había oído una actuación pianística en directo en un auditorio.

Había oído a Akashi practicar, claro, pero con la habitación insonorizada, ya no lo oía.

Vaya, es muy buena, pensó.

El nerviosismo anterior reapareció.

Supongo que no debería sorprenderme de que sea gente tan pulida y capaz de tocar piezas tan complejas con mucho corazón. Había oído que en esa competición el nivel estándar era muy elevado y que aceptaban personas que ya actuaban de forma profesional, aunque no todos parecían serlo. Cuando Akashi le dijo que esperaba fracasar en la primera ronda, ella dedujo que había sido su timidez hablando, pero ahora veía lo difícil que resultaría aquello. Como estudiante, Akashi había llegado a la final de una competición, por lo que ella pensó que no le costaría conseguir el mismo logro en esa ocasión, pero habían pasado casi diez años y estaba claro que su edad era una desventaja.

¿Qué diré si no pasa?

De repente, la preocupación la recorrió entera.

Lo has hecho lo mejor posible. Es mejor aceptar el desafío que no intentarlo y arrepentirse más tarde. Ha sido una experiencia maravillosa para mí también. Menos mal que se ha acabado justo cuando te quedan unos cuantos días de vacaciones pagadas.

Pero lo único que podía imaginar era a Akashi cabizbajo y preso de una decepción amarga. Nada de lo que ella dijera podría consolarlo.

«Ser la esposa de un músico no debe de ser fácil». Le llegó de repente la voz de una excompañera de instituto.

Se habían juntado para planear una reunión de toda la clase. A la otra mujer le había gustado Akashi durante su época de estudiantes y siempre acudía a sus recitales cuando él estaba en el conservatorio y luego le regalaba un ramo de flores.

Los chicos que tocaban instrumentos eran populares entre las chicas. Además de ser un pianista excelente, Akashi era, por naturaleza, positivo y amable, y siempre caía bien a las chicas.

Akashi y Machiko habían sido amigos desde la infancia y empezaron a fijarse en el otro durante la secundaria. En bachillerato ya habían pasado a salir juntos. Machiko era más de ciencias, no tan amigable de puertas para fuera y carecía de estilo. A muchas de las otras chicas no les alegró saber que salía con Akashi, sobre todo a esa compañera en concreto.

Al parecer, le había dicho a Akashi a la cara lo mala pareja que Machiko le parecía para él, aunque en general el chico no le había prestado atención.

Después de la universidad, cuando tuvieron edad de casarse, esas jóvenes perdieron todo interés en chicos que supieran tocar el piano.

«¿Cómo le va a Akashi-kun? —preguntaban—. ¿Sigue tocando?».

«Menos mal que eres funcionaria, Machiko».

Esas examigas que sabían que se había casado con Akashi ya no la miraban con envidia, sino con algo más parecido a la compasión.

Cada vez que mencionaba que había conseguido un trabajo en una gran tienda de instrumentos musicales, su inevitable respuesta era: «Ah, genial», pero ella detectaba lo que pensaban: *Así que no ha sabido ganarse la vida como músico, ¿eh? No tenía suficiente talento.*

«Ser la esposa de un músico no debe de ser fácil».

Ese comentario, en apariencia inocente, le resultaba muy irritante, encima pronunciado por esa misma mujer que en el pasado había afirmado ser mejor pareja para Akashi que Machiko y que se había casado con un hombre mucho mayor, un dentista, y acababa de dar a luz a su primer hijo... Irritante por el patente tono de lástima con el que lo dijo.

¡Métete en tus asuntos!, había dicho Machiko para sus adentros.

Una chica coreana tocó el piano a continuación, luego un joven chino, seguido de otro coreano.

Todos eran excelentes. Había oído que los pianistas en Asia habían avanzado mucho en los últimos años, y esos tres exhibían mucho más talento y fuerza que la chica rusa que les había precedido.

Con un suspiro, reconoció que todos eran magníficos.

El día inaugural de la primera ronda dio paso al último pianista.

22. AKASHI TAKASHIMA

Habían puesto un nuevo nombre en el escenario. Con el corazón acelerado, Machiko se enderezó.

¿Cuándo fue la última vez que me sentí tan nerviosa?, se preguntó.

Se llevó una mano al estómago sin darse cuenta. El pulso le resonaba en los oídos.

Si fuera yo quien actuase, estaría tan paralizada con miedo escénico que no podría ni tocar. No... Si fuera yo, no estaría tan nerviosa.

Poder salir ahí, solo, sobre el escenario y tocar. Akashi... eres maravilloso solo por ser capaz de hacerlo.

La pesada puerta se abrió y apareció la alta figura de su esposo.

El aplauso fue especialmente cálido, ya que era nipón.

Parecía más grande en el escenario, y no solo por su altura.

Machiko se sintió tan conmovida que se olvidó del dolor de estómago.

Hay algo en él estimulante y digno, pensó.

Le parecía estar viéndolo por primera vez.

Akashi avanzó con brío y una sonrisa en la cara y se sentó al piano.

Bajó la mano para ajustar la altura del banco. El pianista anterior había sido de poca estatura.

Akashi sacó un pañuelo del bolsillo y limpió con cuidado las teclas y luego sus manos.

«Es solo una pequeña ceremonia —había explicado—. No lo hago porque el afinador haya tocado las teclas o porque pueda haber restos de sudor. Finjo limpiar el piano para calmarme». Machiko oyó su voz.

Su marido dejó el pañuelo sobre el piano y alzó la mirada. Y, de repente, arrancó con la primera pieza.

Oh...

Machiko notó que abría los ojos de par en par.

Y no solo ella, sino también otros miembros del público. Parecían cansados, porque al fin habían llegado al último pianista del día, pero Akashi les hizo enderezarse.

El sonido que producía era... diferente. El mismo piano, pero sonaba de un modo muy distinto al anterior pianista.

Claro, tranquilo, gentil. Con una vivacidad definida.

En la música, el carácter sí que importa, pensó Machiko. *Este sonido es la expresión perfecta del hombre que conozco. Cada nota, cada reverberación, suena con la generosidad del espíritu de Akashi.* Vio una escena abriéndose en el escenario junto a él.

El clavecín bien templado, Libro 1, n.° 2.

Había estado mucho tiempo preocupado por qué pieza elegir. Incluso después de haberlo reducido a un puñado de posibilidades, las repasó todas al piano una y otra vez, para compararlas y decidir a la fuerza cuál tocar, hasta que la competición estuvo al caer.

Cada vez que Machiko oía a Bach, le venía la palabra *religioso*.

No sabía mucho de esas cosas y, sin embargo, sintió que su corazón se aquietaba con la música, le hacía entender el sentido de la palabra *rezo*.

Quería oír a Akashi tocando Bach para toda la eternidad. Su propio corazón se serenó y conmovió.

La siguiente pieza era la *Sonata n.º 3* de Beethoven, el primer movimiento.

Había aprendido que la sonata era una forma musical fundamental. Una que ponía a prueba la habilidad del compositor y revelaba de lo que era capaz.

Machiko conocía el *Claro de luna* y la *Appassionata*, pero no reconocía ninguna de sus otras sonatas.

Esa sonaba como una composición creada como tal. No una compuesta para expresar algo, sino solo por su forma.

Mientras escuchaba a Akashi practicar, le había contado sus impresiones tan poco sofisticadas.

—¿Así suena para ti? —le había preguntado él con una sonrisa irónica.

—Sí. No es muy cautivadora.

—¿En serio? Pues entonces la culpa es mía.

Mientras seguía tocando, alzó la mirada al techo.

—Pero ¿no es culpa del compositor? —replicó Machiko. Doblaba ropa mientras hablaba.

—No. Hay algo inevitable, indispensable, en estas piezas y por eso han sobrevivido al paso del tiempo. El pianista que no sepa sacar ese algo, que no pueda convencer, tiene la culpa.

Machiko recordó haberse sentido sorprendida por lo duro que sonó su marido.

De repente, las lágrimas acudieron a sus ojos. *Ahora entiendo lo que Akashi quería decir.*

Cada una de las frases de Beethoven que emergen de sus dedos está entrelazada de forma orgánica, nos llama por algún motivo.

Akashi toca de un modo persuasivo. Ahora, al escucharlo, siento que entiendo, aunque sea un poco, lo que Beethoven intentaba transmitir.

Fijó los ojos en el escenario, sin querer perderse nada del sonido, pero la segunda obra también terminó rápido.

Y ahora a por la última, la *Balada n.º 2* de Chopin.

—Lo que me gustaría tocar de verdad es la número cuatro —le había dicho su marido—. Pero no tengo tiempo.

La obertura era tranquila y suave. Una melodía sencilla, exquisita, como un susurro. Mientras Machiko escuchaba, una imagen apareció en su mente: Akashi leyéndole un cuento a Akihito.

Y, con una única frase furiosa, esa serenidad se resquebrajó de golpe.

Irrumpió entonces una melodía dramática, como un oleaje intenso que decaía un momento para luego resurgir con más fuerza, sin ceder ni un ápice.

La realidad, intensa y severa.

Nadie en el público sabe lo duro que ha trabajado para estar aquí, sentado y vestido con un esmoquin, con tal de tocar esas melodías tan sublimes. No saben lo agobiado que está por el trabajo, por poder ganarse el pan, ni las dificultades infinitas por las que pasa para apoyarnos.

«Esta será la primera y la última vez. Por favor, déjame intentarlo.

»Quiero poder decirle a Akihito que su padre era músico.

»Nadie me ha pedido que participase en la competición, así que estoy intentando dilucidar por qué me he inscrito.

»Hay tanta música que puedo interpretar solo por el tipo de pianista que soy ahora.

»Mis dedos no siguen el ritmo. Mis emociones van a mil por hora y esta obra es un desastre.

»Debería haberme rendido, en serio.

»El peor pianista es el que no sabe convencer.

»Mis compañeros de trabajo han dicho que, si llego a la final, vendrán todos a escucharme».

Capas con las palabras y afirmaciones de Akashi.

Y, a pesar de todo eso, qué bien está tocando y qué bonito es Chopin.

La *Balada n.º 2* de Chopin era la mismísima encarnación de la amabilidad y la determinación de Akashi.

Al terminar, hubo un instante de inmensa quietud en el auditorio.

Akashi, que había estado mirando las teclas, alzó los ojos.

Parecía aliviado.

Se levantó, deshaciéndose en sonrisas, y fue recibido con aplausos y vítores.

Mientras Machiko aplaudía con fervor, murmuró para sí: *Mi marido es músico. Soy la esposa de un músico.*

INTERLUDIO

—Ese tipo ha hecho que todo valiera la pena.

—Ya ves. Al fin he oído música de verdad.

De vuelta a la sala de espera, los jueces, liberados de la tensión y el estrés del día, sacaron a la luz sus auténticos sentimientos y también algunas carcajadas.

Ese último pianista *sí* que era muy bueno.

Akashi Takashima. Mieko se grabó el nombre del último participante en la memoria.

No había oído hablar nunca de él hasta ese día, ni siquiera rumoreaban sobre su persona.

Tenía veintiocho años, el participante de mayor edad.

En el mundo de las competiciones musicales, donde la gente tendía a centrarse en lo jóvenes que eran algunos aspirantes, veintiocho lo convertía en un veterano. La técnica decente y el buen fraseo se daban por hecho. Algunos pianistas se apuntaban a todos los concursos que podían, se convertían en expertos, se acostumbraban demasiado a adaptar su estilo para encajar en lo que veían como el foco y las exigencias de cada competición, con lo que se perdían a sí mismos en el proceso. Pero Takashima había sorteado esas trampas. Tocaba de una forma que, nada más oírla, parecía bastante ortodoxa, pero demostraba, al final, ser inesperadamente única, sin que hubiera nada engreído o ufano en ella. Estaba claro que llamaba la atención del oyente.

Mieko se sentía feliz cada vez que encontraba a un pianista así. Por la impresión de ese estilo hermoso y relajado, pero también por la sensación de haber oído algo completamente cautivador. Se sentía atraída por algo extraordinario que tampoco la alienaba.

Cada vez que prestaba atención a la técnica, intentaba mantener la mente abierta, pero siempre se quedaba con el efecto de que sus oídos se habían mancillado de algún modo. Como si esa interpretación hubiera dejado un sedimento en ellos, un residuo que no podía sacarse; la composición se había coagulado en una masa de sonido que ya no se podía llamar *música*.

Pero con Akashi Takashima, no. Con él había oído *música*.

Era como si hubiera restaurado por completo su oído mancillado, limpio de todo el lodo acumulado.

Por la reacción del público, vio que se habían sentido del mismo modo; esa era una de las auténticas maravillas de la música, ya que a veces las respuestas de profesionales y *amateurs* estaban completamente enfrentadas.

—Bueno… ¿qué te ha parecido? —preguntó Nathaniel mientras se sentaba a su lado. Parecía estar de un humor decente.

—He pensado: «Vale, así es como debe ser una competición».

—Típico de ti —rio Nathaniel.

—Creo que es porque no hago mucho de jueza. Siempre tengo ganas de la siguiente actuación, pero entonces recuerdo lo tormentoso que puede ser todo el proceso. Nunca aprendo.

—Lo mejor es no emocionarse demasiado pronto. Aún nos quedan varias rondas por delante.

—Creo que ya me has dicho eso antes.

Era cierto. Igual que los pianistas siempre tenían la esperanza de que alcanzarían el éxito en la siguiente competición, los jueces buscaban en esos eventos a la próxima estrella musical. Las dos semanas de concurso, sobre todo los cinco días de la primera ronda, resultaban agotadoras para quienes escuchaban y, si no uno se controlaba, nunca llegaría hasta la final.

—¿Qué me dices de ti? —preguntó Mieko—. ¿Alguna interpretación que destaque?

—El nivel general es elevado. Lo siento por ellos, ya que en cuestiones técnicas se parecen bastante. A menos que alguien sobresalga de verdad, nunca van a destacar entre la multitud.

—Y lo dices como si tu preciado pupilo lo fuera a conseguir.

Por la plácida expresión de Nathaniel, Mieko supo que tenía una confianza ciega en su protegido.

—Para nada. Al final es cuestión de suerte.

—Eso me cuesta creerlo, al ver cuánta confianza depositas en él. ¿Qué piensas sobre el último pianista del día?

—Bastante bueno. Tiene los pies en la tierra.

—Coincido.

—¿Estás libre para cenar?

—Sí. ¿A dónde vamos?

—¿Qué te parece el restaurante indio del sótano?

—Suena genial. Comida picante. A lo mejor nos anima.

Ocho horas seguidas de valorar pianistas los habían agotado por completo y dejado famélicos. En los restaurantes de los hoteles locales el servicio acababa temprano, así que pidieron todas las bebidas y la comida que pudieron. Algo que todavía compartían los dos era el amor por la comida y la bebida.

—Bueno… ¿Ya es definitivo el divorcio?

Tras brindar con vasos de cerveza, Mieko fue directa al grano.

Nathaniel le dirigió una mirada hosca.

—Casi. Nos falta ponernos de acuerdo en la pensión alimenticia.

—¿Qué tal está Diana?

Mieko había conocido a la hija de Nathaniel. El mundillo musical era más pequeño de lo que parecía y, tras su divorcio con él, sus caminos se habían seguido cruzando.

—Bien. Siempre había pensado que yo le caía mejor que su madre, pero ya no lo tengo tan claro.

—¿Y eso?

—Diana debutará pronto como cantante.

—¿En serio? ¡Enhorabuena? ¿Con qué estilo?

—Pop.

—Siempre me ha parecido una chica mona y extrovertida. No como su padre.

—Ya —replicó Nathaniel sin pestañear—. *Tiene* talento, musicalmente hablando. Aunque está un poco verde. La madre es la que entiende el mundo del espectáculo, así que será su mánager.

—Tiene sentido.

Nathaniel siempre estaba viajando por todo el mundo y no podía pasar mucho tiempo con su hija. Su esposa era una famosa actriz británica de teatro, pero en general limitaba su trabajo a Inglaterra y podía dedicarle más tiempo.

—Pero tenéis la custodia compartida, así que debería ir bien.

—Lo detesto.

Nathaniel sacudió la cabeza.

Mieko sabía que, cuando decía que *detestaba* algo, Nathaniel no cedería, así que no siguió con ese tema de conversación. Buscó otra vía.

—Eso no cambia el hecho de que seguís siendo padre e hija. Es como con mi hijo: ahora nos escribimos por correo electrónico.

—¿Ya ha encontrado trabajo al fin?

—Sí, es funcionario.

—¿Sigues saliendo con ese tipo?

Nathaniel le lanzó una mirada rápida.

—¿A qué tipo te refieres?

—A ese músico de estudio que es mucho más joven que tú.

—Vivimos juntos, aunque no estamos casados.

Mieko vivía con un compositor al que le sacaba ocho años, un hombre con la cabeza bien amueblada que también era un gran músico, como arreglista y como intérprete. En cuestión de madurez, quizá fuera mayor que ella.

—¿Volverías?

La pregunta fue tan repentina que Mieko estaba masticando pollo tandoori y tardó en responder.

—¿Volver? *¿A dónde?*

—Conmigo.

—¿Qué?

Las palabras le pusieron los pelos de punta, pero sabía que Nathaniel siempre era directo en cuestiones así. Justo lo opuesto a su indecisión en los días de su ruptura.

Era ese tipo de hombre. Mieko asintió para sí misma unas cuantas veces.

—Bueno, ¿qué me dices de esa ayudante tuya tan guapa? —comentó, y así demostró que no se tomaba en serio su pregunta. Lo cierto era que se sentía conmovida por ese acercamiento tan directo, igual que cuando se habían enamorado, pero recordar los problemas interminables que siguieron a su relación y saber la enorme compensación que le estaba pagando a su mujer actual (una hermosa polaca con mucho talento que hablaba cinco idiomas y muy querida en el mundo musical), la convenció de que Nathaniel solo buscaba una vía de escape.

El hombre sonrió con ironía.

—Es una ayudante eficiente. Nada más y nada menos.

—Solo era una pregunta. —Mieko se encogió de hombros—. He oído todo tipo de rumores.

—Ja —gruñó Nathaniel—. Rumores. Rumores vaya donde vaya. Que si la he dejado embarazada y regresó a su ciudad natal para dar a luz, que si su negligente jefe la hace hacer todo tipo de servicios cuestionables, que si recibió un enorme soborno por mantener la boca cerrada. Dios, me asombra cuánto habla la gente, como si lo hubieran visto con sus propios ojos. Gracias a todo eso, mi esposa ha exigido una compensación astronómica. Me dan ganas de demandar a alguien, pero ¿a quién?

Mieko simpatizaba con su irritación. De joven, ella misma había sido objeto de rumores infundados, a menudo difundidos solo porque sí, y había sufrido su buena dosis de dolor.

—El precio de la fama —dijo—. En nuestro mundo, siempre hay un número limitado de asientos en la mesa. La gente solo está celosa.

Su declaración pareció apaciguar un poco su autoestima. Nathaniel le dirigió una sonrisa medio avergonzada.

—Da igual… Lo digo en serio, Mieko. He aprendido unas cuantas cosas desde que rompimos. Estoy seguro de que nos iría bien. ¿Lo pensarás durante la competición?

Le llegó el turno a Mieko de forzar una sonrisa.

Ahora me está presionando. Y nunca se me ha dado bien hacer los deberes.

—Por cierto… —añadió Nathaniel, cambiando de tono mientras recogía un poco de cordero al curri con un trozo de *naan*—. Háblame más de ese Príncipe de la Miel, o de las Abejas, o como sea que se llame.

Mieko suspiró.

¿Por qué no me sorprende que saque justo ese tema?

—Estaba en contra de que pasara, para que lo sepas —dijo sin rodeos, pero la mirada inquisitiva de Nathaniel y sus ojos penetrantes permanecieron fijos en ella.

—¿Cómo es? Quiero tu opinión sincera —insistió él. Mieko percibió su impaciencia—. ¿Qué tal fue su actuación? ¿Tocó como el maestro Hoffmann?

Dijo aquello con rapidez, con sequedad. Intentaba por todos los medios ocultarlo, pero ella sabía lo agitado, incluso asustado, que se sentía. Reconoció al genio joven y tenso del pasado.

Se considera de verdad el pupilo de Hoffmann, pensó. *Incluso ahora, cuando menciona al maestro, se comporta como un muchacho triste. Supongo que mucha gente es así al recordar a un mentor que idolatraba.*

Mieko sacudió la cabeza.

—Fue completamente distinto. Lo que sentí fue un odio arrollador. Como si el chico rechazara todo lo que el maestro Hoffmann defendió en la música. Cuando terminó, casi me volví loca.

La rabia que sintió en aquel momento regresó, pero enseguida desapareció.

La mirada de Nathaniel era una mezcla compleja de desconcierto y alivio.

Desconcierto por desconocer por qué el riguroso profesor que adoraba por encima de todo elegiría a un pupilo así; alivio por saber que ese pupilo no era el heredero legítimo de su estimado profesor.

—Pero ¿la carta de recomendación era auténtica? —preguntó.

—Sí. Lo más molesto es que Hoffmann predijo con acierto la respuesta negativa que tendría la gente como yo al oír a ese Príncipe del Polvo.

Recordó la vergüenza que había sentido. Esa sensación no desapareció con tanta facilidad.

—¿*Príncipe del Polvo*?

Nathaniel parecía perplejo, hasta que ella le explicó que el nombre de pila del chico, Jin, se escribía con el carácter para «polvo». El hombre sonrió.

—En serio, ni ahora lo entiendo —añadió Mieko—. No sé por qué me enfadé tanto. Smirnoff y Simon pensaron que era espectacular. ¿Cómo pudo provocar reacciones tan opuestas? Pero los dos coincidieron en que ese hecho ya era de por sí asombroso y me convencieron.

Decidió no mencionar el motivo principal por el que había apoyado al joven, ya que sorprendería a los profesores de música neoyorquinos. Nathaniel no se hallaba realmente en ese grupo, aunque fuera profesor en Juilliard.

—Smirnoff y Simon dijeron lo mismo —comentó Nathaniel—. Estaban muy emocionados por su forma de tocar, pero solo fue una impresión y no recordaban bien su actuación.

Ah... con que Nathaniel se había interesado tanto en las audiciones de París que había ido preguntando por ahí. Mieko miró con un interés renovado al hombre sentado frente a ella.

Tenía sentido que quisiera recabar información sobre cualquier rival para su preciado protegido en la competición. Pero tampoco le costaba imaginar lo muy asustado que se sentía por descubrir el hecho alarmante de que, en sus últimos años de vida, Hoffmann hubiera tenido un alumno.

—La organización del concurso no me deja escuchar una grabación de su audición. Al parecer, es una norma.

Nathaniel asintió con resentimiento.

Mieko tenía la sensación de que Olga estaría detrás de aquello.

Habría pensado que, si Jin Kazama estaba allí para ganar el concurso o llegar a la final, su grabación sería una mina de oro. Si la pifiaba, bueno, pues ya estaría. Podría decir que lo habían juzgado mal y dejar el tema. *Y no cabe duda de que* ese *«mal juicio» repercutirá con dureza en mí y en otros jueces,* especuló Mieko.

—Numa-san me dijo que el maestro Hoffmann consideraba sin lugar a dudas a Jin Kazama como su pupilo. Me contó que Daphne le había dicho que Hoffmann viajaba con frecuencia para darle clases.

Nathaniel no pudo esconder su conmoción y Mieko se arrepintió de haber dicho nada. Pensaba que él ya lo sabría.

—¿El maestro fue a darle clases? —No era de extrañar que Nathaniel se sorprendiera, ya que era algo inaudito que Von Hoffmann viajara para ver a un alumno—. El profesor Hishinuma se mantiene en contacto con Daphne, ¿eh?

Nathaniel reflexionó sobre aquello. Miró a su alrededor como para buscar a Tadaaki Hishinuma e interrogarlo allí mismo.

—Correcto. He oído que a Jin Kazama lo llaman Príncipe de la Miel o de las Abejas o como sea porque es el hijo de un apicultor y ayuda a su padre tanto que viajan constantemente. Me pregunto si, por sus circunstancias especiales, el maestro Hoffmann decidió ir allá donde estuviera el muchacho para darle clase.

Nathaniel rumió más aún.

—Bueno, a lo mejor en sus últimos años de vida el maestro quiso regresar a la inocencia de la juventud —dijo Mieko para consolarlo, pero Nathaniel alzó la mirada con un desdén obvio.

—No lo dirás en serio, ¿verdad?

Su tono era tan afilado que Mieko se estremeció.

Vio que el vello de Nathaniel estaba un poco erizado.

—Claro que no —añadió el hombre—. Sería la última persona en comportarse de esa forma. Hasta el final fue el más firme en cuestiones musicales.

Mieko también sintió algo de desdén. La había desconcertado que se enojara con ella cuando solo había intentado consolarlo. Y estaba enfadada consigo misma por decirlo cuando ni ella lo había creído.

—No te preocupes, que lo entiendo —replicó ella con frialdad.

—Pues no digas nada. Pero, entonces, ¿por qué iba a aceptar a ese tipo de pupilo?

Nathaniel sonaba desesperado.

Ya me acuerdo, pensó la mujer. *De verdad. Este es el tipo de hombre que es.*

Le sobrevino un *déjà vu* intenso.

Nathaniel se enfurecía a propósito, con la esperanza de recibir algo de consuelo, pero cuando ella intentaba tranquilizarlo, él le devolvía sus palabras y la atacaba. Había sido así desde el principio y, a medida que su relación fue empeorando, ese escenario se repitió sin fin, día tras día.

—Bueno, está previsto que actúe el último día de la primera ronda, así que espérate a escucharlo y ya decidirás. Tendrás que verlo por ti mismo.

Mieko sacó un cigarrillo, pero recordó que no se podía fumar allí.

—Masaru no va a perder —afirmó Nathaniel.

—Supongo que no, ya que es tu niño mimado —replicó Mieko con una pizca de sarcasmo y se bebió el té chai.

—¿Cómo puedes decir eso cuando no lo has oído tocar nunca?

Nathaniel volvía a atacarla, aunque parecía que su nerviosismo había remitido.

—Bueno, tú tampoco has oído nunca a Jin Kazama, así que supongo que estamos empatados —resopló Mieko.

De hecho, yo soy quien quiere oírlo tocar, mucho más que tú. Quiero oírlo de nuevo, averiguar quién es en el mundo y cuál era la intención del maestro Hoffmann al seleccionarlo. Soy yo quien se muere por oír a Jin Kazama tocar el piano.

HA NACIDO UNA ESTRELLA

—Anda... ¿qué pasa aquí? —Aya se quedó boquiabierta por lo lleno que estaba el auditorio—. ¿Por qué está tan a rebosar? Aún estamos en la primera ronda, ¿no?

Se fijó en que el público estaba compuesto en su inmensa mayoría por mujeres jóvenes.

—¿No has oído los rumores, Aya-chan?

A su lado, Kanade parecía dubitativa.

—¿Qué rumores?

—Pues que hoy toca uno de los favoritos del concurso. El Príncipe de Juilliard.

—¿Príncipe?

Aya también parecía dudar.

Corrían muchos rumores sobre un príncipe u otro, y ella no tenía ni idea de a qué se referían. No solía estar al tanto de las noticias sobre su arte y era ajena a cualquier tipo de cotilleo.

—Aya-chan, ¿me estás diciendo que no has investigado a ninguno de los otros pianistas?

—Bueno, pensé que, como iba a oírlos de todas formas, daba igual.

Kanade estaba estupefacta por la actitud de Aya.

—Hasta *yo* he oído hablar de él. Es el preciado pupilo de Nathaniel Silverberg, que últimamente solo dirige, pero ojalá tocara el piano más a menudo.

Mientras miraba a Aya, absorta en sus propias palabras, Kanade se preguntó qué le habría pasado a la chica que, cuando estaban empacando los vestidos, había jurado hacerlo lo mejor posible. Pensó que quizá fuera tan buena por eso. Sin embargo, estaban en una competición, y la ambición y las ganas eran esenciales.

Estaban en el segundo día de la primera ronda.

El padre de Kanade le había pedido que acompañara a Aya, ya que su profesor tenía a otros dos alumnos en la competición y no podía atenderla.

No, decidió Kanade al fin. *No va a tocar hasta el último día de la primera ronda, así que quizá lo mejor sea aparentar cierta desconexión en estos momentos.* La gente solía decir que lo más complicado para los participantes en una larga y agotadora competición era mantener la calma. Muchos se quejaban de los extensos periodos de espera. Su actuación solo duraría veinte minutos, pero la primera ronda abarcaba cinco días enteros.

Ese era el primer concurso de alto nivel para Aya. *¿Podrá con ello?,* se preguntó Kanade. La miró de reojo mientras escuchaba con atención.

No se lo había contado a nadie, pero había decidido que, si Aya llegaba a la final, ella cambiaría formalmente del violín a la viola. La decisión no tenía nada que ver con Aya, podría haber cambiado en cuanto quisiera, pero había decidido que el destino de Aya en la competición decidiría el suyo.

Con el paso de tiempo, Kanade había determinado poco a poco que prefería la viola. Le encantaba su resonancia, su aspecto y el lugar que ocupaba en la orquesta. Encajaba con ella a la perfección.

Confío en mi oído, pensó.

Volvió a mirar a Aya.

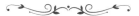

Y así fue como Kanade había decidido que la participación de Aya marcaría su propio punto de inflexión. Otro motivo por el que la había regañado por su ausencia total de espíritu competitivo.

Pero, guau... ¡El nivel aquí es muy alto!, pensó. *¿Cómo se lo explico a papá?*

Cada actuación revelaba una musicalidad exquisita. Estaba claro que el acceso actual a tantas interpretaciones diferentes y a la información en línea había ayudado a subir el nivel en todo el mundo.

También había proporcionado cierta uniformidad de sonido, aunque le causó curiosidad fijarse en que el carácter nacional asociado con distintos países había influido en la interpretación.

Los pianistas chinos, por ejemplo, demostraban un alcance suave y claro que, para ella, reflejaba sus orígenes *continentales*. Todos los participantes de China sin excepción procedían de familias adineradas de clase media, aunque la clase media allí equivalía más bien a la rica en Japón, así que todos provenían de un entorno con los medios económicos necesarios para mantener sus carreras. En China, esos pianistas con tanta suerte aprovechaban al máximo sus ventajas, y su interpretación fuerte y sin límites resultaba muy cautivadora. Sin embargo, en la actualidad el público se había acostumbrado a ese tipo de pianista y su elevada técnica no sorprendía a nadie. Lo que sí que resultaba envidiable de los competidores chinos era su inquebrantable autoestima, algo que no se solía encontrar en sus homólogos nipones. Los pianistas japoneses podían hablar de *ser ellos mismos*, pero solo para ocultar su falta de confianza y su nerviosismo respecto a su identidad. Ese *sé tú mismo* solo se podía adquirir tras muchas dificultades, pero los intérpretes de China parecían poseerlo desde el principio, como un derecho de nacimiento, y Kanade se preguntó si sería producto de la filosofía china y del régimen autoritario unipartidista. Otro factor eran las competiciones dentro de China. En cuanto alguien sobrevivía a eso, cualquier duda sobre su identidad desaparecía pronto. Comparados con los chinos, los pianistas de otros países de Asia parecían mucho más ingenuos. A Kanade a veces le daba la sensación de que muchos de ellos aún se preguntaban qué hacían allí, por qué estaban tocando en un escenario; todavía tenían problemas con cuestiones básicas existenciales que los chinos ya habían dejado atrás hacía mucho tiempo.

El que destacaba en esa ocasión era el contingente de Corea. Kanade se sentía igual cuando veía actores coreanos; poseían una pasión directa y, aunque no estaba segura del término, cierto *encanto*.

La *intensidad* y el *encanto* naturales de Corea encajaban a la perfección con el dramatismo de la música clásica.

Así pues, ¿qué tenían en particular los pianistas japoneses?

Era algo sobre lo que reflexionaban a menudo los músicos profesionales de Japón. Empezaban por la pregunta básica: *¿Por qué los asiáticos tocan música occidental?* Y eso les hacía volver a cuestiones más personales sobre por qué la propia Kanade tocaba el violín y la viola.

Se dio cuenta de que la actuación había terminado y, a su lado, Aya aplaudía con entusiasmo, con el rostro iluminado mientras miraba a su amiga.

—¡Son *taaan* buenos! El contingente coreano es increíble.

Kanade pensó que no era el momento de dejarse impresionar por otros pianistas y esbozó una sonrisa mordaz.

Después del intervalo, el siguiente pianista era el tan anticipado príncipe de Juilliard.

Hiroshi Takubo, el regidor de escena, miró al siguiente concursante.

Una figura alta y oscura en las sombras. No pudo evitar sentirse intrigado.

Algunos de los participantes estaban tan nerviosos que sentía pena por ellos, pero esa silueta parecía tranquila.

Takubo estaba acostumbrado a ver a profesionales y maestros de todo el mundo, a conducir a todo tipo de estrellas por los bastidores para hacer su entrada. Ese joven emanaba esa aura que tanto destacaba entre los profesionales veteranos.

Otros miembros del personal también parecieron sentirlo, ya que les impresionaba hablar con él. Transmitía algo bastante *especial*. Tenía un físico y unos rasgos atractivos, claro, pero solo su presencia bastaba para alterar corazones.

Takubo miró su reloj.

—Es la hora —dijo en voz baja.

Takubo siempre debatía cuándo decirlo. No quería hablar con demasiada insistencia ni presionar más al pianista. Siempre intentaba aparentar toda la naturalidad posible.

—Mucha suerte —dijo mientras empujaba la puerta para abrirla. Observaba a cada participante con atención antes de decidir si ofrecerles esas últimas palabras de ánimo. Sabía que, en algunos casos, podía romper su concentración o ser un sobresalto inesperado, pero con ese pianista no tuvo tantos reparos. El joven tenía un aire que lo impelía a querer comunicarse con él.

—Muchas gracias.

El chico sonrió con ganas. Takubo no pudo evitar asombrarse por su reluciente sonrisa mientras el pianista salía hacia las luces. Fue como si hubiera pasado una brisa refrescante.

El público también supo enseguida que estaban ante una persona extraordinaria.

Aya observó con admiración a ese «príncipe» mientras hacía una reverencia.

Fue como cuando una estrella de cine saluda a sus fans en un estreno.

El joven era alto y esbelto, cerca del metro noventa si tenía que adivinar, y lucía un traje elegante y brillante azul grisáceo. También llevaba una camisa blanca y una corbata muy chic morada y verde. Sorprendentemente, pocos pianistas se ponían corbata.

Cabello rizado y suelto de un marrón oscuro y unos rasgos calmados y bien perfilados.

El público lo observó con la respiración contenida mientras ajustaba el banco.

Y, de repente, Aya sintió una nostalgia extraña.

Es como si lo conociera de hace mucho tiempo, pensó.

Las estrellas te hacían sentir así, ¿no? Como si las conocieras de toda la vida.

Era como si su propia aura... ¿Cómo decirlo? Como si determinase el nivel. Como algo que se convierte en un clásico instantáneo. Una estrella que encarna lo que el público conoce desde hace tiempo y lo que ansía.

Aya oyó una voz familiar en su cabeza. La voz de su antiguo profesor, el señor Watanuki.

Mi madre me enseñó lo básico, pero fue el señor Watanuki, mi profesor de piano, quien me enseñó a amar la música. Cada vez que abría la puerta de su casa, oía todo tipo de música. Me encantaban esas clases.

Pero el señor Watanuki había fallecido cuando Aya tenía once años. Dijo que no se sentía bien y murió poco después de haber ingresado en el hospital. Sucedió muy rápido.

Se le ocurrió que, si hubiera podido seguir con el señor Watanuki, quizá no habría dejado de actuar tras la muerte de su madre. A los profesores que tuvo después de él se les daba muy bien enseñar técnica. Pero nadie le enseñó a amar la música como el señor Watanuki.

El joven terminó de ajustar el banco y miró al frente durante un momento.

Los ojos de Aya se vieron atraídos hacia su expresión pensativa.

Cuando fue consciente de que había captado la atención del público, alzó las manos y empezó a tocar.

Es encantador, pensó la chica.

El joven supo que su sonido y la persona que lo producía habían embelesado al público. Aya pensó que aquello era un ejemplo de *hechizar*.

Aun así, qué distinto podía ser el sonido según quién lo produjera.

Sabía que eso era cierto, pero, al verlo con sus propios ojos, descubrió que era mucho más increíble.

El clavecín bien templado era una de las obras más estándares del repertorio pianístico e, interpretada al pie de la letra, podía acabar sonando como música de fondo. *Pero, Dios mío, en sus manos parece viva. Incluso emocionante.*

Cada nota sonaba profunda, no expuesta, sino envuelta en terciopelo. Y, pese a todo, resonaba con la simplicidad y el ligero cinismo del Barroco.

Qué notas más elegantes y asombrosas, pensó Aya. *No desaparecen sin más ni impiden el flujo de la melodía, sino que suenan muy precisas y bien integradas.*

¡El chico parecía estar disfrutando tanto! Nada de tensión, ni una pizca de esfuerzo extra. Como si acariciara las teclas para producir unas notas cristalinas que llenaban cada rincón del auditorio. Algunos pianistas tocaban con su propio estilo idiosincrático o pose, y al público le costaba mirar, se distraían de la música. Sin embargo, él rebosaba una generosidad que permitía a los oyentes entregarse a la melodía.

«Se puede expandir mucho, pero existe un gran poder en la reserva». Otra vez las palabras del señor Watanuki. «Tiene mucha música en su interior, fuerte y esperanzadora… No se puede contener jamás».

Es justo eso, pensó la chica, aunque no sabía en qué momento su profesor había dicho aquello.

No era de extrañar que Nathaniel estuviera tan orgulloso de él.

Mieko se hallaba en su asiento de jueza, con la mirada clavada en el joven.

Los trece jueces ocupaban todo el balcón, sentados en dos filas con mucho espacio entre ellos. Mieko y Nathaniel estaban en la superior, uno en cada esquina. Ella sabía que, mientras sus colegas escuchaban embelesados a ese pianista, todos eran conscientes de que su profesor se hallaba entre ellos.

Esa amplitud, pensó, y la palabra se le ocurrió con naturalidad. No había usado una expresión tan sencilla y sincera en bastante tiempo. El mundo estaba lleno de artistas con talento, pianistas con gran firmeza cuyo estudio de la música dejaba poco que desear, lo que dificultaba que apareciera un intérprete como este, con esa *amplitud* idiosincrática; era alguien que te hacía apreciar las pausas significativas y los espacios entre las notas.

El joven tomaba lo que parecían elementos intrínsecamente contradictorios y los hacía suyos con facilidad. Un alcance y una variedad impresionantes.

Mieko recordó su primera impresión en la fiesta, cuando lo conoció.

Salvaje, pero grácil. Urbano, pero lleno de instinto.

Los sonidos que producía eran frescos y jóvenes, pulidos y astutos. Se contenía, pero con dignidad.

¿Podía ser porque solo era en parte japonés? No, ser mitad nipón o solo en parte no era tan raro.

El estilo espectacular del chico se podía localizar en su individualidad híbrida, algo que aprovechaba a su favor.

Su sonido era dulce y espectacular, pero complejo, con sutiles ambigüedades también. Evocaba a las resonancias clásicas europeas, a las luces y sombras latinas, al sentido poético oriental y a la sinceridad y la gentileza estadounidenses. Esos elementos coexistían para formar un todo completo. Con cada obra, mostraba un aspecto distinto de su talento. Encendía una fascinación misteriosa que te daba ganas de seguir oyéndolo tocar.

Los profesionales solían contemplar con desprecio a los pianistas jóvenes, atractivos y con habilidades técnicas, pero recibirían a Masaru con los brazos abiertos.

Mieko se había fijado en la cantidad de mujeres que habían llenado la planta inferior. Habían sido rápidas a la hora de detectar a una estrella atractiva. Masaru combinaba la popularidad con sus otras cualidades.

Desde el balcón, el escenario le parecía muy cercano, pero cuando Masaru tocaba, Mieko se imaginaba un libro desplegable delante de ella.

El Bach fue excelente, igual que el Mozart. Lograba un sonido exquisito, pero no confiaba solo en eso. Estaba claro que comprendía en profundidad la música. Nathaniel nunca permitiría lo contrario.

Igual que el maestro Hoffmann.

De repente, Mieko se quedó perpleja.

¿Acaso Nathaniel pensaba que Masaru sería quien ocuparía el puesto de Hoffmann?

Quería mirarlo, pero se contuvo.

Ahora que lo pensaba, el maestro Hoffmann también había sido un híbrido. Su abuela se había casado con alguien de una familia noble de Prusia, su padre era un famoso director y su madre una *prima donna* italiana bien conocida. Había viajado por todo el mundo desde joven, lo habían cuidado distintos familiares. Fue su fiera individualidad, creada por este trasfondo diverso, la que produjo al enorme músico llamado Yuji von Hoffmann.

Nathaniel había descubierto en Masaru al Hoffmann de una nueva generación. Lo que explicaba por qué le había afectado tanto saber que Hoffmann tenía un pupilo.

No cabía duda de que Masaru habría cumplido con todas sus expectativas.

Mieko lo observó con atención mientras concluía su segunda pieza.

La siguiente era el *Mephisto-Walzer, n.º 1*, de Liszt, la misma obra que Aya había elegido tocar.

Kanade había evaluado con frialdad la situación.

Como era complicado hacer destacar las dos primeras piezas, una fuga de Bach y una sonata clásica, muchos pianistas habían optado por otra más complicada para terminar. En general, compuesta por Liszt o Rachmaninoff. Esa última obra duraría, de media, unos once o doce minutos, y por eso cinco pianistas habían seleccionado el *Mephisto-Walzer*. Alguien lo había interpretado ayer, pero Kanade se lo perdió. Había leído las reacciones del público por internet, aunque no había visto ninguna referencia directa, así que seguramente no habría sido nada memorable.

Kanade se enderezó para prestar una atención cuidadosa a la actuación de Masaru.

Ese «príncipe» había tocado a Bach con mucha precisión y había expresado la pureza de Mozart al máximo, pero, de repente, cambió de marcha y pasó a un modo más brillante y glorioso.

Fue como si el pianista fuera otro. Todo su ser rebosaba con la fría pasión del vals de Liszt, con sus motivos dinámicos.

Cuando instrumentistas menos potentes interpretaban a Liszt, la obra podía sonar como un estrépito terrible, pero los dedos del príncipe bailaban ligeros sobre las teclas.

Tocar el piano con tanta fuerza implicaba que todos los pasajes en pianísimo fueran mucho más efectivos. La dinámica resultaba increíblemente conmovedora.

Glissandos perfectos que pasaban como si nada. Trémolos dulces, desgarradores y transparentes.

Kanade estaba acostumbrada a oír a intérpretes extraordinarios, así que no esperaba que la sorprendieran, pero la técnica de ese joven era superlativa. Una articulación electrizante, nítida. Una sonoridad magnífica que atrapaba los corazones del público y los conducía a donde él quisiera.

El último acorde sonó y el príncipe se levantó para aceptar los vítores y los gritos de aprobación.

Sonrió, se llevó una mano al pecho e hizo una profunda reverencia. Ante su rostro hermoso y honesto, la adoración del público creció incluso más.

—Guau… ¡eso ha sido *espectacular*! Es muy probable que gane.

Aya aplaudía tan emocionada que Kanade se desanimó.

Su *Mephisto-Walzer* había establecido un nuevo nivel. ¿Acaso Aya no se daba cuenta de que esto la ponía en desventaja?

El príncipe sonrió mientras salía del escenario. Incluso después de desaparecer, fue como si su brillo persistiera tras él.

Es simplemente increíble, pensó Kanade.

Ya *es una estrella.*

Los vítores siguieron y siguieron.

ES SOLO UNA LUNA DE PAPEL

Akashi Takashima se quedó embelesado en su asiento.

El público había estallado en una tormenta de aplausos, pero Akashi iba a contracorriente, se sentía ahogado, se hundía más y más en el sillón.

Lo único que podía oír era la ovación frenética, junto con algo que parecía sacado de un manga: el *bong* persistente y pesado de una campana que resonaba en lo hondo de su ser.

Había salido una pianista y lo único que podía pensar era: *Pobre chica*. Podía tocar todo lo que quisiera y, aunque el público la contemplaba con la mirada vacía, todos seguían sumergidos en el resplandor de Masaru Carlos Levi Anatole. No la veían a ella, sino *a él*.

No fue hasta el tercer participante después de Masaru que el público pudo concentrarse en la actuación actual.

Akashi pensó que ese día había supuesto una línea divisoria. El tiempo se podría dividir a partir de entonces como *Antes de Masaru Carlos* y *Después de Masaru Carlos*.

Si tocase el piano así, no podría perder, pensó. *Aunque soy un contendiente*.

Había intentado no pensar demasiado en aquello, ya que todos participaban en la misma competición y podían eliminar a cualquiera, pero resultaba imposible ignorar por completo esa vocecita que le decía que tenía posibilidades.

En cuanto Masaru había aparecido, la vocecita desapareció.

Había intentado no investigar nada sobre los otros participantes. Lo cierto era que no tenía la capacidad mental para ello. Sin embargo, sí que se enteró de alguna cosa por su red de amigos de su época en el conservatorio, rumores sobre los competidores más destacables.

Una cosa había oído: que aparecería un pianista extraordinario, el preciado pupilo de Nathaniel Silverberg. Le costó creer lo que le dijo un colega que lo había oído tocar en Nueva York. Le preguntó qué tal era y le sorprendió descubrir que no había tocado el piano, sino el trombón. Ahora que lo pensaba, ese amigo había estudiado *jazz* en el conservatorio y tocaba el bajo, así que tenía sentido que encontrara a ese joven en un conocido club de *jazz* en Nueva York.

El chico era espectacular, según su amigo. Tocó un solo potente, radical, *à la* Curtis Fuller. Tenía unos quince o dieciséis años, pero había avergonzado a los profesionales.

Cotilleó los antecedentes del chico y le sorprendió descubrir que el trombón era su pasatiempo y que acudía a Juilliard como estudiante de piano a tiempo completo. Se decía que tampoco se le daban mal la guitarra ni la percusión.

Ah... El tipo de genio que destaca en todo sin esfuerzo, pensó Akashi. El chico tenía tanto talento que podía abarcar una orquesta entera.

Se imaginó a un niño prodigio excéntrico, precoz. Un muchacho al que habían criado con amor y que parecía de otro mundo.

«Niño prodigio» era un concepto establecido desde hacía tiempo en el mundo musical. Desde una edad muy temprana, veían cosas que la gente normal no podía y accedían al misterio que era la música.

La cuestión era que no veían lo que la gente normal *podía*. Las personas normales ansiaban producir, algún día, música celestial, sentir alegría mientras emprendían el ascenso a la montaña, desde el nivel del mar, con la esperanza de llegar a su cima brillante; se complacían en superar los fallos mientras, paso tras paso, se acercaban cada vez más a la música. Los prodigios no experimentaban esta alegría.

La gente normal a veces tenía un sentido distorsionado de superioridad hacia los genios.

Por eso Akashi nunca se sentía amenazado por ellos ni celoso. Pero, en cuanto Masaru Carlos apareció sobre el escenario, la imagen de Akashi sobre su escaso *genio* se hizo pedazos.

Esa madurez, esa inmensa musicalidad, ese claro sentido de la visión completa. Era un milagro que pudiera detentar todas esas condiciones con tan solo diecinueve años. Era, ciertamente, un genio.

Akashi se sintió inspirado y devastado a la vez. A pesar de todas las cualidades con las que Masaru había sido bendecido, Akashi aún sentía en él un sonido sincero y muy considerado, el estoicismo de alguien que busca más.

Por eso estaba probando otras vías, la guitarra y el trombón. Era su deseo de entender por completo la música, de investigar su significado hasta lo más profundo.

Akashi se sentía desesperado. *¿Por qué no nací yo de esa forma? ¿Por qué estoy intentando competir con una persona así, en el mismo instrumento, a la vez y en el mismo certamen?*

¿Por qué yo? ¿Por qué?

Todos esos pensamientos le revoloteaban por la cabeza mientras los participantes de *Después de Masaru Carlos* iban y venían a cámara rápida. Masaru había actuado cerca de la mitad de esa jornada, pero la segunda mitad del programa pareció acabarse antes de que Akashi se diera cuenta, y de repente vio que el día había terminado y el público se encaminaba hacia la salida.

¿Por qué?

Al fin consiguió ponerse en pie a duras penas. Sabía que debía empezar a practicar para la segunda ronda, pero todo le sobrepasaba. Subió despacio por el pasillo empinado del auditorio desierto, como un anciano luchando contra la gravedad.

—¿Sabes qué? Esa chica tocará el último día.

—Ya, Aya Eiden. Será digno de ver.

Aya se hallaba en un cubículo del baño de mujeres y estaba bostezando. Se sobresaltó al oír las voces de fuera y, sin darse cuenta, se tapó la boca con una mano.

—Hay muchos rumores, ¿no?

—Ya ves. O sea, ¿en qué estaría pensando? Fue alguien que dio un concierto en Carnegie Hall y todo.

Al parecer, eran dos chicas jóvenes que charlaban delante del espejo mientras se retocaban el maquillaje.

Aya dudó. Estaba atrapada. Si salía en ese momento, ¿se darían cuenta de que era Aya Heiden? Se había cambiado el pelo y difería de la foto en el programa. Ahora lo llevaba corto, quizá no la reconocieran. Sobre todo si actuaba con naturalidad.

—¿Cuántos años ha pasado fuera de esto?

—Muchos. ¿Siete u ocho?

—¿A dónde va ese tipo de gente? Hay muchos así. Niños prodigio que debutan en un concierto con una orquesta a los diez o doce años. Pero me da la sensación de que pocos consiguen una gran carrera.

—Se queman, ¿no? Solo conocen el piano. Cuando no sabes más cosas del mundo, estás como limitado. Ocurre lo mismo con niños actores famosos, que hay un muro que les impide convertirse en actores adultos.

Un escalofrío le recorrió la espalda a Aya.

Cuando cumples veinte años, eres adulto, nada especial. Alguien que se ha agotado. Esas eran algunas de las cosas crueles que la gente decía sobre ella.

—Qué gracioso será si no pasa de la primera ronda —dijo una de las chicas.

—Eso será difícil de superar. ¿No estará nerviosa después de tantos años de alejamiento? O sea, un concierto en solitario para revivir su carrera es una cosa, pero en una competición, o pasas, o te eliminan. Si yo fuera ella, estaría demasiado asustada para seguir.

Que era lo mismo que decir que Aya era una imprudente. Sintió un sudor frío goteándole por el cuerpo.

—¿Crees que aparecerá de verdad?

—Yo quiero verla.

—¿Y si cancela en el último minuto como la otra vez?

Las voces desaparecieron. Reinó el silencio.

Aya no pudo reunir las fuerzas necesarias para salir.

No supo cuánto tiempo permaneció dentro antes de abrir la puerta del cubículo y echar un vistazo fuera. No había nadie.

Se lavó las manos y salió del baño.

El vestíbulo estaba desierto.

Menos mal que Kanade no la acompañaba ese día. Su amiga tenía compromisos en Tokio y se había marchado tras la actuación de Masaru Carlos. Aya no quería que la viera en ese momento.

Casi salió corriendo del auditorio. *No estoy en esta competición por voluntad propia.*

Esos pensamientos le ocupaban la mente mientras regresaba al hotel.

¿Se sentía avergonzada? ¿Arrepentida? ¿Triste? ¿Enfadada? No lo sabía en ese momento.

Pero eso es el público, la imagen y la impresión que tienen de mí.

Hasta ese momento, le había dado igual. El amplio mundo fuera del auditorio le lanzaba grandes cantidades de rencor.

El público no me ha olvidado. Nunca olvidará que fui una antigua niña prodigio patética que, en un impulso a última hora, canceló un concierto.

Las voces que había oído antes daban vueltas y vueltas en su cabeza.

—Ya, Aya Eiden. Será digno de ver.

—¿En qué estaría pensando?

—¿A dónde va ese tipo de gente?

—Qué gracioso será si no pasa de la primera ronda.

—¿No estará nerviosa...? Si yo fuera ella, estaría demasiado asustada para seguir.

Coincido... Es imprudente y chocante hacerlo. Participar en una competición después de todos estos años. ¿En qué estaba pensando? Me he expuesto a todo el mundo para que vean esta sombra patética de lo que fui, la antigua niña prodigio. En medio de todas estas estrellas en ciernes.

La imagen de Masaru Carlos apareció en su mente, junto con ese magnífico *Mephisto-Walzer*.

Se apresuró a entrar en la habitación del hotel, cerró la puerta y se apoyó en ella.

Por esto no quería competir.

¿Por qué el profesor Hamazaki quiere que haga algo tan humillante? ¿Por su propia reputación? ¿Porque hizo una excepción cuando me dejó apuntarme a la universidad?

Sabía que, en lo más hondo de su ser, esa era una acusación sin base alguna. Pero, en ese momento, no pudo evitar insultar, atacar, maldecirlos a todos, al profesor Hamazaki, a Kanade y a sí misma, por haber decidido hacerlo.

A lo mejor no debería salir a actuar.

Si me marcho ahora, antes de que alguien me oiga, seguiré siendo la joven genio que desapareció de repente.

Pero entonces recordó una de las voces.

—¿Crees que aparecerá de verdad?

—¿Y si cancela en el último minuto como la otra vez?

Empezó a tener sudores fríos.

Un cartel blanco en el escenario: 88. AYA EIDEN.

Pero nadie aparece. Y el público se pone nervioso.

El personal empieza a intercambiar susurros. Alguien sale al escenario y quita el cartel con su nombre. Una conmoción mayor atraviesa el auditorio.

Alguien ríe, hay más susurros.

—¿Qué? ¿Se ha retirado?

—No puede ser… Tenía ganas de escucharla. A Aya Eiden.

—Ha huido otra vez. Estará demasiado asustada.

—Y estaba aquí hasta ahora, escuchando las actuaciones de la primera ronda.

—Por eso se ha ido. Se ha dado cuenta de lo alto que es el nivel. Habrá pensado que lo mejor es no seguir.

También se imaginaba bien otra escena.

Kanade ve el mismo cartel que están quitando y sale corriendo del auditorio con el rostro pálido. Va a toda prisa hasta la habitación de Aya y llama, pero no responde nadie. Sube al ascensor para acudir a recepción. Le informan que Aya ha cancelado la reserva y se ha marchado. Presa del pánico, Kanade llama a su padre.

—Aya-chan ha huido.

—¡¿*Qué*?!

Kanade oye a su padre tragar saliva en el otro extremo.

Las noticias sobre la retirada repentina de Aya de la competición se propagan a toda prisa por la universidad. Es un gran golpe para la reputación del profesor Hamazaki. Oye que otros profesores hablan del tema.

—Lo siento por él. Cuidó bien a la hija de su vieja amiga y mira lo que ha pasado.

No puedo marcharme. No puedo retirarme, pensó Aya.

Se dio cuenta de que la habitación estaba a oscuras.

Alzó la mano despacio y metió la tarjeta en la ranura para la luz.

Sobre la cama estaba el vestido azul intenso que Kanade y ella habían elegido para la primera ronda.

ESTRIBILLO DEL «ALELUYA»

El último día de la primera ronda.

Esa mañana, Masami Nishina había ido a visitar a las familias que acogían participantes y luego fue al auditorio. Nada más acabar la ronda, se anunciarían los pianistas que habían pasado con éxito y no podía perdérselo: tenía que capturar sus expresiones en el momento. Como no podía estar en dos lugares a la vez, les había pedido a las familias de acogida que la ayudaran grabando un vídeo de los competidores que se quedaban con ellos. Como estaban acostumbradas a alojar pianistas en sus hogares, y algunas familias ya les grababan para enseñar a los padres cómo eran las cosas en Japón, no tuvieron ningún problema en llevar a cabo su petición. El objetivo principal de Masami era, cómo no, Akashi Takashima, así que se aseguró de poder estar a su lado cuando se anunciaran los resultados.

La esposa de Akashi tenía que dar clase, con lo que no estaba por allí. Masami no se había dado cuenta, pero cuando Machiko estaba con él, la reportera no podía relajarse.

Masami ya estaba acostumbrada al auditorio y, sin embargo, aún le sorprendió el número de personas que se habían reunido para oír los resultados. Se palpaba una tensión en el aire que no había estado presente hasta ese momento. O, mejor dicho, una emoción reprimida.

—Es increíble, ¿no te parece? Hoy hay mucha gente.

Le hablaba a Akashi, que la estaba esperando en la entrada.

Para los participantes era un momento fatídico, pero para el público se trataba más bien de un espectáculo emocionante.

Akashi puso buena cara, aunque había estado de los nervios desde que se levantó.

¿Pasaré a la segunda ronda?, se preguntó. *¿Mi actuación fue lo suficientemente buena? ¿Dentro de siete horas estaré sonriendo o llamando a Machiko para contarle las malas noticias?*

Una imagen apareció en su mente: telefoneaba a su esposa y ocultaba su decepción, intentando sonar como si todo aquello no le molestase. Apartó a un lado esos pensamientos.

—Aún faltan unos cuantos pianistas por tocar.

Masami miró el programa.

—Tienes razón.

—Está... ¿cómo lo llaman? ¿El Príncipe de las Abejas? Y el pianista ruso que quedó tercero la última vez.

—Nunca sé cómo es, si de las Abejas o de la Miel. Dicen que su audición en París fue espectacular.

—El ganador de la última edición siguió una pauta similar, ¿no?

Masami abrió el programa hasta que encontró la página que buscaba. Akashi echó un vistazo por encima de su hombro.

Jin Kazama.

La sección sobre antiguas competiciones estaba en blanco. Solo tenía dieciséis años, así que no era de extrañar que nadie hubiera oído hablar de él hasta ese momento.

—Vaya, qué mono. Y qué joven. Dieciséis años. ¿Te lo puedes imaginar?

—Suenas como una fan de mediana edad.

Akashi sonrió, aunque sus ojos fueron directos al párrafo sobre el profesor de Jin. Pensó que cualquiera sufriría la misma reacción. Costaba creer que se hubiera mencionado a sí mismo como alumno de Hoffmann. Al final, ¿eso sería algo bueno? ¿O un lastre?

Akashi pasó la página en silencio. Tenía el ojo echado a otra pianista.

Algo en la foto despertó su memoria. Ojos grandes, indiferentes y penetrantes que te miraban directamente.

Aya Eiden. Edad: 20 años

Ya tiene veinte años. Solo tiene veinte años. Los dos pensamientos colisionaron en su mente.

No habían circulado tantos rumores sobre ella como con el Príncipe de las Abejas o el de Juilliard, pero el retorno de Aya al escenario era un tema candente.

¿Cómo sería su actuación? ¿Y por qué habría vuelto?

Akashi había sido seguidor de Aya en el pasado. Había escuchado sus grabaciones y acudido a sus conciertos. Los niños prodigio siempre le habían parecido algo como *Menudas estrellas* pero con *Rugrats*. Le daban mal rollo, aunque Aya había sido diferente, completamente natural. Cuando la oyó tocar por primera vez, recordaba con claridad haber pensado: *No es una niña prodigio. Es una auténtica genio.*

La música era una parte natural de ella que fluía con libertad.

Cuando se enteró de que Aya había cancelado de repente su concierto tras la muerte de su madre, se quedó perplejo. En cierto sentido, hasta se sentía traicionado. El hecho de que esa chica, dotada de un don tan extraordinario, pudiera renunciar a todo fue una gran conmoción para él.

Sin embargo, con el paso del tiempo empezó a pensar que quizá *precisamente* porque era un genio podía renunciar a todo así, con decisión. Ese tipo de despedida tan abrupta tal vez encajase muy bien con su personalidad.

Como la había mitificado en su mente, tenía sentimientos encontrados sobre su regreso al escenario. Se asemejaban al desencanto que uno sentía cuando una estrella del pop que había dejado de actuar para llevar «una vida normal» decidía después reemprender su carrera artística.

Ahora también sentía miedo de que le decepcionase y no sabía cómo reaccionar. Otros pianistas en la competición querrían sentir esa decepción. *Ah, pues eso es todo lo que tiene para ofrecer,* pensarían. Costaba rehusar la tentación de mostrar desprecio por una antigua estrella del piano.

Akashi siguió mirando la fotografía con unos sentimientos muy contradictorios.

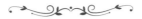

Masaru les devolvió el programa firmado a las chicas y ellas gritaron encantadas.

La escena se repetía cada vez que había un descanso entre actuaciones, y a él no le importaba, pero también se sentía desconcertado, ya que lo interrumpían mientras estudiaba a los siguientes pianistas.

En el programa aparecían todas las piezas que los competidores planeaban tocar, desde la primera ronda hasta la final. El programa era muy informativo y a Masaru le encantaba estudiar los detalles, ya que la elección del repertorio revelaba mucho sobre la destreza técnica y las preferencias de un pianista, así como su estrategia en la competición. La primera y la segunda ronda debían seguir ciertos parámetros, con lo que las obras elegidas estaban un tanto restringidas, pero la tercera era un recital de una hora y ahí era donde podía aflorar de verdad la personalidad de un pianista. Había recitales solo de Chopin, otros solo de Rachmaninoff, programas que destacaban compositores contemporáneos y otros que tomaban un rumbo más académico. Todos revelaban el repertorio con el que un pianista se sentiría mejor.

Lo cierto era que, en esa primera ronda, las piezas elegidas parecían muy inspiradoras o muy absurdas.

Masaru había abierto el programa por la página del próximo contendiente, Jin Kazama, y sus elecciones para la primera ronda:

Bach, *El clavecín bien templado*, Libro 1, n.° 1,
Preludio y Fuga en do mayor.
Mozart, *Sonata para piano n.° 12* en fa mayor,
K. 332, primer movimiento.
Balakirev, *Islamey: fantasía oriental*.

La elección del *Islamey* podía entenderla. Las piezas de Bach y Mozart no tenían una técnica demasiado compleja, así que el *Islamey*, una de las dos obras más complicadas del repertorio pianístico, era una apuesta estratégica para exhibir su técnica.

El nivel en temas de técnica había subido mucho en los últimos años y, aunque casi no se solía interpretar el *Islamey*, en la primera ronda varios pianistas lo habían elegido.

Aun así... *¿El clavecín bien templado,* Libro 1, n.° 1?

Era una obra tan famosa que incluso las personas que no sabían de música clásica la habían oído en alguna ocasión. Cada vez que la escuchabas, debías filtrar varias interpretaciones célebres. Tocar esa parte era una decisión valiente.

La de Mozart también era atrevida. Otra obra famosa, difícil de abordar de frente. El pianista había tomado esa decisión de un modo natural e inocente, o lo había hecho adrede.

Masaru se paró a reflexionar sobre aquello.

No... Un momento, pensó. No tenían por qué ser piezas que Jin Kazama hubiera elegido él mismo. Como era la primera competición de un debutante y la primera ronda, era más natural que su profesor las hubiera decidido.

Si aquello se había hecho bajo la dirección de Yuji von Hoffmann, debía ser una táctica deliberada. De ser así, el profesor debía tener una gran confianza en el alumno.

Masaru casi silbó.

El público aplaudió y a Masaru le sorprendió ver a una mujer con un vestido amarillo que hacía una reverencia en el escenario. La actuación había terminado sin que se diera cuenta y no había oído nada.

En las profundidades de los bastidores, el afinador Kotaro Asano estaba nervioso.

Veía en su mente la figura de ese chico. *Dentro de poco es su turno. Y el mío también.*

De los tres afinadores que habían enviado los fabricantes de piano, Asano era el más joven. Afinar pianos en una competición resultaba agotador, pero también era un gran honor. Llevaba mucho tiempo esperando esa oportunidad y al fin le habían permitido formar parte de aquello. A su llegada, se había sentido muy emocionado, pero la atmósfera en el auditorio era más tensa de lo que había imaginado. Entendía por qué algunos afinadores decían que no podían dormir durante una competición. Físicamente era extenuante, pero también cansaba emocionalmente conocer a tantos competidores e intentar comprender, con todas las barreras lingüísticas, qué tipo de sonido esperaban conseguir. Tomaba muchas notas, pero seguía intranquilo, con la cabeza llena de todo tipo de sonidos e imágenes mientras averiguaba cómo reproducir lo que cada uno quería. Relajarse no era una opción. Algunos de los pianistas estaban muy tensos y parecían contagiarle sus nervios, con lo que se sentía inquieto.

Una chica de Francia, difícil de complacer, le había insistido con «ese no es mi sonido», y lo había dejado completamente agotado. Fue en ese momento cuando apareció el joven nipón; poder hablar con él en el mismo idioma supuso un gran alivio.

—Hola. Me llamo Kazama. Encantado de conocerle.

El chico inclinó la cabeza en una rápida reverencia.

—Yo soy Asano. El placer es mío. Haré todo lo posible para que el piano esté justo como lo quieres —dijo. Ese solía ser su saludo habitual para los competidores. Hizo una reverencia.

—Ah, me vale cualquier cosa —replicó el joven—. Sé que es un piano increíble.

Asano no podía creer lo que estaba oyendo.

—Cuando dices que te vale cualquier cosa…

Asano se rascó la cabeza. Había oído que ese chico tenía dieciséis años y que era su primera competición. Ya debía saber lo importante que era una afinación correcta, pero ¿debería explicárselo?

—Todo el mundo tiene un estilo distinto y su preferencia en cuanto a sonido. El piano cambia más de lo que uno pueda pensar. Hay una afinación que funcionará mejor para tu repertorio. ¿Podrías tocar algo para mí?

—Mmm.

Ahora era el chico quien se rascaba la cabeza.

Dudó, pero entonces se acercó al piano, ajustó el banco, se sentó y empezó a tocar unas escalas.

Aquello captó la atención de Asano.

¿Era ese el mismo piano que había tocado la chica francesa? *¿De verdad nuestros pianos suenan así?*

El chico empezó a cantar *Love Me Tender*. El personal entre bastidores se lo quedó mirando con ojos como platos.

Era improvisado. No una voz entrenada, sino una libre y despreocupada.

Asano nunca había oído a un pianista tocar y cantar a la vez cuando el afinador había llegado para su consulta. En general, los pianistas repasaban el clímax de una pieza que iban a tocar o una sección cuya resonancia querían comprobar.

El chico calló de repente.

—Mmm.

—¿Algo va mal? —dijo Asano, sin poder contenerse.

—Mmm —repitió el chico. Se levantó, luego se puso de rodillas y apoyó una oreja contra el suelo.

—¿Qué ocurre?

Asano iba a acercarse, pero el joven alzó una mano. Se quedó inmóvil unos minutos y luego se levantó.

—Vale —dijo, y regresó a los bastidores—. Señor Asano, ¿podríamos mover este piano?

El chico señaló el piano de cola de la derecha.

Al fondo del escenario había tres pianos de distintos fabricantes, para que los participantes pudieran elegir el que quisieran.

Siguiendo las órdenes del chico, Asano y él movieron el piano treinta centímetros.

El muchacho se sentó de nuevo y tocó unas escalas.

—Mmm. Ahora está bien. —Asintió y miró a Asano—. Cuando toque, ¿podría asegurarse de que el piano esté hacia allá?

El chico se puso en pie, como si hubiera terminado.

—Ah, una cosa más. Esta tecla de *aquí* y está de *aquí* están desafinadas.

Las señaló y se marchó a toda prisa.

Asano comprobó las teclas. Y, en efecto, una estaba un poco por encima de su tono y otra un poco por debajo. La diferencia era tan sutil que mucha gente ni se daría cuenta.

Asano sintió un sudor frío. Ni la chica francesa con todas sus quejas sobre «mi sonido» ni él se habían dado cuenta. Sacó un poco de cinta adhesiva y fue al sitio donde habían movido el piano. Puso un trozo en el suelo, escribió el número del chico en la competición con un rotulador y se aseguró de acordarse de que la persona encargada supiera dónde debía ir el piano.

Colocaron otro cartel en una esquina del escenario. Una oleada de emoción recorrió al público.

81. KAZAMA JIN

Habían decidido hacía poco poner los nombres según el estilo del país del que procedía cada participante, así que para los intérpretes japoneses ponían primero el apellido.

Mieko sentía una tensión poco habitual. Simon, Smirnoff y Nathaniel sentirían lo mismo. Olga y los otros jueces también, además de una curiosidad inmensa y mucha expectativa. Algunos seguramente esperaban oír con un cinismo considerable al chico descubierto en París por ese trío de *advenedizos*.

¿Los declararían culpables? ¿O se burlarían?

Pero, a pesar de lo que la gente pudiera pensar de ellos, Mieko quería descubrir más acerca de la música del muchacho.

¿Me equivoqué en mi primera impresión? Debía averiguarlo.

La extraordinaria atmósfera del auditorio puso de los nervios a Hiroshi Takubo, el regidor de escena.

Echó un vistazo rápido a la sala y vio que, aunque solo estaban a mitad del intervalo entre una actuación y otra, la gente ya estaba entrando. No quedaban asientos.

Miró al chico que aguardaba entre bambalinas; parecía ajeno a todo y se rascaba una oreja con el dedo meñique.

El muchacho se fundía con el fondo de tal manera que apenas te fijabas en él. Estaba más relajado que los voluntarios. Llevaba una camisa blanca y unos pantalones negros una talla grande. Quizá fuera su uniforme escolar.

El problema era que, con el auditorio tan lleno, el piano sonaría completamente distinto. Todos esos cuerpos absorberían el sonido. Y las personas de pie en los pasillos que se apoyaban contra las paredes también influirían. ¿Debería decírselo?

Takubo tenía miedo de que, al darle un consejo no solicitado en el último momento, pudiera ponerlo más nervioso, pero decidió fiarse de la naturaleza relajada del chico. Además, había oído que tenía un oído muy fino.

—¿Kazama-kun? —lo llamó, indicándole que se acercara—. El auditorio está lleno. Creo que toda esa gente delante de las paredes absorberá mucho sonido. Sugeriría que tocase con más firmeza de la habitual.

El chico pareció sorprenderse.

—Entiendo. ¿El público? Tiene sentido. —Observó por la mirilla a los espectadores. En el escenario, Asano afinaba con cuidado—. Lo siento, pero ¿podría transmitirle un mensaje al señor Asano de mi parte? Dígale que ponga el piano del que hablamos en su sitio original y luego lo mueva treinta centímetros en dirección contraria.

Takubo sacó una libreta y un bolígrafo del bolsillo del pecho y le pidió que repitiera sus instrucciones.

El chico dibujó un diagrama con un mensaje para Asano.

El afinador lo examinó dubitativo mientras Takubo le hablaba sobre la sala llena. Un murmullo recorrió el auditorio mientras Asano, en pleno proceso de afinar, de repente empezó a mover otro piano.

—Siento la petición tan repentina.

El chico le dedicó una reverencia rápida con la cabeza cuando el afinador regresó a los bastidores.

—¿En esa posición está bien?

Asano miró de nuevo hacia el escenario.

El chico observó por el agujero.

—Sí, creo que así está bien.

Takubo miró el reloj.

Gracias a Dios… Lo hemos conseguido a tiempo.

La puerta se abrió y el muchacho salió a la luz.

Hubo un aplauso tormentoso. El joven saludó con la cabeza y con eso provocó una oleada de carcajadas.

Nathaniel descubrió que se quedaba sin aliento al ver a ese sencillo muchacho. *Un hijo de la naturaleza…* No se le podía describir de otra forma.

Solo espero que las expectativas del público no lo aplasten.

Cuando el joven alzó la cabeza y se giró para observar el piano, a Nathaniel le sorprendió la mirada en su rostro.

Jin Kazama se sentó con cierta torpeza y empezó a ajustar el banco con impaciencia. Luego se lanzó de inmediato a interpretar su pieza.

Nathaniel notó que los otros jueces también se sobresaltaban.

Todo el auditorio estaba desconcertado, perplejo, no sabía qué ocurría.

¿Qué *era* ese sonido? ¿Cómo demonios podía producirlo?

Era lluvia cayendo despacio, gota a gota, como si no pudieran soportar su propio peso. ¿Una afinación especial? El afinador había movido el piano de atrás… ¿Estaría relacionado?

Nathaniel sacudió la cabeza.

No se puede cambiar el sonido de esa forma solo con la afinación. Y la competidora que había actuado antes que el chico había usado el mismo piano.

¿Por qué le daba la sensación de que el sonido descendía desde lo alto? El tema musical afloraba una y otra vez, como si el piano, tanto de cerca como de lejos, sonara solo. Nathaniel lo oía en estéreo, como si lo estuvieran tocando muchos pianistas.

No era un sonido ordinario, sino algo más tridimensional.

Nathaniel se percató de su propia perplejidad, algo que lo dejó igual de anonadado.

Un preludio y una fuga de *El clavecín bien templado* que sonaban celestiales. Nunca había oído una actuación así.

Akashi Takashima también estaba asombrado.

¿Cómo podía cada uno de los sonidos persistir y sonar durante tanto tiempo? ¿Sería la afinación?

El auditorio estaba a rebosar, incluso había gente apoyada en las paredes. Así pues, ¿cómo podía resonar de esa forma?

Akashi sintió un escalofrío repentino.

Un genio desconocido había tomado una dirección completamente inesperada. Muy distinto a Masaru Carlos.

Antes de darse cuenta, ya no sonaba Bach sino Mozart, y el colorido de la pieza era más intenso, más brillante. La luz del escenario parecía deslumbrar más.

Todo el público estaba estupefacto.

Se sentía inquieto, con una emoción palpitante y un calor que irradiaba desde su interior. *Esa* era la melodía suprema y penetrante que Mozart había compuesto. Sin vacilaciones ni dudas, como una flor de loto de un blanco puro que se abría en medio del lodo. Como si fuera natural y uno solo tuviera que recibir, con las manos abiertas, la luz que descendía de los cielos.

Akashi se fijó en que, desde que se había sentado, el muchacho sonreía. No miraba las teclas. No tocaba el piano, sino que el piano lo tocaba *a él*. Como si lo llamase y el piano respondiera feliz.

A Akashi siempre le emocionaba la frase del primer movimiento de la *Sonata para piano n.º 12*, los compases que mejor exponían la genialidad de Mozart. Cada vez que oía esa melodía milagrosa escrita hacía siglos, se estremecía, pero en ese momento tenía la piel de gallina.

Ese Mozart... ¿hasta qué punto lo llevará?

El chico arrancó con la última pieza, *Islamey*.

¿Cómo consigue que el piano suene así?

Masaru también estaba atónito. Se había dejado llevar por la ilusión de que el piano había empezado a sonar antes de que el muchacho lo tocara siquiera.

El clavecín bien templado.

Sobrio, pero sensual y hasta un poco sensacional.

Era como si estuviera improvisando. Y esa frase famosa de Mozart evocó una respuesta emocional, como si acabara de pensar en ella.

Y entonces llegó el *Islamey*.

Masaru había presentido que quizá Jin no fuera consciente de que esa era una de las piezas más difíciles del repertorio pianístico.

Muchos pianistas, cuando iban a interpretar una pieza así de dura, se preparaban, en plan: «Vale, y ahora algo *muy* difícil». Hasta los profesionales lo hacían.

Esa era la primera vez que Masaru había oído el *Islamey* sonar tan... *divertido.*

¿Y quizá fuera la primera vez que lo oía tocar bien, con cada nota en su sitio?

Se le puso la piel de gallina.

A medida que el número de notas sostenidas se incrementaba con el tempo, el sonido se volvió más fino, menos inteligible. Aun así, los acordes que el muchacho tocaba no sonaban confusos en absoluto, sino bien definidos. De hecho, cuando llegó a la segunda mitad de la obra, su interpretación se tornó incluso más enérgica.

Masaru se percató de otra cosa sorprendente.

Él mismo había practicado un poco esa pieza. Debido a la estructura de la melodía y del ritmo, aunque mantuvieras el tempo correcto, había pasajes que sonaban flojos, como si hubieras reducido la velocidad. Era una ilusión. Pero con Jin no pasaba eso.

La obra siguió adelante con impulso, acelerando hasta el clímax con un muro de sonido apilado, como si surgiera del piano...

No, como si surgiera de todo el amplio espacio rectangular del escenario.

El público se preparó con desesperación para evitar salir volando por los aires por culpa de esa presión acústica, de ese sonido que se precipitaba hacia ellos. Los trémolos sustanciales, como temblores en la tierra, fueron una serie de bolas rápidas que golpeaban cara, ojos, oídos y todo el cuerpo.

Masaru lo aguantó y se dejó llevar por el placer de la sensación.

La música de Jin era algo que experimentabas con todo tu ser.

Sonaron las últimas notas y, como catapultado por ellas, el muchacho se levantó, asintió con la cabeza y salió del escenario a toda prisa.

El público tardó en darse cuenta de que había terminado. Durante un instante, un silencio incómodo dominó el auditorio. Pero, al cabo de un segundo, el hechizo se rompió.

Con gritos y chillidos febriles.

No había bises en la primera ronda, pero a la gente le daba igual.

Más aplausos, el sonido de pisotones. La puerta de detrás del escenario no se abrió, hasta que un miembro del personal salió para poner el cartel con el nombre del siguiente intérprete.

SERÍA TAN AGRADABLE REGRESAR A CASA

L os jueces se sintieron desconcertados por la actuación de Jin Kazama.

Esto es puro pánico, pensó Mieko mientras miraba a su alrededor.

En cuanto Jin desapareció, todo el mundo se puso a hablar a la vez.

Miró a Nathaniel, absorto en sus pensamientos.

Justo como había esperado, las reacciones estaban divididas por la mitad.

Increíble, fantástico, milagroso.

Vulgar, incendiario sin necesidad, un circo.

Para Masaru Carlos hubo elogios y halagos unificados, ¿qué cambiaba aquí?

Mieko respiró hondo para ordenar sus pensamientos.

Tras oír a Jin por segunda vez, le parecía que comprendía las cosas un poco mejor.

Cuando lo oías tocar, no podías evitar reaccionar de un modo emocional. Su sonido alcanzaba un punto suave y delicado en lo más profundo de tu corazón, tanto que no recordabas que lo tenías.

Una pequeña habitación que todo el mundo albergaba en su interior.

En cuanto te convertías en músico profesional, la existencia de esa habitación pequeña se volvía esquiva. Allí estaba la esencia de la música que *realmente* amabas, presente desde la infancia. Un anhelo inocente por la música cuyo símbolo era el rostro de un niño.

Cuando un pianista se volvía profesional, todo su ser estaba permeado de un conocimiento práctico, como si la música que amaba y la que se consideraba superior fueran dos cosas diferentes. A medida que te acostumbrabas a interpretar música como parte de tu trabajo, como si fuera un producto, se volvía más difícil encontrar la música que amabas. Y te dabas cuenta, con un pinchazo de dolor, que no podías dar una actuación de la que estuvieras orgulloso, tu actuación ideal. Cuanta más larga fuera la carrera profesional, con obstáculos cada vez mayores, más te alejabas de tus ideales y más sagrado y santo se volvía ese santuario interior. Si no ibas con cuidado, abrías esa pequeña habitación con poca frecuencia y te olvidabas, de hecho, de su existencia.

Pero la actuación de Jin Kazama había abierto de un estallido esa puerta al santuario. De repente, ese acto provocaba reacciones extremas, completamente opuestas: una gratitud febril por abrir la habitación y un repudio por la invasión desconsiderada de ese espacio privado.

El maestro Hoffmann se habría dado cuenta de ello.

Un público indefenso, con esa parte suave de su interior sin cerrar, podía demostrar un entusiasmo que bordeaba el frenesí cuando sus emociones sufrían tal emboscada.

Mieko podía analizar su música con objetividad, pero permanecía confusa, sin poder concentrarse en cómo debería procesarlo todo.

Había una cosa extraña.

Al oír por segunda vez a Jin Kazama, ya no sentía la misma aversión. Esa vez se había sentido atraída de verdad y rebosaba de admiración.

¿Se debía a que había leído el mensaje del maestro Hoffmann? ¿La nota la predisponía a favor de Jin? Una cosa estaba muy clara. Había algo muy emocional en la actuación del chico.

¿Cómo podía generar esa clase de música, tan intensa y viva?

Transmitía la partitura con una técnica impecable, pero conservaba un sonido fresco e inmaculado. Mieko no se podía creer que lo hubiera practicado muchas veces.

Quizá por eso su actuación provocaba una respuesta tan dura en algunos jueces: no lo veían como el resultado de mucho esfuerzo y estudio.

Recientemente, un tema clave en música había sido la capacidad del intérprete de transmitir la intención del compositor, con el énfasis puesto en cómo interpretaba la partitura incorporando el contexto social y personal de la época en que se la compuso. Hoy en día estaba de moda desdeñar una interpretación libre por parte de un músico.

Pero la actuación de Jin Kazama no había sufrido esos obstáculos. Era libre por completo, rebosaba de originalidad y te hacía preguntar si acaso conocía el nombre del compositor. Te daba la impresión de que solo existían la pieza y él, que se enfrentaban con osadía, cara a cara. Por todo eso, la interpretación era impecable... aunque difícil de aceptar por parte de toda persona involucrada en la enseñanza de música.

—Me pregunto en qué estaría pensando Yuji —musitó Olga, y Mieko la oyó.

Como era de esperar de la presidenta de los jueces, su comportamiento tranquilo no dejaba entrever si se hallaba entre quienes aplaudían a Jin o quienes lo rechazaban.

Sin embargo, saltaba a la vista que estaba enfrascada en sus pensamientos. Al percatarse de que Mieko la observaba, se giró hacia ella con una expresión extraña.

—Me intriga. Me intriga mucho este chico —murmuró.

No esperó a que Mieko manifestase su acuerdo, sino que sacudió la cabeza y se encaminó hacia la sala de espera de los jueces.

—¿Aya-chan? Aya-chan, tenemos que irnos.

Kanade le dio unos golpecitos en el hombro, sobresaltándola.

Tenía que ir a la sala de ensayo, cambiarse de ropa y esperar su turno.

—Aya-chan, ¿estás bien? ¿Quieres que te acompañe?

Aya la miró inexpresiva y sacudió la cabeza.

—No, estoy bien. Quédate aquí.

Se sentía febril. Recorrió el pasillo y salió del auditorio, con la interpretación de Jin Kazama resonando en su cabeza.

No fue consciente de su entorno, pero su cuerpo recordaba el camino.

Aun así, la música de Jin Kazama no la abandonó. Bach, Mozart e *Islamey* en un bucle infinito.

Qué impactante. Qué música tan brillante y colorida.

Música que rebosaba alegría de vivir.

Los dioses de la música aman a ese chico.

Había presentido aquello, de un modo instintivo, cuando se lo cruzó en la universidad.

En cuanto apareció sobre el escenario, supo que era él.

Aya había dado la bienvenida a ese día, la última jornada de la primera ronda, con desánimo.

No podía olvidar la conversación que había oído en el baño hacía unos días. Sentía náuseas, quería gritar.

Kanade interpretó el comportamiento de Aya como un exceso de tensión y, con total naturalidad, la invitó a oír al supuesto Príncipe de las Abejas.

Este es el final de mi camino, pensó Aya. El telón caería en silencio tras la historia de la chica genio. Un final trillado y estúpido para la joven que, al cumplir los veinte años, era, como decían, una doña nadie, incapaz de volver al escenario después de todo.

La fría premonición la afectó por completo. *Lo siento, Kanade. Lo siento, profesor Hamazaki.*

Sabía que no podría disculparse lo suficiente con los Hamazaki, padre e hija. Se sentía fatal por decepcionar a Kanade. ¿Querría seguir siendo su amiga después de aquello? Ellos saldrían peor parados que Aya. Se los imaginó preocupándose por ella.

—Guau, cuánto público. Este Príncipe de las Abejas atrae multitudes.

Aya alzó la cabeza y vio que Kanade examinaba su entorno. Los asistentes sí que parecían bulliciosos. Había gente apoyada en las paredes de los pasillos.

Ella también se quedó ojiplática por la insólita escena. Sabía que el chico era un pianista japonés de quien se había hablado desde la audición de París, pero ese público tan encendido la dejó con una sensación de aprensión. No era asunto suyo, pero lo sentía por él, por ser el objeto de tanta atención.

Aya firmó en el mostrador de registro y la condujeron hasta la sala de ensayo.

Mientras recorría el pasillo, oyó que otro pianista repasaba con frenesí una obra.

Entró en la sala y se sentó delante del piano de cola.

Cerró los ojos y oyó la actuación de Jin en su cabeza.

El dios de la música. Dios estaba… presente.

Aya recordaría en muchas ocasiones esa extraña sensación.

Lo que le vino a la mente fue una escena de su infancia. De lluvia golpeando el tejado de metal y de una niña que seguía el ritmo con sus dedos.

Su madre, el señor Watanuki, la bolsa con la clave de sol bordada.

Recordó todas las ocasiones en las que había tocado el piano, una tras otra, con una claridad espeluznante.

Distintos auditorios, pianos, directores y artistas.

Las obras que había interpretado, el sonido de los distintos pianos, todo le atravesó la mente.

Eso era… de cuando siempre había alguien aguardando dentro del piano. Cuando salía a un escenario, alguien le gritaba desde el interior del instrumento. Alguien la esperaba.

Jin Kazama parecía tan… feliz. Igual que yo en el pasado.

Dios le estaba aguardando. Igual que me esperó a mí.

Me he olvidado de lo divertido que es esto.

No, eso no es cierto.

Salí huyendo.

Sintió un dolor sordo en el pecho. Las ganas de llorar aumentaron.

Unas oleadas de calor le recorrían sin cesar las sienes.

Quiero tocar. Igual que antes. Déjame tocar con alegría por última vez.

En la sala de ensayo, Aya mantuvo los ojos cerrados. No tocó el piano ni una sola vez.

Un miembro del personal echó un vistazo dentro y llamó a la puerta para decirle que debía salir pronto. Era hora de ponerse el vestido.

El auditorio se había vaciado tras la actuación de Jin Kazama, pero se llenaba de nuevo. Ahora lo recorría un sentimiento distinto, como una expectación siniestra.

A Kanade esa atmósfera le pareció inquietante y dolorosa.

Cuando ella actuaba, siempre sabía que había practicado y luego lo daba todo, con lo que podía enfrentarse a cualquier cosa sobre el escenario.

Pero cuando se trataba de la actuación de otra persona, se sentía impotente.

Los ojos del público desprendían una cruda hostilidad mientras aguardaban para ver el retorno de esa antigua genio del piano... o quizá para ver cómo, después de todo, solo era una sombra de su antiguo ser.

A Kanade le costaba respirar. La atravesó un pinchazo de compasión.

Respiró hondo, en silencio.

La gente aún recorría los pasillos haciendo mucho ruido.

—Bienvenida de nuevo.

Hiroshi Takubo dio un sucinto saludo.

Esperaba que sonara emotivo.

En los bastidores, la chica lo miró. Parecía absorta, como si pensara en algo, pero entonces se quedó satisfecha y le sonrió.

Takubo le devolvió el gesto.

En el pasado, la había observado desde los laterales... y recordaba lo que había tocado entonces. Un concierto de Ravel.

Lo recordaba como si fuera ayer... Entre bambalinas, su corazón temblaba.

Recordaba su rostro beatífico mientras regresaba hacia la oscuridad de los bastidores.

Takubo se fijó en que una atmósfera distinta llenaba el auditorio.

Al mirar a la chica, que aguardaba en silencio a oscuras, notó que le contagiaba un poco de su calma natural.

—Eiden-san. Es la hora —dijo, mirando el reloj.

Ella dio un paso adelante, hacia las luces. Su rostro ya no era el de una mujer joven, tal como había visto antes, sino que lo colmaba la dignidad de una diosa.

Masaru prestó atención a los rumores que lo rodeaban, con la esperanza de captar por qué la siguiente participante atraía a tanta gente. Enseguida recopiló la información básica necesaria gracias a un par de chicas que había cerca.

Ah, pensó. Eso explicaba la mezcla de curiosidad y rencor, el ánimo de su alrededor.

Un sentimiento complicado y siempre incómodo.

Pobre chica, pensó. Una actuación sosa no bastaría aquí.

Estaba pensando justo eso cuando la puerta del escenario se abrió.

Apareció una mujer menuda. Masaru se sobresaltó al verla.

Se sintió atraído hacia su cara, pero no supo por qué.

Era como si una brisa refrescante hubiera entrado con ella.

Llevaba un vestido sencillo de un azul intenso, con el pelo cortado en un bob angular.

Su mirada no te abandonaba. Era como si la luz irradiara de ella… y Masaru se dio cuenta de que había sentido eso mismo hacía mucho tiempo.

Cuando era niño. En Japón.

Eiden Aya. Aya…

No se lo podía creer. Había estado pensando en la bolsa raída, guardada en un rincón de su maleta en el hotel.

Coincidencias como esa no ocurrían, o eso pensó, pero su corazón no dejaba de martillear con fuerza. De hecho, el martilleo solo se intensificó.

Cuando la chica se acomodó en el banco, el auditorio se quedó dolorosamente inmóvil.

Masaru contempló con atención su perfil, la mirada en su rostro. No quería perderse nada.

La chica, ajena a todo, alzó la mirada al espacio.

Entornó los ojos como si hubiera demasiada luz y una ligera sonrisa alteró sus labios.

Bajó las manos a las teclas.

Todo el público se despertó de repente.

Estamos en un nivel diferente, pensó Akashi Takashima.

En el escenario había una auténtica profesional. Una persona nacida para ganarse la vida como música.

Akashi estaba un poco asqueado consigo mismo por el alivio casi cómico que sintió de repente.

Esa chica era un ídolo. En el pasado e incluso ahora.

Silverberg recordó la voz de Hamazaki.

«Hay una chica que te despertará», le había dicho con una sonrisa torcida.

Hamazaki, un antiguo amigo suyo, presidente ahora de un conservatorio privado, le había hablado sobre los pianistas nipones.

No había mencionado quién era, pero ahora que Nathaniel la había oído, todo encajó de repente. Quizá Hamazaki solo estuviera siendo modesto, porque ¿de dónde había salido esta pianista?

Nathaniel sintió un pinchazo de desesperación. Y luego sonrió.

Una interpretación extraordinaria y muy madura. Eso era *auténtico piano,* como si un adulto experimentado y sensato se hubiera colado en medio de un puñado de niños. Su técnica era una parte tan integral de su estilo que casi ni la notabas. Podías apreciar la música sin juzgarla.

En la sonata de Beethoven, su habilidad interpretativa brilló de un modo intrigante. Ya poseía un estilo sólido y su actuación relucía con una dignidad inquebrantable.

Nathaniel sintió sudores fríos.

Jin Kazama no era el rival de Masaru. Pero *esa chica* sí.

Empezó el *Mephisto-Walzer* con naturalidad y discreción.

El público se hallaba completamente absorto y toda malicia había desaparecido.

Kanade tenía miedo de echarse a llorar.

La emoción que había sentido hacía diez años cuando había oído por primera vez a Aya regresó de golpe.

Esa actuación era muy distinta a la de Masaru Carlos.

Tranquila pero dramática. Noble y desgarradora. Capas de energía que se acumulaban poco a poco. Su *Mephisto-Walzer* hacía temblar los corazones de un modo inevitable.

Esa chica parecía elevarse de verdad. Una diosa echando el vuelo.

—Bienvenida de nuevo, Aya-chan —susurró Kanade—. Al fin, *al fin* estás donde perteneces.

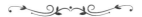

En el fondo del auditorio había un chico que llevaba una gorra desgastada.

Miraba con intensidad, ojiplático y ruborizado, a la chica sobre el escenario.

Aya se levantó, hizo una profunda reverencia y el auditorio estalló en aplausos.

Alzó la mirada, con una gran sonrisa, y se apresuró a salir del escenario.

No hubo pisotones ni vítores, solo un aplauso entusiasta que seguía y seguía y seguía.

—Mmm.

—Ha sido… increíble.

—Justo como pensaba. Aya Eiden es otra cosa.

—Es superior a los demás.

Masaru se puso de pie de un salto. Estaba tan emocionado que no se dio cuenta de su desesperación por salir del auditorio. Pero los pasillos estaban tan llenos de gente que compartía emocionada sus reacciones que apenas podía moverse.

Dejadme salir. Dejadme salir de aquí.

Aguardó impaciente detrás de los espectadores, que avanzaban centímetro a centímetro.

Está aquí. Mi Aya-chan.

Masaru sintió ganas de echarse a llorar.

—Perdonadme. Disculpa —dijo, abriéndose paso a codazos y hasta dando un salto para aterrizar en el vestíbulo.

ROMANZA

Vestida de nuevo con vaqueros y un suéter, Aya se sentía otra vez ella misma.

Menudo alivio, qué descanso… como si se le hubiera aclarado la vista, como si se hubiera roto un hechizo malvado. *Cuesta creerlo, pero hasta esta mañana… No, hasta que he oído a Jin Kazama, estaba tan llena de desesperanza*, pensó.

Llevar un vestido me pone muy tensa.

Se estiró con ganas y salió de la sala de espera.

Ya le parecía como un sueño.

Quedaban dos competidores después de ella y, un poco más tarde, se anunciaría quién había pasado a la otra ronda.

¿Por qué lo he hecho? Se sentía lo bastante tranquila para preguntárselo.

No… siempre había estado tranquila, incluso al piano. Una parte de ella se oía tocar. Eso no había cambiado nunca desde que era niña. Siempre sentía la presencia de otra Aya que observaba desde lo alto y en silencio lo que había allá abajo.

Pero ¿qué ha sido esa ansia que he sentido antes?

Fue el único momento en el que sintió un escalofrío, cuando intentó recordar la sensación.

El ansia que me instó a tocar como Jin Kazama, el favorito del dios de la música. ¿Qué ha sido eso?

Hacía años que no sentía una compulsión así. Lo cierto era que ni siquiera de niña. Nunca había tenido esos sentimientos.

Ese chico, la música de ese chico, es lo que ha provocado esta ansia.

Jin Kazama. ¿Debería darle las gracias? ¿O quizá…?

Llegó al ascensor y pulsó el botón para el auditorio. La siguiente actuación ya había comenzado.

Una cosa estaba clara: esa sensación de satisfacción, de catarsis, solo había ocurrido porque se hallaba en un escenario. No era algo que pudiera experimentar practicando.

La cuestión es… ¿quiero saborearlo de nuevo? ¿Me apetece volver por completo al frente de la música? Un momento. Ya he regresado, el mundo lo sabe. Pero ¿estoy lista para enfrentarme a ellos de nuevo?

¿Soportaría los rumores y las expectativas? ¿Podría con aquello esa Aya tranquila y despreocupada que siempre había hecho lo que había querido?

Sacudió la cabeza.

Tengo clara una cosa. He disfrutado de cada instante.

En un rincón del vestíbulo desierto había un ascensor que conducía a la planta con las salas de ensayo.

Cuando salió de él, no había nadie, como esperaba. Mientras observaba el pasillo, apareció una figura alta.

Cabello marrón oscuro con unos rizos suaves. Una bonita camisa azul hecha a medida y pantalones a conjunto.

Dios… es el Príncipe de Juilliard, se percató Aya con un sobresalto.

Pensó que de cerca era muy grande y que poseía un aura maravillosa. La de un auténtico príncipe. Parecía pertenecer a una especie distinta.

Se quedó pasmada de asombro.

¿Está esperando a alguien ahí de pie?

Aya miró hacia atrás.

El príncipe seguía quieto. La observaba, pero ella no lo entendía. Quizá se lo estaba imaginando, pero sus ojos parecían un poco húmedos. Pasó a su lado y se detuvo dándole la espalda junto a la puerta de una sala de ensayo.

Una voz sonó detrás de ella.

—¿Aa-chan?

Los recuerdos funcionan de un modo inexplicable.

Cuando dijo su nombre, el tiempo rebobinó en un instante y un cajón en su mente que llevaba mucho tiempo sin tocar se abrió de repente.

Esa voz, la forma en la que ha dicho mi nombre…

Se dio la vuelta y vio a un joven latinoamericano esbelto con la piel oscura y cabello rizado.

«Aa-chan, tengo que volver a Francia». La voz de un niño perplejo. «Lo siento», había dicho el muchacho, con la cabeza gacha mientras Aya lloraba.

Siempre había sido reservado, con pinta de tristón, no el tipo de persona que se lanzaba de cabeza a por las cosas… Y, aun así, producía un sonido que era tan ilimitado como el mar en un día deslumbrante.

—¿Ma-kun? ¿Eres tú de verdad? ¿Eres *tú*?

Se lo quedó mirando con ganas.

La cara de ese niño (un niño no, sino un imponente *hombre* joven, que superaba el metro ochenta) se iluminó y asintió.

—Sí, soy yo de verdad, Masaru. Aa-chan, ¿sabes qué? Aún tengo la bolsa, la que me diste con el bordado de clave de sol.

—¡Qué dices!

Aya siempre se reía enseguida de las chicas que hablaban así. Chicas de su edad, que revoloteaban como moscas de color rosa, con todas sus reacciones trilladas: *¡Qué dices! ¿Estás de coña? ¿En serio? Qué mierda.*

Pero en ese momento lo único que había podido decir era una de esas patéticas frases.

Se estaban reencontrando después de más de diez años, así que ¿qué otra reacción podría tener aparte de gritar y correr a abrazarlo?

Descubrió que la barbilla de Masaru quedaba muy por encima de su coronilla cuando la envolvió con sus brazos. Era el doble de grande que ella.

—Ma-kun, no me puedo creer lo grande que estás.

Aya alzó la cabeza para mirarle a la cara. Cuando era niño, parecía claramente peruano, pero su piel y el color del pelo eran más claros ahora y costaba atribuirle una nacionalidad concreta. Sus rasgos cincelados le recordaban a los de un filósofo o a los de un monje budista, un poco distante e inaccesible.

Masaru se echó a reír.

—¡Para, Aa-chan! Pareces mi abuela. Cuando has salido al escenario, sabía quién eras enseguida. No has cambiado nada.

Masaru le agarró la mano y le dio un apretón.

—Cuéntame, Aa-chan. ¿Cómo está el señor Watanuki? ¿Sabes? Mantuve la promesa que os hice. Empecé a estudiar piano nada más llegar a Francia. Un estudiante me presentó a un profesor del conservatorio y estudié con él. Luego me apunté a ese mismo conservatorio y me gradué en dos años.

—Eras un genio de verdad, ¿eh, Ma-kun?

—¿Eso crees? —Masaru sacudió la cabeza—. ¡Yo siempre pensé que los genios erais el señor Watanuki y tú!

El auténtico genio era el señor Watanuki. El profesor que, cuando la chica apareció un día con Masaru a la zaga, aceptó con alegría darle clase también. El hombre reconoció el talento de Masaru y se maravilló. Y allí estaba ese niño, diez años más tarde, convertido en un joven maravilloso por el que la gente sentía esperanza, una estrella en alza. Si el señor Watanuki hubiera podido estar allí, habría sido muy feliz.

—Ma-kun... —Aya sintió una oleada de tristeza—. El señor Watanuki falleció. Menos de dos años después de tu regreso a Francia. Tenía cáncer de páncreas y lo descubrieron demasiado tarde. No duró ni un mes después de haber entrado en el hospital. Siempre pensaba en ti, Ma-kun.

El rostro de Masaru se descompuso. Su sonrisa desapareció y empalideció.

—Sensei... ¿Ha... ha muerto de verdad?

Aya asintió.

—Está enterrado en Zoshigaya.

—Me... me gustaría ir a presentar mis respetos a su tumba.

—Iremos juntos. Sé que eso lo haría feliz.

La mano de Masaru sostenía la suya... y parecía que habían viajado en el tiempo. Pero ahora tenía que alzar la mirada porque había crecido mucho y su mano era el doble de grande que la de Aya.

Pero pensó que sus manos ya eran grandes de antes. Decían que los niños con manos y pies grandes crecían mucho. Con esas manos podía abarcar con facilidad todo el teclado; para él, Rachmaninoff no sería ningún problema. De hecho, recordó que habían hablado de tocar una pieza de Rachmaninoff a cuatro manos. Bueno, con manos así, sería pan comido para Masaru.

La gente salía del auditorio. Habría terminado una actuación. Se dio cuenta de que Masaru la había esperado adrede.

—Ma-kun, ¿aún puedes cantar esa canción que te gustaba, *Funa uta*?

Le dirigió una mirada burlona y él se hinchó de orgullo.

—¡Pues claro! Cuando la canté en un karaoke en Tokio, todos los japoneses se sorprendieron.

Se imaginó a Masaru, con el mismo aspecto que ahora, cantando a grito pelado esa canción japonesa y sintió ganas de echarse a reír.

—Pero mi profesor es hasta más espectacular. Canta una de Kiyoshi Maekawa, *Tokyo Desert*.

—¿Qué? ¿Nathaniel Silverberg?

Sabía que Silverberg se había casado con una mujer nipona, pero aun así... intentó imaginárselo con esa melena leonina, bien erguido, cantando esa canción.

Se echó a reír y Masaru tiró de su mano.

—Aa-chan, te ríes demasiado. Vamos a oír al último pianista. Después de eso, veremos quién ha pasado.

A Aya le sorprendió su propia carcajada.

La competición. Eran rivales. Solo pasarían veinticuatro a la siguiente ronda. Y doce a la tercera.

Masaru parecía estar pensando lo mismo.

En su rostro sonriente, que asentía, no había ni rastro del niño que había conocido. Su voz sonaba llena de confianza.

—No creo que ni tú ni yo tengamos que preocuparnos, Aa-chan. Lo haremos bien en la segunda ronda.

Ella consiguió pronunciar una respuesta templada.

No cabía duda de que Masaru superaría la primera ronda. *Ninguna duda,* pensó. Con esa actuación magnífica y encantadora, ¿cómo podía no pasar? Ya hablaban de él como el posible ganador. Se rumoreaba que los jueces le habían dado una puntuación muy alta.

Pero ¿qué pensarían de *ella*?

—¿Señorita Eiden? —dijo una voz a su espalda.

Se dio la vuelta y se encontró con un hombre y una mujer que llevaban brazaletes de prensa.

—Enhorabuena por haber terminado la primera ronda. Su actuación ha sido magnífica.

—Somos de Radio Clásica. ¿Le importa si le hacemos unas preguntas?

Por cómo la miraban, parecía que lo había hecho bien. Pero la petición fue muy repentina y hacía mucho tiempo que no la entrevistaban. Se le quedó la mente en blanco.

—¿Qué tal ha sido subirse a un escenario después de tanto tiempo?

—¿Se siente especial al volver a tocar?

—Bueno, yo…

—Lo siento, pero vamos a escuchar la siguiente actuación, así que, si nos disculpan… —dijo Masaru. Sonreía a los reporteros, pero los atajó con firmeza.

Agarró la mano de Aya y la condujo al interior del auditorio.

Nuestros papeles se han invertido por completo, pensó.

—Espera… —oyó a su espalda—. ¿Ese no es el chico de Juilliard?

—Sí, tienes razón.

Durante un segundo, a Aya le preocupó lo que pudieran decir.

Masaru se sentó enseguida en un asiento poco llamativo hacia el fondo del auditorio.

Aya había planeado reunirse con Kanade, pero Masaru la condujo a otro sitio y no pudo decir nada.

La primera ronda acabaría pronto y vería a Kanade entonces.

—Gracias por rescatarme —susurró con una sonrisa.

—Si no quieres hablar con nadie, lo mejor es negarse con claridad.

—¿Tú también has recibido muchas peticiones para entrevistas?

—No acepto ninguna durante la primera ronda. Haré alguna cuando anuncien los resultados. Y lo mismo durante la segunda.

—Entiendo.

Justo lo que cabría esperar de un futuro virtuoso, que se le diera bien manejar a la prensa. *No me sorprendería nada si ya hubiera firmado un contrato con una agencia,* pensó.

Abrió el programa y estudió de nuevo la página de Masaru.

—Tu nombre es muy largo.

—Y el tuyo me resulta difícil de pronunciar.

—Así que representas a Estados Unidos. Por eso no me fijé en ti. ¿No eres ciudadano francés?

—Cualquiera de las dos nacionalidades está bien. Juilliard me pidió que participase como estadounidense. Supongo que pronto tendré que elegir entre una y otra.

Tenía un año menos que ella. Le sorprendió ver su edad en el programa: diecinueve años.

Está tan mayor, pero solo es un adolescente.

Iba a girar la página, pero se dio cuenta de que Masaru aún le aferraba la mano con fuerza.

No la había soltado en ningún momento.

—¿Ma-kun? ¿Puedes soltarme la mano?

—No.

Fue la conmoción emocional de encontrarse de nuevo después de tanto tiempo separados lo que hizo que Masaru le agarrara la mano, además de la nostalgia que ese sentimiento provocó. Pero, al mismo tiempo, presentía de forma inconsciente algo más…

Que, si no se mantenían estrechamente unidos allí, quizás ella se alejaría de nuevo del piano. Que esa musa que carecía de remordimientos abandonaría a Masaru para irse a un lugar lejano. Y no volver jamás.

En su interior, Masaru no pudo deshacerse de esa inquietud ni de esos nervios.

HIMNO A LA ALEGRÍA

Masami se centró en Akashi, cuya cara estaba arrugada debido a la tensión.

A través del objetivo lo vio un tanto triste.

—¿Cómo te sientes? —preguntó. Akashi la miró y sonrió.

—Bueno… bastante tenso, tengo que decir. No me sentía así desde el día en que nació mi hijo.

Se dio unas palmaditas en el pecho de modo juguetón.

El vestíbulo se estaba llenando. Mucha gente de la prensa, unos cuantos con brazaletes y cámaras listas.

De los ciento y pico competidores, eliminarían tres cuartos.

Masami era consciente de lo despiadados que eran los concursos y lo tenso que ponían a todo el mundo.

Pero también había emoción. Adrenalina. Para los amantes de la música, no existía otro espectáculo más interesante.

Akashi paseaba, con la mirada fija en la multitud, pero sin ver nada. ¿Pasaría o fracasaría? Su mente rebosaría de temor, reflexionaría sobre ese momento que podría decidir su destino. Masami también se sentía cada vez más nerviosa.

Entornó los ojos y, a través del objetivo, hizo una panorámica con la cámara de todo el vestíbulo, como si acariciara con suavidad la escena. Como les ocurría a muchos cineastas, ver el mundo a través del objetivo enseguida la tranquilizó. Se sentía en control, como si hubiera extirpado una pequeña parte del mundo.

Murmullos y vítores recorrieron la multitud.

Los jueces habían empezado a bajar por la escalera desde el piso superior.

Guau, hay muchos, pensó Masami.

Aquello era destacable, ese grupo de cerca de una decena de jueces internacionales que se acercaban a la muchedumbre.

Se encendieron unos focos y una fila de cámaras se les acercó hasta convertir la escena en un teatro. Se hizo el silencio.

En medio de la primera fila estaba Olga Slutskaya, presidenta de los jueces. Sonreía con ganas, pero su mirada era penetrante y en ella ardía un fuego interno, y no solo por el traje pantalón color naranja que llevaba. Era, sin duda alguna, una presencia intensa. Las novelas solían describir algunos tonos de cabello como rojo, pero el de Olga se iluminó bajo la intensa luz hasta relucir en un auténtico bermellón.

Olga tomó el micrófono inalámbrico.

—A nuestros pianistas y a aquellas personas que los apoyan, queremos darles las gracias por todo vuestro esfuerzo durante la primera ronda de la competición.

Al oír su voz y su fluido y cuidadoso japonés, la sala se quedó en silencio.

Todos los ojos estaban fijos en su mano, en la hoja de papel blanco que aferraba entre sus largos dedos elegantes.

—El nivel de la competición ha aumentado cada año —señaló Olga— y este es el mejor de todos. Espero que las personas que no paséis no os sintáis desanimadas, sino que sigáis adelante.

Siguió comentando cosas por el estilo y el vestíbulo repleto de gente se inquietó.

Todo eso estaba muy bien, pero ¿quién había pasado y quién no?

Olga sonrió.

—Veo que tenéis muchas ganas de la parte principal, así que, sin más dilación, este es el listado de pianistas que participarán en la segunda ronda.

Olga desplegó el trozo de papel.

—El número uno, Alexei Zakhaev.

—¡Sí! —gritó alguien.

Todo el mundo se giró para mirar hacia la parte trasera. En una esquina del vestíbulo, un joven caucásico y sus amigos se abrazaban.

—Eso es poco habitual, que pase el primer pianista —musitó Akashi.

—¿En serio? —preguntó Masami.

—En general, el primero tiene mucha desventaja.

—Número ocho, Han Hyonjon.

Otro grito de alegría. Al parecer, de una mujer coreana.

—Número doce, Jennifer Chan.

Hubo vítores más intensos.

Flashes de cámara rodeaban a una chica asiática. Una pianista estadounidense que, al parecer, tenía visos de ganar el premio.

Fueron leyendo los nombres en rápida sucesión, y cada vez la gente vitoreaba, pero Masami no podía grabarlos a todos. La multitud también se había vuelto más bulliciosa.

Akashi estaba pálido. Se acercaban a su número.

Masami lo apuntó con la cámara. Tenía los ojos bien abiertos y no parpadeaba.

Contuvo la respiración.

—Número veintidós, Akashi Takashima.

Durante un segundo, Akashi se quedó en blanco.

Pero entonces su rostro enrojeció.

—¡Sí! —gritó con un hilo de voz y alzó el puño. Miró a Masami en busca de apoyo con una timidez y un alivio patentes.

—Lo he conseguido. Gracias. Gracias.

No estaba claro a quién daba las gracias, pero hizo varias reverencias a la cámara.

—Enhorabuena —dijo Masami, y la calidez le inundó el cuerpo. Con la cámara en una mano, consiguió estrecharle la otra.

Estoy tan feliz, pensó. *Ahora podemos seguir grabando.*

Como Akashi era el primer pianista nipón al que habían mencionado, reporteros extranjeros fueron a captar su reacción.

—Ah… Tengo que llamar a casa —dijo, y se marchó a un rincón del vestíbulo. Masami lo siguió.

Akashi le estaba dando la feliz noticia a su esposa. Esa escena debía grabarla.

Pero cuando lo vio hablando animado por el móvil, no pudo evitar sentir cierta soledad.

—Número treinta, Masaru Carlos Levi Anatole.

La gente vitoreó y todo el mundo en el vestíbulo aplaudió. Masaru había conseguido fans no solo entre el público, sino también entre sus rivales y los miembros del personal.

Masaru sonrió e hizo una reverencia. Mientras Aya observaba de lejos, se sintió otra vez asombrada por sus cualidades de estrella.

—Hablando de popular —susurró Kanade.

—Es muy guay, ¿verdad? —dijo Aya.

Aún no le había contado a su amiga que se había topado con Masaru hacía un rato ni que eran conocidos de la infancia. Nada más verla, Kanade se había puesto a decir lo impresionada que estaba con su actuación, con pinta de estar a punto de echarse a llorar. No le había parecido un buen momento para contárselo.

—Maravilloso. Había muchos participantes asiáticos, pero creo que al final serán más de la mitad de los que pasen —comentó Kanade.

Muchos de los pianistas que iban a la segunda fase procedían de Corea y de la antigua Unión Soviética, y a Aya le preocupaba cuántos nipones pasarían. Hacia la mitad del anuncio, solo tres pianistas japoneses habían sido nombrados: el hombre que era el pianista con más edad del concurso, una chica adolescente y un estudiante de veinte años.

Antes de que Aya se percatara, la lista había superado los veinte nombres.

Ya casi no quedan asientos disponibles. La frase se le ocurrió de repente.

Predijo que, si pronunciaban su nombre, sería el último o quizá el penúltimo. Reflexionó que estar entre los últimos números no era bueno para el corazón.

Olga pareció tomar aire.

¿Se lo había imaginado Aya u Olga había dudado?

—El número ochenta y uno, Jin Kazama.

—*¡Oh!*

Otra oleada de emoción recorrió a la multitud.

Ese chico. El chico amado por Dios. ¿Olga había vacilado antes de anunciar su nombre?

Pero ese pensamiento se había visto interrumpido por un gran aplauso.

Todo el mundo examinaba la multitud para ver a Jin Kazama, pero enseguida proclamaron sus dudas: «¿Qué? ¿No está aquí?». Parecía haberse saltado el anuncio. No era el único, claro, puesto que también colgarían un listado de los competidores triunfantes en el vestíbulo y en internet.

—Y el número ochenta y ocho, Aya Eiden. Aquí concluye la lista de los veinticuatro pianistas.

Aya estaba tan absorta especulando sobre el paradero de Jin Kazama que tardó un momento en registrar lo que acababa de oír.

Kanade soltó un grito y la abrazó, mientras que otras personas sonrientes se giraron hacia ella aplaudiendo, y entonces lo entendió.

Había pasado la primera ronda.

—¡Enhorabuena! *¡Enhorabuena, Aya-chan!*

Kanade sí que lloraba en esa ocasión.

Las dos se abrazaron, pero el corazón de Aya estaba impasible.

Al sentir la mirada de alguien, levantó los ojos y vio a Masaru en un rincón. Alzaba los pulgares en señal de aprobación.

¿No te había dicho que íbamos a pasar los dos?, le decía su mirada. *Démoslo todo en la próxima ronda.*

El espectáculo iba a continuar… y competiría contra Masaru.

En el vestíbulo habían colgado fotos de todos los participantes en una pared. El personal pegaba unas florecitas hechas con cintas en las fotografías de los competidores seleccionados. Cada vez que un pianista pasase a la siguiente ronda, añadirían una flor.

—Ha estado cerca —comentó Alan Simon. Estaban dentro de la sala de fumadores y contemplaba a través del cristal las fotos llenas de cintas.

—¿El qué? ¿Has estado a punto de sufrir abstinencia por nicotina?

Mieko, fumando a su vez, lo taladró con la mirada durante un segundo.

—Bueno, eso también. Pero me refería a Jin Kazama.

—Ha conseguido pasar.

—Como esperábamos.

Los jueces daban a cada participante una puntuación a elegir entre tres: O, D o X (tres, uno o cero puntos) y luego los pianistas se clasificaban según el total.

Las puntuaciones de Jin Kazama estaban claramente divididas entre altas y bajas, tres y ceros. Ese sistema permitía que los pianistas pasaran cuando no recibieran muchos tres o ceros, sino una puntuación uniforme. Simon y Smirnoff se habían puesto nerviosos por los resultados; sin embargo, gracias al sistema de puntuación, Jin Kazama había superado la primera ronda, pero solo por los pelos.

—Ha ayudado que cambiaras de opinión, Mieko —dijo Simon con cierto sarcasmo, mirándola.

—No es que haya cambiado de opinión. Es que al final lo he entendido. —Mieko se encogió de hombros. En esa ocasión, le había dado un tres a Jin Kazama—. En cualquier caso, su habilidad técnica es más que suficiente para pasar la primera ronda. Lo que me sorprende es que alguien pueda darle un cero.

—Tengo mucha curiosidad por saber el tipo de lecciones que recibió. ¿Quién le está dando clase ahora? ¿Cuáles son sus ambiciones? ¿Planea convertirse en concertista?

Simon movía la cabeza de un lado a otro, como si cantara.

—A mí también me preocupa eso.

Mieko alzó la mirada y exhaló una nube de humo.

—No me lo imagino como concertista.

—Yo igual, ¿sabes? Pero sí que lo veo convirtiéndose en un músico tremendo, algo nunca visto.

Tuvo una visión repentina: la de una camioneta bajando por una carretera estrecha entre campos de arroz, con el chico en la parte trasera tocando un piano de pared.

—¿Qué dices? Hoy en día nadie va a triunfar tanto como con la *Internationale.*

—En japonés tenemos una expresión que dice: «Cultiva mientras haga sol y lee mientras llueva». Significa que vivas una vida tranquila y pacífica. Para este pianista, significaría que tocase el piano mientras cuida abejas. En este mundo con tantos problemas ambientales, quizá la gente se lo agradezca.

Lo dijo a modo de broma, pero Mieko podía imaginarse a Jin Kazama viviendo una vida con ambas cosas. Y tuvo la ligera premonición de que ese tipo de vida musical le iría bien. Sin embargo, la imagen más clara era la del chico viajando entre colinas y cantando.

—Es muy intrigante, eso está claro. —Se dio cuenta de que estaba repitiendo la frase de Olga—. Muy intrigante.

Akashi observaba la flor rosa pegada al lado de su fotografía.

Masami se había marchado a conseguir más grabaciones. Habían prometido reunirse más tarde para cenar y celebrarlo. Pero, antes de empezar a prepararse para la segunda ronda, que comenzaba al día siguiente, Akashi quería pasar un rato solo para saborear la alegría.

Todo su trabajo hasta el momento se reducía a eso: a una única florecita rosa hecha de cintas.

Sintió que las lágrimas se agolpaban.

El apoyo de sus familiares y amigos había asegurado que esa flor fuera posible. Y todo había valido la pena. Sí, solo era una flor de cinta, pero ninguna otra flor lo habría hecho más feliz.

—Déjame añadir una flor más —dijo y sacó una foto con el móvil.

Luego lo alzó todo lo que su brazo le permitió, le dio la vuelta y lo colocó para sacarse una buena selfi. Era incómodo acertar a esa distancia y no podía encajarse a sí mismo y a la flor en ella.

Es más difícil de lo que pensaba.

Mientras seguía intentándolo, oyó una carcajada a su espalda.

Se dio la vuelta y se encontró a Masami, doblada de la risa.

—Ay, Dios mío. ¿Qué estabas intentando hacer? Deja, ya lo hago yo.

Intercambiaron una mirada y se echaron a reír.

Akashi no recordaba la última vez que se había reído de esa forma, sin un peso en el corazón.

La tensión que había sentido durante el anuncio de los jueces le hizo darse cuenta de lo mucho que había suprimido sus emociones, de lo poco que había sentido en todo ese tiempo.

Recuperaron el aliento y, juntos, abrieron las puertas dobles para salir al exterior.

SEGUNDA RONDA
(Parte uno)

EL APRENDIZ DE BRUJO

L a segunda ronda de la competición, que duraría tres días, comenzó a la mañana siguiente.

En ella, el tamaño del público para cada actuación era más uniforme. No solo escuchaban ya amigos y familiares, sino también gente que planeaba ponerse al día. Se palpaba una concentración intensa, no solo en el escenario, sino también entre los espectadores.

Las actuaciones de la segunda ronda durarían cuarenta minutos, el doble que las de la primera. Los pianistas debían interpretar lo siguiente:

1. Dos estudios a elegir entre estos compositores: Chopin, Liszt, Debussy, Scriabin, Rachmaninoff, Bartók, Stravinsky.

2. Una o más piezas de uno de estos compositores: Schubert, Mendelssohn, Chopin, Schumann, Liszt, Brahms, Franck, Fauré, Debussy, Ravel, Stravinsky.

3. La obra *Primavera y Asura* de Tadaaki Hishinuma, encargada por el Concurso Internacional de Piano de Yoshigae.

Lo que preocupaba en particular a los competidores era dónde encajar en su programación la nueva pieza, la composición moderna de *Primavera y Asura*. Asura era el nombre de una deidad guardiana budista, una figura guerrera.

Como sugería el título, la obra usaba poemas de Kenji Miyazawa como motivos y era prácticamente atonal. Se tardaba nueve minutos en ejecutarla, casi un cuarto del tiempo permitido, así que su colocación era una gran decisión.

Daba igual cómo se mirase: esa obra destacaba y no quedaba bien en medio, así que la mayoría de los pianistas la habían situado al principio o bien al final.

—Bueno, es fácil. O la tocas la primera o la última…

Sentados en un rincón en la parte trasera del auditorio, programas en mano, Masaru y Aya intercambiaban susurros. Masaru debía tocar en el segundo día y Aya en el tercero.

El primer competidor, Alexei Zakhaev, volvía a estar sobre el escenario después de que hubiesen actuado más de noventa personas en la primera ronda. Parecía relajado luego de una actuación pulida y salió del escenario tras un aplauso generoso.

Kanade había regresado a Tokio y planeaba volver la tarde siguiente.

Seguro que informará al profesor Hamazaki. Y me alegro de que le lleve buenas noticias, pensó Aya.

Estudió el programa de Masaru.

—Tu recital empieza tranquilo, así que me parece una buena elección poner *Primavera y Asura* al principio.

—Sabía que lo entenderías.

Masaru parecía complacido.

—Pero, Ma-kun, ¿no te van a penalizar por tiempo? Es difícil saber cuánto durarán estas variaciones.

Masaru había incluido, al final de su recital, una larga lista de variaciones de Brahms. Si las interpretaba de un modo demasiado relajado, abarcarían casi veinte minutos. Era un equilibrio muy delicado si quería respetar el límite de cuarenta minutos.

—Puede que vaya más rápido, pero nunca más lento. Casi nunca me paso de tiempo. He visto que has puesto *Primavera y Asura* justo en medio. Qué arriesgado. Justo después del *Fuego fatuo* de Liszt.

—Es como si estuvieran conectados a este universo, o quizás al clima. Esa es la idea.

—Mmm. También haces las variaciones de Mendelssohn. Me encanta esa obra.

Masaru y ella compartían una aproximación similar a sus obras y se parecían a la hora de montar un recital. Les encantaba oír a otra gente y disfrutar, siempre que fuera posible, de la competición. No sabía cómo expresarlo, pero su perspectiva era muy similar.

—Veo que has elegido el *Concierto para piano n.º 3* de Prokofiev, Ma-kun.

—Y tú el número dos, Aa-chan. Eso no es habitual.

—¿Eso crees?

Recordó con un escalofrío que el *Concierto n.º 2* de Prokofiev era la pieza que debía interpretar el día que salió huyendo del escenario.

¿Había sido una decisión inconsciente? Aya no quería pensar en eso.

—Me gustan todos los conciertos de Prokofiev —dijo—. Puedes bailar con él.

—¿Bailar?

—Sí. Incluso en su música que no es para *ballet*, hay partes en las que puedo visualizar un baile. Cuando estrenó el *Concierto n.º 2*, al parecer lo criticaron, pero hay que felicitar a Diaghilev, porque después de eso fue a pedirle a Prokofiev que escribiera para *ballet*.

—Cuando oigo el número tres, pienso en una *space opera*, como *Star Wars*.

—¡Ya ves! Es como del espacio exterior. El número dos es como más *noir*.

—Exacto. Como una pelea entre mafias.

Intercambiaron una mirada y se rieron.

—Te imagino tocando el *Concierto n.º 3* de Rachmaninoff con facilidad, Ma-kun.

—Mmm. El primero y el segundo son una cosa, pero el tres no es realmente mi estilo. En la segunda mitad es como si se filtrara el ego del pianista. Cuando el número dos se volvió tan popular, seguramente Rachmaninoff decidió superarse a sí mismo con un concierto que pudiera embaucar al intérprete en su propio hechizo.

Aya alzó las cejas.

—Ma-kun, ¿dónde has aprendido a decir *filtrarse* en japonés?

—Gracias a un estudiante de Juilliard. Tomé prestado mucho manga de él para no olvidar mi japonés.

Y por eso hablaba el idioma tan bien, aunque su vocabulario a veces tomaba a Aya por sorpresa.

—Mira esto... El Príncipe de las Abejas va a tocar el *Concierto n.º 3* de Bartók. Y Bartók le pega mucho, ¿no crees?

El Príncipe de las Abejas. Jin Kazama. Masaru también lo vigilaba.

—Ese chico es espectacular —dijo el joven.

—Tienes razón. Nunca he oído un sonido tan eléctrico.

—Ya ves. Pero corre el rumor de que no gustó demasiado entre algunos jueces.

¿Después de toda la emoción que había suscitado su actuación? Aya no se lo podía creer.

—Supongo que a algunos no les gustará su dinamismo, que presentase a Bach con un aire sensacionalista o algo así. Todo se reducirá al sistema de calificaciones de reducción de puntos.

Masaru estaba tranquilo, pero Aya se sentía nerviosa. En una competición, la opinión pública era un factor también. Pero, si no reconocían una actuación formidable y creativa, entonces ¿qué era el talento?

—Pensé en tocar un concierto de Bartók —murmuró Masaru—, pero hay que tener en cuenta la orquesta.

—¿La orquesta?

Masaru se rascó la nariz.

—Pedí unos cuantos CD de la orquesta que actuará en los conciertos, pero el metal es un poco flojo... Como suele pasar con las orquestas japonesas.

—¿Incluso cuando hay cada vez más gente que se apunta a las charangas?

—Con Bartók, necesitas instrumentos de metal muy fuertes o no causarán impacto. Puedes añadir músicos, pero tendrán que coordinar su estilo con el tiempo o no sacarás el sonido que necesitas.

Aya no se podía creer que hubiera llegado hasta el punto de investigar la orquesta para la ronda final.

Además de una personalidad atractiva, también era un estratega calculador. A muchos competidores, pasar hasta la ronda final les bastaba. Si llegaban tan lejos, lo cierto era que no les preocupaba demasiado la orquesta.

—Hablando de metales, me han dicho que tocas el trombón, Ma-kun.

Él se giró para mirarla con sorpresa.

—¿Quién te lo ha contado?

—Alguien del conservatorio.

La red informativa en los conservatorios de música era formidable.

—Pensé en probar algo distinto a un teclado. Tengo brazos largos y me dijeron que podría manejarlo bien, así que lo intenté. ¿Qué me dices de ti, Aa-chan? ¿Qué hiciste cuando dejaste el piano?

Masaru también parecía conocer un poco de su pasado, algo que la sorprendió. *Bueno, es una historia bastante conocida en el mundillo musical, así que supongo que era de esperar*, pensó la chica. Se encogió de hombros.

—Dejé de actuar, pero no el piano. Toqué el teclado en bandas de fusión y de *jazz* y me obsesioné una temporada con la guitarra. Aunque últimamente no la he tocado para nada.

—¿Guitarra clásica?

—No, de *jazz*. Un capricho, pero copiaba a gente como Pat Metheny, Joe Pass.

Recordaba esa época de su vida, antes de empezar en el conservatorio, cuando lo dio todo por la guitarra.

—Me encantaría oírte tocar.

—No soy demasiado buena. Descubrí que la guitarra es un instrumento de hombre. Sobre todo en rock y en *jazz*.

—¿Eso crees?

—Sí. Y, como suelen decir, cuando tocas la guitarra, entiendes por primera vez lo que sienten los chicos cuando se *corren*.

Masaru se rio.

—Pues, si vienes a Nueva York, Aa-chan, podemos tocar juntos en una sesión.

—¡Podríamos!

Masaru la miró de repente con una expresión seria.

—Podrías venir de visita, en serio. Después de la competición.

—¿Para ver Juilliard?

—No solo para eso.

—Entonces, ¿para qué?

—Da igual —dijo Masaru y se giró para mirar al frente.

No solo para ver Juilliard.

Aya decidió no pensar mucho en eso y cambió de tema.

—La siguiente pianista es amiga tuya.

—¿Quién?

—Jennifer Chan. ¿No es una de las favoritas para ganar?

—A ver, buena es, eso sin duda. Tiene auténtica potencia y gran técnica. Es de las que se les da bien competir.

Masaru parecía implicar algo más.

—Me encantaría saber lo que piensas de ella, Aa-chan.

La puerta del escenario se abrió y Jennifer Chan, alta y ataviada con un vestido rojo intenso, apareció. Unos vítores recorrieron al público.

—Guau. Un vestido rojo otra vez. Le queda bien.

—Al parecer, lleva distintos tonos de rojo para cada competición.

—Será su color de la suerte.

Chan se acercó con osadía al piano y miró con intensidad al público durante un instante.

El programa de Chan también empezaba con *Primavera y Asura*.

Al igual que Masaru, había decidido arrancar con esa obra. Lo más interesante era que daba la impresión de querer deshacerse cuanto antes de esa pieza extraña. Los programas podían exhibir de verdad la personalidad de un pianista.

Ese era el estreno mundial de *Primavera y Asura*, y la gente tenía curiosidad por saber cómo la interpretaría Chan. Con una composición sin ninguna prueba previa, no había precedentes que seguir, así que era útil oír a otras personas tocarla.

Quiero oír todas las actuaciones que pueda, pensó Aya.

La lectura de Chan parecía clavada. A Aya le impresionó su clara interpretación.

Al tocar una obra escrita por un compositor japonés, los pianistas nipones solían aceptar cualquier pasaje impresionista como tal y lo interpretaban de un modo indeterminado y nebuloso, mientras que a los occidentales les costaba expresar esa imaginería zen.

Chan leyó la música sin pasión, sin nada azaroso o deliberado; se aseguró de interpretarla de un modo muy particular y concreto. Era como si pudieras oírla explicar el significado de cada nota que expresaba la visión del universo y todo el tema de la creación según Kenji Miyazawa. El acercamiento racional de Chan a cada situación y su personalidad saltaban a la vista.

Es una forma de tocar esta obra, pensó Aya.

Luego siguieron estudios más complejos de Chopin y Liszt, que parecían ser el punto fuerte de Chan.

Aya sintió que su asombro desaparecía.

Se trataba de una actuación dinámica, sí, pero había algo llano y monótono en ella. Aunque la técnica de Chan era irreprochable, al final acababas con la misma sensación de estar tan lleno después de comer que es imposible dar otro bocado.

Aya entendió lo que Masaru había intentado explicarle.

Casi no analizaba las actuaciones de otros pianistas de esa forma, sino que se relajaba como cualquier miembro del público y dejaba que la música la inundase. El comentario de Masaru sobre que quería oír su opinión era un factor que la animaba al análisis, pero no el único.

Una imagen extraña cobraba forma en su mente.

La imagen de hombres altos que jugaban al voleibol. Una escena en la que el deportista más destacado hacía algunas ofensivas espectaculares desde la parte trasera, pero el otro equipo predecía la trayectoria de la pelota y bloqueaban todos sus movimientos.

Había algo entre la música y la máxima agilidad danzarina en un atleta; de hecho, a veces Aya miraba los deportes y no podía evitar oír música en su cabeza.

No estaba claro por qué la actuación de Chan había provocado esa imagen, pero el patrón de las ofensivas se volvió tan predecible que el otro equipo podía calcular sus bloqueos a la perfección para que los otros no ganasen ni un punto.

Una habilidad física impresionante, sí, pero nunca dejaba huella. Dicho con sencillez: no te emocionaba.

¿Por qué, si su interpretación tiene buena forma y le pone ganas?, se preguntó Aya.

Todo el asunto la desconcertaba.

Recordó que un director había dicho en una ocasión que las películas de Hollywood ya no formaban parte del entretenimiento, sino que eran *espectáculos*. Eso mismo le parecía la actuación de Chan.

Desde el comienzo del siglo xx, muchos músicos clásicos europeos habían huido o emigrado a Estados Unidos. El talento gravitó de forma natural hacia la riqueza y el poder. Después de que la sociedad rica estadounidense se convirtiera en un gran mercado musical, la música clásica se volvió popular. La demanda exigía mostrar música que fuera más fácil de comprender.

Para las orquestas, esto implicó incluir obras que tuvieran una construcción clara; para el piano, obras con notas bien dispuestas, todo interpretado con una técnica limpia y trascendental. Aquello difería mucho de la música en los salones históricos, donde las obras se tocaban ante un público privilegiado y selecto. Lo que se necesitaba en la actualidad era un sonido deslumbrante y amplio que pudiera llenar enormes auditorios construidos para albergar un gran público. Los músicos debían responder a las expectativas del mercado, y por eso las actuaciones evolucionaron para cumplirlas.

La gente ya no quería que los músicos improvisaran; querían oír las canciones famosas que ya conocían. Ese trabajo era menos entusiasta, difícil o nuevo, y se evitaba cualquier idiosincrasia.

El crecimiento del mercado de los CD solo aceleró esta moda.

Los CD, como bien se sabía, excluían los registros más elevados y más bajos, los sonidos que se hallaban en el margen de la audición. Y así se eliminaron el tipo de matices autóctonos de Europa que habían sido, durante tanto tiempo, una tradición.

Chan era la encarnación perfecta de un estudio de audiencia realizado por el mercado estadounidense, exactamente el tipo de pianista que el público esperaba en la actualidad. Si eso era bueno o malo daba igual. Era la case de pianista que surgía a partir de la demanda, la época y el público.

Chan llegó al final de su espléndido recital de cuarenta minutos.

El público respondió con entusiasmo y le lanzó unos vítores apasionados.

Los bises estaban permitidos a partir de la segunda ronda. Chan salió del escenario un momento y luego reapareció con una sonrisa relajada. Su figura alta, en ese vestido rojo, no podría haber relucido más mientras hacía una reverencia.

—Bueno… ¿qué piensas? —susurró Masaru al oído de Aya mientras el aplauso seguía.

—Puede tocar cualquier cosa. Tiene una potencia increíble.

—¿Verdad?

—Me he sentido como en Disneyland. Como si estuviera en la montaña rusa Big Thunder.

Masaru guardó silencio.

—A veces dices cosas que dan miedo, Aya-chan.

—¿Ah, sí?

Masaru parecía absorto.

—Pero tienes razón. Atrae a la gente.

—Al público le encanta y es muy popular.

—Si le dijeras eso, se enfadaría. Pero hay que reconocer que le pega.

—No se lo digas, ¿vale?

—Claro que no. Yo nunca haría algo así.

—Su interpretación de *Primavera y Asura* ha sido muy buena. Me da la sensación de haber entendido por primera vez su estructura.

—Yo igual. Se le da bien dar una interpretación tridimensional. Ese es su punto fuerte.

—También me ha gustado su cadencia. Me pregunto si la habrá compuesto ella.

—No, estoy seguro de que ha sido su profesor, Boleyn. Chan no sabe improvisar. Muchos pianistas no pueden.

Primavera y Asura tenía una sección improvisada, señalada así: «Con total libertad, como dando sentido al universo».

¿Con total libertad, como dando sentido al universo?

Aya había probado distintos enfoques de la cadencia, pero aún no se había decantado por uno.

Sin embargo, para ese chico, Jin Kazama, *sentir el universo* sería algo natural.

Se lo imaginó, no en un escenario, sino como cuando se encontró con él en el conservatorio, ataviado con una gorra y ropa casual.

—Ma-kun, tú has compuesto tu propia cadencia, ¿verdad?

¿Cómo puedes preguntarme algo así?, decía su mirada.

—Pues claro —respondió—. Tú igual, ¿no?

—Sí. ¿Has escrito la tuya?

—Por ahora sí. La han oído muchas personas y he pensado largo y tendido en cómo debería interpretarla.

Aya guardó silencio y Masaru la miró.

—No me digas que tú no has escrito la tuya.

—No. Aún estoy probando distintas versiones. No me decido, así que estaba pensando en tocar lo que sienta durante la actuación.

Masaru parecía atónito.

—Pero es una competición, Aa-chan. Guau… En serio, dices cosas que dan miedo. ¿Tu profesor no te ha dicho nada?

—Algo dijo.

Aya recordó el momento. Aunque la partitura señalaba esa sección para improvisar, en el mundillo clásico muchos pianistas tocaban una cadencia publicada.

Cuando había hablado con su profesor sobre cómo enfocar la cadencia en *Primavera y Asura,* él no tuvo ningún problema con que la compusiera. Pero cuando le dijo que haría lo que le saliera en el momento, intentó disuadirla.

—No puedes correr un riesgo tan grande en una competición —la advirtió el profesor.

—Lo sé, pero… —Hizo una pausa—. Algunos días llueve, otros hace viento, y la música nos dice que demos sentido al universo. ¿Practicar una cadencia una y otra vez no va en contra de lo que indica la partitura? Como esto, por ejemplo —dijo, y repasó cinco versiones distintas de la cadencia, con títulos como *Día lluvioso, Otoño claro, Tormenta* y *Noche de las Leónidas.*

Masaru se había quedado sin palabras.

—Lo sabía. Esa es la Aya que conozco. —Sonreía, aunque con cierto dolor—. Guau. Ojalá no compitiéramos en el mismo concurso.

Se quedaron en silencio.

—Las competiciones son absurdas —declaró Aya al cabo de un momento y Masaru se rio.

Los dos dirigieron la mirada hacia el escenario.

—Será mejor que eso quede entre nosotros —dijo el chico—. Todos lo sabemos cuando nos apuntamos.

Se acomodaron en sus asientos al oír la campana que señalaba el final del descanso.

PRIMAVERA Y ASURA

Más relajado en la segunda ronda, Akashi calentó los dedos; cerró las manos y apretó las puntas de los dedos.

La tensión de la primera ronda había sido insoportable. No recordaba nada que en los últimos años hubiera sido tan terrorífico. Y, aun así, estar en el escenario, aunque fuera una única vez, lo había cambiado.

Me convertí en músico, se dijo. *La actuación me hizo darme cuenta de que siempre lo había sido.*

Ese sentimiento burbujeaba en su interior.

Qué increíble era la impresión de sentirse realizado. Su vida normal le parecía ahora muy remota. La sensación del escenario, del piano iluminado, de acercarse a él, el momento en que todos los ojos se posaban en Akashi mientras alzaba las manos, cuando lo íntimo y lo sublime colisionaban en una única entidad. Y entonces el aplauso apasionado. La sensación de haber compartido algo con el público.

Akashi revivió esa euforia mientras salía del escenario.

Este es mi lugar, pensó. *Este es el momento que tanto he ansiado.*

Mientras esperaba entre bambalinas, sintió seguridad.

Pero a medida que la segunda ronda se aproximaba, empezó a notar una pesadez en el fondo del estómago. Como si tuviera otra conciencia que flotase sobre su cuerpo de carne.

Los cuarenta minutos se le harían largos. Mantener la concentración no era tarea sencilla. Y mantener contigo al público era incluso más complicado.

Crear un programa era un trabajo estimulante pero arduo.

Lo primero que Akashi hizo fue comprar grabaciones de algunas actuaciones canónicas y elegir su favorita, cambiar el orden y meter otras piezas por en medio, para cumplir con el límite de cuarenta minutos. Luego las escuchó varias veces. Y, por último, las tocó para ver si, a nivel técnico, encajaban con él, si se sentía cómodo interpretándolas. Lo consultó todo con su antiguo profesor y, al cabo de mucho tiempo, tuvo decidido el programa.

Y ahora tengo que practicar.

Tu repertorio. La eterna pregunta para los músicos.

¿Quieres que te conozcan como un pianista con un repertorio amplio? ¿O establecer una reputación como especialista en un compositor concreto, alguien que, por ejemplo, tenía su fuerte en Schubert o Mozart? Daba igual el tipo de músico que quisieras ser, lo importante era tener un repertorio sustancial.

A lo mejor pasabas meses puliendo una pieza, pero, si te alejabas de ella un tiempo, te olvidabas de los detalles. Recuperar el ritmo no costaría tanto como la primera vez, aunque una práctica dedicada era esencial, o tu actuación no resultaría convincente.

Los pianistas interpretaban más de diez obras a lo largo de la competición. Los que llegaban hasta la final, diecisiete o dieciocho. Las más largas duraban casi treinta minutos; las exigencias técnicas de cada obra variaban, así como el tiempo requerido para pulirlas. Resultaba casi imposible tener el mismo nivel de perfección para todas las obras.

¿Cuántas veces me he dicho: «Ojalá fuera un genio»?, pensó Akashi. Existía un número increíble de genios que podían reproducir una pieza tras oírla tan solo una vez o interpretarla a simple vista sin practicar. ¿De quién le habían hablado? De un pianista que viajaba a un concierto cuyo programa incluía una obra que nunca había interpretado y, tras echarle un único vistazo a la partitura en el tren, procedió a interpretarla a la perfección en el concierto. Y otro pianista que había preguntado: «¿Por qué te hace falta practicar? No lo entiendo. Una vez que te lo sabes, solo hay que mover los dedos».

Akashi creía que se le daba bien memorizar, aunque nunca a ese nivel. A menos que practicara mucho, siempre se sentía nervioso.

Para un trabajador ocupado, con tiempo limitado para practicar, la única forma de conseguirlo era no dormir. En el último año, los preparativos para la competición habían supuesto una batalla constante con el sueño. Incluso cuando dormía de verdad, se despertaba de golpe y movía los dedos de forma inconsciente, repasando un pasaje difícil del que la memoria muscular no podía olvidarse.

Había muchas formas de practicar, pero, tras pensarlo, Akashi decidió hacerlo en bloques de tres meses. Primero, tocaría todas las piezas que debía interpretar (en su caso, doce) en orden hasta que estuvieran pulidas. En los siguientes tres meses, las refinaría incluso más, empezando por la primera. Y luego repetiría ese proceso. De ese modo podía, tras un intervalo, practicar la misma pieza de nuevo. Esa forma de repetir una obra durante un largo periodo de tiempo le daba confianza y profundizaba su interpretación de la música.

Las cosas no siempre salieron según lo planeado. Dos obras le costaron más de lo que pensaba: *Tres movimientos de Petrushka*, de Stravinsky, una obra muy compleja a nivel técnico que había dejado para el final de la segunda ronda; y *Kreisleriana*, de Schumann, que había situado en el programa de la tercera.

Por otra parte, había descubierto que algunas obras que le costaban de estudiante ya no eran tan complicadas ahora. Así constató que algunas cosas solo se aprendían con experiencia. Por suerte, descubrió que su técnica al menos no había decaído y se sentía seguro compitiendo contra gente más joven.

Y luego estaba el concierto que debía interpretar si llegaba a la final. Le costó empezar a practicarlo.

Llegar a la final es un bono extra, pensó. Además de quitarle las ganas de practicar el concierto, le costó encontrar a alguien que tocase la parte orquestal con un piano. Cuando al fin localizó a una persona, surgió otro problema: buscar un sitio con dos pianos donde pudieran practicar. Aunque creía que no estaba permitido, preguntó a los encargados de la sección de piano en la tienda donde trabajaba y al final dejaron que su acompañante y él practicaran allí luego del cierre. Pero eso fue todo.

Ahora le parecía un sueño estar a punto de actuar de verdad.

He llegado muy lejos, se dijo. *El momento de mostrar el fruto de mis largas horas de práctica es ahora. Es justo ahora.*

Un temor repentino se apoderó de él.

Pero ¿y qué pasará después? ¿Qué ocurrirá luego? Una vez que terminen estos días de tensión, ¿qué me aguardará?

El aplauso lo sacó de su ensimismamiento.

Respiró hondo sin darse cuenta. Ahora había un intervalo.

Esta podría ser mi última actuación, pensó. *He hecho todo lo que estaba en mi mano. Lo haré lo mejor que pueda, lo daré todo en ese momento.*

Cerró los ojos y se imaginó tocando sobre el escenario.

La primera obra, *Primavera y Asura*, era esencial. Si podía brindar una actuación convincente, entonces el resto serían obras conocidas que había tocado en muchas ocasiones.

Al no ser un estudiante de conservatorio, lo más complicado para él no era el concierto en sí, sino esa obra nueva.

De haber estado en el conservatorio, repasaría la pieza con su profesor, examinaría al detalle la estructura y la interpretación. Habría más profesores con los que consultar y podría intercambiar información con otros alumnos. En lo que respectaba a la cadencia, suponía que muchos pianistas les pedirían a sus profesores que la escribieran.

Pero Akashi empezaba a comprender que ser un pianista de mayor edad era en realidad una ventaja.

Siempre le había gustado la literatura y hubo una época en la que leyó muchas obras de Kenji Miyazawa. Un pianista más maduro seguro que tendría una comprensión más profunda de la literatura.

Empezó a releer los poemas y las historias de Miyazawa mientras iba al trabajo, así como comentarios y estudios críticos con el objetivo de captar la cosmovisión del autor, su visión del universo. Realizó un viaje rápido al lejano Iwate, el hogar de Miyazawa, para visitar los lugares en los que se ambientaban sus obras.

Miyazawa era testarudo, idiosincrático, distante, soñador, pero también tenía mala fama, era autocompasivo y miserable; una mezcolanza compleja de realista y visionario.

Mientras se bamboleaba en el tren, Akashi superpuso mentalmente imágenes de la literatura de Miyazawa en la composición musical.

Un fragmento le recordaba a la playa en Inglaterra y ese otro debía ser *El tren nocturno de la Vía Láctea* (la imagen de volar por el cielo nocturno), mientras esa sección debía ser del poema «La mañana de la despedida eterna».

Una idea repentina le atravesó la mente. *Eso es*, pensó Akashi. *Haré que la melodía de la cadena encaje en los versos de ese poema.*

> *Hermano, ¿me traerás nieve?*
> *Hermano, ¿me traerás nieve?*

Eran unos versos bastante memorables del poema «La mañana de la despedida eterna» que Miyazawa había escrito sobre la muerte de Toshi, su hermana pequeña. Esos versos, escritos en un cerrado dialecto del norte, evocaban a su hermana, que sufría de mucha fiebre y le pedía a su hermano que le trajera un poco de nieve para que pudiera comérsela. Palabras conmovedoras, pero, al mismo tiempo, rítmicas y melodiosas.

A Akashi no se le daba especialmente bien improvisar, aunque siempre le habían dicho desde niño que tenía un don especial para la poesía. Había estudiado composición, y era una tarea que no le resultaba especialmente difícil.

Decidió que lo escribiría de forma que la mano derecha tocase la melodía, basada en las palabras de Toshi, para expresar su voz llamando desde el cielo tras su muerte, mientras que la izquierda retrataría el día a día en la vida de Miyazawa, en el que recogía nieve mientras contemplaba el mundo y el cosmos.

Una vez decidido, se ensimismó mientras se le ocurrían distintas melodías. Incluyó todo tipo de añadidos y acabó con una cadencia de cinco minutos. Tenía que reducirla a tres.

Un día interpretó la cadencia para su mujer.

—Demasiado intensa y caótica.

Las reacciones de su mujer eran las de una oyente normal, sinceras, carentes de todo prejuicio, y su respuesta solía tomarlo por sorpresa.

Angustiado, procedió a desechar las partes de las que no estaba seguro y la interpretó de nuevo para ella.

—¡Qué bonito! —dijo y, cuando la oyó tararear «Hermano, ¿me traerás nieve?» mientras recogía la casa, supo que la melodía también se quedaría con el público cuando la oyeran.

Una vez tuvo la cadencia bajo los dedos, supo que su propia *Primavera y Asura* estaba lista.

Aparte de cuando la interpretó para su mujer, esa actuación en el concurso sería la primera vez, y seguramente la última, que alguien la oyera.

Y por eso tenía ganas de actuar y, al mismo tiempo, miedo. El propio compositor estaría sentado con los jueces, ya que el plan era otorgar un premio a un pianista que llevase su nombre: el Premio Hishinuma.

Así pues… ¿qué pensarían el compositor, y el público, de su *Primavera y Asura*, de su cadencia?

Conforme todos estos pensamientos daban vueltas sin cesar en su mente, sonó la campana de los cinco minutos.

Mi turno.

Akashi se enderezó, listo para actuar.

Una vez entre bambalinas, se sintió tranquilo.

Sabía por experiencia que a menudo sentía euforia justo antes de una actuación. Emocionado, ansioso, con la sensación de poder mientras las posibilidades le recorrían el cuerpo.

En cuanto empezase a tocar, sabría si esa euforia era real o no. En ciertos casos había descubierto que en realidad era una ilusión, una forma de escapar de la presión de actuar.

Pero ¿qué será ahora?, se preguntó. ¿Ese júbilo sería real?

Akashi juntó los dedos.

Déjame creer en la música.

Quería grabar en su conciencia la oscuridad de los bastidores, la sensación de los dedos entrelazados.

Sintió una ráfaga de viento frío. Miró hacia el escenario. La puerta estaba cerrada, el personal permanecía quieto.

¿Habrá sido solo mi imaginación?

Se observó de nuevo los dedos.

La luz se filtraba por un hueco en el marco de la puerta y por la mirilla.

Le sobrevino una sensación extraña, una premonición repentina.

Detrás de esa puerta está el huerto de mi abuela, donde encontraré muchas moreras. Estamos a principios de verano y acaba de dejar de llover.

Akashi podía ver la escena con claridad.

La difusa luz del sol, teñida del color del verano, lo iluminaba todo.

El suelo estaba cubierto de hojas de morera, las gotas de lluvia guardaban equilibrio en las ramas sobre su cabeza, a punto de caer.

Una cordillera azulada se situaba a lo lejos. Las nubes oscuras flotaban por el cielo.

Akashi acababa de bajar del autobús y se hallaba junto al huerto de moreras de su abuela. El viento amenazaba con llevarse su gorro, pero la goma bajo la barbilla lo sujetaba en su sitio.

Al otro lado del huerto, Akashi vio la querida casa de su abuela.

Y el piano de cola que amaba sobre todas las cosas.

Echó a correr.

Bañado en el aroma de las hojas de morera y la sensación de viento y luz sobre sus mejillas, corrió todo lo rápido que le permitieron sus piernas por el estrecho sendero de tierra que atravesaba el huerto.

—Abuela…

Akashi se oyó llamándola…

El estallido atronador del aplauso lo sobresaltó; un pianista coreano atravesaba la puerta del escenario.

Un haz de luz la atravesó.

Su turno llegó al fin e incluso en el escenario la sensación persistió.

¿Miedo escénico?, se preguntó. *Soy como un niño traumatizado que se inventa a un amigo imaginario, un* alter ego.

Y, aun así, Akashi sabía que sonreía con ganas y estaba tranquilo mientras ajustaba con paciencia el banco.

Localizó a su mujer, Machiko, sentada junto al pasillo a mano izquierda, a unas cinco filas del escenario.

Le sorprendió lo rápido que la había situado.

Su primera obra, *Primavera y Asura*.

Empezó a tocar como si la conociera desde hacía años.

Ah... Ahora lo entiendo, pensó mientras tocaba.

El huerto de moreras... La obra iba sobre aquello. Y sobre la costa inglesa de Kenji Miyazawa, su pueblo natal en Hanamaki, su universo.

Akashi sintió que el paisaje de Iwate trascendía al público envuelto en tinieblas. El murmullo de un río de noche. El parpadeo de las estrellas en el cielo.

Caminaba por la orilla del río.

Miyazawa lo acompañaba. A unos pasos por delante, con la cabeza gacha, como en la foto que Akashi había visto de él.

Aquello era la creación para Miyazawa, para todos nosotros. Todo iba, todo volvía. Solo existimos durante un brevísimo instante. Ni siquiera durante el parpadeo del universo. El instante más breve de todos.

Y sin darse cuenta, estaba interpretando la cadencia.

La voz de Toshi, que llamaba desde el cielo, una y otra vez.

Hermano, ¿me traerás nieve?
Hermano, ¿me traerás nieve?

Miyazawa siguió paseando por la orilla del río, cabizbajo, como si no pudiera oír las palabras de Toshi.

Su voz era preciosa, cristalina. Como un eco lejano, como las campanitas en el bastón del mendigo; resonaba una y otra vez en el cielo sobre sus cabezas.

Hermano, ¿me traerás nieve?

Hermano, ¿me traerás nieve?

Todo iba y venía, hasta que se desvaneció en la quietud del tiempo. Y el ciclo se repitió. El círculo se cerró, regresó a los ansiados días del ayer, a un pasado renovado.

Se oyó el último acorde de Akashi.

Mantuvo los dedos sobre las teclas mientras observaba cómo los restos del sonido se desvanecían.

El auditorio guardaba silencio.

Y ahora a por el estudio de Chopin. Popularmente conocido como *Teclas negras*. Sus manos estaban tan acostumbradas a esa obra que parecieron modelar la forma de los sonidos por sí solas.

Sus dedos se deslizaban sobre las teclas.

¿Esto estará bien? Tenía sus dudas mientras tocaba.

Era como si hubiera otra persona tocando. Como si otro Akashi mirase desde arriba.

El estudio *Teclas negras*, hábil y vibrante. *Estoy haciendo que parezca fácil. Como si fuera un poco travieso y para nada malicioso.*

Luego vino el estudio de Liszt.

Variaciones sobre un tema de Paganini, estudio n.º 6.

Una pieza luminosa y modulada que desarrollaba libremente su famosa melodía.

Bien, la estoy interpretando con dinamismo. Mis dedos se mueven bien. Cada vez que oigo el tema de Paganini, me parece que contiene mucho drama. Es posible hacerlo todo lo pretencioso que quieras, pero mi intención es rebajar esa sensación aquí, se dijo.

Es raro que mis dedos sigan mis pensamientos tan de cerca. No es como si estuviera interpretando, sino como si alguien me interpretara a mí. Pero los sonidos salen justo como quería, así que no cabe duda... Yo soy el intérprete aquí.

Estaba en buena forma. Tocaba la pieza con comodidad, pero tan ajustada como debía ser. Una arquitectura eficiente, equilibrada en la obra. Es *jo-ha-kyu*, ¿lo ves?

¿Cómo se diría *jo-ha-kyu* (introducción, nudo y desenlace) en un idioma occidental? Los términos artísticos japoneses conseguían captar algo esencial.

El público escuchaba con gran atención, como si formaran un par de oídos. Esos oídos y los de Akashi se habían fusionado, pues los espectadores y él se habían convertido en un único ser que respiraba en sincronía.

Llegó al final. *Una conclusión bastante astuta, si se me permite decirlo,* pensó.

Lo siguiente era *Arabesque*, de Schumann. Un respiro después de la extravagancia de Liszt.

Aun así, era una obra complicada. Sencilla, en cierto sentido, pero era difícil no enturbiar cualquier pasaje. *Cada vez que la interpreto, descubro algo nuevo; la pieza se torna más compleja cuanto más la toco.*

Me encanta Schumann. Algún día querría perfeccionar de verdad su *Fantasie.*

Por algún motivo, cada vez que tocaba *Arabesque* se acordaba de su infancia. Cuando comenzó a tocar el piano, para lo que iba a casa de la abuela, donde tenía miedo del sonido que hacían los gusanos de seda al masticar las hojas de morera. Y lo raro fue que tuvo ganas de llorar.

Ah... Schumann se ha acabado. Una pieza corta, pero, cada vez que llego al final, me siento triste. Cuatro obras terminadas y muy rápido.

Ahora a por la última.

Stravinsky, *Tres movimientos de Petrushka.*

Una introducción osada, gloriosa, en la que las notas crudas y rígidas deben resonar con la claridad de una campana.

El *glissando* fue frágil, aunque suave.

Tan colorido, tan complicado.

Akashi adoptó poco a poco un estado de ánimo extraño.

Guau... ¡Veo colores a mi alrededor! Los colores de *Petrushka.* Brillantes, modernos, elegantes, llenos de vivacidad.

¿Soy yo quien está tocando? ¿O me están haciendo tocar?

¿Qué es lo que veo? Es como si viajara desde el huerto de moreras hasta una playa inglesa y luego a Europa.

Un sonido espléndido y glorioso resonó en el auditorio.

Akashi y el público experimentaron esos intensos colores juntos y respiraron en los trémolos y los acordes.

Y entonces el clímax.

En ese momento, Akashi y el público salieron volando directos al cielo. Y, con la acometida de los impetuosos acordes, la música cayó en cascada hacia su final como olas embravecidas.

Terminado.

Akashi no se sintió él mismo ni siquiera al levantarse.

Cuando oyó el aplauso y vio que Machiko tenía lágrimas en las mejillas, al fin lo entendió. La segunda ronda había terminado de verdad.

RONDÓ CAPRICHOSO

Había un chico sentado en un rincón del auditorio, balanceándose ligeramente mientras escuchaba la actuación. Vestía de un modo informal y, hundido en su asiento, no llamaba la atención, como si fuera un joven del barrio que pasaba por allí y había acabado por entrar en el auditorio. Nadie parecía percatarse de que era uno de los pianistas, Jin Kazama.

Para ser sincero, lo primero que había sentido al descubrir que había pasado a la segunda ronda fue alivio.

Porque ahora había más posibilidades de que su padre le comprase un piano.

Tampoco era que desbordara confianza. Apenas había tocado delante de otras personas, y menos en una competición. No tenía ni idea de cómo la gente recibiría su interpretación. Yuji von Hoffmann le había dicho en vida: «Sé tú mismo, Jin. Lo que haces tiene valor. No te preocupes por lo que digan los demás. Tú toca conforme sabes». Y, en ese sentido, no había ninguna confusión. Lo único que debía hacer era seguir las instrucciones de su profesor.

A Jin le habían asombrado las actuaciones, lo excelentes que eran todas, la técnica excepcional. Aun así, no tenía dudas sobre su propia actuación ni un sentido de inferioridad. Tenía una fe absoluta en el maestro Hoffmann, que había dado su aprobación a su forma de tocar, y con eso le bastaba.

Si dejabas vagar la atención mientras escuchabas las actuaciones, estas podían fluir a través de ti sin dejar huella.

Jin Kazama reaccionaba a la música de un modo visceral y, cuando oía a pianistas que tocaban de esa forma, se quedaba dormido por instinto.

Cuando empezaba a dormitar, su cuerpo se balanceaba un poco, aunque a veces era porque sentía la actuación. Cualquiera que lo viera pensaría que se había dormido por completo, mientras que otros podrían concluir que estaba escuchando atentamente.

«Tú escucha. El mundo rebosa de música», le había dicho su profesor.

Había empezado a oír la interpretación de Jennifer Chan con embeleso, pero no tardó en quedarse dormido.

El mundo sí que rebosaba música, pero había cosas que nadie escuchaba.

Aunque esto no está mal, pensó el chico mientras se frotaba los ojos.

Resultaba asombroso cómo cada piano podía sonar de un modo tan distinto. Nunca había tenido su propio piano, ni siquiera de niño, aunque había tocado todo tipo de pianos en diferentes localizaciones. Por necesidad, también había aprendido las nociones básicas de la afinación y podía extraer su propio sonido de cualquier instrumento.

Con tan solo un vistazo, determinaba si el piano era bueno.

Recordaba cuánto le había fascinado el piano del escenario, brillante y diferente, tanto que no pudo evitar las ganas de acariciarlo, de estrecharlo con fuerza contra sí.

También podía distinguir un buen piano por su voz, incluso de lejos. Sonaba como si lo estuviera llamando. *¡Aquí estoy!*

Había oído la llamada de un piano esa vez que se coló en la universidad. No había esperado que esa chica lo descubriera allí y, cómo no, tampoco había soñado que competirían en el mismo concurso.

Se balanceó de un lado a otro, impregnado de música.

Pensó que una competición era un asunto extraño. Sumergirse en tanta música… era como un sueño.

Permitir que permease tu cuerpo, respirar y exhalar música, para perder la noción del tiempo por completo mientras tu cabeza se alejaba flotando.

Se acordó de un consejo de su profesor.

Era esencial comprender la estructura y el trasfondo histórico de una pieza musical, cómo sonó la primera vez que se la interpretó, aunque nadie sabía a ciencia cierta si esa primera actuación coincidía con la intención del compositor.

El timbre de un instrumento también cambiaba con el uso. Y con el tiempo el estilo de las actuaciones también evolucionaba.

La música siempre debía ser del *ahora*. No podía ser un objeto guardado en un museo, ya que carecía de sentido a menos que estuviera *viva y presente*. Si con tan solo desenterrar un bonito fósil ya te quedabas satisfecho, entonces la música se convertía en una reliquia del pasado.

Jin sintió que la brisa le acariciaba las mejillas.

Bueno, la actuación de ese tal Akashi Takashima ha sido muy cautivadora, pensó. Jin se había imaginado las ondulaciones de un río, los susurros del viento, el universo oscuro sobre su cabeza. Ese hombre también viviría su propia música.

Asimismo, le pareció ver un campo verde y se preguntó qué tipo de campo sería. Parecía ondear con el viento como una criatura viva.

Hermano, ¿me traerás nieve?

Jin hasta distinguió la pronunciación dialectal de ese verso del poema de Miyazawa que Akashi había entrelazado en la melodía.

Recordaba cuando el señor Hoffmann y él habían tocado un piano eléctrico en la parte trasera de un camión que no dejaba de rebotar.

Se habían turnado para improvisar melodías que oían en su cabeza.

¿Cuántas horas habían tocado sin cansarse?

El camión, con su estruendo de acompañamiento; el paisaje, que cambiaba cada minuto. El viento que recorría los bosques y las colinas, que les acariciaba el cabello y les alzaba las gorras.

¿No sería maravilloso si pudieran hacer eso mismo allí, en ese escenario, con ese piano increíble?

Lástima que no fuera posible.

Al principio se sintió conmovido y asombrado: la impresionante acústica y el precioso piano, como si se entregase al oyente con discreción, al igual que un regalo en una caja brillante y atado con un lazo.

Pero, al cabo de un día, todo empezó a sofocarle.

Quería ser capaz de liberar la música de ese contenedor oscuro, de esa cárcel de paredes gruesas donde estaba bien protegida.

Ojalá pudiera dirigir la manada de notas al aire libre, a un espacio más amplio y abierto, como el flautista de Hamelín: atraería las notas al gran exterior.

Allá fuera, cómo no, el sonido se veía absorbido, disperso, roto por todo tipo de otros sonidos, pero aun así podrían retozar y jugar con la música que hallasen en la naturaleza.

Al cabo de unos días, los pensamientos del chico cambiaron de nuevo.

A lo mejor la naturaleza también está aquí, pensó.

La naturaleza residía en el interior de los pianistas. Imágenes mentales de los paisajes de sus ciudades de nacimiento convivían, se acumulaban en sus cabezas, en la punta de sus dedos, en sus labios, en sus órganos internos. Mientras tocaban, expresaban su naturaleza abundante vinculada a esos recuerdos.

Así que estamos todos conectados, pensó.

La actuación de Akashi Takashima le hizo sentir aquello de verdad; lo había tomado por sorpresa.

Sin embargo, en una competición, el programa de obras estaba prescrito. Eso fue lo único que lo dejó insatisfecho.

Obras maravillosas y famosas que nunca se cansaba de oír. Un material increíble, todo él, pero, de algún modo, limitante. Todavía existía cierta libertad para tocarlo a tu manera, el sinfín de posibles formas de interpretarlo.

Es cierto, pensó. *El mundo se ha vuelto bastante limitado.*

Mientras el chico flotaba, dormitando en medio de un mar de sonido, rebuscó en su memoria.

Recuerdo haber hablado con mi profesor sobre algo similar.

Fue después de que Jin visitara el conservatorio de París por primera vez.

—Ojalá pudiéramos llevarla dentro —había comentado—. Ojalá pudiéramos meter toda esta música dentro de este imponente edificio, con ese atuendo tan formal y todo iluminado.

El maestro se había reído.

—Vale, Jin… *Tú* sácala —dijo. Los ojos de Hoffmann habían dado un poco de miedo, como dos pozos sin fondo—. Es muy difícil, ¿sabes, Jin? En un sentido real, es muy difícil llevar la música al mundo exterior. Tú lo entiendes, ¿verdad? Lo que encierra la música no son los auditorios ni las iglesias. Es la *mente* de las personas. Llevarla fuera, a un espacio bonito, no significa que hayas afianzado *de verdad* el sonido. Eso no lo liberará.

Lo cierto fue que el chico no pudo seguir el hilo de lo que decía su profesor, aunque sí que captó su seriedad.

En ese momento, su profesor le había entregado una carga muy pesada.

Poco después, sacó el tema de que Jin participase en la competición.

Y fue por esa época cuando Hoffmann enfermó y tuvo que quedarse en casa.

Cuando corrió la noticia de que Von Hoffmann estaba enfermo, músicos de todo el mundo acudieron a su lecho, pero el maestro se negó a recibirlos. Seguramente no quería que nadie lo viera tan débil e indefenso.

El chico se preocupó sobremanera. Hoffmann era su único profesor, pero también representaba toda la música maravillosa que ocupaba gran parte de su experiencia.

Viajaba tanto con su padre que le costaba ir a visitar al maestro. Cuando al fin pudo acudir a su casa, llamó al timbre una y otra vez, pero no había nadie; el interior estaba a oscuras. El chico se puso a temblar.

Se dejó caer junto a la puerta como un cachorrito triste y se quedó allí a esperar.

—¡Jin!

Por suerte, el maestro y su esposa regresaron al día siguiente. Cuando vieron al muchacho en la puerta, gritaron como si hubieran visto a un fantasma.

—Así solo te vas a resfriar —lo regañaron.

El chico se echó a llorar; se le convulsionaban los hombros.

—Voy a preparar una buena taza de chocolate —dijo Daphne, la esposa del maestro, y se dirigió a la cocina.

—Menos mal que solo ha sido una estancia corta en el hospital para unas pruebas rutinarias —dijo Hoffmann—. No tengo miedo, Jin. —Con un brillo malicioso en los ojos, Hoffmann le dio unas palmaditas en el hombro al lloroso Jin—. Tú lleva todas esas notas *fuera* —dijo, señalando el techo—. Eres mi regalo de despedida, Jin. Mi precioso regalo para el mundo.

—No, maestro. No me dejes.

Jin cayó de rodillas y Hoffmann sonrió.

—No me mates aún —replicó con una carcajada.

Esbozó su sonrisa característica, como si se le acabara de ocurrir una idea traviesa.

Esa sonrisa ahora se fundía en un mar de sonidos.

Maestro… ¿Qué debo hacer? ¿Qué debo hacer para conseguir que toda esta música forme parte del ancho mundo?

Las lágrimas se le acumulaban en los ojos.

Medio dormido, susurró:

—Algún día cumpliré con mi promesa… y llevaré la música al mundo.

IMAGEN SONORA

—E l nivel actual es excepcional —musitó Tadaaki Hishinuma mientras se llenaba la boca con un *naan*.

—¿Le ha gustado alguna interpretación concreta de su pieza? —Nathaniel preguntó aquello con naturalidad y un semblante anodino.

Hishinuma se las apañó para sonreír.

—Creo que sí —dijo, esquivando la pregunta.

—Debe de ser interesante oír a esos pianistas interpretar una pieza delante de la persona que la compuso. Es una experiencia bastante única, algo que nadie más puede sentir.

El comentario de Mieko dejó a Hishinuma sacudiendo la cabeza.

—Interesante sí, pero también estresante, ya que dediqué todo mi ser a esa partitura y la mayoría de las veces no captan mi intención. Aunque tampoco les puedo decir: «Eh, no es así, idiota… Deja de hacer eso».

—Lo entiendo —dijo Nathaniel.

Su trabajo consistía en componer y hacer arreglos para películas y obras de teatro. Mieko lo había visto en ensayos, cuán detallado y crítico era; siempre instaba a los músicos a hacerlo mejor. En cuanto a sus propias composiciones, solía atormentarse sobre los matices de cada una de las notas.

—¿Cuánta libertad les permite a los músicos a la hora de interpretar una pieza?

—Depende de cómo entiendas la expresión «interpretación libre» —contestó Hishinuma con un encogimiento de hombros.

Nathaniel no parecía complacido.

—Si es solo para satisfacer al músico, entonces no debería estar permitido —comentó—. Aunque mucha de la interpretación libre es justo eso.

Estaba claro que había soportado muchas «interpretaciones libres» de su propia música.

—Pero he ahí la cuestión —dijo Hishinuma, inclinándose hacia delante—. ¿Crees que un compositor de verdad comprende su propia obra? —Aunque sonriera, la mirada en sus ojos era intensa y Nathaniel se hundió en el silencio durante un momento—. *Creen* entenderla, claro. Se piensan que saben lo que significa cada sonido, cada frase. Al fin y al cabo, la han compuesto. Pensamos: «Hemos creado esto».

Hishinuma masticó más *naan*. Para una persona de su edad, tenía bastante apetito y se fue sirviendo generosas porciones de las cuatro variedades distintas de *naan*; arrancaba los trozos y se los metía en la boca, hasta dejar los platos vacíos.

—Bueno, hay gente que se piensa que es omnipotente: «Debes prestar mucha atención a cada nota que escribo, conozco esta obra mejor que nadie, mi intención es absoluta». Algo así. —Nathaniel parecía un poco incómodo. Estaba claro que él era ese tipo de compositor—. Pero, a medida que me he ido haciendo viejo, tengo la sensación de que solo somos, ya sabes, mediadores.

—¿A qué se refiere?

—Los compositores, los músicos, todo el mundo. La música está por doquier desde el principio de los tiempos y la capturamos y la escribimos en forma de notas. Y luego la interpretamos. No la creamos... solo la traducimos.

—Así que somos profetas —dijo Nathaniel.

—Sí. Un ser celestial nos confía su voz y nosotros la transmitimos. En presencia de la música, un compositor famoso y un músico *amateur* son iguales: profetas individuales. Esa es mi forma de pensar. Vaya... este *naan* de queso está espectacular. ¿Os parece bien si pedimos más?

—Pide otro de ajo también.

Nathaniel le indicó por señas al camarero que se acercara.

—Ahora que lo mencionas, como la música es un arte que se puede reproducir, debe renovarse. Esas palabras son de Yuji von Hoffmann.

Al mencionar el nombre de Hoffmann, Nathaniel y Mieko intercambiaron una mirada rápida.

El primer día de la segunda ronda se había terminado, y Nathaniel aprovechó la oportunidad para invitar a Hishinuma a cenar. La última vez que habían compartido una comida la cosa había terminado mal; por eso Nathaniel le había pedido a Mieko que los acompañara. La mujer quería indagar más sobre la relación entre Jin Kazama y el maestro Hoffmann y de este modo, aunque a regañadientes, volvía a cenar curri y *naan*.

—Supongo que los dos queréis oír más cosas sobre ese joven, ¿verdad?

Hishinuma había captado la mirada que intercambiaron. Seguramente sabría, desde el momento en que lo habían invitado, que se morían por interrogarlo.

Nathaniel y Mieko se miraron de nuevo.

—Así es —respondieron, asintiendo con la cabeza.

—¿Es cierto que el maestro Hoffmann iba a la casa de Jin a darle clases?

Nathaniel entrelazó los dedos sobre la mesa.

—Sí, es cierto —respondió el compositor—. Oí la actuación del muchacho en la primera ronda. Me impresionó. Tuve que llamar a Daphne para contárselo. Le pregunté dónde demonios lo habían encontrado.

—¿Y qué dijo?

Mieko se fijó en que Nathaniel y ella se habían inclinado hacia delante con expectación. Le hizo gracia. Todo lo relacionado con el maestro Hoffmann les hacía comportarse como niños.

—Ese chico es un pariente lejano de Yuji.

—¿Qué? —entonaron los dos.

Hishinuma sacudió la mano para restarle importancia.

—Un pariente muy, muy lejano. Casi como si no estuvieran emparentados. Sabéis que la madre de Yuji era japonesa. El chico desciende de una rama familiar de la abuela de Yuji.

—¿En serio?

—Así que apenas guardan parentesco.

Nathaniel parecía aliviado. Mieko se preguntó si su semblante reflejaría la misma respuesta.

—Daphne no tenía ni idea de dónde se conocieron. Lo único que Yuji dijo fue que «era un capricho retorcido del destino».

Un capricho retorcido del destino.

A Mieko le extrañó la frase, pero también le parecía convincente.

—Todo el mundo sabe ya que el padre del muchacho es apicultor, pero ¿sabíais que no deja de viajar? Al parecer, tienen un piso en París, pero casi nunca lo visitan.

—¿Y el instituto?

—Unas veces va y otras no. Su padre tiene un título de enseñanza y le da clases.

—Mmm.

Quizá de ahí había sacado su sentido de la libertad, porque nada lo ataba.

—Y lo que resulta más interesante es —Hishinuma bajó la voz de repente— que al parecer no tiene un piano.

—¿*En serio?*

—¿Quieres decir que no tiene un piano en casa?

Hishinuma asintió.

—Exacto. Pero sabe dónde puede encontrar uno cuando viajan y le permiten tocar. Siempre lo ha hecho así, tocaba con su propio estilo, hasta que conoció a Yuji.

—Increíble —dijo Mieko.

Quizá *por eso* podía tocar de un modo tan espectacular. Aunque a Mieko se le ocurrió una idea repentina. Era paradójico, pero, si no sabías cuándo tendrías un piano a tu alcance, seguro que te concentrabas al máximo en tu práctica cuando te topabas con uno.

Si un estómago vacío era la mejor salsa, como se suele decir, entonces ansiar un piano puede crear un entorno óptimo para la práctica.

—Yuji también estaba sorprendido al principio. Al parecer, el chico podía hacer que cualquier piano emitiera un sonido exquisito. También puede afinarlos. Supongo que aprendió por necesidad. Eso llamó la atención de Yuji. Disfrutaba de sus visitas para ver al chico, estuviera donde estuviera, y usaban el piano que hubiese por ahí. Por eso decidió acudir a él.

—Entiendo… Así que por eso iba.

—En cualquier caso, el chico tampoco tenía partituras, así que adquirió la costumbre de memorizar las piezas después de oírlas. O improvisaba. Daphne me ha dicho que los oyó tocar juntos en una ocasión. Improvisaban en dos pianos, respondiéndose… Dijo que era como una conversación.

Nathaniel y Mieko se quedaron sin habla.

¿El maestro Hoffmann, improvisando? Ninguno había oído tal cosa, ni seguramente cualquiera que lo conociera. ¡Imposible! ¿El maestro? ¿Y encima en sus últimos años de vida, en una sesión de improvisación con un joven que podía ser su nieto?

Mieko sentía un nudo de sentimientos: unos celos intensos y la gran humillación de que el maestro no había querido saber nada de ella. No cabía duda de que, a su lado, Nathaniel estaba experimentando algo similar, o incluso una lucha interna más traumática.

Sin embargo, más intensos eran el deseo de oír esas sesiones de improvisación y el profundo pesar de haber perdido esa oportunidad para siempre.

—Me pregunto si habrán grabado algunas de esas sesiones —murmuró Nathaniel.

—No tengo ni idea. Acaban de empezar a poner sus asuntos en orden. El hombre solía ser bastante descuidado con las grabaciones, así que a saber… A lo mejor grabaron algo, a lo mejor no.

Nathaniel y Mieko suspiraron decepcionados.

Una cosa que compartían era la gran pérdida que había supuesto la muerte de Von Hoffmann.

—Mirad, deberíais preocuparos más por vuestra propia situación —señaló Hishinuma, y los dos se lo quedaron mirando.

—¿A qué te refieres? —preguntó Mieko.

—He aquí la cuestión —dijo Hishinuma con una sonrisa torcida—. ¿Vais a poder ponerle puntuación a ese chico?

Mieko se quedó pasmada. Recordaba la predicción inquietante que Smirnoff había musitado nada más terminar las audiciones de París.

Ella empezaba a entender poco a poco el significado de las palabras de Hoffmann: «Una droga potente».

Nos enfrentamos a un gran dilema, pensó.

—¿Insinúa que no podremos hacerlo? —contestó Nathaniel en voz baja.

Pues claro que sabía a dónde quería ir a parar Hishinuma. No es que comprendiera del todo el dilema al que Simon, Smirnoff y ella se enfrentaban. Lo entendía en un sentido lógico, pero no lo *sentía*.

—Bueno —admitió Hishinuma—. Solo me preguntaba cómo podríais puntuar un talento tan original. Si investigáis la historia de las competiciones de piano, los virtuosos poco convencionales siempre han quedado relegados a los márgenes. Porque superaban la capacidad de comprensión de los jueces. —Hishinuma parecía pensativo y arrancó otro trozo de *naan* de queso—. Enviar a ese muchacho ha sido un crimen premeditado. Un reto para los jueces y para el resto del mundo. Es como si nos pusieran a prueba.

—Es algo que me pregunto a menudo.

Nathaniel parecía listo para dar respuesta a todo lo que dijera el compositor.

Se solía decir que los jueces, al juzgar a otros, también eran juzgados. El proceso desenmascaraba el sentido musical y los sesgos de cada uno.

Mieko pensaba que conocía el miedo que implicaba ser jueza, lo mucho que se exponían tus sensibilidades y tu carácter musical.

Pero, al igual que Nathaniel, no había comprendido hasta ese momento lo que se *sentía* de verdad.

CABALGATA DE LAS VALQUIRIAS

Estiró el brazo desde la cama, como siempre, para apagar el despertador antes de que sonara.

Tardó un momento en levantarse, porque quiso recuperar el sueño que había tenido antes de despertar.

Masaru había estado tocando *Primavera y Asura*. Se sentía bien. No estaba en el escenario, sino al aire libre, en un espacio de un verde exuberante. Sintió que así debería ser.

Le costaba aferrarse al sueño, era casi como agarrar un pez en el agua para que, acto seguido, se deslizara entre los dedos.

Cejó en su empeño y se puso en pie para abrir las cortinas.

Abajo, el horizonte era una mezcla de gris y azul. En cuanto vio el mar, su sueño se disipó por completo y solo persistió un vestigio.

Hizo unos estiramientos ligeros y salió a correr.

La fría brisa le sentó bien. Sus días en Yoshigae habían empezado a adquirir una rutina.

A Masaru se le daba bien relajarse allá adonde iba. Se adaptaba, pero hacía las cosas a su ritmo. Ese era su fuerte: conciliar las contradicciones como si fuera lo natural.

Era el primer músico en el segundo día de la segunda ronda, pero no le importaba la posición que le había tocado. Suponía que ser el primero no era malo, porque, en cuanto terminase, podría sentarse y disfrutar del resto de las actuaciones.

Como le había dicho a Aya, le había ido bien oír las funciones del día anterior. La interpretación de cada persona era distinta, pero oír ocho le había servido para comprender de qué iba la pieza.

Sin embargo, era la versión de *Primavera y Asura* de su mentor, Nathaniel Silverberg, la que más lo había impresionado. La fe de Nathaniel en Masaru nunca flaqueaba. Como si quisiera plantearle un reto, interpretó su propia versión idiosincrática para inspirarlo a que interpretara la obra a su manera.

Nathaniel conocía en persona al compositor, Tadaaki Hishinuma, y le dio a Masaru una lección que analizaba en detalle su personalidad y las particularidades especiales de su forma de componer.

Conocer a Hishinuma en carne y hueso había sido una buena experiencia. Masaru confiaba en su habilidad para analizar a otras personas. Las expresiones del compositor, sus gestos y su voz le decían muchas cosas. Aunque el encuentro solo duró unos minutos, nada superaba el haber podido hablar con él.

La segunda ronda era la única ocasión en la que los pianistas interpretarían la misma pieza. El objetivo de aquello era múltiple: ver cómo manejaban la música contemporánea y cuál era su enfoque ante una pieza nueva, además de aprovechar para promover la imagen internacional del concurso. Pero también suponía una oportunidad única para comparar las distintas actuaciones.

Ese era uno de los aspectos importantes de la segunda ronda, pero Masaru le restó importancia. Era menester demostrar que te tomabas la pieza en serio, pero no podías permitir que destacase demasiado en todo el programa. Se debía incorporar en un recital de cuarenta minutos y hacer que formara parte del flujo completo de la programación.

Controló la respiración mientras corría y se imaginó toda su actuación.

Le encantaba tener una estrategia. En las competiciones de salto de altura también disfrutaba pensando un sistema para enfrentarse a sus rivales, para averiguar lo alto que estaba el nivel y todo eso, y se imaginaba todos los distintos planes que se podían concebir para una competición. Pero tampoco podía permitir que la estrategia fuera su perdición. Resultaba duro abandonar una estratagema en la que habías trabajado mucho tiempo, pero, tras el comienzo del concurso, debías ser flexible y ajustarte a cada nueva situación.

Ahora comprendía que su descalificación en Osaka había sido una bendición, aunque no se hubiera dado cuenta en su momento, ya que, en términos de experiencia en competiciones, había ido fresco a la de Yoshigae, como un debutante.

Las competiciones resultaban interesantes y Masaru se consideraba un contendiente duro, pero no pensaba que fuera a seguir compitiendo. Su estrategia consistía en participar tan solo en dos o tres eventos importantes. Yoshigae sería su debut y su primera batalla real.

Respiraba más fuerte de lo normal. Había empezado a acelerar y, sin darse cuenta, corría más rápido.

Esto no es bueno, se dijo. *Tengo que controlar el ritmo.*

Respiró hondo unas cuantas veces e hizo estiramientos profundos.

Su *Primavera y Asura* sería…

Cerró los ojos e intentó visualizarla.

La pieza inicial en la segunda ronda. La primera en su programa, ese que había diseñado para que fluyera desde la quietud hasta el movimiento. Se imaginaba acariciando las teclas para transmitir las primeras notas.

De repente, el sentimiento que había tenido en el sueño de esa mañana lo inundó de nuevo.

Calor, el sol brillando entre las hojas. *Estoy sintiendo toda la creación en esta obra…*

Recordaba haber pensado eso. *El mismo sentimiento que tengo ahora.*

Masaru miró a su alrededor, como si contemplara el mundo por primera vez.

Había un pequeño parque entre los edificios. Aún hacía frío, la tensión previa al amanecer no daba tregua. Amaneció poco a poco y, antes de darse cuenta, el mundo se llenó de las señales del despertar. La llamada de los pájaros, temblores en el suelo por los coches de una autovía lejana. Muy despacio, la mañana impregnó el mundo.

Toda la creación.

Masaru notó una corriente silenciosa de energía. Sintió el viento antes de que empezara a soplar, los colores de los árboles relucientes bajo el sol. Su cuerpo lo absorbió todo.

Corrió de vuelta al hotel y se dio una ducha caliente.

El agua le golpeaba la cabeza y los hombros, le caía por la espalda. Pensó que, en la vida cotidiana, cada resquicio estaba repleto de la maravilla de la creación.

Primavera y Asura. Lo que quería transmitir, decidió, era la belleza del espacio en blanco, de lo *intermedio*. No como Jennifer Chan, que dio una explicación definida de cada una de las notas.

La atmósfera de la pieza era serena, modesta, sencilla. Y, aun así, el mundo que describía era enorme. Como un pequeño jardín interior o una casa de té. Donde una parte podía evocar al conjunto. Donde, desde un fragmento minúsculo, sentías algo gigantesco e infinito.

O quizá podría decir que se inspiraba en la visión paradójica del universo, que contenía todo el mundo precisamente gracias a su pequeñez.

Hishinuma dejaba muchas cosas por explicar y permitía que cada una de las notas sugiriera un mundo distinto.

El compositor, un tokiota auténtico e inolvidable, era en esencia una persona tímida. No hablaba por los codos y creía que no era necesario explicarlo todo, que intentarlo era un acto vulgar. Esa sensibilidad era típica de Japón.

Aun así, la intención de Hishinuma en esa pieza no era transmitir una representación clara de Japón. Masaru quería cerciorarse de que esto quedase claro. Al final, esa era la visión de Kenji Miyazawa del cosmos y un reflejo del carácter de Hishinuma.

La cuestión era cómo comunicar aquello.

Mientras desayunaba, Masaru reflexionó sobre su viaje hasta ese momento. Su estrategia con la obra era sencilla. No dar demasiadas explicaciones mediante el sonido. No usar pasajes muy ampulosos. Y poco más. La tarea era inspirar al oyente a imaginar el vasto mundo detrás de toda esa reticencia.

Resultaba, cómo no, una contradicción, pero debía haber un modo; Masaru lo buscó a través del extenso proceso de prueba y error. Hasta que lo encontró.

No explicaré, se dijo. *Haré que sientan*.

El tema de su *Primavera y Asura* sería la expresión del espacio en blanco.

Fue inesperado el tiempo que tardó en decidirlo, pero estaba convencido de que era el enfoque adecuado. Pero ¿cómo expresar el *espacio en blanco*?

Intentó todo tipo de cosas, hasta que al final acertó. La cadencia.

Masaru miró las instrucciones que aparecían en la partitura.

«Con total libertad, como dando sentido al universo».

Las notas estaban dispuestas para crear esa sensación cósmica. Solo en la cadencia no había ninguna; allí era donde podías captar un vistazo de la *sustancia* real del cosmos.

Puedo usar la cadencia para completar esa expresión de espacio en blanco.

Masaru estaba emocionado. Por primera vez en su vida, sintió que había descubierto el *secreto* de la música en la partitura, el *secreto* del mismísimo mundo.

Con eso, pensó, su interpretación de *Primavera y Asura* estaría completa.

Masaru recordaba con entusiasmo cada instante, el momento en que lo tuvo claro.

Estaba muy feliz, como si el mundo se hubiera abierto ante mí.

Ahora, déjame reproducir esa sensación.

Masaru respiró despacio y empezó a vestirse.

Había llegado el día en que interpretaría esa pieza por primera y, seguramente, última vez.

La segunda jornada de la segunda ronda.

Eran las diez y media de la mañana y el auditorio estaba lleno para la actuación inaugural del día.

El motivo saltaba a la vista. Masaru era el primero.

Tanta atención no lo volvió engreído ni lo tensó. La aceptó como algo natural. Era consciente de su popularidad, no tenía ningún problema en disfrutarla, en aceptar el hecho de que era una estrella de verdad.

Se hallaba entre bastidores, ordenando sus pensamientos. *¿Dónde se habrá sentado Aa-chan?*, se preguntó. *¿Le gustará mi forma de tocar?*

Los comentarios de Aya sobre la actuación de Jennifer Chan lo habían sorprendido. Estaba un poco nervioso por oír lo que dijera sobre la suya, pero decidió que luego se lo preguntaría.

«Pero los dos somos discípulos del señor Watanuki —le dijo Masaru a Aya mientras se hallaban entre el público—. Fue nuestro primer profesor, nos enseñó todo tipo de música, desde el *enka* de Yashiro Aki hasta rock. Nos inculcó el amor por la música. Así que no es posible que nuestras actuaciones acaben siendo una *atracción*. ¿Verdad?».

¿Para quién toco?

Eso fue lo que se preguntó entre bastidores.

¿Toco para el público? ¿Para mí mismo? ¿Para el dios de la música?

No lo sé. Pero una cosa está clara: toco para alguien. O, bueno, no para alguien, más bien para algo.

Qué experiencia más extraña era una competición.

Una competición era justo eso: gente compitiendo entre sí, pero también un espectáculo personal, un recital en solitario. Resultaba raro tener que comparar lo que, en esencia, eran varios recitales en solitario.

Pero, durante esos cuarenta minutos, el público y el escenario me pertenecen solo a mí, pensó Masaru. *Todas las miradas se centrarán solo en mí, cada persona estará en consonancia con mi actuación.*

Esta idea lo emocionaba. El rostro pálido de un compañero de clase apareció en su mente.

«Tienes mucho talento», le solía decir su compañero.

«Eres una estrella —comentaba la gente—. El *pack* completo». Se lo habían dicho, en el conservatorio de París y en Juilliard; sus rostros reflejaban una mezcla de envidia, celos y admiración. Quienes lo decían también tenían talento, a su manera, y su técnica no era tan diferente de la de Masaru.

¿Y cómo debía responder?

¿Debía hacerse el humilde? ¿Ser modesto? *No, la verdad es que no… Aún me queda mucho camino por recorrer.* ¿O darles las gracias sin más?

Las dos reacciones lo hacían sentir incómodo. Era cierto que destacaba. Poseía algo único.

Pero, al final, todo dependía de cómo lo evaluasen los demás, no de cómo se evaluaba él. Había cosas de sí mismo que no comprendía y cosas que solo *él* podía comprender.

Así pues, cuando la gente lo alababa, solo sonreía. No respondía, no se autoevaluaba.

Lo único que comprendía era que podía expresar todo lo que quisiera, y lo sabía desde que había empezado a tocar un instrumento. Cuando Aya y él interpretaban a cuatro manos una versión de «Little Brown Jug» o cuando intentó tocar un minueto de Mozart, fue cuando lo supo: que un día, en el futuro, podría comunicar lo que quisiera.

Cuando empezó con las clases de verdad, enseguida desarrolló técnica. Fue como si recordase unos conocimientos que ya poseía. Entendía la esencia de las obras que interpretaba, pasó a otros instrumentos, escuchó todo tipo de música, lo absorbía todo a tanta velocidad que su mente casi no podía seguirle el ritmo.

—Eres un caso poco habitual —le había dicho Nathaniel Silverberg—. No te llamaría «precoz». Ni tampoco «niño prodigio».

—Entonces, ¿qué soy? —preguntó Masaru, sin poder evitarlo.

—Tú *sabes*, sin más. Desde el principio, lo *sabes*. —Y su profesor le contó entonces una historia—. Hace mucho tiempo, hubo un escultor en Japón. Nos dejó unas estatuas budistas, del tipo que hoy en día acabarían siendo tesoros nacionales. Se dijo que esculpía a una velocidad increíble. Nunca dudaba, trabajaba tan rápido que sus manos no podían seguir la idea que tenía en su mente. Un día, una persona le preguntó cómo lo hacía. «No soy yo. Solo estoy sacando lo que Buda enterró en la madera», respondió.

»Cuando te miro, Masaru, recuerdo esa historia.

Masaru la escuchó con desconcierto.

Él no se veía como una obra terminada, por supuesto, sino como una en proceso, aún tosca y con mucha práctica y mejora por delante. Aunque se esforzara el resto de su vida, sabía que nunca quedaría satisfecho.

Aun así, puedo hacer todo lo que esté en mi mano ahora mismo. Masaru tenía esta convicción extraña.

Lo que le costaba comprender era cómo otra gente no veía lo mismo que él. Muchas personas rebosaban de miedo y ansiedad: *A lo mejor me olvido de las notas, a lo mejor me quedo en blanco, a lo mejor cometo errores.* Sentían tanta presión que el escenario se convertía en un lugar terrorífico. Masaru pensaba sin más que él *podía hacerlo.* Si eso era talento, entonces dedujo que él debía tenerlo.

El regidor de escena, el señor Takubo, era como una sombra en los bastidores. Sonreía.

Los mejores auditorios en todo el mundo casi siempre tenían unos regidores excepcionales, gente que los músicos conocían bien. Un regidor con talento transmitía calma; solo con mirarlo ya te daba confianza.

Takubo exudaba paz y mantenía la distancia justa; aun así, su profunda empatía por los músicos era palpable. Confiaba, animaba, estaba allí para lo que necesitasen.

Qué suerte tengo, pensó Masaru.

—Es la hora —anunció el regidor, asintiendo. Masaru le devolvió el gesto—. Mucha suerte.

Masaru salió al escenario.

El estallido de un aplauso salvaje lo envolvió, le levantó el ánimo. Las expectativas del público siempre le daban poder.

Bien… y ahora a por *Primavera y Asura.*

La segunda ronda de Masaru empezó tranquila.

Aya y Kanade escuchaban desde la parte trasera del auditorio.

La mirada de Aya estaba fija en el escenario bañado de luz.

No es solo luz, pensó. *Un aura lo rodea.*

En un segundo, Masaru había calmado el ambiente y había atraído al público hasta su mundo.

Su actuación determinaría cómo se vería *Primavera y Asura* a partir de entonces.

Aya sabía que el enfoque de Masaru era distinto al de todas las personas que tocaron el día anterior. Era tan natural, tan inmutable.

Sintió que se le erizaba la piel de los brazos.

Podías ver la oscuridad... el universo.

Estrellas tenues, un espacio vacío, infinito, triste.

Puede echar mano de muchos recursos. Puede exponer muchísimas historias, escenas; nos permitirá verlas, las describirá delante de nuestros ojos.

La expresión «música visual» era muy conocida, pero justo eso hacía Masaru. Cada elemento visual era único en su especie, estaba lleno de emoción, resultaba convincente. Masaru contaba con una voz única y la usaba para transmitir muchísimo.

Frases cortas, entre susurros; modestas y misteriosas. Masaru encontró el toque y la dinámica perfectos. Solo él podía extraer esa quietud y esa amplitud.

¿Y qué pasaría con la *Primavera y Asura* de Aya? ¿Sería un riesgo improvisar? ¿Podría alcanzar aunque fuera un poco del nivel de la perfección estudiada de Masaru?

Aya no lo había pensado antes, y eso la sorprendió.

La tan anticipada cadencia.

Nathaniel sintió que el poder fluía hacia el chico.

Esa era la primera exhibición de poder de Masaru mientras descubría las partes *ocultas* de la pieza.

Una cadencia con una técnica trascendental, con fragmentos en octava y acordes complejos.

Nathaniel temía que la cadencia de Masaru fuera muy difícil y destacara demasiado en el conjunto, pero Masaru había insistido. «Haré que forme parte de la obra. Nadie se fijará en la técnica».

Y lo había conseguido: la cadencia era una parte integral del conjunto.

El alumno de Nathaniel evolucionaba día a día. La actuación que estaba escuchando era totalmente distinta a la que había oído hacía una semana. Había avanzado de un modo excepcional.

Una parte del ingenio de Masaru se debía a esa reserva inagotable para crecer. Nunca se ponía límites; cada impedimento solo era forraje para un mayor desarrollo.

Nathaniel rebosaba admiración y orgullo.

Se dice que un alumno no puede elegir a su profesor, pero no tenía por qué ser cierto. En el caso del gran talento, Nathaniel sentía que el alumno *sí* que elegía al profesor.

No lo decía por vanidad. Masaru tenía un gran talento, de eso estaba seguro, pero no se debía a que él fuera un profesor excelente.

Sin embargo, sí que se le daba bien ayudar a profundizar y desarrollar el talento de Masaru.

En cuanto se conocieron, los dos lo habían sentido en sus entrañas. Masaru eligió a Nathaniel porque creía que él lo ayudaría a crecer. Y Nathaniel había sentido lo mismo: he allí un pupilo en quien podía invertir su habilidad, alguien que, algún día, lo superaría. Era un alumno que no tenía ningún problema en usar a Nathaniel como trampolín. Y, como profesor, esa era su esperanza más anhelada. Nathaniel había visto demasiados casos tristes y lamentables de estudiantes que nunca podrían superar a sus educadores. Aquello podía resultar desalentador para un profesor, pues, por muy buen músico que fueras, también debías ayudar a educar a la siguiente generación.

Cómo no, había muchos genios al piano que no aceptaban alumnos, que no estaban hechos para la enseñanza. Solo dejarían sus actuaciones y los demás aprenderían escuchándolos.

Pero, cuando decidías tomar a un alumno, tenías que ver resultados. En cuanto Nathaniel decidió ser profesor, desarrollar el don de su estudiante se convirtió en una prueba del suyo propio.

De repente le sobrevino un deseo.

Ojalá el maestro Hoffmann pudiera oír a Masaru.

La cadencia es maravillosa.

A Aya se le volvió a poner la piel de gallina.

Un único rayo de luz en medio de las estrellas tenues.

Y, a partir de esa luz, el destello de colores infinitos.

Su fraseo es increíble, pensó. Demostraba toda su experiencia improvisando al trombón.

Los jóvenes pianistas clásicos no estaban acostumbrados a improvisar. En sus cadencias siempre existía cierta vergüenza e incomodidad. Con una obra nueva, una obra cuya reputación aún debía determinarse, la actuación solía sonar poco convincente; solo la deslumbrante técnica llamaba la atención.

Aya se imaginó lo impresionado que estaría el señor Watanuki.

Ma-kun es tan asombroso como dijo usted.

Y entonces, con una fluidez suavísima, pasó de *Primavera y Asura* a los *Études-tableaux*, Op. 39, n.º 6, de Rachmaninoff.

Un comienzo siniestro, algo que se retorcía en un pozo de oscuridad.

Movimientos más rápidos, un trémolo tenso atravesó la negrura.

Pasajes rápidos que exhibían su atención al *detalle.*

Kanade pensó en lo bien que había organizado sus piezas.

El programa se presentaba pulcro como un pergamino; cada obra era una extensión de lo que había venido antes.

Y entonces la tercera pieza, *Pour les octaves,* estudio n.º 5, de Debussy, quedó al descubierto. Acompañado del sentido único de Debussy para las escalas, el dinamismo de Masaru aportaba una increíble expresividad emocional.

Luego hubo otro cambio de marcha cuando procedió con la obra final: las *Variaciones* de Brahms.

La melodía de Paganini se presentó con osadía, con confianza, hasta alcanzar un tono surrealista.

Omnidireccional, impecable, pero con la sensación de tener algo aún en reserva. El conjunto estaba imbuido por una frescura arrebatadora.

Kanade se maravilló con la confianza de Masaru; era como si estuviera disfrutando.

Su talento relucía.

Resultaba difícil sostener la tensión correcta a través de unas variaciones tan largas; era casi como una serie de películas que usaran a los mismos actores en cada una de ellas. Tenías que estar en el lugar adecuado, atrapar la atención del público, atraerlos a ti.

Rachmaninoff había escrito sus propias variaciones sobre el tema de Paganini, pero se decía que incluso él, cuando sentía que el público se aburría, se saltaba unas cuantas.

Toda la obra, sus melodías y desarrollos, estaba escrita usando distintos mecanismos para mantener el interés de los oyentes, pero, cuando la interpretabas, surgían otros retos. Era mucho más difícil de lo que se podía pensar repetir un tema una y otra vez y hacer que sonara fresco. Debías tener una concentración de hierro y emplear una amplia variedad de técnicas expresivas.

Masaru era un artista, pero no buscaba la popularidad. Brillante y encantador, y no obstante transmitía la sensación de un abismo profundo y helado.

Kanade había querido analizar su personalidad y, sin embargo, antes de darse cuenta, se descubrió totalmente cautivada por su música.

A Masaru le parecía que tocar variaciones era divertido. Era como las improvisaciones y los arreglos de *jazz*.

Hasta las melodías cortas de cuatro compases presentaban infinitas posibilidades. El compositor lo había demostrado hacía tiempo. Mientras tejías un tapiz a partir de unas variaciones caleidoscópicas, podías seguir el proceso de pensamiento del compositor.

Al interpretar esas variaciones de Brahms, Masaru se imaginaba en una canoa yendo río abajo, a una velocidad razonable, con una brisa agradable acariciándole las mejillas y empujándolo hacia delante. Se veía remando a un buen ritmo en dirección a la desembocadura del río, mientras contemplaba un paisaje que cambiaba a cada minuto.

Cada golpe de remo lo llevaba hacia delante, hasta que su canoa alcanzaba al fin la desembocadura. Suprimía toda impaciencia, aguardaba a la premonición del clímax. Mantenía tanto la emoción como la calma bajo control y temblaba con alegría mientras avanzaba. *Pronto saldré.*

Un espacio amplio aguarda mi llegada, una escena que nunca he vivido. Masaru sintió que un extraño escalofrío le recorría la espalda.

Eso es lo que busco. Toco para alcanzar ese lugar oculto.

Cuando su actuación terminó y se levantó para recibir un atronador aplauso, fue como si le ocurriera a otra persona, como si Masaru lo viera todo desde bien alto.

AMOR

Masaru se sintió tan abrumado y asombrado por experimentar esa nueva sensación que cuando regresó al auditorio tras un descanso, las puertas ya estaban cerradas.

Mierda, me he perdido la siguiente actuación.

Tuvo que contentarse con verla en el televisor del vestíbulo.

El sonido no era bueno, pero algo podía captar.

Absorto en lo que ocurría en la pantalla, no se fijó en la alta figura que se le acercó.

—Has tocado muy bien, Masaru.

Ay, no, pensó. *Es la única persona a la que no quiero ver ahora mismo.* Chasqueó la lengua por la frustración de verse en una emboscada.

La chica era alta, tenía unos rasgos inconfundibles y vestía con vaqueros y un jersey holgado color burdeos.

Era Jennifer Chan, del mismo departamento de piano que él en Juilliard.

—Has venido. Pensaba que no volverías hasta que anunciaran a los siguientes ganadores —dijo Masaru con una pizca de sarcasmo.

—Procuro no oír malas actuaciones, pero siempre me aseguro de presenciar las buenas. Incluida la tuya, claro.

No le sorprendió que Chan no hubiera captado la pulla.

Desde que habían empezado en Juilliard, Chan sentía cierta rivalidad con Masaru, bien conocida en el conservatorio. Todo el mundo quería ver cómo se desarrollaría la competitividad de Chan. Había debutado hacía poco como solista y parecía ir más adelantada que Masaru, quien se entretenía tocando el trombón en sesiones de *jazz*.

Masaru nunca la había considerado una rival. La idea de competir por algo tan inigualable era una tontería. Y no le gustaba cuando otra gente mencionaba a Chan como ejemplo a seguir.

Con catorce o quince años, Masaru empezó a crecer y mostrar sus muchos dones y las chicas se interesaron por él. Masaru saboreó tanto la felicidad como la tristeza de ser el objeto de un afecto tan unilateral y aprendió que, si pisoteaba los sentimientos de las chicas, él también podría salir malparado.

—Tu *Primavera y Asura* ha sido muy relajado, ¿verdad? ¿Silverberg le dio su aprobación? —lo interrogó Chan de repente, y Masaru se encogió de hombros.

—Lo pensé mucho y eso es lo que se me ocurrió al final. Es mi propia interpretación.

—Ah… ya me acuerdo. Silverberg es muy amigo de Hishinuma, ¿no? ¿Es esa la interpretación del compositor?

Chan abrió mucho los ojos, como si de repente recordase esa relación.

—No, te equivocas. El señor Hishinuma no me ofreció ninguna interpretación, solo lo que aparecía en la partitura. Esa versión de *Primavera y Asura* es solo mía.

—¿En serio? —Chan tenía sus reservas.

Ese era un buen ejemplo de por qué los dos no estaban en la misma sintonía. Si Chan hubiera estado en la situación de Masaru, le habría pedido a Silverberg que le preguntara a Hishinuma qué tipo de actuación esperaba oír. Habría hecho lo que fuera para conseguir ventaja. Así hacía las cosas, así mostraba su compromiso con la música.

¿Cómo habría salido eso?, se preguntó Masaru.

Si él le hubiera pedido a Silverberg que le preguntara al señor Hishinuma cuál era su interpretación personal, ¿le habría hecho caso? Intentó imaginarse la cara de su profesor en esa situación.

Podría haber pasado cualquier cosa. Silverberg sabía lo estratega que era Masaru y esa faceta suya nunca lo había molestado. Podría haber seguido sus deseos si él hubiera querido ir por ese camino. Pero también era posible que hubiera reaccionado de otra forma, que le hubiera dicho que era injusto y que no había necesidad.

Es una pregunta interesante, pensó. *Tendré que planteársela.*

—Por cierto, esa chica con la que estabas antes es una pianista japonesa, ¿verdad? ¿Cómo es que te juntas con ella? —La voz de Chan interrumpió sus pensamientos.

Ah, pensó Masaru. *Eso es lo que quería saber de verdad.*

—Pues es alguien que conocí de niño. Es una coincidencia total que esté aquí.

—¿En serio? ¿Has vivido en Japón, Masaru?

—Sí, durante un periodo corto. Vivíamos en el mismo barrio y fuimos a las mismas clases de piano.

—Guau… Qué pasada que los dos seáis tan buenos como para actuar en una competición internacional.

—Ya ves.

—Pues será mejor que vayas con cuidado —dijo Chan, bajando la voz.

—¿Eh?

Masaru no daba crédito a sus oídos.

—¿No fue profesional de niña y acabó quemada?

Lo sabes todo sobre ella, pensó Masaru, entre sorprendido e impresionado. *En qué mundo vivimos. Hay demasiada información y cotilleos.*

—Si te juntas con una chica tan poco afortunada como ella, quizá te quedes sin suerte. ¿No crees que quizá ha descubierto que eres uno de los músicos con más potencial para ganar y quiere usarte para su regreso?

Masaru la miró sin comprender.

—No lo estás diciendo en serio, ¿verdad? —replicó, y Chan frunció el ceño. Se sentía orgullosa por su perspectiva lógica y racional y despreciaba a los demás por permitir que las emociones influyeran en su opinión. Y, aun así, allí estaba, hablando de *suertes*—. Gracias por el aviso.

Masaru le dejó claro que no tenía intención de proseguir con su conversación.

Chan miró su reloj y dijo que tenía que irse.

—¿No vas a escuchar las otras actuaciones? —le preguntó Masaru.

—No, tengo clase para la tercera ronda —respondió con ligereza—. Te he oído tocar y eso me basta por hoy. ¡Hasta luego!

Un poco aturdido, Masaru la observó marcharse antes de mirar de nuevo la pantalla. Se había perdido gran parte de la actuación.

Mazeppa, de Liszt. Todo el mundo interpretaba obras muy difíciles. Se centró en los dedos del pianista.

Pero no podía olvidar la mirada de Chan.

Le sorprendía que supiera tanto. La gente siempre te observaba, ¿verdad? A Aa-chan no le gustaría saber lo que decían a sus espaldas.

Era de esperar, pero en una competición participaban personas de distintas procedencias. Los pianistas tenían una edad en la que eran muy impresionables (adolescentes o veinteañeros) y Masaru sabía que, al juntarlos en una experiencia tan intensa, podía llevar a que ligaran entre sí, pero la mayoría de esas relaciones no duraban.

También se producía una especie de efecto puente colgante. Los jóvenes músicos en ciernes solían sentirse bastante solos y una competición era la experiencia que más soledad traía. Viajabas a un país extranjero que nunca habías visitado, sentías tanto estrés que te dolía el estómago y salías solo al escenario. Como conocías a otras personas en esa misma situación extrema, en la que tu personalidad y musicalidad quedaban expuestas ante todo el público, no era de extrañar que surgieran sentimientos de empatía y atracción.

Y estos suscitaban la milenaria pregunta de si una pareja que tocase el mismo instrumento podía tener una relación con éxito.

Las parejas de músicos no eran algo excepcional, pero cada integrante solía proceder de un campo musical distinto: un director y una pianista o una compositora y un cantante.

Había muchas parejas de pianistas, pero a Masaru le daba la impresión de que los dos, o por lo menos uno, era profesor o crítico y no pianista profesional. Casi no había oído hablar de parejas compuestas por dos intérpretes famosos.

No cabía duda de que tocar el mismo instrumento aportaría cierta unidad a la relación, pero ¿sus distintos enfoques sobre la música no serían una fuente de desavenencias? Y, además, la disparidad en la habilidad musical podía crear emociones indeseadas que hiciesen peligrar la relación.

Vale... ¿Y qué pasa con Aa-chan y conmigo?

Antes de darse cuenta, Masaru se ensimismó con aquel concepto.

Para el carro, chico... Os reunisteis hace dos días. No puedo distraerme ahora.

Se estiró con ganas.

Decidió, con cierto resquemor, que todo era culpa de Chan. Aun así, no podía olvidar la mirada en el semblante de su colega. ¿A lo mejor sus palabras contenían cierta verdad?

Una chica poco afortunada, oyó en la voz de Chan.

Masaru no creía que Aa-chan tuviera una mala suerte particular. Pero encontrarse con ella de nuevo en esa competición podía ser significativo. Aunque no sabía por qué.

Masaru se cruzó de brazos y observó la pantalla. Sus pensamientos se habían alejado de la actuación.

SEGUNDA RONDA
(PARTE DOS)

CLARO DE LUNA

l público salía al vestíbulo.

Ya había anochecido y hasta en ese espacio caldeado se notaba la bajada de las temperaturas. Aya soltó un profundo suspiro. Notaba el cuerpo repleto de nudos.

El nivel del segundo día había sido elevado, aunque ninguno de los pianistas se podía comparar con el *Primavera y Asura* de Masaru. Habían tocado bien, claro, pero la mayoría había intentado proyectar una vaga imagen japonesa que a ella le resultó poco convincente, puesto que ninguno se había acercado lo suficiente a Masaru. El contenido y la potencia de su cadencia la elevaban muy por encima de las demás.

Un factor decisivo había sido el orden de las actuaciones, ya que Masaru había actuado el primero. Si hubiera tocado más tarde, quizá Aya hubiera valorado más otras interpretaciones. Así de impactante resultó la actuación del chico; en esa segunda jornada, el público se llevaría su versión a casa.

La cadencia había causado tal impresión en Aya que le costó borrarla de su mente mientras oía a los demás. Recordaba todos y cada uno de sus detalles y, si empezaba a reproducirla en su mente, no podía evitar que sonara hasta el final.

¿Mi cadencia será tan persuasiva?, se preguntó. ¿Una cadencia improvisada podía alcanzar de verdad ese nivel de perfección? La tentaba intentar tocar su versión.

Eso era una novedad. Desde el inicio de la competición, no se había sentido tan motivada para tocar el piano como ahora.

Kanade se fijó en lo nerviosa que estaba.

—¿Qué ocurre, Aya-chan?

—Quiero ir a tocar mi cadencia.

—¿Te apetece ir a casa de la señora Harada, donde puedes ensayar sin encontrarte con ningún otro pianista?

La señora Harada era amiga del profesor de Aya y dirigía una escuela de piano en Yoshigae. Ninguno de sus estudiantes había entrado en la segunda ronda.

—Me gusta la idea, aunque no quiero abusar de su hospitalidad.

—No, no te preocupes. Estará encantada de que uses el piano.

La casa de la señora Harada, que también servía como escuela, se hallaba en el centro de la ciudad, a un paseo del auditorio.

—Puedo ir sola, Kanade-chan. Tú espera en el hotel. Si te entra hambre, ve a cenar si quieres.

—Vale, pues escríbeme cuando vayas a volver.

—Claro.

Como colega de conservatorio, Kanade sabía que a veces se practicaba mucho mejor a solas, así que se despidió con rapidez.

Aya se marchó a toda prisa y fue comprobando el mapa; la cadencia de Masaru aún resonaba sin cesar en su cabeza, y eso la molestaba.

Tengo que llenar esta actuación con mis cosas, se dijo. Pero, de repente, algo hizo que se detuviera en seco.

Se dio la vuelta.

Se hallaba justo en el borde del centro, cerca del distrito comercial, y había muchos viandantes.

Aya tenía la sensación de que alguien la seguía, aunque pensó que solo eran imaginaciones suyas. Echó un vistazo a su alrededor, no vio nada fuera de lo normal y echó a andar de nuevo.

La señora Harada, de mirada luminosa y mejillas regordetas, era el tipo de persona que te hacía relajarte al instante.

—Siento haber venido con las manos vacías —se disculpó Aya, y la señora Harada sonrió.

—No te preocupes. Deberías concentrarte en tu actuación. Es mucho más fácil practicar lejos del concurso.

»Aquí tienes la llave. Es una casa pequeña. Toca todo lo que quieras. Y ajusta la calefacción a tu gusto. El baño está junto a la puerta principal. Te he dejado un aperitivo. ¿Has cenado?

—Pensaré en la cena en cuanto haya practicado un poco.

—Si tienes hambre, avísame. Para eso estoy. Aprieta el interfono.

La señora Harada le entregó la llave y señaló un pequeño edificio cuadrado insonorizado.

Aya le dio las gracias a toda prisa y se encaminó hacia allí.

Seguro que era un lugar maravilloso en el que dar clases de piano.

Había dos pianos de cola, un sistema de sonido y una mesita con bombones y un plato de galletas. Hasta había un termo con té caliente.

Solo había una ventana pequeña, con cristal doble y persianas blancas.

Aya ajustó el banco y tocó unas escalas para calentar. Los largos años de práctica lo habían convertido en algo instintivo y las hizo a toda prisa, subiendo un semitono en cada una.

La cadencia de Masaru aún se reproducía en su cabeza. Antes de darse cuenta, la estaba tocando.

Guau… Qué complicado, pensó. *Tendría que practicarla si quisiera articular todas las notas.*

Se imaginó a Masaru en el escenario.

La quietud. La oscuridad. La tenue luz de las estrellas…

Reprodujo la cadencia del joven, pero, en un punto dado, añadió su propio arreglo y la llevó en una dirección distinta.

¿Y qué pasaba con… con *su* cadencia? ¿Su *Primavera y Asura*? Justo en ese momento, sus oídos captaron un sonido distinto.

¿Qué era eso, ese sonido? Una vibración… como unos golpecitos.

Dejó de tocar y fue a mirar.

Pam, pam, pam.

Alguien daba golpes sobre algo. Pero ¿dónde? Recorrió la habitación, alzó la persiana en la ventana y soltó un gritito. Había alguien ahí fuera.

Justo antes de soltar la persiana, vio que esa persona agitaba una mano.

—Pero ¿qué…?

Había visto antes a ese individuo. Aya se acercó a la ventana y alzó la persiana de nuevo.

Fuera, un joven se quitó la gorra e hizo una reverencia.

—¿Jin… Kazama?

El chico sonrió y le hizo un gesto de súplica. Señaló la puerta; al parecer quería que la abriera. Aya fue a descorrer el cerrojo.

—Siento interrumpir —dijo Jin. Asintió a modo de disculpa y, con la gorra en la mano, entró.

—¿Cómo… cómo has llegado aquí?

—He escalado el muro.

—No, quiero decir… ¿Cómo has descubierto este lugar?

—Lo siento. Es que te seguí.

Aya examinó el rostro ligeramente ruborizado del chico.

—Pero ¿por qué? —preguntó, y Jin rio.

—Me imaginé que irías a alguna parte a tocar el piano a solas. Y supe que, fueras adonde fueras, seguro que habría un buen piano.

Aya parpadeó de la sorpresa.

—¿Dónde te alojas durante la competición?

—En casa de un amigo de mi padre. Es florista.

—¿Y cuándo practicas?

—No me gustan los pianos en las salas de práctica. Prefiero los que hay en las casas de la gente, donde sientes los dedos de las otras personas que los tocaron, donde persiste su presencia. —Jin miró a Aya a los ojos, nervioso—. Y… bueno… ¿Puedo tocar el piano contigo?

Aya no supo qué decir.

La gente consideraba que estaba siempre un poco ausente, pero ese chico había alcanzado un nivel totalmente distinto. Aquello era nuevo… un pianista que seguía a una rival en medio de una competición y le preguntaba si podía practicar con ella.

—Estabas tocando la pieza de ese chico, ¿no? ¿De ese que es tan alto? ¿El que parece un príncipe?

Jin se sentó en el otro piano, abrió la tapa y tocó un la.

Aya recordó que, en la sala de práctica del conservatorio, Jin había tocado un estudio de Chopin al mismo tiempo que un pianista en otra habitación. Menudo oído más fino poseía.

Jin tocó una furiosa frase en octava. La cadencia de Masaru.

La interpretó tan a la perfección que era como si el mismo Masaru estuviera tocando.

Jin se detuvo y sonrió.

—No podías quitártela de la cabeza, ¿verdad? En cuanto saliste a la calle, querías tocarla, ¿no? Seguro que sí. Yo igual. —Su voz era cantarina—. ¿Y por eso has venido a buscar un piano?

A Aya se le puso de nuevo la piel de gallina. *Ve lo que pienso. Todo lo que pienso. Lo que siento, mi impulso de venir a tocar.*

Sí que era apreciado por el dios de la música.

¿Y yo? Aya se sorprendió ante la intensidad de la pregunta. *¿El dios de la música también me quiere a mí?*

Durante un momento, vio un único foco iluminando al muchacho, bañándolo en un resplandor amarillo.

No te he elegido a ti.

Elegí a Jin Kazama.

Un dolor terrible le atravesó el pecho, agudo, vasto. Algo amargo se le quedó atascado en la garganta. *¿Por qué me causa tanta angustia?*

Sentía que sabía la respuesta desde hacía tiempo: se había aferrado a una idea vana, la de que, en el fondo, quería seguir actuando, y eso lo sabía mejor que nadie. La sensación de mirar por encima del hombro a los demás. Ese terror profundo a que le dijeran que no tenía talento y que, al cumplir los veinte, se convertiría en una persona mediocre.

En su pecho aún persistían fragmentos de ese dolor.

—Mi profesor me dijo que buscara a alguien que me ayudara a sacar este sonido fuera —dijo Jin. Aya se había abstraído durante un momento y no entendió lo que le decía—. Creo que tú puedes ser esa persona.

—¿Qué persona?

—Nada —respondió él, agitando una mano—. La luna está preciosa hoy —añadió y miró por la ventana.

La persiana estaba levantada. En su ensimismamiento, Aya no había contemplado el cielo.

Los dedos del chico revolotearon sobre las teclas; todo el mundo aprecia las mariposas flotando en la luz.

El *Claro de luna* de Debussy.

Cada vez que lo oía, Aya se imaginaba el cielo nocturno por la ventana. La luz de la luna derramándose sobre un mundo en silencio.

Se sentó junto a Jin y se puso a tocar *Claro de luna*.

Juguetearon con su versión de la pieza y se entregaron por completo al oleaje marítimo bajo la luna.

Jin Kazama reía. Con la boca abierta, reía.

Antes de saber lo que hacía, Aya también se reía.

… y, de repente, la pieza cambió.

Fly Me to the Moon.

¿Quién había empezado a tocarla? Surgió de la nada… Eso fue lo único que supo.

Al fin y al cabo, aquel era el chico que había hecho una versión rumba de la canción infantil *Zui zui zukkorobashi*.

Se turnaron para tocar los graves e intercambiaron los solos. *Fly Me to the Moon* pasó a ser el segundo movimiento del *Claro de luna* de Beethoven.

Entiendo, pensó Aya. *La obertura es un poco similar.*

Y luego el tercer movimiento.

Se lanzaron a por él en una sincronía perfecta, completamente al unísono.

Aya sentía que había dos Aya, que se oía en estéreo.

¿Una moto de agua sobre la superficie del agua? ¿Así lo sentía? No… Más como la emoción de acelerar sobre unos esquís acuáticos y rociar agua. Los nervios de saber que, si dabas un paso en falso, las olas podían destrozarte.

Un segundo más tarde, Aya pasaba a *How High the Moon* mientras Jin seguía con Beethoven. Se unió en un acompañamiento: una versión fluida y vertiginosa a una sexta parte del tempo. Aya metió unos *glissandos* supersónicos.

Puedo volar. Puedo volar a cualquier parte.

Alzó la mirada al techo y luego a la luna.

Puedo volar de verdad. Se encontró observando una tenue estrella que parpadeaba lejana.

Su propio *Primavera y Asura.* Allí estaba.

SOBRE EL ARCOÍRIS

E l tercer, y último, día de la segunda ronda.

Masami había pasado toda la noche repasando el video. Había grabado mucho, así que, si no lo revisaba en ese momento, luego le costaría más.

Si Akashi superaba la segunda ronda, seguiría grabándolo, pero, como ya había superado la primera, ya se hacía una idea mejor de cómo traduciría todo aquello en un documental que valiera la pena ver. Si lo hubieran eliminado en la primera, el programa habría perdido impacto, así que, como la directora, suspiró de alivio tras su éxito.

Había destacado a otros pianistas, de Rusia y más lugares, pero ninguno había llegado a la segunda ronda. Una de las familias que alojaba a algunos participantes le dijo: «Ninguno de los pianistas que se ha quedado en nuestra casa ha pasado. Es una línea muy fina, ¿eh? Lo sentimos mucho por ellos».

Parecieron tomárselo peor que los pianistas. Esas familias los llevaron a comer *kaiten* sushi, para animarlos. Aunque no habían superado la primera ronda, tenían planeado un pequeño concierto en una escuela primaria local, y le dieron permiso a Masami para grabarlo. El concurso de Yoshigae animaba a sus participantes a tocar en conciertos locales y se enteró de que también se celebrarían otros eventos similares, como clases para niños.

Aún tenía tiempo antes del anuncio al término de la segunda ronda, así que Masami decidió grabar a algunos de los voluntarios. Como ella también trabajaba entre bambalinas, sentía mucha empatía por el personal que hacía un trabajo tan valioso en segundo plano. El concurso de Yoshigae se apoyaba mucho en voluntarios locales, cuyos entusiasmo y dedicación resultaban inspiradores. Algunos habían trabajado allí desde la primera edición, y Masami supo que tenían ganas del evento. Le contaron que solían elegir a un pianista que les gustase mucho para animarle con ganas. ¿Y si su elegido acababa ganando y triunfaba por todo el mundo? Pues mejor.

Masami comprendía cómo el drama agridulce de una competición de piano internacional atraía a la gente.

Sin embargo, lo que le resultaba raro era que, por muy segura que estuviera de que un pianista fuera a seguir avanzando en la competición, no solía acertar. Había muchos casos en los que los favoritos del público acababan rechazados por los jueces. ¿Cómo podían comparar estos a unos pianistas de élite? Resultaba bastante desconcertante.

Cuando preguntó a la gente qué pianistas de esa jornada les parecían más prometedores, aparte de los rusos y coreanos, los nombres que más mencionaron fueron los de Jin Kazama y Aya Eiden.

Kazama era un estudiante de instituto desconocido que había superado las audiciones de París. Cuando Masami vio su foto, comentó que era mono y Akashi le dijo que dejara de parecer una mujer de mediana edad embelesada por un rostro bonito. En cuanto a Aya, Masami oyó que era una niña prodigio que llegó a ser profesional, hasta que dejó de actuar de repente y ahora esperaba volver a los escenarios. Las dos eran historias llamativas.

Akashi había mencionado que solía ser un gran admirador de Aya. Masami ya la había visto actuar. Al salir al escenario, parecía muy pequeña, pero nada más empezar, su poder y su presencia la engrandecían.

Aún era pronto, pero cuando le pedía a alguien que predijera a un ganador, el primer nombre que mencionaba era el del estadounidense Masaru Carlos Levi Anatole, a quien Akashi también había oído tocar. Lo había impresionado. Otro nombre que solía aparecer era el de Jennifer Chan, también estadounidense y alumna de Juilliard. Los dos eran unos pianistas soberbios con un gran alcance. Jennifer ya había debutado como profesional en Estados Unidos.

Parecía haber bastantes participantes estadounidenses con raíces asiáticas. Jennifer Chan era de origen chino; con Masaru, resultaba complicado adivinarlo solo por su aspecto, pero era japonés, peruano y francés. También era muy popular y saltaba a la vista que había cautivado los corazones del público. Hasta resultaba obvio, para el oído sin entrenar de Masami, que era una estrella, además de guapo.

Su apariencia daba igual, porque, para participar en una competición, esos pianistas debían dedicar una infinidad de horas a practicar. A Masami le desconcertaba pensar en la inmensa cantidad de tiempo que invertían en ello. Podías practicar diez obras para que luego te eliminaran en la primera ronda. Para mucha gente, todo terminaba en veinte minutos.

Akashi no había dormido con tal de practicar más. Podía ser un buen pianista, pero su esposa no lo había pasado bien; trabajaba duro como profesora para poder llegar a fin de mes.

Pero qué contento parecía Akashi al terminar su actuación. Masami se estremeció. *¿Alguna vez he sentido tanta felicidad y satisfacción en mi trabajo?*

Tenía claro que esa era la profesión ideal para ella, pero ¿la hacía feliz? Nunca lo había pensado antes.

Masami se hallaba de pie delante de la pared con las fotos de los participantes.

Algunas fotos tenían cintas pegadas. Pero la mayoría no.

Sus ojos encontraron la imagen de Akashi. Era una foto en blanco y negro en la que mostraba su sonrisa gentil. Se rio al recordar cómo le había costado sacarse una selfi con la foto de la cinta. Pero, al pensar en cuánto esfuerzo había dedicado a ganar esa simple cinta, le dieron ganas de llorar.

Esa competición era un evento de lo más absurdo y cruel.

Aun así, también se dio cuenta de que todo el asunto la atraía.

Cruel, sí, pero intrigante y fascinante a su manera.

Además, ¿cómo se podía puntuar el arte? Mucha gente opinaría que no se podía catalogar el arte como superior o inferior. En el fondo, todo el mundo lo sabía.

Y, sin embargo, ella ansiaba que hicieran esa distinción. Ver a los elegidos, a los ganadores, a un puñado de gente que recibiera ese regalo. Y, cuanto más duro fuera el proceso, más emocionante resultaría, más conmovedoras serían las alegrías y las lágrimas.

Masami quería presenciar el drama humano, el viaje hasta ese momento. Ver a la gente alcanzar el punto álgido, pero también captar las lágrimas de quienes no lo habían conseguido.

Le encantaría ir algún día a esa competición como un miembro más del público. Le encantaría ir con un amigo. Qué maravilloso sería escuchar la música juntos, vivir el drama, presenciar esos momentos.

La actuación anterior ya había terminado, las puertas del auditorio se habían abierto y la multitud salía al exterior.

Pero hoy voy a escuchar estas actuaciones como parte de mi trabajo, como un encargo. Masami se recompuso y, cámara en mano, entró en el auditorio.

LA CONSAGRACIÓN
DE LA PRIMAVERA

Era la tercera y última jornada de la segunda ronda. El auditorio ya estaba a rebosar. La gente se disputaba los buenos asientos y la sección de la izquierda, la que daba una buena panorámica de las manos de los pianistas, ya se estaba llenando.

Cuando Kanade entró en el buffet del hotel, se detuvo en seco.

Aya estaba sentada en el otro extremo del restaurante y la visión de su rostro atravesó el corazón de Kanade.

Aya-chan, ¿has... has cambiado?

Kanade no podía determinar qué ni cómo había cambiado, pero había algo diferente en su amiga. Parecía concentrada por completo en algo y miraba intensamente a la nada, sumida en sus pensamientos.

¿Qué oculta la expresión de tu rostro?, se preguntó Kanade. Como si hubiera concentrado o destilado algo. Un algo... maduro. Como si, en tan solo una noche, Aya se hubiera convertido en la viva imagen de un filósofo meditabundo.

—Buenos días, Aya-chan —la saludó Kanade mientras dejaba su mochila en la silla de enfrente.

—Ah... Buenos días —respondió Aya, sobresaltada.

Kanade se moría por preguntarle qué había pasado, pero se contuvo. Algo en su interior le advirtió de que lo mejor sería no interrumpir ese momento de concentración. Aya removió el café con una cucharilla.

—¿Has dormido bien? —preguntó, aprovechando la interrupción.

—La verdad es que no. —Y bostezó con ganas—. Tenía muchas cosas en la cabeza. Y me moría por tocar el piano.

—Lo sé. Resulta duro ser la última en el programa.

—Si tuviera más tiempo para pensar, creo que me confundiría incluso más.

—¿Cómo dices?

—Las cosas pueden cambiar cuando oiga a Jin Kazama tocar.

Y Kanade lo comprendió… La impaciencia de Aya no se debía a que fuera la última.

—¿Estás hablando de la cadencia para *Primavera y Asura*?

Aya asintió.

—Me he quitado la cadencia de Ma-kun de la cabeza, pero desde entonces se me han ocurrido muchas ideas.

—Entiendo…

Kanade se sentía entre impactada e impresionada. El de Aya no era un problema malo. No se imaginaba a ningún otro participante sufriendo así, por saber *cuál* de las muchas cadencias elegir.

Bueno, en eso consistía una competición. Podías recorrer tu propio camino con tranquilidad, pero el problema surgía si acababas sola en otra parte.

—Jin Kazama y yo hemos situado *Primavera y Asura* en medio de nuestros programas, así que nuestro enfoque es un poco distinto al de quienes la colocaron al principio o al final.

Ah, conque está pensando en Jin Kazama.

Jin, con su estilo libre y fácil, lleno de espíritu. Kanade comprendía por qué Aya, un genio en apariencia, se veía atraída por eso. Había conocido a un espíritu afín.

Kanade había oído, a partir de rumores y de la atmósfera en el auditorio, que los pianistas y los jueces más tradicionales trataban a Jin como una especie de «colorido adicional». Tendría más sentido que Aya se sintiera preocupada por gente como Jennifer Chan y Masaru Carlos.

—Ahora mismo se comenta lo maravillosa que fue la cadencia del príncipe de Juilliard —dijo.

—Ya. Ma-kun es un genio. Su potencial es ilimitado —respondió Aya, dejando el tema a un lado—. Voy a por otro café.

Se levantó y Kanade la observó marcharse.

De verdad que no tiene ni idea de cómo se sienten los demás a veces.

Esa misma mañana, bien temprano, Jin Kazama dormitaba en un saco de dormir.

En vez de alojarse en un hotel, su padre le había presentado a un florista de renombre en Yoshigae. El hijo del propietario había ido a la universidad con el padre de Jin.

«¿Una competición internacional? Pero si ni siquiera tenemos un piano».

Cuando Jin apareció con un saco de dormir a la espalda y lo extendió en un rincón del salón, el propietario se inquietó.

—Te he preparado un dormitorio —le dijo. Pero Jin estaba acostumbrado al saco de dormir y descansaba mejor allí que en otra parte.

Su padre había llamado para explicarle a su amigo que dejara a Jin a su aire, porque era lo que él prefería, y el hombre accedió.

Con el paso de los días, el propietario de la floristería se acostumbró a que Jin durmiera como un tronco en un rincón de su salón, hasta que al fin se levantaba y empezaba su día. Le dejaba hacer lo que quisiera.

Las jornadas en la floristería comenzaban temprano.

El amanecer era oficialmente el comienzo de un nuevo día, cuando llegaba el personal del mercado de flores.

Cuando Jin sentía que la luz empezaba a filtrarse en el interior, se quedaba disfrutando de los sonidos del personal moviéndose por la floristería. El olor a agua fría, el aroma envolvente de las flores cortadas, la fragancia de la vida. Plantas japonesas, con ese verde tan intenso, que desprendían un olor particular, casi exquisito.

El florista era un hombre de negocios, pero también artista; era famoso por sus arreglos florales japoneses y había dado clase a un sinfín de alumnos.

Jin conocía bien a este tipo de persona. Los granjeros y horticultores, la gente que trabajaba con la naturaleza y, sobre todo, con las plantas, compartían una paciencia asombrosa. Cuando se trabaja con el mundo natural, los seres humanos poco pueden hacer. Te puedes esforzar, pero no hay casi garantías de que vayas a triunfar.

Cuando Yuji von Hoffmann empezó a acompañar a Jin y a su padre en sus viajes para enseñarle en diferentes pianos de lugares diversos (pertenecientes a personas que se dedicaban a las ciencias naturales o a la agricultura, todos amigos del padre de Jin), el maestro expresó una opinión similar.

—A lo mejor ese es el auténtico rostro de la música —había dicho. Su voz retornó a Jin—. Das agua para que crezcan las cosas y ajustas tu trabajo según la lluvia y los cambios en el viento y la temperatura. Un día, inesperadamente, las plantas florecen y puedes recogerlas. Nadie sabe qué tipo de fruto darán sus esfuerzos. Solo puedes verlo como un regalo, uno que supera la comprensión humana.

»La música es acción. Hábito. Si escuchas con atención, descubrirás que el mundo siempre está lleno de música.

Anoche me lo pasé muy bien, pensó Jin, con una sonrisa en el rostro.

Claro de luna, How High the Moon… Pudieron volar todo lo lejos que quisieron. Esa chica era maravillosa. Nunca había conocido a nadie como ella, alguien cuyos sentimientos sintonizaran tanto con los suyos.

¿Cuán lejos volaremos hoy?, se preguntó.

Jin se sintió despierto y hambriento de repente.

A lo mejor debería ir a por arroz y huevos.

Se sentó y salió de su saco de dormir.

Se acordó de repente de una cosa e intentó salir del saco sin moverlo. La noche anterior había colocado los pantalones, su mejor indumentaria, debajo del saco para mantenerlos planchados mientras dormía, pero al rodar se habían descolocado y estaban arrugados.

Tendré que pedir una plancha, pensó.

Se rascó la cabeza por la frustración, se estiró y se levantó.

Kanade no fue la única que pensó en que la expresión de Aya había cambiado.

En cuanto Masaru la vio en la zona del desayuno, tuvo el mismo pensamiento: *Hay algo distinto en ella.*

—Buenos días, Ma-kun. Kanade, este es Ma-kun.

—Es un placer conocerte. Aa-chan me ha hablado mucho de ti —saludó Masaru con una sonrisa y un gesto de cabeza.

—Vaya... Tu japonés es muy educado. Me has impresionado.

El chico rio.

—Se me da bien hablarlo, aunque escribirlo es otro cantar. Pero empiezo a recordar más ahora que he vuelto a Japón.

—A lo mejor a la gente con buen oído le pasa lo mismo.

—¿Dónde vas a sentarte? ¿En la parte trasera de nuevo?

—Pues... —dijo Aya—. Me gusta elegir un sitio del que pueda salir con rapidez. Pero Ma-kun y tú os podéis sentar por delante si queréis.

Los tres encontraron asientos hacia atrás, cerca del medio.

—Cuánta gente.

—Sí. El público de Yoshigae es muy dedicado. Hay gente que hasta toma notas mientras escucha.

—¿A lo mejor porque hay muchos profesores de piano?

—Aa-chan, ¿qué te pareció mi actuación? —preguntó Masaru, con cierta vacilación. Se moría de ganas por preguntárselo.

—Estuviste maravilloso, Ma-kun —respondió ella, mirándolo a los ojos. *Sí que ha cambiado*, pensó Masaru en ese momento. Aunque no sabría decir cómo. ¿Era por el maquillaje? No, porque Aya no se había maquillado—. Todo el mundo usa los mismos pinceles y pinturas para crear su imagen. Tienen sus colores favoritos, algunos pinceles que les resultan más fáciles de usar. Da igual la obra, pintan con las mismas pinceladas. Hay quien lo considera individualidad y, de hecho, a veces lo es.

La mirada de Aya se ensombreció.

Eso es, pensó Masaru. *Sus ojos son más sombríos. Poseen cierto misterio, una fría oscuridad. Como si hubiera presenciado algo que escapa a la comprensión humana.*

—Pero tú, Ma-kun —prosiguió Aya—, tú puedes elegir tus pinceles y pinturas. Posees muchas herramientas entre las que elegir. Si quieres crear un dibujo con tinta, tienes a tu disposición tinta china y un pincel japonés. Puedes pintar sobre un lienzo o sobre una tabla si quieres. Un pianista así suele acabar siendo técnico, pero tú no, Ma-kun.

El chico comprendió lo que intentaba decir. Se refería al tipo de pianistas que tocaban todo bastante bien y acababan siendo generalistas. Debías admirar su versatilidad, porque resultaba útil, pero costaba respetarlos.

—Pero lo maravilloso es que da igual las herramientas que uses, Ma-kun. Todo lo que tocas refleja tu estilo personal. Para mí, eso es la auténtica individualidad.

La expresión de Aya permaneció seria.

No existía un elogio mayor, y Masaru sintió una calidez que le llenaba el pecho.

Unos recuerdos vivos aparecieron en su mente, de cuando estudiaron piano de niños y Aya le dijo que su estilo era como el océano.

Estoy bien. Estaré bien. Porque Aa-chan cree esto.

Aparte de su profesor, Silverberg, a quien Masaru respetaba mucho, no le importaban los elogios de nadie más.

—Eso me hace muy feliz.

Masaru no podía dejar de sonreír y Aya parecía un poco desconcertada.

—No te emociones demasiado —dijo la chica—. Solo es mi impresión personal. Deberías preguntarle a tu profesor qué opina *él*.

—Si *tú* me dices que es bueno, es todo lo que necesito saber.

Kanade se rio al ver el intercambio.

—Sois como niños. Me dan ganas de saber si erais así cuando ibais juntos a clase de piano.

—Es posible.

—Aa-chan, te veo un poco distinta hoy. ¿Ha ocurrido algo?

Las palabras de Masaru sorprendieron a Kanade. *Ah, conque pasa algo.*

Aya parecía perpleja.

—No sé qué es, pero estás distinta.

—Sí, yo también lo he pensado —coincidió Kanade. La mirada de Aya pasó de una a otro.

—¿Tú crees? No he dormido bien, así que a lo mejor es cansancio.

Ladeó la cabeza y se masajeó la mejilla.

—No —dijo Kanade—. Es como si tu expresión hubiera cambiado. Más madura, ¿puede ser?

—Mmm.

Aya pareció considerar la idea y levantó la mirada.

Ah, ahí está otra vez. Esa sombra en sus ojos.

—Entiendo. A lo mejor es porque me estoy divirtiendo.

—¿Divirtiendo? —preguntaron Masaru y Kanade a la vez.

—Ayer, cuando oí la cadencia de Masaru, me quedé pensando. Me costó mucho sacármela de la cabeza. Pero estaba pensando que… ¡que era muy divertido!

—Muy divertido —repitió Masaru.

Divertido. ¿La música? ¿O la competición?

—Sé que llego tarde para decirlo, pero ahora es cuando empieza a ser satisfactorio para mí. La nueva obra, la competición. Todos reunidos así, tocando el piano. Quizá por eso os parezco diferente.

Soltó una risita. Las miradas de Masaru y Kanade se encontraron.

La chica sentada allí era extraordinaria. ¿Cuánto podrían llegar a conocerla de verdad?

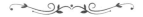

La competición ya duraba una semana. Y, con el sonido inundándote en el mismo auditorio día tras día, te acostumbrabas o quizá te cansabas. La cuestión era que, con el paso del tiempo, costaba más y más distinguir una buena actuación de otra que no lo era.

Había incluso actuaciones que te hacían preguntarte cómo podía haber llegado ese pianista a la segunda ronda.

La gente también comentaba que varios pianistas habían llegado a la última fase de un importante concurso a principios de año para luego ser eliminados en la primera ronda de este.

Unas veces te concentrabas y otras no. Si dabas justo en el clavo, pasabas; pero si no, ahí te quedabas. Por eso se decía que una competición era un tipo de apuesta. Aunque el nombre de un pianista sonara mucho, si su actuación no daba la talla, se acababa el juego.

Akashi Takashima disfrutaba mucho de oír al resto de pianistas.

No había pisado una competición desde hacía años, y eso que le encantaba ponerse al día con los estilos de actuar y saber qué obras se habían vuelto populares. Resultaba emocionante sumergirse en las últimas novedades del mundo musical.

Como era el último día de la segunda ronda, Akashi no dejaba de pensar en el anuncio sobre los exitosos pianistas.

Había esperado con ganas las apariciones consecutivas de Jin Kazama y Aya Eiden, los dos últimos pianistas de esa ronda.

Recordaba la primera actuación de Kazama, lo única que le pareció.

Si alguien le hubiera preguntado qué tenía de memorable, le habría costado responder.

Lo único que recordaba era haberse quedado boquiabierto; la música lo conmovía, nunca había oído una actuación así.

Todo el mundo reconocía la creatividad de Jin, pero circulaba el rumor de que a los jueces no les parecía espectacular. Akashi podía entenderlo a medias.

Creatividad. Todo músico en la actualidad quería saborearla, pero ¿qué pasaba cuando la creatividad era entendida como algo negativo? Akashi pensaba que comprendía los entresijos de una competición, pero se espantó al oír cómo otra gente consideraba a Jin.

Para ser sincero, como competidor agradecía, naturalmente, cualquier cosa que redujera el número de rivales. Pero, como fanático de la música, esperaba que valorasen una actuación tan única como la de Jin.

Y luego estaba Aya Eiden.

Cada vez que miraba el folleto no podía evitar sentir una emoción inocente, como si se reencontrara con su primer amor.

La actuación de Aya había sido muy dinámica, impactante.

Tenía un aura totalmente distinta. Una convicción inquebrantable, la de una persona que recorre su propio camino. Eso hacía temblar el corazón de Akashi.

Estaba seguro de que quedaría entre las primeras, pero ¿y después del concurso? ¿Volvería a actuar? Otras personas también se habrían planteado la misma pregunta. ¿Aquello era una declaración de que volvería a los escenarios? ¿O una especie de examen cuyos resultados no importaban?

Fuera lo que fuere, Akashi se sentía eufórico por poder verla actuar otra vez.

Y luego estaba *Primavera y Asura*.

Muchos de los participantes la habían tratado como una obra de exhibición poco habitual, pero Akashi pensaba que su papel era más importante de lo que la mayoría esperaba. La prueba de ello era que sus impresiones de la segunda ronda se basaban sobre todo en cómo se había interpretado esa obra.

Todo el recital de Masaru había sido brillante, pero Akashi tenía un recuerdo vívido e intenso de su cadencia. Según el enfoque, esa obra podía tener un gran atractivo.

Y esa era también la esperanza de Akashi. Estaba seguro de su interpretación de *Primavera y Asura*, seguro de que había hecho un trabajo excelente a la hora de interpretar la poesía subyacente en la composición. Pero la pregunta era: ¿alguien lo reconocería?

Esa era su esperanza secreta.

Soy realista y creo que yo también puedo ganar esta cosa.

Akashi sintió que su espíritu competitivo se henchía en su interior.

El auditorio ya estaba a rebosar y, cuando las puertas se abrieron, más gente entró.

Takubo echó un vistazo por encima de su hombro al chico sentado detrás de él.

Jin Kazama parecía completamente relajado.

—Kazama-kun, la sala vuelve a estar llena, así que ¿qué quiere que haga?

El afinador, Asano, estaba a punto de salir.

El chico se alborotó el cabello mientras reflexionaba.

—El piano está bien ahí. Haz que suene un poco más suave.

—¿Más suave?

—Sí. Que no brille demasiado.

—Pero... hay más gente que en su actuación anterior. Hay dos filas de pie en los pasillos —explicó Takubo, sin poder evitarlo—. Tanto público ahogará el sonido.

El chico negó con la cabeza.

—El público está cansado, el ambiente en el auditorio está estancado, incluso agotado. Hay mucha humedad acumulada por las respiraciones de tantas personas. —Takubo y Asano intercambiaron una mirada—. Además, después de mí tocará esa señorita y su actuación es la más nítida y luminosa. Ella los despertará.

El chico sonrió.

—Entonces, ¿te parece bien un sonido más suave? —quiso asegurarse Asano.

Luego salió a toda prisa al escenario y, sin prestar atención a los murmullos del público, se puso a afinar.

El chico escuchó y asintió de vez en cuando.

—Eso es —dijo—. A eso me refería.

Qué joven más insólito, pensó Takubo mientras lo observaba. *Una caja de sorpresas.* La expresión se le ocurrió de repente.

—Es un piano muy bueno —dijo el chico, mirando hacia el escenario.

Sus ojos reflejaban cierta sorpresa, incluso desenfreno. Ese chico era impredecible.

Asano siguió afinando hasta el último momento del intervalo; sentía la presión de sus instrucciones para hacer más *suave* el sonido.

Regresó a los bastidores con aire nervioso.

—¿Ese sonido te parece bien?

—Sí.

El chico sonrió y levantó una mano.

Asano dudó un momento, pero luego asintió y le chocó los cinco. Takubo se fijó en que el público callaba y carraspeó.

—Bueno, Kazama-kun, es la hora.

Jin Kazama salió al escenario como si solo estuviera dando un paseo con un perro en el parque local durante una tarde soleada.

Durante un instante, a Takubo le pareció captar el destello del sol y del verde bosque en el escenario mientras el chico avanzaba por él.

Jin hizo una pequeña reverencia y se sentó en el banco como si no pudiera esperar ni un segundo más para empezar. El público se calló de inmediato. Todo el mundo sabía que comenzaría enseguida.

A Masaru le sobrevino la ilusión de que todos los asientos del auditorio parecieron elevarse.

Fue muy extraño, pero, en cuanto lo oías tocar, era como si todas tus células respirasen hondo y tu cuerpo se aligerase.

Se concentró en cada nota, sin querer perderse ni una.

Estudio n.º 1 de Debussy.

Una elección audaz, pensó Masaru. *Atrevida, pero en su línea.*

Como el subtítulo sugería («Por el señor Czerny»), la obra rememoraba a un niño que acababa de empezar a tocar el piano. Comenzaba con una escala torpe y traviesa para cinco dedos que ascendía y descendía, pero la impresión de una práctica básica al piano enseguida evolucionaba en otra cosa. Los tímidos dedos adquirían un toque más seguro y poderoso, la irregularidad de las manos izquierda y derecha pasaba a un unísono dinámico hasta que esa «pieza para practicar» se tornaba una actuación extraordinaria.

Increíble. Cuánto extraía los colores de Debussy. Masaru estaba impresionado.

Cada obra que tocaba ese chico sonaba como sus propias frases improvisadas.

Kanade se esforzó por no perder ni siquiera una expresión de su rostro, ni un movimiento de sus dedos.

¿De verdad solo era un «colorido adicional» o era lo auténtico?

Sus primeras impresiones solían dar en el clavo, pero con Jin su ojo crítico la había decepcionado. Una cosa sí podía decir: nunca había oído a otro músico clásico como él.

¿Quizá Friedrich Gulda? ¿O Fazıl Say? No… Había algo en él fundamentalmente distinto a esos pianistas que mezclaban géneros. La sensación de que improvisaba en directo. Era algo que nadie más podía imitar.

La segunda obra que tocó fue el *Mikrokosmos* de Bartók. Los tonos un tanto terrosos de Bartók y su extravagante melodía *jazzeada* también encajaban con el chico. ¿Dirías que es salvaje? ¿Bestial? Era como niños jugando al aire libre.

Nathaniel Silverberg se sorprendió al sentir un interés genuino en la actuación.

Aquel programa no lo había elegido el maestro Hoffmann, o eso le decía la intuición. El chico tenía una habilidad instintiva para editar, un don que los músicos de hoy en día debían poseer por necesidad. La habilidad para *producirte*, para mostrar en qué tipo de músico querías convertirte. Solo quienes tenían esa perspectiva objetiva podían destacar entre la multitud y sobrevivir. Tocar en directo sobre un escenario era como compilar un álbum: debías atraer a los oyentes a tu mundo interior, exhibir tu punto de vista único.

El maestro Hoffmann había tratado a Jin como a un igual.

Esa idea le produjo un tenue pinchazo de dolor.

Había bastante gente que se autoproclamaba pupilo de Hoffmann, o así los llamaban los demás, pero ni uno había tocado en una sesión de improvisación con él.

Tan solo ese chico sobre el escenario.

Maestro, ¿cómo planeabas enseñarle?, no pudo evitar preguntarse. *¿Te quedarías satisfecho solo con que el regalo que nos has dejado estallase? Habrías previsto el impacto que supondría para todos los educadores del mundo musical. ¿Qué pasará con él después de que estalle? ¿Qué haremos con él? ¿Quién le dará clase?*

Bartók. Su *Mikrokosmos*. Bartók era un hombre que adoraba las melodías populares de su tierra natal y dedicó gran parte de su vida a investigarlas. Aun así, se vio obligado a abandonar su país y acabó su vida decepcionado, lejos de su tierra. Un compositor errante… y ahora ese chico interpretaba sus melodías rústicas.

Maestro, nadie le puede dar clase. ¿Quieres que sea un pianista vagabundo? ¿No te importaría? Nathaniel siguió planteando esas preguntas a nadie en particular.

Akashi Takashima aguardó la siguiente obra conteniendo la respiración. Se sentía raro, como si rezara o quisiera llorar.

¿Qué tipo de actuación esperaba? ¿De esas que me animan a tocar? ¿De las que me dejan aliviado al saber que la mía fue mejor? O... ¿estoy esperando algo que me vuele la cabeza?

La *Primavera y Asura* de Jin Kazama comenzó discreta.

Un inicio casual, como la continuación del *Mikrokosmos*.

La pieza evolucionó con simplicidad. Con cotidianeidad. El camino habitual. Abres la ventana y el nuevo día ha comenzado. Naturaleza. Las leyes del universo que rodean la actividad humana. Las das por hecho, llenan nuestras vidas.

Por el momento, su interpretación seguía la partitura. Un enfoque directo que sonaba como sus improvisaciones, pero bastante fluido. No muy distinto al de los demás.

Pero en cuanto llegó a la cadencia, esa impresión se hizo añicos.

El público se quedó de piedra.

La cadencia que Jin Kazama había pensado era cruel y brutal hasta lo indecible.

Los trémolos aterradores y ruidosos te apuñalaban en el pecho y dolía escucharlos. Los acordes persistían en los registros más graves.

Un grito agudo, un estruendo bajo, un viento embravecido. Una amenaza abierta, irresistible.

Una cadencia violenta, no como las otras actuaciones agradables, naturales, inocentes.

Akashi se percató de que apenas respiraba.

Aquello era *Asura*, no cabía duda.

Sintió que le echaban en cara su enfoque más indulgente de la obra.

Jin usaba la cadencia para expresar la parte de *Asura*: la idea de dificultad y conflicto.

La naturaleza no envuelve a los seres humanos con suavidad. De hecho, desde épocas inmemoriales, los ha machacado hasta el punto de casi extinguirlos.

El poeta Kenji Miyazawa era muy consciente de ello. En la zona norteña de Tohoku, donde vivía, se producía un desastre natural tras otro. Heladas seguidas de malas cosechas, erupciones volcánicas y terremotos. La gente alzaba la mirada hacia los cielos, llorando, jadeando, sufriendo. Los niños y los mayores morían de hambre. Era una realidad fría y cruel. Y, aun así, la primavera llegaba, las estaciones iban y venían.

El hijo de un apicultor, la ferocidad de una naturaleza que no era rival para los seres humanos; estaba claro que Jin lo había vivido en sus carnes. Eran las imágenes cósmicas, de belleza zen, que Akashi y el resto habían leído e intentado expresar. Pero Jin Kazama les hacía frente y les presentaba esa violencia con el auténtico *Asura*.

Akashi sintió cierta irritación que se convirtió en un dolor intenso y una felicidad indescriptible a la vez. No sabía lo que sentía ni lo que debería estar sintiendo.

El estilo de Jin Kazama no daba pie a un aplauso entre cada obra, ya que avanzaba con rapidez.

Para su cuarta pieza, se lanzó a por *Deux légendes*, de Liszt, el estudio n.° 1: «El sermón de San Francisco de Asís a los pájaros». Era más habitual que los pianistas eligieran la segunda parte, «San Francisco de Paula caminando sobre las olas».

Pero la primera parte era la que le pegaba a Jin Kazama.

Mieko sintió una extraña admiración por haberla incluido directamente después de la tormentosa cadencia de *Primavera y Asura*.

San Francisco era un santo católico que vivió en los siglos XII y XIII. Hijo de una familia de mercaderes ricos, renunció a su riqueza para llevar una vida mendicante; según la historia, podía comunicarse con los pájaros y otros animales. La obra ilustraba los gorjeos y el movimiento de las alas mientras San Francisco conversaba con ellos.

Los trinos y los trémolos incesantes de los dedos de Jin Kazama conjuraron vivas imágenes en la mente de Mieko: pájaros revoloteando y jugando con el joven andrajoso en medio de la naturaleza.

¿Cómo había conseguido Jin esa maestría expresiva que le resultaba tan natural como el respirar?

Era como si intentase borrar la partitura...

Borrar la partitura. ¿Qué podía significar aquello?

Exponer, en el escenario, el rostro descubierto y desnudo de la música...

Por un momento, Mieko sintió que había descubierto algo.

Fue como si su corazón aferrara, durante un instante, la visión de lo que el maestro Hoffmann pretendía conseguir de ese chico.

Pero todo se desvaneció antes de que pudiera expresarlo en palabras. Mieko chasqueó la lengua con discreción, frustrada. Hubo un cambio glorioso cuando las palabras de San Francisco se transformaron en una revelación y la luz resplandeció sobre un mundo renovado.

Jin Kazama y San Francisco eran una única persona.

Ahora que lo pensaba, podía ver el parecido. Jin no tenía piano, llevaba la música en su cabeza, se movía sin cesar de un sitio a otro, hablaba con las abejas. Era libre, carecía de límites.

Mieko observó al chico sobre el escenario bañado de luz.

Masaru nunca había oído a Kazama interpretar antes a Chopin y tenía ganas de su última pieza: el *Scherzo n.º 3* en do sostenido menor.

Para Masaru, interpretar a Chopin, el creador de melodías con dulzura y popularidad, revelaba la auténtica esencia del músico.

El *Scherzo n.º 3* era muy del estilo de Jin y fluía a la perfección desde su anterior obra, «El sermón de San Francisco de Asís a los pájaros».

Pero entonces el tono cambió. Masaru sonrió a su pesar. ¡Esa sí que era una versión sensacionalista de Chopin!

En italiano, *scherzo* significaba «chiste» o «broma», y el *scherzo* de Jin Kazama era de lo más astuto.

Parece que le encanta tocar el piano, pensó Masaru. *Es escucharlo y acabas con ganas de tocar tú también. Quieres irte al primer piano que encuentres para disfrutar tanto como él.*

Juzgarlo era una pérdida de tiempo, porque, como miembro del público, tu respuesta era simplemente el deseo de oír más.

Masaru se dio cuenta de que una parte de él analizaba con frialdad cómo los jueces los valorarían a los dos.

Quizá Masaru tenía más ventaja, ya que su actuación resultaba más fácil de comprender, de evaluar. Si no les gustaba la dirección que había tomado Jin, entonces seguramente no pasaría a la siguiente ronda.

Pero si Jin llegaba a la tercera… entonces las cosas se pondrían interesantes.

Masaru sentía curiosidad por el siguiente programa de Jin. Tenía muchas ganas de escucharlo.

Dentro de unas horas descubrirían los resultados.

Pero antes, Aa-chan… La última pianista de la segunda ronda.

Mientras observaba al genio sobre el escenario, Masaru se preguntó: *Bueno, Aa-chan, ¿cómo vas a tocar?*

La chica estaba en el camerino, aguardando su turno, pero Masaru planteó esa pregunta en su mente.

La *Primavera y Asura* de Jin había sido espectacular. Masaru no había vaticinado su enfoque. *Ahora que la has oído, Aa-chan, ¿cómo la interpretarás tú?*

El recital de Jin llegaba a un final deslumbrante. Hizo sonar el último acorde del *Scherzo* con un fogonazo brillante y luego se puso en pie de un salto mientras un aplauso ardiente, medio enloquecido, llenaba el auditorio.

Los miembros del público, con los rostros arrebolados, se levantaron uno a uno para una ovación.

La gente daba pisotones contra el suelo y silbaba.

Jin Kazama sonrió y se escondió en los bastidores.

Los vítores eran tan fuertes que la gente que había contra la pared tuvo que gritar para hacerse oír. Alguien se fijó en una chica que permanecía de pie con discreción.

Lucía un vestido verde. Se sujetaba el dobladillo y su mirada estaba fija en el escenario. Era Aya Eiden.

No había ido a calentar para su actuación, sino que había elegido escuchar a Jin Kazama en directo. Cuando el público empezó a moverse hacia las salidas, Aya miró a su alrededor con sobresalto y salió del auditorio sin soltar el dobladillo del vestido.

FUEGO FATUO

Una fría brisa soplaba desde el escenario.

La emoción por el recital de Jin Kazama aún persistía, pero estaba claro que el ambiente había cambiado.

La chica del vestido verde oscuro salió al escenario.

El público captó la extraña dignidad que poseía, distinta a la de los intérpretes anteriores.

Mientras Aya se acercaba al banco del piano, con los ojos entrecerrados y una expresión etérea en el semblante, Masaru sintió que veía la sombra de la chica flotar por encima del escenario y proyectarse en el suelo.

El aplauso trajo de vuelta la tensión y la expectación. El público aguardaba con ansias su actuación.

Aya se acomodó y, durante un instante, alzó la mirada hacia un punto lejano; sus pensamientos estaban en otra parte.

Lo está volviendo a hacer, pensó Masaru. *Mira el mismo punto que en la primera ronda.*

Le habría gustado ver lo mismo que Aya.

La chica llevó las manos a las teclas.

El mundo dramático de Rachmaninoff estalló como una violenta bofetada, una presencia tan grande que de repente se dio a conocer.

Masaru sintió escalofríos. Aya había evolucionado.

Études-tableaux, Op. 39, n.º 5, Appassionato en mi bemol menor.

Había evolucionado de la noche a la mañana.

«¡Era tan divertido!», recordó las palabras de esa mañana.

Habría evolucionado también mientras escuchaba a Jin Kazama. Pero ahora, en un instante, la vibrante interpretación había desaparecido de la mente del público. Aunque a Aya le proporcionaba un punto de inicio para construir su propio castillo.

Esa voz, tan llena de confianza, creaba una enorme imagen de sonido.

Menuda cantidad de información, pensó Akashi.

Lo que separa el sonido de un profesional del de un aficionado es la diferencia en las capas de información. Cada sonido que producía Aya estaba impregnado de un tipo concreto de filosofía y de una cosmovisión, pero también era vivo y nuevo. Esas capas nunca se solidificaban, sino que vibraban sin cesar, ideas calientes y cinéticas que fluían como magma bajo la superficie. La música se convertía en un ser orgánico, *vivo.*

Te daba la sensación de que una presencia superior bajaba la mirada hacia ti. La misma Aya era como un chamán o un espíritu que empleara el piano como su medio de comunicación. Como si Aya fuera su recipiente.

La concentración de Aya no flaqueó. Cerró los ojos un momento antes de lanzarse a por la segunda obra: de los *Estudios trascendentales* de Liszt, el n.º 5: *Fuego fatuo.*

Como el nombre indicaba, te hacía imaginar llamas pálidas y parpadeantes. Una partitura muy abarrotada y famosa por ser una de las obras más complicadas del repertorio pianístico.

A diferencia del Rachmaninoff, esa obra poseía una delicadeza extrema. Tocarla era como hilvanar muchas cuentas minúsculas de colores en el hilo más fino.

Podías ver, y lo veías de verdad, el fuego fatuo oscilando en la oscuridad. Y casi hasta captabas una vaharada de fósforo.

Una multitud de luces pálidas resplandecientes que parpadeaban y aleteaban hasta desvanecerse.

Sin embargo, resultaba increíble cómo ese dinamismo modulado podía proceder de un cuerpo tan pequeño. El estilo de Jin Kazama era muy potente, pero allí, con Aya, la claridad del sonido era impresionante, como si la amplificara un altavoz.

Akashi recordó que un profesor le dijo que solo una persona con talento podía producir un sonido tan inmenso.

Los dedos de Aya se detuvieron y las llamas desaparecieron.

El auditorio permaneció en silencio.

Aya cerró los ojos. El público contuvo el aliento.

Lo siguiente era *Primavera y Asura*.

Akashi tragó con fuerza.

La versión de Jin Kazama había impresionado tanto a Aya que, nada más oírla, algo en su interior empezó a girar a gran velocidad, desesperado por encontrar la respuesta.

Aya se dio cuenta de que sus dedos habían comenzado a tocar el inicio de la melodía de *Primavera y Asura*.

El universo.

Alzó la mirada a un punto sobre el piano.

Y vio la oscuridad desplegarse ante ella.

Los susurros de un prado a sus pies. La hierba bajo sus plantas descalzas, las frías puntas haciéndole cosquillas. El viento soplaba desde alguna parte, le alborotaba el cabello y agitaba arriba y abajo el dobladillo de su vestido.

¿Quién anda ahí?

Aya sintió que había alguien detrás de ella, observando, *observándola*. Su aura resultaba cálida, aunque un poco aterradora.

¿Quién eres?

Le ardía la espalda, el cosquilleo de una fría luz. Había una presencia física.

Una presencia que solía conocer bien, cálida, nostálgica.

Sus dedos tocaban *Primavera y Asura*. Una melodía lastimera, pero ingeniosa.

La cadencia se acercaba. «Con total libertad, como dando sentido al universo».

Aya se imaginó expandiéndose como Alicia en el País de las Maravillas. Se hinchó hasta el universo oscuro adimensional.

Le pareció que sus dedos se hallaban muy, muy lejos, por debajo de ella. La sensación parecía nítida, precisa. Cada resquicio de su cuerpo le decía qué tipo de sonido estaba produciendo.

¿A eso se referían cuando hablaban de concentrarse con los cinco sentidos?

Sintió que se dividía en muchas Aya: una evaluaba con frialdad, la otra tocaba la melodía, una tercera consideraba el recital, otra flotaba en el espacio.

Y detrás de ella estaba...

Mamá.

La comprensión reverberó en su mente y la sacudió hasta la médula.

Su mente se quedó en blanco.

Cielos, sí que has tardado. Qué chica más tonta.

Podía oír una voz... No, era más como si brotara en su corazón.

Aya estaba un poco indignada consigo misma.

¿Por qué no me he dado cuenta antes de quién era? Estaba más cerca de ella que de nadie. La persona que añoraba, que me cuidaba, que me lo daba todo. Mi madre, que me abandonó de repente.

No, no me abandonó. Siempre ha estado a mi lado. Lo único que debía hacer era darme la vuelta para mirarla.

Madre, perdóname.

Aya sintió que algo cálido le fluía por las mejillas. Una intensidad crecía desde lo más hondo de su ser.

Extendió los dedos y se zambulló en el acorde inicial de la cadencia.

Kanade abrió los ojos de par en par.

¿De *dónde* surgía esa cadencia? No formaba parte de las que había practicado.

¿Y eso eran lágrimas o sudor? Vio que Aya tenía la cara mojada.

Pero su expresión no había cambiado. Aún entornaba los ojos.

Es una actuación que nunca hubiera podido imaginar.

Kanade lo absorbió todo.

Robusta, pero holgada y cómoda; generosa y sólida. El tipo de estilo que Aya nunca había mostrado antes. No brillante ni radical como había sido siempre, sino algo que lo rodeaba todo... como... como la Tierra misma.

Madre Tierra.

Las palabras se le escaparon a su pesar.

El horizonte se extendía infinito. Los niños corrían. A lo lejos, una persona extendía los brazos, aguardando. Todas las criaturas vivas recorrían la Tierra.

Percibía un prado verde abriéndose en su interior. Olía la fragancia de la hierba. El reconfortante aroma de la cena flotando en la brisa.

Un sentido indescriptible de seguridad. De paz. Como si hubiera regresado a los días despreocupados de su niñez.

Ah... conque este es el retorno de Aya. Kanade estaba segura de ello.

Aya había escuchado la intensidad del *Asura* de Jin Kazama y había respondido. La suya no era una descripción del ciclo de muerte y violencia, sino de una Tierra que lo envuelve todo y lo engulle todo. Una Tierra que da luz y cuida, que ofrece nueva vida.

La música de Aya había crecido y madurado como nunca antes.

Jin Kazama se había dejado caer en el fondo del auditorio y miraba con atención a Aya sobre el escenario.

Notaba la brisa que procedía desde allí.

Sabía dónde estaba Aya.

Un prado verde, la luz sobre él.

Puedes volar más alto, ¿sabes?

Jin cerró los ojos y voló por el aire con Aya.

Así que eso señalaba el regreso de la niña genio.

Mieko la estudió con una mezcla de empatía y alivio.

Conocía la historia de Aya Eiden de forma indirecta. Como antigua niña prodigio, Mieko recordaba la devastación que sintió por Aya cuando se retiró de repente de los conciertos.

Tan joven, con tantas cosas conseguidas... Mieko recordaba lo terrible que era aquello. Día tras día de giras por conciertos, la soledad y los momentos de vacío, la desesperación al pensar que nunca terminaría. La presión de estar siempre a la altura de su figura como niña prodigio.

Pensaba que Aya estaría más atrasada, que intentaría recuperar el tiempo perdido, cuando en realidad ha superado a todo el mundo. Y les da varias vueltas.

Su cadencia superaba la genialidad. Denotaba una madurez inesperada, cierta sabiduría.

Las cadencias de Masaru y Jin Kazama tenían el ardor propio de la juventud, pero Aya había dejado atrás esa etapa hacía tiempo.

¿Cuán lejos llegará esta jovencita? Es una digna rival para tu muchacho de ojos azules, ¿verdad?, pensó Mieko y le dirigió una mirada a Nathaniel.

Aya permaneció totalmente concentrada. Pasó a la tercera pieza y, al igual que antes, no dejó un momento para aplaudir.

La *Sonatina* de Ravel.

Una pieza de tres movimientos, un poco pasada de moda, y Aya la interpretó con meticulosidad.

Lo que hace es recordarnos la alegría de escuchar buena música.

Para Nathaniel Silverberg, la capacidad de Aya era un hecho; ahora disfrutaba simplemente de la *Sonatina* como si fuera uno más entre el público.

A ese ritmo, la ronda final podría ser un desempate. La competición de verdad no había hecho más que empezar.

Mientras analizaba a Aya, y cómo se comparaba con Masaru, Nathaniel se dio cuenta de que Jin Kazama seguía siendo un factor preocupante. El chico lo desconcertaba, le costaba compararlo con los demás, le costaba ponerle una puntuación.

Era muy consciente de la naturaleza contradictoria de las competiciones. Aquello no era nada nuevo, pues de joven había atravesado tiempos difíciles y luego había hecho que sus estudiantes pasaran por lo mismo. En una competición debías reconciliarte con muchas cosas. Aun así, después de Aya, se anunciarían los resultados y eso determinaría la dirección de aquel concurso.

Como siempre, no hubo aplauso entre cada pieza, y Aya se lanzó a por la última. *Variations sérieuses*, de Mendelssohn.

Una obertura tranquila, con el vaivén de las olas en la orilla. Las olas crecían y empezaban a rugir. El tema regresó. Y entonces, como un furioso oleaje, las variaciones se expandieron hacia delante.

La actuación de Aa-chan era *dramática*, en el sentido más puro de la palabra, o eso pensó Masaru mientras se impregnaba de ella.

Muchos músicos eran dramáticos de un modo ostentoso, pero pocos podían ser dramáticos de verdad mientras hacían que la obra hablase. Sobre todo los pianistas jóvenes, ya que muchos intentaban expresarse con demasiadas ganas y su despliegue era exagerado.

En cierto sentido, Masaru se sentía traicionado por la cadencia de Aya. Había esperado un pasaje complicado y vanguardista que superaría el de Jin Kazama. Si Aya lo hubiera querido, podría haber pensado en una infinidad de versiones desconcertantemente intensas.

Pero su cadencia había sido, casi para su decepción, generosa y cálida, y lo tomó por sorpresa.

Le impactó reconocer que la cadencia de la chica era una especie de oda, como respuesta a la de Jin.

Sí que había tocado, tal y como indicaba la partitura, «con total libertad, como dando sentido al universo».

¿A Aa-chan le importaba el resultado de la competición? ¿Acaso tenía ambición? ¿Pensaba convertirse en concertista o no planeaba hacerlo, pese a que sus actuaciones podían ser así de superiores?

¿Y pese a que podía producir un sonido tan inolvidable y escalofriante? Masaru cerró los ojos.

Un pasaje tempestuoso llegaba a su fin y la obra aceleraba hacia el clímax.

La conclusión de la segunda ronda.

Masaru abrió los ojos.

Aya, que había mantenido los suyos entrecerrados durante toda la actuación, los abrió de par en par, esbozó una sonrisa generosa y se levantó.

El auditorio se sacudió con un aplauso atronador. La gente se levantó de un salto.

Masaru y Kanade intercambiaron una mirada, como si acabaran de despertar de un sueño, y se levantaron, sonriendo entre las lágrimas.

El semblante de Aya mientras reaparecía para un bis era tímido, incluso avergonzado.

La segunda ronda había terminado de forma oficial.

Y pronto se anunciarían los resultados.

CIELO E INFIERNO

Cámara en mano, Masami estaba boquiabierta por la extraña atmósfera febril de la multitud.

El vestíbulo estaba a rebosar no solo de participantes, sino también de sus familiares y amigos y seguramente de colegas de los conservatorios. Reconoció algunos rostros que había visto en el escenario. Vestidos con ropa de calle, se mezclaban entre la gente, aunque, cuando los miraba con atención, percibía su tensión y el rubor en sus caras.

Masami respiró hondo y apuntó la cámara hacia Akashi Takashima, que se hallaba a su lado.

Al igual que el resto de los competidores, Akashi parecía tenso y rígido.

—¿Cómo te sientes? ¿Nervioso? —preguntó. Se fijó en que su voz también reflejaba más nervios de los que pensaba.

Akashi no pareció oírla y se quedó quieto un momento, con la mirada en blanco.

—¿Qué? Sí… *Sí* que lo estoy. *Mucho.*

—Es desesperante. Como cuando esperas los resultados de un examen en la entrada. No… De hecho, me siento más emocionada que eso.

Akashi asintió.

—Sí. En la primera ronda, estaba tan abstraído que era como si esperara los resultados sin participar en la competición y sentí que había tenido suerte. Pero ahora me siento como *parte* de ella y cuando pienso en que van a decidir mi destino… —Akashi enmudeció.

Destino. Ese era el momento en el que darían los resultados de todos sus esfuerzos. ¿Tendría la oportunidad de volver a subir a ese escenario?

Menos mal que mi actuación ya se ha acabado, pensó. *Si me pidieran que tocara ahora, me caería a pedazos.*

Los jueces no habían aparecido, pero el destello de las cámaras se veía por doquier mientras intentaban grabar a los pianistas antes del gran momento.

Akashi se dio cuenta de que Masami lo estaba filmando y durante un momento pensó que ya no tenía tiempo ni energías para preocuparse por las cámaras.

Su mirada volaba por la sala, hacia las altas figuras de Masaru Carlos y Jennifer Chan, que transmitían una calma etérea. *Los envidio*, pensó Akashi. *Es el tipo de músico cuyo talento es un hecho.* Deseaba no ser una persona normal y corriente que se preocupaba sin cesar sobre cosas triviales, como si tenía talento o no, ni que se angustiaba por contar con un cincuenta por ciento de probabilidades (¿o quizá menos?) de pasar a la siguiente ronda.

Hubo unos vítores repentinos.

Miró a un lado y vio que el grupo de los jueces bajaba por las escaleras desde el piso superior.

La sangre le recorría el cuerpo.

Los jueces descendían con calma, con semblantes relajados.

Akashi sintió una oleada súbita de odio hacia ellos, hacia esas personas que iban a decidirlo todo. Sabía que el odio estaba mal dirigido. Era consciente de que su juicio reflejaba el sesgo de una infinidad de gente que, aunque no fuera nada especial, deseaba formar parte del mundo musical.

Como él. Akashi era uno más en esa infinidad de personas poco especiales del mundo. Visto desde el cielo, ni siquiera sería visible, solo una mota, uno en una multitud de músicos anónimos.

Un voluntario entregó el micrófono a la presidenta de los jueces, Olga Slutskaya, y el vestíbulo enmudeció de repente.

Olga sonrió con frialdad y empezó a hablar.

Sus comentarios iniciales entraron por un oído y salieron por el otro para los competidores, ya que eran prácticamente una repetición del anuncio de la primera ronda.

—El nivel de las interpretaciones ha sido bastante elevado —dijo—, con una gran competencia en temas técnicos… y no avanzar a la siguiente ronda no significa que la musicalidad del participante haya disminuido. Hemos visto una tendencia prometedora en términos de organización del programa…

Etcétera.

La gente la observaba con miradas vacías mientras procedía con los comentarios.

Los veinticuatro que habían pasado a la segunda ronda se reducirían a doce en la tercera.

—Y ahora me gustaría anunciar los nombres de los pianistas que avanzarán a la tercera ronda.

A lo mejor Akashi se lo estaba imaginando, pero pareció que todo el mundo se inclinaba hacia delante como una única persona.

—El primero… Alexei Zakhaev.

Sonaron unos vítores y un hombre saltó de alegría; no cabía duda de que era Alexei Zakhaev.

El primer competidor, que solía tener mala suerte, había triunfado de nuevo. Claramente aquello sorprendió a todo el mundo.

Olga leyó el nombre de la segunda pianista. Una chica coreana. El tercero también era coreano, un hombre en esa ocasión. Akashi no distinguía si los nombres coreanos pertenecían a hombres o a mujeres y tenía que mirarlos para saberlo.

La multitud se revolvió y hubo cierto alboroto; al principio Akashi no supo por qué. La gente susurraba y dirigía sus miradas a una dirección en concreto.

Siguió sus ojos hasta una Jennifer Chan perpleja.

Habían eliminado a Jennifer Chan.

¡No!, pensó Akashi, de vuelta a la realidad.

Pero Olga siguió adelante.

—El número treinta, Masaru Carlos Levi Anatole.

Akashi vio a Masaru Carlos sonriendo mientras recibía la enhorabuena.

Se le quedó la mente en blanco.

«El número veintidós, Akashi Takashima». La voz de Olga al anunciar los resultados de la primera ronda resonó en su mente.

«El número veintidós, Akashi Takashima».

No había leído su nombre en esa ocasión.

Tardó un rato en procesarlo.

Se percató de que Masami se había quedado de piedra a su lado. Seguro que Akashi lucía esa misma mirada vacía y perpleja que Jennifer Chan.

En ese instante, su mente repasaba una frase de la *Kreisleriana* de Schumann, en la que siempre se equivocaba; se imaginaba una escena de sí mismo repitiendo esa frase una y otra vez.

La *Kreisleriana* que debería haber tocado en la tercera ronda.

Pero ya no lo haría, no tendría que tocarla, no tendría que preocuparse por si la pifiaba en esa frase.

Aun así, la repasó en su cabeza.

Eliminado. Me han eliminado.

El tiempo siguió fluyendo y dejó atrás a Akashi. Leyeron los nombres de un pianista tras otro y, mientras observaba las reacciones, la alegría de unos, la decepción de otros, todo era como si se hallara detrás de una hoja de vidrio, como una escena de otro mundo, no del suyo.

No procesó ninguno de los nombres, solo el hecho de que el suyo no se hallaba entre ellos.

—El número ochenta y uno, Jin Kazama.

Retumbaron unos vítores intensos, casi violentos. Eso también pareció causar un gran revuelo y sorpresa entre la multitud, ¿o se lo estaba imaginando?

—Y, por último, el número ochenta y ocho, Aya Eiden.

Akashi sintió que sonreía.

Siempre he sido su fan. Y ella, mi ídolo. Es una auténtica pianista. Me alegro.

El griterío lo rodeaba. El ruido y la conmoción. La gente gritaba emocionada. Enhorabuenas y lamentos, amargura y confusión… Akashi lo podía observar todo con calma.

—Después de esto se celebrará una reunión con los jueces —anunció una voz— y esperamos que todos los competidores aprovechen esta oportunidad para hablar con ellos.

—Lo siento mucho…

La voz de Masami lo trajo de vuelta.

—Sí. Supongo que me han eliminado. —Le sorprendió el júbilo de su tono.

Masami parecía sentirse del mismo modo; su semblante reflejaba estupefacción y alivio al mismo tiempo.

Akashi se estiró.

—Gracias por todo, Masami. Siento no haber hecho más interesante el programa. —Y lo decía de verdad.

Masami negó con la cabeza.

—Soy *yo* quien debería darte las gracias. Sé que tener una cámara en la cara todo el rato es un dolor, pero gracias por haber cooperado. De verdad.

¿Masami estaba llorando? ¿O eran imaginaciones suyas?

—De nada. ¿No deberías estar grabando a los demás?

Akashi señaló a la gente que los rodeaba.

—Sí. Claro. Ahora vuelvo.

—A por todas.

Akashi podía volver a casa.

Recordó que debía llamar a Machiko y se marchó al vestíbulo vacío.

¿Qué tono debería emplear al llamarla? ¿Qué debería decir?

Ensayó la conversación en su mente mientras sacaba el móvil.

El encuentro después del anuncio de la segunda ronda fue bastante turbulento, porque Jennifer Chan protestó con fuerza y vehemencia sobre los resultados.

Aunque no lo hubiera hecho, en esos encuentros con jueces solía persistir un sentimiento complejo y extraño, debido en parte a una sensación ardiente de descontento y resentimiento por los resultados.

En esa ocasión, Jennifer Chan fue directa a hablar con Olga Sluts-kaya y le hizo saber sus objeciones con claridad, lo que desconcertó a todo el mundo.

Uno de los objetivos de esos encuentros era mitigar cualquier insatisfacción, pero poca gente solía protestar tan públicamente.

—No puedo aceptarlo —arguyó Chan—. Explíqueme con exactitud en qué fallé.

En cierto sentido, sus objeciones resultaban admirables, pero poco después su padre, un hombre de negocios bastante rico y famoso en Estados Unidos con lazos con la Secretaría de Estado, así como su profesor, llamaron a los jueces y provocaron un breve revuelo en la fiesta.

Al final, Nathaniel Silverberg llevó a Chan a un lado y la tranquilizó.

—Tu técnica es impecable —le dijo— y nadie niega tu obvia musicalidad. Aun así, lo cierto es que varios jueces, y no me refiero a tan solo uno o dos, sintieron que no debías pasar a la tercera ronda. Creo que deberías apartarte un poco y reflexionar sobre lo que significa esto. Tu incapacidad para comprender los motivos puede ser un factor que te impida avanzar, ¿no crees?

Chan arrugó la cara y se echó a llorar. Su madre, que la había acompañado, intentó consolarla. Para cuando se marcharon de allí, ya era casi medianoche.

—Me imagino que estarás listo para dar por concluido el día.

Mieko había observado todo aquello desde lejos y, cuando le ofreció al sombrío Nathaniel una copa de vino, él musitó, a nadie en particular:

—Ya ha debutado en Carnegie Hall y estoy seguro de que quería el premio para impulsar su carrera.

—Bueno, eso es algo que tendrá que descubrir sola.

—Estaba impaciente. Odiaba que la gente la comparase con sus predecesores y la llamaran la Lang Lang femenina y esas cosas.

—Entiendo.

Mieko había llegado a la misma conclusión, porque, cuando la oyó tocar, pensó: *Con un Lang Lang ya tenemos suficiente.* Los otros jueces parecieron compartir su opinión y Jennifer Chan a lo mejor habría presentado lo mismo.

—Su profesor seguramente le habrá dicho algo del tipo: «Sé tú misma». La palabra «originalidad» la afecta mucho, pobre.

—Cielo santo. Si ese concepto es una ilusión.

Cuando se llevó la copa a los labios, vio que Masaru se acercaba. Nathaniel ladeó la barbilla en dirección a su alumno.

—Habrá sentido mucha presión. Tiene una gran rivalidad con él.

—Mmm. Eso no será fácil.

Mieko también había captado cierto interés romántico por parte de ella. Esperaba que la cosa no se complicara demasiado.

—Buenas noches —saludó Masaru.

—¿Qué tal le va a Chan?

El chico esbozó una sonrisa forzada.

—Ha regresado al hotel con su madre, pero está más tranquila. Le irá bien, no suele dar muchas vueltas a las cosas.

—¿La has consolado? —preguntó Mieko, y Masaru agitó una mano.

—Para nada. No creo que el consuelo de otro competidor le haga mucho bien.

—Cierto.

—Por cierto…

Había una chica detrás de Masaru.

¿Mmm?, pensó Mieko.

Era una chica pequeña, con el pelo corto. Vestía de forma casual, con un suéter y vaqueros, pero Mieko la había visto en alguna parte. ¿Participaba en el concurso?

—Me gustaría presentarles a Aa-chan… A Aya Eiden, quiero decir.

Nathaniel y Mieko asintieron. *¿Es ella?*, se preguntó la jueza. La niña prodigio que había regresado. Mieko había conocido su nombre, pero era la primera vez que hablaban.

Parecía tan tranquila, tan relajada. Le costaba creer que hubiera tenido ese pasado. Y, sobre todo, sus ojos eran espectaculares. Ojos grandes que te atrapaban.

—Enhorabuena por haber llegado a la tercera ronda —dijo Mieko con una sonrisa.

Masaru, con el rostro sonrojado, se giró hacia Nathaniel.

—¿Se acuerda de que le hablé sobre cómo empecé a tocar el piano? Aa-chan es la chica de la que hablaba, la que me llevó a clases por primera vez. Nunca me imaginé que nos encontraríamos de nuevo aquí. Nunca —repitió.

Mieko captó el desconcierto de Nathaniel.

—¿*En serio?* ¿La chica con la que tocabas «Little Brown Jug»?

Mieko no sabía la historia, pero estaba claro que esos dos eran amigos de la infancia.

Masaru sonrió y asintió.

—Pues sí. Lo he sabido nada más verla. En cuanto la vi en el escenario.

—Pero yo no te reconocí.

Intercambiaron una mirada.

—¿De verdad que no os habéis visto desde entonces?

Nathaniel los miraba con incredulidad.

Los dos eran muy distintos como músicos, pero compartían cierto carisma.

—Bueno, pues tus actuaciones han sido espectaculares —añadió el profesor con amabilidad—. El Beethoven en la primera ronda y el resto.

—Gracias —respondió Aya con una ligera reverencia.

Mieko pensó que Nathaniel se echaría a temblar en cualquier momento, ya que saltaba a la vista que Masaru estaba enamorado.

¿Enamorarse de otra competidora, de una de tus mayores rivales? Es una competición crítica, no el momento de enloquecer por una chica. Mieko casi podía oír la súplica silenciosa de Nathaniel.

Seguramente estaría recordando que, cuando era un poco mayor que Masaru, él también se había enamorado perdidamente de Mieko. También sabría que esa misma mujer se hallaba a su lado, observándolo.

Nathaniel carraspeó.

—Es tarde, así que deberíais descansar. Las competiciones agotan más de lo que pensáis.

—Sí, nos vamos ya. Maestro, le veo mañana.

Los dos jóvenes hicieron sendas reverencias y se marcharon. Nathaniel los observó alejarse con un semblante ambiguo.

—Te controlas que da gusto —bromeó Mieko.

—¿A qué te refieres? No me estaba controlando ni nada —dijo, pero sonaba hosco. Mieko se echó a reír.

—Ha sido como si una joven pareja hubiera venido a anunciar que se van a casar y tú fueras un anciano planteándose si deberías lanzarles un rayo.

—Qué dices. —Nathaniel reaccionó a la defensiva, pero entonces empezó a sentir cierta melancolía—. Qué maravilloso ser joven.

—Estaba pensando justo eso. Bueno, yo también me voy a ir. Como has dicho, una competición agota más de lo que crees.

Nathaniel depositó la copa de vino en una mesa cercana y se encaminó con Mieko hacia la salida.

—Nunca me imaginé que pasaría a la segunda ronda —dijo.

—¿Jin Kazama?

—Estaba convencido al setenta por ciento de que no lo conseguiría.

A Mieko la había sorprendido, pero también se lo esperaba.

—Hay una cosa clara —dijo—. Cada vez hay más gente con ganas de oír su siguiente actuación. Más o menos el mismo número de personas que piensa que Jennifer Chan no debería pasar.

Nathaniel la miró.

—¿Lo has oído?

—Solo quería saber cómo la convencerías de que aceptase la decisión de los jueces.

A Mieko la había asombrado que los jueces que se habían mostrado tan negativos con Jin habían empezado a aceptarlo poco a poco, pero, como ella había vivido lo mismo, quizá no fuera tan difícil de entender. Sin embargo, aún había jueces en su contra, y en esa ocasión Jin también había pasado a la siguiente fase por los pelos.

Esto será interesante, pensó. ¿Cuántos seguidores más se ganaría Jin? ¿Los jueces que lo habían desestimado por completo acabarían por sucumbir también a su encanto?

Mieko y Nathaniel aguardaron junto a los ascensores y ella lo miró de refilón.

¿Y qué pasa con Nathaniel?

Las puertas se abrieron.

¿Y qué pasa conmigo?, pensó. *¿Acepto de verdad su maestría musical? ¿Comprendo lo que está haciendo Jin y las intenciones del maestro Hoffmann?*

Mientras reflexionaba sobre aquello, le sobrevino un gran bostezo.

Nathaniel tenía razón: aquello era más agotador de lo que se había imaginado.

Apartaré estos pensamientos a un lado por el momento, hasta que oiga su actuación en la tercera ronda. Por ahora, solo doy gracias de poder oírlo de nuevo.

Se estiró y subió al ascensor.

TERCERA RONDA

INTERVALO

—Hace mucho frío.

—¿De quién ha sido la idea?

—¿No lo propuso Aa-chan?

La costa en noviembre era cruel, desértica y carecía de atractivo.

Habían pasado gran parte del tiempo en sus hoteles y en el auditorio, con lo que no estaban acostumbrados al cambio. Aya se arrepintió de llevar tan solo un jersey fino y un abrigo igual de ligero.

Se alzó el cuello, se encorvó e hizo una mueca.

Sí que había sido ella quien había sugerido que una excursión a la costa sería un buen cambio de ritmo. La orilla que veía por la ventana de su hotel parecía cálida y tranquila; no había esperado que el viento fuera tan cortante.

—Volvamos. Si Masaru se resfría, Nathaniel Silverberg nos retorcerá el pescuezo.

Kanade miró a Aya con severidad.

—¡Eh... Jin! ¿Qué haces ahí?

Masaru saludaba con ganas a Jin, al que vieron en cuclillas a lo lejos, con la cabeza gacha mientras inspeccionaba algo.

—¡Volvamos! —gritó Aya.

El chico se puso en pie de un salto y se acercó corriendo.

—He encontrado unas caracolas. Las espirales siguen la sucesión de Fibonacci —dijo mientras les enseñaba una caracola pequeña.

—¿La sucesión de Fibonacci? Justo lo que cabe esperar de un genio —rio Masaru.

Y, de hecho, las notas de Jin Kazama en ciencias eran extraordinarias, aunque apenas iba al instituto. Les había contado que asistía al conservatorio como oyente porque todo el mundo le había recomendado que se apuntara a una universidad de ciencias y tecnología.

—La música sigue el orden del universo —comentó Aya—. Música y matemáticas comparten una afinidad cercana. Tus notas en ciencias también serán buenas, ¿no, Ma-kun?

—Supongo.

—Siempre he pensado que las leyes que rigen el universo son un poco azarosas.

—¿Azarosas?

—Pensaba que la unidad de materia más pequeña sería muy distinta según la galaxia en la que te hallaras. Pero hace poco leí que, según las investigaciones, el agua es agua en todas partes, el oxígeno es oxígeno vayas donde vayas. Resulta que el universo es más sencillo de lo que había imaginado y las mismas leyes se aplican en todas partes. Me parece muy curioso.

—Mmm. Creo que sé lo que quieres decir —dijo Masaru, asintiendo—. En el fondo, el universo es igual estés donde estés. Debe de haber estrellas frías todo el año y otras que siempre están calientes, pero los componentes son los mismos.

—Eso es raro. Pensé que había una infinidad de cosas radicalmente distintas, pero, si los procesos y los resultados difieren, los elementos básicos de la vida serán los mismos.

—Siempre y cuando existan ciertas condiciones para la vida, seres como los humanos son posibles.

—Sí. Decían que no tendrían por qué tener nuestro aspecto, pero, aunque cambien algunos detalles, es raro pensar que tendrían el mismo aspecto que nosotros.

—Tienes razón. Es interesante que las viejas teorías acaben por acertar. Supongo que ese es el poder de la intuición. ¿Sabes? Si la materia es igual en todo el universo, así también se demuestra la teoría del Big Bang, ¿no? Todo surgió de un mismo punto.

—Me pregunto si tendrán pianos.

—¿Cómo?

—Vale, imaginemos que hay un planeta al borde de la galaxia con el mismo aire y ondas de sonido. En un lugar así desarrollarían música. Y, si lo hacen, entonces también desarrollarían tipos de instrumentos musicales parecidos a los nuestros. En un rincón lejano del universo puede haber alguien dejándose el corazón mientras toca algo parecido a un piano.

Masaru se detuvo en seco.

—Es posible. Y ese planeta tendría a sus propios Mozart o Beethoven.

—¡Claro!

—Me encantaría ver las partituras. Quiero todas las obras si son de Mozart o Beethoven.

—Yo también.

Otro Mozart en el otro extremo del universo. ¿Qué tipo de música compondría?

En el horizonte, la luz del sol se filtró por un hueco entre las nubes e iluminó un único camino.

Aya tuvo una sensación repentina de *déjà vu*. Masaru caminaba a su lado.

Jin delante, con los ojos fijos en el suelo, estudiándolo con curiosidad.

Kanade, con prisas por volver.

El mar grisáceo y la playa.

El viento cortante y el ritmo de la marea.

Por algún motivo, me siento extrañamente nostálgica, pensó. *Me hace temblar.*

Es como si siempre hubiera conocido este momento... Los cuatro, en la playa de Yoshigae, en este día, caminando juntos con el frío viento. Este momento se me grabará en el corazón, con esta sensación casi dolorosa. Lo recordaré toda la vida.

La primera y la segunda ronda habían sido ocho días consecutivos de competición, pero ahora había un día libre antes de que comenzara la tercera, que duraría dos días.

Aya no sabía cómo pasarían ese día los doce competidores restantes. ¿Descansarían? ¿O quizá dedicarían todo el día a practicar?

Un hueco en el tiempo.

Había demorado en levantarse y, tras un ensayo de calentamiento por la tarde, se había encontrado con Masaru. Como se alojaban en el mismo hotel, no les resultaba complicado verse. Había pensado en enviarle un correo electrónico para preguntarle si planeaba relajarse ese día, pero dudó; Masaru también había dudado a la hora de escribir a Aya. Sin embargo, cuando descubrió que el chico había pensado en cambiar de ritmo, decidieron salir a dar un paseo juntos.

—Vayamos al mar —propuso Aya.

Justo cuando salían, apareció Jin Kazama.

—¿Ese es Jin?

Jin se acercó cuando Masaru lo vio.

—¿Dónde te alojas?

—En la casa de un amigo de mi padre.

—Apareces donde sea, ¿eh? —comentó Masaru. A Aya y a Kanade les pareció curioso, pero Jin solo respondió con una sonrisa—. Ah… Este tiempo libre me resulta un tanto asfixiante —dijo mientras se estiraba.

—¿Eso piensas, Ma-kun? —Aya lo miró sorprendida.

—Pues sí. No necesito un día libre. Ojalá todos pudieran sobrevivir sin el descanso.

—Ya. Si no vas con cuidado, pierdes el tiempo pensando en cosas inútiles.

—Los que necesitan el día libre son los voluntarios. Y los jueces también —dijo Kanade, interrumpiendo sus comentarios entre susurros—. Organizar una competición es agotador. Los pianistas lo pasan mal, pero la gente que hay entre bambalinas no tiene tiempo para dormir.

Había visto lo mal que lo pasaba su padre dirigiendo competiciones y no pudo evitar ofrecer su granito de arena.

—Tiene sentido —reconoció Masaru. Parecía un poco avergonzado de que no se le hubiera ocurrido—. Los voluntarios han trabajado muy duro para nosotros. Mis amigos de Juilliard dicen que las familias que los alojan también los han tratado muy bien. Y estas competiciones en Japón funcionan como relojes.

—¿Cuántas veces has competido, Ma-kun? —preguntó Aya mientras paseaban.

—Esta es la segunda. También estuve en Osaka. No sé cómo son las competiciones en otros países.

—He oído rumores de lo difíciles que son.

Partieron hacia la playa de nuevo, pero el frío inesperado les hizo dar la vuelta con rapidez y decidieron pasear por la ciudad.

—Me encantaría tomar *unagi* —dijo Jin Kazama. *Unagi*, anguila a la parrilla, daba fama a la ciudad.

—Pero es muy caro —le susurró Aya a Kanade.

—Por una vez no pasa nada. Papá lo permitirá —respondió su amiga.

No querían que Masaru y Jin pagaran, ya que habían viajado desde muy lejos.

—No me había fijado en todas las tiendas que venden instrumentos musicales japoneses. Es la primera vez que visito la ciudad.

Pasaron por delante de varias tiendas con *shamisen* en los escaparates. Ni en Tokio había tantos.

—Aa-chan, ¿has probado a tocar el *shamisen*? —preguntó Masaru mientras examinaba un escaparate.

—Aún no, pero me gustaría.

—En Nueva York fui a una actuación con Tsugaru *shamisen*. Me sorprendió lo buenos que eran improvisando.

—¿Sí? ¿Quiénes eran?

—Dos hermanos que tocan juntos.

—Sé quiénes son. Los Tsugaru *shamisen* suenan como solos basados en números estándar. ¿Alguna vez has oído los duetos de Shinichi Kinoshita y Roby Lakatos?

—¿Te refieres al tipo apodado como «el violinista del diablo»?

—Ese. Es maravilloso.

—El Tsugaru *shamisen* suena como todo un trío. Como si la guitarra, el bajo y la percusión tocaran a la vez.

—Sí que tiene una melodía, la línea del bajo y el ritmo de la percusión, todo en uno. Pero lo que yo quiero tocar no es el Tsugaru *shamisen*, sino el que acompaña las baladas japonesas.

—¿Ese es diferente?

—No se toca de un modo tan percusivo y tiene un sonido más apagado, como el acompañamiento de un recital.

—Mmm. No sabía que existiera algo así.

—No está afinado con un temperamento similar y los compases son totalmente distintos de la música occidental. Por eso quiero probarlo.

—Yo quiero probar el *shakuhachi* —comentó Jin.

—¿El *shakuhachi*? —respondió Aya, ojiplática por la sorpresa—. Dicen que se tarda tres años en tan solo dominar cómo sacarle el sonido a una flauta de bambú, ¿no? Es una ambición inesperada.

—Creo que es el sonido más parecido al viento —dijo Jin.

Kanade observaba con discreción. Se hallaban en el punto crucial de una competición y allí había tres participantes que habían superado dos rondas, pero se sentían completamente relajados y estaban disfrutando.

Genios, pensó. *¿Qué se le va a hacer?*

Se sentía un poco excluida, la misma sensación de aislamiento que solía notar en ese mundo donde el talento competía contra el talento.

¿Esta gente se hará una idea de lo bendecidos que están?

¿Y qué pasaba con esas personas que intentaban triunfar como músicos, que practicaban hora tras hora, sin poder dormir, con el estómago revuelto mientras se preguntaban si podrían actuar sin tropezar, machacadas por su propia mediocridad y, pese a todo, sin poder alejarse de ese mundo? ¿Qué pasaba con *ellas*?

Vale… Ya está bien de pensamientos negativos, se dijo.

La gente con la etiqueta de genio tenía sus propios problemas. Aya comprendía su condición como la niña prodigio caída en desgracia. Le habían dirigido una infinidad de insultos por eso.

Nadie sabía cómo sería su vida. Incluso Masaru, que parecía hallarse de camino al estrellato, no tenía el futuro garantizado. El destino había jugado con muchos prodigios. El mundo estaba repleto de estrellas caídas trágicamente.

Y luego estaba Jin Kazama. ¿Qué le tenía preparado la vida a ese joven tan insólito?

Kanade miró mientras el chico estudiaba el *shamisen* del escaparate.

Retrocedió un paso sin darse cuenta. Los tres, juntos en ese momento.

Su mano alcanzó el móvil que llevaba en el bolsillo.

Tengo que sacar una foto. Robó una instantánea rápida de los tres mientras hablaban con naturalidad. Pensó que quizás algún día alguien pagaría mucho dinero por la fotografía.

Se imaginó, ya de anciana, mientras la entrevistaban por aquello.

«Exacto, saqué una foto. Nunca me imaginé que se convertirían en estrellas tan importantes... Esa foto es muy valiosa ahora, ¿verdad?».

Kanade parpadeó sorprendida ante lo vívida que había sido esa escena imaginaria.

Quizá los tres nunca volverían a estar juntos de esa forma. La premonición le recorrió la mente durante un instante.

Y de repente lo entendió... Esos tres nunca sacaban fotos.

Lo que la hizo sentirse, de nuevo, un poco excluida.

Supongo que no tienen la necesidad de llevar un registro de sus vidas. Otra gente lo hará por ellos y lo conservará durante...

Aya se dio la vuelta y la vio sacando la foto.

—¿Has hecho fotos? —preguntó.

Kanade sacó la lengua, avergonzada.

—Lo siento, es que cuando os he visto a vosotros tres, pianistas, mirando el *shamisen*, me ha parecido una gran oportunidad.

—Tienes razón. ¿Cómo no se me había ocurrido? Tengo que hacerle una a Ma-kun. Y a Kazama-kun también. Una foto de estos grandes pianistas del futuro.

Se puso a buscar su móvil.

—¿Puedo yo también? —intervino Masaru—. Pensé que sería un poco maleducado. —Sacó el teléfono—. Me gustaría enviársela a mis amigos.

—¡Haz una, haz una! —Jin estaba encantado.

—Kazama-kun, ¿no tienes móvil?

—Sí, pero me lo he dejado.

—Un móvil no es de gran utilidad si no lo llevas contigo.

Kanade observó cómo posaban unos y otros. *A lo mejor los he sobrestimado un poco*, pensó.

«PROMENADE»

L as nacionalidades de los doce competidores restantes en la tercera ronda eran: estadounidense (1), rusa (2), ucraniana (1), china (1), surcoreana (4), francesa (1) y japonesa (2).

Debido a la situación geográfica de la competición, era natural que hubiera muchos pianistas asiáticos, pero Mieko vio que la lista era representativa de las modas en el mundo de la música clásica. Un certamen que atrajera participantes de alto nivel reflejaría de forma natural los países con la mayor energía y ambición musical.

Lo cual demostraba en sí mismo el nivel que había alcanzado esa competición de Yoshigae, ¿verdad?

Mieko se estiró y luego se sentó entre los jueces.

Con seis actuaciones por día, de una hora cada una, e incluyendo los intervalos, tenía por delante un día largo y duro.

La primera jornada comenzaría al mediodía y la última actuación sería a las nueve.

En cuanto el personal abrió las puertas del auditorio, todos los asientos se ocuparon. Llegados a ese punto, cuando ya tan solo quedaban doce participantes, los miembros del público tenían a su favorito, con lo que el auditorio se llenó enseguida.

Los jueces también prestarían más atención.

Hasta ese momento, había sido un proceso de descarte. Un pianista podía estar concentrado veinte o incluso cuarenta minutos, pero una actuación de una hora requería un nivel de concentración exigido a los profesionales. Conseguir que el público escuchara tu música durante esa hora no era tarea fácil. Tenías que pensar un recital atractivo y tener tu propia voz.

Como iba a ser la tercera vez que los jueces verían a cada competidor, estarían escuchando con un oído incluso más crítico.

A esas alturas, era todo o nada para cada pianista.

A pesar del día de descanso, Mieko se sentía agotada, física y mentalmente.

Cuando el primer pianista, Alexei Zakhaev, apareció en el escenario, los jueces y el público se fijaron enseguida en que algo no iba bien.

¿Dónde estaba su sonrisa?

Zakhaev, que solía mostrar un semblante pícaro, ahora lucía una expresión sombría.

Estaba inusitadamente pálido y, al sentarse, parecía rígido.

Ajustó el banco con manos torpes.

Respiró hondo y se lanzó de lleno a por su recital, pero era como si se tratase de otra persona. Un murmullo de confusión recorrió el auditorio.

Cielo santo, parece muy cohibido, pensó Mieko. Zakhaev, consciente de que ya no era el mismo de siempre, se fue distendiendo más y más.

Según los rumores, al enterarse de que su alumno había llegado a la tercera ronda, su mentor había ido corriendo a Japón y habían pasado la noche anterior enzarzados en una lección intensa.

Seguramente ninguno de los dos había previsto que llegase tan lejos. Más emocionados y alterados de lo normal, se habían excedido en el ensayo de última hora.

Sé cómo te sientes, maestro, pensó Mieko. *Pero deberías haberlo dejado en paz.*

Zakhaev había conseguido la primera posición y, hasta ese momento, la había aprovechado al máximo. Al pensar que nunca llegaría a la tercera ronda, había tocado como quería y sus actuaciones habían exhibido la sincera generosidad de su espíritu.

Pero ahora la timidez se había interpuesto en su camino. No era de extrañar, ya que su mentor había volado hasta el otro lado del mundo para estar con él.

En cualquier caso, de entre los casi cien pianistas, había conseguido estar en el exclusivo grupo de esos doce, donde los recuerdos aún perduraban sobre el anterior ganador, quien había alcanzado el estrellato. Zakhaev consideraba posible ganar, podía saborear su victoria.

Sin embargo, le costaba recordar el consejo que su profesor le había dado el día anterior. *Mantén la calma*, se repitió sin cesar.

Pese a todo, cuanto más se lo repetía, más parpadeaba la palabra «ganar» en su mente. Movía los dedos para intentar tocar mejor, para intentar demostrar lo que podía hacer, pero terminó exagerando y perdiendo la generosidad de sonido por la que era conocido.

Cuanto más se desesperaba por conectar su frase, más se tensaba y más se le colaban los dedos donde no debían.

Zakhaev estaba conmocionado por completo y los oyentes lo sabían.

Aquello ya no era un recital, sino un coche que huía, con los frenos cortados, por una carretera de montaña. El público escuchaba sin aliento, a la espera de ver dónde acabaría esa terrorífica actuación.

Incluso cuando la obra terminó y el público aplaudió, Zakhaev seguía en blanco.

Y en cuanto comenzó la pieza central de su actuación, *Cuadros de una exposición,* de Mussorgsky, las cosas se desmadraron.

Había partido a un ritmo razonable, con un acercamiento agresivo y juvenil, pero entonces le sobrevino una expresión de pánico, pues al parecer había empezado a más velocidad de la pretendida.

La apertura, «Promenade», fue precipitada. Sus dedos se deslizaban sobre las teclas, la sonoridad era débil y no conseguía alcanzar el núcleo del sonido.

Aguanta, le dijo Mieko en silencio, crispada.

Aún puedes recuperarte, pensó. *Relájate en la sección del viejo castillo.*

Cuadros de una exposición estaba estructurada como una colección de relatos; el motivo de «Promenade» se repetía en cada parte para conectarlas. Aparecía en una amplia variedad de tempos, algunos con una tonalidad pausada, tranquila. Debería haber muchas oportunidades para recuperar las riendas.

Pero Zakhaev seguía con los frenos rotos. O, más concretamente, había tirado por la ventana el concepto de contraste. Aceleró, sin prestar atención a las señales y a los giros de la carretera, como si su actuación solo pudiera terminar en una colisión. Y siguió adelante de esa forma, a toda velocidad, como loco.

Mieko pensó que deberían alabarlo por conseguir pulsar casi cada nota incluso a esa velocidad de vértigo. *Pero, si está tocando «El mercado de Limoges» a esa velocidad, ¿qué hará cuando llegue a «La cabaña sobre patas de gallina»?*

Mieko sintió un pinchazo de dolor en el pecho.

A lo mejor Zakhaev salía volando del banco en plena actuación.

Si *ella* se sentía así, a saber cómo estaría su profesor, sentado en algún lugar del auditorio. Ese joven en el escenario estaba a punto de provocarle un ataque al corazón.

El rostro de Zakhaev, muy pálido en la primera mitad, ahora se había ruborizado en exceso.

Y no era de extrañar. Se estaba esforzando tanto en la primera parte de la pieza que tendría los brazos hinchados de puro esfuerzo.

Ya había perdido… Su mente, como dicen, estaba completamente en blanco.

Mieko se acordó del término «reflejos espinales». El joven tocaba tan solo mediante memoria muscular.

Sabía que el público de la primera fila estaba paralizado. Lo sentía por ellos, porque habían quedado atrapados en el pánico de Zakhaev.

Una escala ascendente, una montaña rusa que sube traqueteante por una cuesta empinada, un instante de puro miedo y pánico al alcanzar el cénit.

Como si saltara desde un precipicio al vacío, Zakhaev se abrió paso en una avalancha hacia la sección final: «La Gran Puerta de Kiev».

Y una avalancha era justo lo que estaba ocurriendo. Por raro que pareciera, quizá se sintiera aliviado de tener el objetivo a la vista, porque su sonido de repente se tornó tranquilo, como si se hubiera relajado al fin.

Mieko soltó un suspiro de alivio y supo que el público, y el mismo Zakhaev, también lo habían hecho.

Qué emocionante, pensó. *Aunque me ha quitado años de vida.*

Los jueces a su alrededor también sintieron el desahogo.

Hay mucha gente mayor entre nosotros, así que no los mates, ¿vale?

El espíritu sincero característico de Zakhaev regresó de repente y se relajó un poco, con la cabeza alta, como si respirase hondo.

Cielos, ojalá hubiera tocado así desde el principio.

Mieko se reclinó en su asiento.

Ese chico poseía un sonido natural que resultaba claro y bueno, como una visión amplia.

Y ahora por fin podía permitirse *juzgar*.

Su interpretación adquirió un colorido más, una voz más pronunciada.

El público pudo relajarse y disfrutar de lo que oía. Ya habían tenido suficientes emociones por un día. Sonó el último acorde.

Zakhaev, sonrojado, se levantó con cara de estar muy aliviado, y lo envolvió un aplauso igual de aliviado y animado.

—Gracias a Dios —dijo Mieko.

Después de verse lanzado a un vórtice de emociones y suspense, el público se sintió atraído enseguida por la siguiente participante, una joven coreana que no transmitía el sobresalto y la agitación de su predecesor, sino que dio una actuación tranquila y cristalina.

Ah, una de las alumnas de Schneider, pensó Nathaniel Silverberg mientras observaba a la chica sobre el escenario. Estudiaba en un conservatorio de Irlanda.

Al igual que en los deportes, donde un jugador famoso no tiene por qué ser un gran entrenador, en el mundo de la música había profesores en cada país que, aunque no eran intérpretes distinguidos, sí que tenían mucho talento a la hora de localizar y dar clases a jóvenes pianistas.

Schneider era uno de esos y, durante los últimos años, Nathaniel había visto grandes pianistas que estudiaban bajo su tutela.

Quizá fuera la forma que tenía de enseñarles a usar las manos, porque había momentos en los que pensabas: *Ah, claro… Es uno de los alumnos de Schneider.* Y en esa época de actuaciones cada vez más homogéneas, resultaba interesante detectar esos trazos del profesor en sus estilos.

Todos los estudiantes de Schneider compartían cierta fidelidad por la música, una forma de leerla e interpretarla. Uno siempre se sentía seguro escuchando a uno de sus alumnos.

También captabas un vistazo inesperado de las ideas que tenía el propio Schneider sobre la música, momentos en los que el oyente pensaba: *Conque así enfoca las cosas, es ese tipo de pianista.*

Y había muchos detalles que un pianista tan solo podía comprender después de intentar dar clases, momentos en los que entendía por primera vez lo que ellos mismos consideran como bueno. Y era posible, a través de los alumnos, hacer realidad esa actuación ideal.

Eso era cierto para Schneider, que quizás actuara a través de sus alumnos. En cierto sentido, seguía siendo un músico en activo.

Así es como se lega la música, reflexionó Nathaniel.

Aunque estuviera diluido, difuso, ese punto en el que no se podía determinar qué era el original, con el prototipo olvidado, de algún modo el aroma, la esencia, persistía.

Entonces... ¿la esencia del maestro pervive en ese chico?

No lo había pensado.

Lo había distraído tanto el estilo despreocupado y desbordante de su actuación que no había buscado el toque de Hoffmann.

¿Acaso el maestro esperaba dejar un rastro de sí mismo? ¿Acaso vivía en ese chico?

Silverberg sintió que se le removía algo por dentro, como si una lucecita se hubiera encendido en su pecho.

Cuando alcanzabas ese nivel, todo se reducía a una cuestión de gusto.

Akashi, de vuelta entre el público, escuchaba con admiración al tercer competidor de Corea.

Había disfrutado mucho de unos pianistas particulares en la segunda ronda y había estado seguro de que pasarían. Le costó aceptar la noticia de que los habían eliminado, así que compró sus CD para volverlos a escuchar.

Sus descubrimientos le sorprendieron. Le impactó lo escrupulosos que eran los jueces como oyentes. Akashi siempre se había enorgullecido de haber oído mucho piano.

Sin embargo, le desconcertó lo distinta que era su impresión al escucharlos en el auditorio y luego en el CD.

Había descubierto que existía un motivo por el que los habían eliminado.

La razón más clara era la incapacidad del pianista para mantener la tensión. Salían del paso sin más. Si escuchabas con atención, oías cómo oscurecían el tema o dónde se les escapaba la pieza de las manos. Akashi se descubrió negando con la cabeza y preguntándose cómo podía haberse sentido tan impresionado cuando los escuchó en directo.

Le sorprendió incluso que la actuación de Jennifer Chan, tan dinámica en el auditorio, sonase ahora monótona en el CD.

Tengo que trabajar en mi capacidad de escucha, pensó.

El pianista que había ese momento en el escenario le parecía demasiado sencillo, pero con su sólida interpretación de Beethoven en esa tercera ronda dejaba traslucir poco a poco sus habilidades.

Por otra parte, en la segunda mitad de su recital empezó a revelar su otra cara con una versión espectacular de la pieza para concierto *La Valse*, de Ravel, que siempre era un desafío.

Los jueces habían reconocido todo aquello, el valor del pianista. Akashi estaba anonadado.

Guau, pensó, un poco tarde. *Menudo* glissando.

Con qué facilidad lo había hecho, como si solo acariciase las teclas. Lo realizó todo con una gran naturalidad.

Akashi recordó la primera vez que había intentado un *glissando*; había llorado por el dolor.

Un *glissando* implicaba deslizar el dorso de los dedos por diversas teclas; parecía sencillo, pero también podía ser muy doloroso.

Observó a ese joven despreocupado sobre el escenario. *Quiero tocar esa pieza y quiero tocarla así.*

Y pensar que todo el mundo interpretaba obras tan exigentes. Los pianistas eran impresionantes con esa técnica tan soberbia.

Progresar era como subir por una escalera, no por una cuesta.

Había momentos en los que tocaba y tocaba y se sentía en un punto muerto por completo, sin avanzar ni un centímetro. Había innumerables veces en las que desesperaba y pensaba que había alcanzado su límite.

Y entonces, un día, como surgido de la nada, llegaba un momento en el que alcanzaba el siguiente peldaño, donde sabía que, por algún motivo, podría tocar de repente algo en lo que se había estancado.

Me alegro mucho de haber formado parte de esto, pensó Akashi. *Me alegro de ser uno de los innumerables pianistas del mundo.*

Sus propios pensamientos lo conmovieron, como si esos sentimientos fueran recompensa suficiente. Casi se echó a llorar.

Aun así, había gente que, a esas alturas, lo había sobrepasado con creces; personas que se hallaban en un lugar tan elevado que nunca podría empatizar con ellas de verdad.

Presencias que solo podría observar desde abajo, experiencias que nunca podría compartir.

El pianista terminó *La Valse* y, mientras Akashi aplaudía con entusiasmo, se imaginó al siguiente competidor: Masaru Carlos.

SONATA EN SI MENOR

Un recital de una hora cuyo contenido era ilimitado, ya que podían tocar lo que quisieran. Eran libres para elegir cualquier combinación de piezas.

Los pianistas modernos podían elegir obras de cualquier periodo. Desde Bach, del siglo XVIII, hasta Shostakovich, del siglo XX, o de todo el patrimonio de los últimos trescientos años.

Aun así, los profesionales (o quizá precisamente porque eran *profesionales*) no siempre podían tocar el programa que querían.

Esto resaltaba más con pianistas populares a medida que expandían su base de seguidores. Para vender más entradas y llenar auditorios cada vez más grandes, debías tocar la música que el público quería oír.

En una competición, sin embargo, en principio podías probar un programa experimental sin preocuparte por la venta de entradas. De hecho, quizá fuera el único lugar donde se podía ser más atrevido.

Unos pensamientos azarosos volaban por la cabeza de Masaru mientras aguardaba entre bambalinas.

Quiero ser el tipo de pianista para el que las obras que quiero tocar y las que el público quiera oír sean las mismas, pensó.

Lo que significaba ser el tipo de pianista que el público disfrutase de lo que a él le pareciera interesante. El tipo de pianista que extraía la máxima fascinación y el mayor encanto de cada pieza, alguien que pudiera comunicar todo esto.

Masaru aún no lo había hablado con nadie, pero atesoraba una ambición secreta.

La ambición de crear una *nueva* música clásica. Ser un nuevo tipo de pianista-compositor.

Chopin, Liszt, Schumann, Brahms, Rachmaninoff, Scriabin, Bartók.

Todos eran distinguidos pianistas y, *además*, compositores. ¿Y no debería haber más pianistas-compositores en la actualidad?

Tampoco se comparaba con ninguno de ellos. Solo hacer justicia a su trabajo requeriría más de una vida.

Había montones de pianistas con una técnica increíble, pero ¿por qué no surgían más pianistas-compositores entre esos virtuosos? A Masaru llevaba tiempo pareciéndole extraño.

Dicho eso, la mayoría de la «música contemporánea» se daba en un ámbito muy pequeño; solo existía para los propios compositores y para los críticos, y no eran obras que quisieras tocar o escuchar.

¿No podía surgir un pianista que uniera todo esto?

Hasta Friedrich Gurda, una especie de genio despreocupado que trascendió las barreras musicales, empezó a tocar su propia obra como pianista de *jazz*. Aunque era uno de los pocos casos que incorporaba el sonido ortodoxo vienés, lo trataron como una excepción, como alguien externo al mundo del piano clásico. Así de fuerte era el hechizo de sus predecesores, así de altos eran los obstáculos.

De todas formas, me gustaría intentarlo algún día, pensó Masaru. Ese era su sueño.

De repente oyó la campana que anunciaba la siguiente actuación y sonrió. *Pero lo primero es lo primero. Tengo que dar lo mejor de mí en la siguiente hora.*

El regidor de escena lo miró de un modo inquisitivo, quizá por su sonrisa irónica.

—Es la hora —dijo Takubo—. Buena suerte.

Era la tercera vez que Masaru oía esas palabras.

—Muchas gracias.

Por tercera vez, sonrió a Takubo con calidez y salió al escenario.

Masaru había decidido hacía tiempo que la *Piano Sonata* de Bartók sería la primera pieza que interpretase.

Empezar con esa obra vanguardista atraparía al público y revertiría la dulce imagen que la gente tenía de él.

En vida, Bartók había dicho a menudo que el piano era un instrumento de percusión a la par que uno melódico. Poca gente consideraba el piano de esa forma. Sin embargo, si mirabas en su interior, verías los martillos que golpeaban las cuerdas a la velocidad del rayo, una prueba evidente de que sí, *percusión* es justo lo que es. Pero nadie lo adivinaría mirando tan solo las teclas.

Al empezar con Bartók, recordabas por completo que el piano es un instrumento que *golpea*.

Y por eso, en vez de *tocar* el piano, Masaru lo *aporreó*.

En su cabeza mantenía la imagen de tocar una marimba, sus dedos como diez baquetas largas, sus muñecas chasqueando con elegancia mientras golpeaba las teclas.

Intentó imitar la especial flexibilidad y naturalidad de un músico tocando la marimba.

Con los instrumentos de percusión, no puedes dudar antes de golpear. Si lo haces, aunque sea durante una fracción de segundo, la fuerza se debilita, la intensidad del sonido disminuye.

Por eso, para tocar a Bartók, debes golpear con intensidad, incluso con violencia; algo que es de esperar, ya que el piano es un instrumento de percusión.

Y, por todo eso, ¡qué obra más chula!

Masaru se animó mientras tocaba.

Sí... Se parecía mucho a tocar la batería. La sensación a medida que las vibraciones rebotaban por el cuerpo, el placer del ritmo fluyendo por todo tu ser. Una alegría primigenia.

El tambor es un instrumento de la antigüedad, en cada país y pueblo.

En ese sentido, Masaru pensó que el piano era una extensión del tambor.

Después de probar todo tipo de instrumentos, uno de sus conocidos se había decantado por el tambor. Según él, un tambor equivale a toda una orquesta.

Lo mismo se podía decir del piano. Con tan solo un piano podías reproducir a toda una orquesta. En vez de baquetas, los martillos golpeaban las cuerdas internas.

Golpe. Golpe.

Los humanos tenían un deseo básico, el de expresar sus sentimientos golpeando algo para sacarle sonido. El tambor fue lo primero que percutieron para satisfacer ese deseo. Y, con el tiempo, surgió el piano. Y esa obra de Bartók.

De qué manera desarrollaba Bartók ese sonido, tan refrescante y puro, como si vieras un panorama encantador, como una sensación de euforia al ver un cielo azul extendiéndose ante tus ojos.

Cada vez que Masaru tocaba a Bartók, olía el bosque, la hierba, una compleja gradación de verde, gotas de agua cayendo de las hojas.

El viento soplaba por el bosque hasta una apertura, donde se hallaba una cabaña de madera.

El sonido de Bartók era como un leño grueso y áspero. Sin barnizar, sin trabajar, con el bello grano visible. Una estructura sólida construida en medio de la naturaleza, un sonido como los mismos materiales.

El sonido de un hacha sonando en algún lugar del bosque.

Un ritmo robusto, regular.

Golpe. Golpe. Una vibración que resuena en el bosque y que sientes en las entrañas.

El pálpito de un corazón. El ritmo de los tambores. El ritmo de la vida, de la emoción, del juego entre las dos.

Golpe. Golpe.

Dedo batuta golpe madera.

Puedes entrar en un trance mientras sacas el sonido a golpes, reúnes fuerzas, golpeas con más fuerza. Te absorbe por completo, le das todo lo que tienes. Hasta que te quedas en blanco.

Un último golpe y el sonido se detiene.

Y entonces silencio. El silencio total del bosque.

Cuando Masaru se levantó, lo envolvió una oleada de aplausos.

Entre sonrisas y reverencias, sentía alivio y, al mismo tiempo, una alegría indescriptible.

Quiero ser el tipo de pianista para el que las obras que quiero tocar y las que el público quiera oír sean las mismas, pensó de nuevo.

¿Y qué pasa con la siguiente pieza?

Esta también es una que yo, y el público, queremos oír.

Sibelius. *Cinco piezas románticas.*

Como el nombre indicaba, suponía un giro de ciento ochenta grados de la obra de Bartók, una serie de cinco piezas cortas y melódicas. Melodías bien ordenadas de una belleza sin reparos.

Nada difícil a nivel técnico, se podían tocar con gran dulzura.

Aun así, situarlas en el segundo puesto de su recital era un riesgo. En ese programa de una hora, la segunda obra era clave.

El contraste con Bartók añadía equilibrio, con el objetivo de liberar al público de cualquier tensión. También concedía, y satisfacía, el deseo de la gente de esa música cautivadora que esperaban oír de Masaru. Pero el objetivo principal era establecer el terreno para la gran obra que venía después, una sonata de Liszt.

Pero este Sibelius es más difícil de lo que había imaginado, pensó. Sentía aquello cada vez que practicaba la obra.

Su técnica era sencilla y fácil de dominar. Pero la dulzura también bordeaba un ego cursi y excesivo (un buen ejemplo de la frase «se filtra el ego del pianista»). Resultaba difícil encontrar un equilibrio convincente que no la hiciera cantar demasiado ni, por el contrario, revelara un sonido demasiado brusco. Si se esforzaba demasiado por enfatizar el cambio de ritmo de Bartók, podía deformar toda la obra, y como el final era bastante despreocupado, podía dejar al público insatisfecho.

De todas formas, ¿qué significa «romántico»?

Se había quedado mirando el título, preguntándose qué habría querido decir Sibelius.

Como el compositor representante de Finlandia, Sibelius proyectaba una sensación de «blancura». Nieve sobre un bosque denso de coníferas puntiagudas, hielo, glaciares, lagos azul oscuro. Un blanco elegante, refinado.

Esto es romántico de verdad, intentó susurrarle a alguien. *Pero ¿cómo te hace sentir?* Cerró los ojos.

Amantes mirándose. Sombras acercándose.

Una noche bonita. El parpadeo de las velas.

Un poco vergonzoso, un poco agridulce, unas pocas lágrimas, la sensación de flotar en el aire.

Como las melodías en sí ya eran bastante románticas, su objetivo era tocarlas directamente y con bastante rigidez; los acordes uniformes, los arpegios precisos, sin ningún *ritardando* pretencioso.

Luz cristalina, como vista a través de cristal de Baccarat.

Cantar era difícil. A veces podías estar cantando en voz alta y tan feliz, solo para descubrir que sonabas como alguien berreando en un karaoke. Debías tener paciencia y humildad para dejarte llevar por el flujo natural de la obra y acercarte más a la voz del piano. Si no, la vertiente presumida del intérprete no tardaría en salir a relucir.

Para hacer que una melodía maravillosa cantase, los sonidos debían ser exquisitos.

Masaru pulió y definió más su estilo con la intención de buscar otras formas de que la transición entre un sonido y otro fuera más suave, más fluida.

Concentrado, sintió, como siempre, lo difícil que era tocar a un volumen consistente y uniforme para asegurarse de que cada partícula de sonido estuviera alineada.

Tenías que permitir que el sonido brotara en vez de forzarlo. Había practicado minuciosamente para encontrar ese tipo de sonoridad.

Todo su trabajo e investigación lo llevaron a una conclusión: un sonido romántico debe dar la sensación de que se contiene.

Un sonido débil, o uno donde tocabas según tus límites, no serviría. Debía ser algo más como una colcha suave y bien airada, mullida y un poco húmeda. Debía contener humedad, como los ojos acuosos de los amantes, pero para transmitir esa sensación el pianista debía estar tranquilo y compuesto.

Debías tener fuerza muscular para que no sonara más fuerte de lo necesario. Era como colocar un vaso sobre una mesa: necesitabas fuerza para sostener el vaso en el aire antes de depositarlo.

Se requería un poder tenaz para conseguir un sonido romántico. Tanto físico como emocional.

Era un criterio similar a ser *adulto.*

Debo ser más fuerte, pensó Masaru.

Un cuerpo tenaz, un espíritu fuerte. Eso era lo que creaba un auténtico sonido *romántico*.

Aunque, claro, no podía estar pensando todo eso mientras actuaba.

Se acordó del proceso de prueba y error, y esos recuerdos le atravesaron el corazón como una sombra.

Masaru se había concentrado en expandir la actuación *romántica* que había buscado. La dulzura soberbia del tono.

Pero, en realidad, solo liberó su deseo de cantar, con sus sentimientos frescos y sinceros.

Una euforia enmudecida persistió en el ambiente, y entonces Masaru sonrió y se levantó para recibir un aplauso salvaje. Sintió que la temperatura del público se disparaba, sintió que habían compartido su placer por la música.

Masaru se preparó para la tercera obra, el plato principal del día.

La grandísima *Sonata en si menor* de Franz Liszt.

Compuesta entre 1852 y 1853, se interpretó por primera vez en 1857. Liszt ya se había retirado como pianista y fue su pupilo, Hans von Bülow, quien la estrenó.

Como obra maestra reconocida, su forma era poco convencional. Al catalogarla como sonata, cuando se tocó por primera vez hubo un acalorado debate sobre si encajaba en esa forma o no. Debido a su estructura novedosa, fue objeto de intensas críticas.

Su característica principal era que, a diferencia de la forma habitual de una sonata, dividida claramente en exposición, desarrollo y recapitulación, esa sonata se tocaba como una obra continua.

Duraba casi treinta minutos y requería una técnica muy exigente.

Masaru había estudiado su estructura, delicada y compleja, pero, cada vez que la oía lo asombraba su preparación, ya que era como una novela planeada al detalle.

Como una magnífica historia escrita en notas musicales.

Tanto el escritor como el lector necesitaban una tremenda tenacidad.

Al igual que un trovador, tenías que absorber físicamente toda la obra para poder narrar en el escenario esa historia con todos sus vericuetos, escrita en un lenguaje maravilloso.

Era una obra famosa que había oído una y otra vez desde niño y la había practicado muchas veces. Hacía tiempo que había memorizado la partitura.

Aun así, para prepararse, había estudiado la partitura de nuevo, desde el principio. Era una especie de plano, una masa de partes que construían el amplio edificio de la *Sonata en si menor*.

¿A dónde iban todas esas partes y qué papel desempeñaban?

Como si viera un edificio enorme en perspectiva, Masaru estudió todos los recovecos de la partitura.

Y cuanto más leía, más se maravillaba.

Con las composiciones famosas, solo con mirar la belleza de la partitura ya impactaba. Incluso niños que no podían leerlas podían distinguir sus diseños vivos y atractivos.

Había, cómo no, distintas versiones y cuestiones menores sobre si ese era el original que había escrito Liszt, pero aunque generaciones posteriores hubieran añadido y revisado algunas partes, la impresión y el equilibrio de la partitura te convencía de su exquisita construcción.

Aquello había sido creado por la imaginación humana, escrito e interpretado a lo largo de los siglos. Era un auténtico milagro.

La composición, la historia, empezaba con naturalidad, con una escena enigmática.

Un joven pasea con tranquilidad, pisa ligeramente la hierba de un sendero desolado e invernal. Va vestido con elegancia; es un intelectual, sus ojos oscuros arden.

El cielo está cubierto por nubes densas, el viento corta. Reina un silencio absoluto, ni siquiera el canto de los pájaros lo altera.

El nítido chasquido de una rama bajo un pie.

El hombre se fija en la tumba ruinosa medio enterrada en la hierba. Hay unas fechas grabadas, pero la inscripción se ha desgastado y lo único que transmite es la futilidad y la fugacidad de la vida.

El joven pasa por encima de la tumba.

Ante él aparece un pueblo en una colina baja, el campanario de una iglesia, los muros de un viejo castillo. Está claro que es un lugar con una rica historia.

El semblante del joven es amenazador; sus ojos están fijos en un punto a lo lejos, dejan entrever una historia turbulenta, porque lo que se desarrolla es el cuento trágico de muchas generaciones desdichadas, un relato que explora las complejidades de la motivación humana.

Después de la siniestra introducción, llega el primer tema y aparecen los miembros de la familia terrateniente.

Nos habla del padre despótico, de sus hermanos pequeños que compiten por ser sus sucesores y de sus hijos, con su maraña de relaciones. Ya hay intrigas en marcha, ya se han plantado las semillas de la discordia.

Tras una extensa narración, llega el segundo tema.

Aparece una nueva protagonista, una joven heroína de rostro fresco.

Aunque forma parte del clan gobernante, se quedó huérfana a una tierna edad y la han dejado de lado. La crio su abuela, estricta pero afectuosa, y lleva una existencia sencilla y frugal a las afueras del pueblo.

La hermosa e inteligente heroína. Un vistazo a sus ojos y ya vemos que posee auténtico valor.

El tema encaja con su personalidad: una melodía emotiva cálida que rebosa de afecto.

Cuando regresa de la parroquia, se encuentra al joven de pie a las afueras del pueblo, con la mirada fija a lo lejos.

Lo acompaña un agente que le está explicando algo.

La heroína mira al joven.

Nunca lo ha visto antes, pero algo se remueve en su interior y tiene la sensación de que lo conoce desde hace mucho tiempo...

El azar hace que la heroína se encuentre con él en distintas ocasiones. Un niño se hace daño en un pasto y los dos hablan mientras acuden en su ayuda.

El joven le cuenta que es abogado y un cliente le ha ordenado que visite el pueblo para preparar un pleito. Se sienten atraídos, aunque las ocasionales miradas frías de él preocupan a la heroína.

La gente se va enterando poco a poco sobre el nuevo hombre en el pueblo y empiezan a correr rumores.

Dicen que ha ido a demandar al clan.

La noticia de su arribo no tarda en llegar a oídos del líder.

El tema del clan se llena de tensión.

Poco a poco, ese hombre misterioso arrincona al clan. Los miembros más turbios de la familia acaban sufriendo accidentes inesperados o mueren, uno detrás de otro, en riñas absurdas.

La escena cambia rápido y los hombres del clan se dejan llevar por el pánico.

¿Qué ocurre? ¿Alguien se está vengando? ¿Y el joven está implicado? ¿Quién tira de las cuerdas?

Empiezan a sospechar los unos de los otros.

Las escenas se sucedían en la imaginación de Masaru.

Casi podía oír hablar a la gente.

Vio la luz de sus velas en la cena, el tenue brillo de una moneda que era entregada a un confidente en la puerta trasera, la lluvia que caía en los surcos creados por los carruajes.

Se trataba de una historia llena de magníficos personajes (la preciosa chica con la voluntad de hierro, la abuela con su don de la clarividencia) que ofrecía descripciones detalladas de los escenarios y las mentes mientras avanzaba hacia su trágico desenlace.

El destino es ineludible. Paso a paso, los engranajes del tiempo giran y atraen a los personajes hasta conducirlos a los lugares donde se encontrarán.

El joven abre su corazón a la heroína, pero, cuando descubre quién es, está fuera de sí. Y la heroína intenta desvelar el motivo.

El joven le confiesa que ha ido allí a vengarse del clan, a destruirlo.

La historia alcanza su clímax.

Al final, el clan revela que el joven es el hijo del hijo menor, a quien asesinaron antes de que pudiera exponer las malvadas intenciones de sus congéneres. En esa época, la esposa del hombre intentó escapar con su bebé recién nacido, pero la acorralaron y la mataron. No encontraron a su hijo en ninguna parte. Era una noche gélida de invierno y las posibilidades de que sobreviviera eran bajas. Estaban seguros de que había muerto en algún lugar del camino…

El clan envía asesinos para matar al joven.

Pero, como las sospechas campan libres en la familia, se vuelven los unos contra los otros.

El joven se defiende, hay sangre por doquier, cadáveres desperdigados por el suelo.

Y este, que arde con las ansias de venganza, intenta capturar a la heroína.

Y justo entonces, se oye un grito.

La abuela, postrada en la cama todo ese tiempo, se pone en pie tambaleante, grita un nombre y el joven se llena de asombro.

¡Son hermano y hermana!

La oscuridad se parte por el grito de la heroína cuando un miembro del clan apuñala al joven.

La escena final: la heroína se fija en una tumba, medio enterrada en la hierba. Está escrito el nombre de su madre, la mujer a la que asesinaron en esa gélida noche de invierno.

La heroína, sin poder soportar su dolor, alza la mirada al cielo y se aleja.

Masaru casi podía ver la palabra «fin» al final de la partitura. Pero no, ¿cómo se decía en alemán? ¿*Ende*?

Cerró la partitura. Una historia un poco cliché, pero se trataba del siglo XIX, la época del gran romanticismo.

Y también era la historia que Masaru podía *oír* en la música.

Lo que quedaba era transmitir esa narración compleja a través de su actuación.

Descubrió que completar una pieza se parecía mucho a limpiar una casa.

Limpiar una casa conllevaba una labor física sin fin. Y lo mismo ocurría al tocar el piano.

Era difícil mantener una casa limpia.

Si era pequeña, la limpieza se hacía más llevadera y no tardabas tanto. Podías dejarla como los chorros del oro en poco tiempo y solo había que darle algún repaso para mantener el nivel.

Pero limpiar una gran casa no era fácil. Para que luciera siempre un aspecto impoluto debías estar pendiente.

La *Sonata en si menor* era una casa enorme. La estructura era compleja, con capas sobre capas de diseños elaborados. Una infinidad de gente había entrado y salido para mantener el lugar limpísimo.

Pero ¿y si le pedías a una sola persona que limpiara ese sitio tan enorme?

Abrir la puerta pesada ya resultaba difícil. Solo para llegar a la *porte-cochère* tenías que barrer montones de hojas y pensar constantemente en el aspecto original de la morada, cuando todo estaba limpio.

Había muchas partes que no sabías cómo limpiar… El papel viejo de pared, una barandilla de latón.

Antes debías considerar la cantidad de tiempo y esfuerzo que requería limpiarlo y cómo podías proceder. Y solo cuando te habías preparado a fondo podías empezar.

Masaru tenía confianza. Contaba con los instrumentos más innovadores en cuestiones de limpieza y, encima, rebosaba energía.

Pero, en cuanto comenzó, se dio cuenta de que la tarea era mucho más ardua de lo que había imaginado.

No había forma de limpiar cada resquicio de la veranda. Era demasiado grande y se quedaba sin aliento enseguida.

Fregó aquí y allá, pero dejó sitios sin tocar, como las ventanas. No tenía fuerzas para limpiar el hollín del techo. Al principio, lo único que pudo hacer fue fregar los pasillos.

Concéntrate en un punto y, en tu ausencia, el polvo no tardará en amontonarse en otro lugar.

La composición era más dura de lo que había pensado.

Masaru salió de la mansión una vez más y se replanteó las cosas.

Sabía que, si limpiaba al azar, nunca pondría en orden todo el lugar.

Estaba decidido a dedicar cada gramo de sus fuerzas y todos sus recursos técnicos en una batalla definitiva.

Intentó todo tipo de enfoques eficientes, pero al final concluyó que la única forma era limpiar y pulir una habitación, de modo individual, y hacer un trabajo detallado y minucioso.

Y, mientras tanto, hizo todo tipo de descubrimientos.

Diseños maravillosos en lugares en los que nadie se había fijado antes y cajones dentro de armarios que nadie había abierto. Ventanas traseras que revelaban vistas refrescantes y que jamás habían sido abiertas.

Mientras practicaba cada día, llegó a comprender el tiempo correcto para encerar el suelo del vestíbulo y cuándo descansar de la limpieza.

Poco a poco, la mansión estuvo más limpia, y entonces resurgió la apariencia ordenada del edificio nada más construirse.

La balaustrada en cada lado de la escalera que conducía al gran salón solía acumular polvo, así que la limpió con diligencia.

De vez en cuando abría las ventanas y dejaba entrar la brisa en la mansión.

Llegó a conocer lugares menos accesibles que aún quería limpiar. Lugares en los que los invitados podrían fijarse y comentar, con admiración, cómo esas zonas tan apartadas también se habían cuidado.

Hasta se percató en cómo la luz matutina entraba por las ventanas del pasillo en el lado este de la casa y hacía destacar las flores.

Y, al fin, llegó el día.

El día en que cada rincón de la mansión había sido renovado y el edificio lucía toda su gloria original.

Comprendía cada cambio que traían las estaciones a la vivienda y lo que necesitaba hacer para encargarse de ellos.

Esa mansión le pertenecía. Recordaba cada árbol y brizna de hierba en el jardín y, si cerraba los ojos, podía imaginarse con claridad cómo se balanceaban.

Llegó el día.

El momento en el que supo todo lo que había que saber sobre esa composición.

El instante en el que la música permeaba cada rincón de su ser.

En un momento de gloria suprema, sintió que daba igual cómo tocase: la música y él eran *uno*.

Podía hacer lo que quisiera: decorar la mansión entera con flores y celebrar una fiesta toda la noche…

Aunque aún le pesaban todas las horas y horas que había pasado trabajando en ella, incluso entonces, mientras Masaru volaba a la *Sonata en si menor*, le parecía completamente nueva, como si fuera la primera vez que la interpretaba.

Olvida todas las durezas.

Y presenta este drama deslumbrante al público. Y también a ti mismo.

¿Qué viene ahora? ¿Qué pasará? Era como un miembro del público, contenía el aliento para lo que se desencadenaría después.

Todos los oídos estaban puestos en la narrativa que Masaru contaba. La atención del público se concentraba dolorosamente en él y solo en él sobre el escenario, y supo que la emoción y la tensión se mantenían en equilibrio en el filo.

El solemne final ya casi había llegado.

Lo tocó con atención, con firmeza. Lo hizo todo lo lleno y completo que pudo. No dejó nada fuera.

Lo contó todo, aunque le dio fuerzas con cierta reserva: la sugerencia de que algo persistía.

La heroína se alejaba despacio en la distancia.

El paisaje vacío.

La planicie desierta, con solo la hierba meciéndose en el viento.

Sintió que podía ver de verdad la palabra *ende*.

El auditorio guardaba silencio.

Masaru se levantó para recibir una tormenta de aplausos e hizo una profunda reverencia.

Muchas gracias.

Por algún motivo, le llegaron palabras de agradecimiento a la mente. No supo por qué daba las gracias.

Gracias por haberme dejado tocar esta magnífica obra narrativa. Gracias, de verdad, por haberme permitido tocar aquí, hoy.

Hizo otra reverencia, y luego otra ante el aplauso infinito, que no murió hasta que se sentó de nuevo.

Masaru aguardó un poco más a que el auditorio se tranquilizara y comenzó con su última pieza.

Un vals corto de Chopin.

La había elegido como una especie de bis para su recital de una hora.

Vals n.º 14 en mi menor. Una obra póstuma de Chopin.

Un vals romántico, agridulce y desgarrador.

Una pieza casual. Una despedida… Masaru había decidido hacía tiempo que sería la última.

Como el telón final que se corre discreto. Nunca le habían gustado los finales interminables.

Masaru terminó el vals y se levantó a toda prisa, otra vez envuelto en un estruendoso aplauso.

Lo aceptó con todo su cuerpo. Cuán emocionado y cuánto se movía el público mientras daban pisotones.

Hizo una reverencia, con los ojos cerrados, y saboreó la sensación. *Se acabó.*

Incluso después de retirarse a los bastidores, el aplauso no dio señales de disminuir.

MASCARADA

Cautivador. Como siempre, la actuación de Masaru había capturado el afecto de todo el público y el auditorio seguía vibrando. Eso fue lo que se le ocurrió a Aya, sentada en un rincón.

No «maravilloso» o «increíble».

Sino «cautivador».

Aya comprendía que Masaru había contado un gran drama. No supo que se trataba de una historia del siglo XIX, pero había comunicado con viveza el tumulto del dramatismo humano.

Compartían imágenes mentales de algunas obras: el *Concierto para piano n.º 2* de Prokofiev era una pieza *noir*, el *Concierto n.º 3* era como *Star Wars*, así que Aya pudo figurarse la imagen que Masaru tenía de la *Sonata en si menor*.

Lo entiendo, se percató. *Esa sensación de que la obra es tan* cautivadora *porque la ha interpretado un amigo, alguien cercano a mí.*

Solo se habían reencontrado hacía un par de días después de tantos años, pero Aya sabía lo que conmovía a Masaru.

Cuando actuaba con más gente, era como si tocara sus esencias cuando algo resonaba hondo en ella, al mismo nivel que su alma. Sabía que, a medida que un oyente conocía cada vez más la personalidad de un artista, la comprensión de su interpretación se ahondaba.

Pero esa actuación *cautivadora* de Masaru no era como nada que hubiera experimentado.

En parte se debía a la gran originalidad del chico. Era un pianista excepcional y encantador. Sus interpretaciones eran vívidas, estaban bien definidas y siempre resultaban interesantes.

Pero eso no era todo. Aya reflexionó sobre aquello mientras observaba al público, que compartía emocionado sus impresiones.

Masaru era especial. *Para mí, es como una segunda Aya, una parte de mí. Y nunca me había sentido así con nadie.*

¿Es amor lo que siento? Aya ladeó la cabeza y lo consideró, intentando ser objetiva.

Masaru era atractivo, de eso no cabía ninguna duda, y popular entre las mujeres. Cualquier mujer sería feliz de conocerlo en más profundidad. A lo mejor solo se estaba emocionando porque un chico atractivo y maravilloso la trataba bien.

Pues claro que sintió el amor removiéndose por dentro.

Pero la certeza que sentía en el fondo era desapasionada. Nada de emoción. Era la misma certeza que experimentaba al actuar, cuando se observaba desde arriba.

Esa era la primera vez que se sentía así, que sentía que las actuaciones de otra persona diferían mucho de la suya y, pese a todo, la hacían sentir que *ella* era la que actuaba. Actuaciones con las que pensaba: *Lo conozco. Entiendo lo que siente.*

Cuando comparaba esto con lo que sentía al escuchar a Jin Kazama, comprendía lo especial que era aquello.

Sentía cercanía, y empatía, también para con Jin.

El otro día sobre todo, mientras tocaban *Claro de luna* juntos, se había sentido unida a él, además de cierto vértigo y motivación por ver quién superaba a quién.

Pero aquello fue momentáneo. Solo un sentimiento pasajero que la llenó mientras tocaba con el chico. Algo accidental, la verdad.

Cuando no estaba con Jin, se sentía distanciada de él. Para Aya, su genialidad era mística, algo que nunca podría comprender. La genialidad de Masaru y la de Jin se hallaban a mundos de distancia.

Existían genios a los que podías comprender y genios a los que no. ¿Por qué? ¿Sus objetivos eran distintos? ¿O era su forma de pensar?

Había algo esquivo en Jin Kazama, una cualidad indiferente, incluso algún indicio ocasional de frialdad, de desapego. Se imaginó que la crueldad de Dios debía ser semejante.

En cualquier caso, nunca había sabido cuán fascinante podía ser escuchar la actuación de alguien a quien conocía.

Quizá se volviera adicta a ese nuevo descubrimiento. Siempre le había gustado escuchar a otros pianistas y ahora le parecía que le gustaba incluso más.

A quien le tocara actuar después de Masaru tenía mala suerte. Era la única forma de describirlo. La impresión que Masaru dejaba era tan impactante que la mayoría del público apenas recordaba lo que venía después.

Pero en la tercera ronda había, sin excepción, pianistas de gran nivel. El francés que siguió a Masaru dio una buena actuación.

A través de las composiciones coloridas de Debussy y Ravel, creó una atmósfera única y consiguió atraer al público. La estructura del programa revelaba una visión clara y bien considerada.

Creo que puedo entender a los pianistas franceses, pensó Akashi Takashima. *A lo mejor es cosa mía, pero dan la sensación de ser transparentes, como si estuvieran envueltos en pálidos tonos pastel.*

Era un poco simplista, pero te sentías como en el interior de un cuadro impresionista. No solo por el ambiente, sino casi como si oyeras los colores impresionistas reluciendo en los sonidos que producían.

El mundo no parecía tener fronteras hoy en día, pero uno no podía escapar de sus raíces. Los escenarios y las características de la tierra donde te criaste estaban grabados para siempre en tu cuerpo.

Cuando la gente me escucha, ¿ve un huerto verde de moreras y siente la brisa en él?, se preguntó Akashi.

Antes de darse cuenta, el primer día de la tercera ronda llegó a su fin con el último pianista.

Era un hombre alto y enjuto de China, guapo y bien educado.

Él también cargaba con la tierra de su país, los grandes ríos, las cordilleras, las planicies sin fin.

Mmm, no me suena este competidor.

Jennifer Chan había acaparado toda la atención y poca gente se había fijado en ese pianista que estaba conquistando al público.

Una versión robusta de Beethoven, con generosidad de espíritu, y un núcleo decidido que expresaba las dificultades del compositor.

Según el programa, había estudiado en un conservatorio estadounidense. Vista su edad, habría pasado gran parte de su vida en aquel país. Y, aun así, lo que llevaba con él no era Norteamérica, sino Eurasia. Sangre asiática fluía por su pelo, por sus ojos y bajo su piel.

Curiosamente, en la primera y segunda ronda Akashi no se había fijado demasiado en el trasfondo de los pianistas durante sus actuaciones, sino que le había parecido que el mundo se había tornado más homogéneo, las interpretaciones más planas, como un tipo de unidad unificada.

Pero en ese instante, en la tercera ronda, sentía el *trasfondo* de todos y cada uno de los intérpretes.

Cuando descartabas competidores y solo quedaban los que poseían una técnica más avanzada (o, dicho de otra forma, los más fuertes), sus esencias y raíces relucían con más intensidad.

La música sí que es un idioma universal, pensó Akashi.

Ya no pensaba en que lo habían eliminado.

La gente salió del auditorio y el vestíbulo quedó impregnado tanto de agotamiento como de satisfacción, de plenitud.

Pues no me disgusta este tipo de atmósfera, pensó Kanade. Era la sensación de una competición larga que se adentraba en las últimas fases y se aproximaba a su clímax. La emoción cuando el número de competidores se había reducido. El sentir lo duro e implacable que era todo.

Dejando a un lado la cuestión de si estaba bien o mal reducir la música a una batalla, era justo eso, en parte, lo que le daba atractivo a una competición.

—Ha sido divertido, ¿verdad? —dijo Aya, sentada a su lado—. Ahora entiendo por qué dicen que las semifinales en el torneo nacional de béisbol de institutos siempre son lo mejor.

—¿Béisbol?

Kanade alzó las cejas, pero supo a qué se refería Aya.

A esas alturas, el público lo sabía todo sobre cada pianista y su personalidad. Podían considerar cómo quedarían unos respecto a otros; cada miembro del público se convertía, de hecho, en juez. Era divertido intentar predecir el resultado. Podría parecer insensible, pero era innegable que uno de los placeres en esa etapa eran las apuestas, jugar a ver qué artista quedaría el primero.

—¿Qué actuación te ha gustado, Kanade-chan? —preguntó Aya.

—La verdad es que han sido todas buenas.

Kanade se imaginó las caras de los pianistas.

Sentía lo que le había pasado al primer músico, Alexei Zakhaev, pero después todo el mundo había actuado excepcionalmente bien.

—Siempre lo siento mucho por los pianistas cuando el nivel está tan alto. Aunque, claro, ganar una competición con el nivel bajo no haría feliz a nadie.

—Cierto. —Costaba determinar si Aya era consciente de que ella misma era una de las competidoras—. Pero creo que cualquiera diría que Masaru es la auténtica estrella. Te dan ganas de escucharlo de nuevo, de verlo, de ir a sus conciertos. Una parte de eso es tan solo carisma.

—Sí —coincidió Aya—. La gente quiere escucharlo de nuevo, oír más de sus actuaciones.

—Cada obra ha sido genial. Nunca había oído la de Sibelius en directo. Es el tipo de elección que esperas de él. Aunque un poco arriesgada, quizá.

—Podría ser algo olvidable si no la tocas bien.

—El último pianista, el hombre chino, también ha sido muy bueno.

—Hay mucho potencial, eso está claro. Ah, y hablando del rey de Roma, aquí viene nuestra estrella.

Kanade miró hacia el vestíbulo, donde Masaru, una cabeza más alto que la mayoría, estaba rodeado de seguidores.

—Es popular.

—No me extraña.

No solo había chicas jóvenes pidiéndole autógrafos, sino también miembros mayores del público, entre los cuales había unos cuantos ancianos que parecían tener buen oído para la música. La popularidad de Masaru abarcaba todo tipo de edades.

—Aya-chan, ¿te apetece practicar? ¿Quieres ir al mismo piano que antes? ¿Llamo a esa señora? —Kanade miró el reloj.

Aya parecía perdida. Reinó el silencio un momento.

—Mmm… Hoy no.

—¿Estás segura? El otro día te morías por tocar.

—Lo sé. Ese día no quería esperar a tocar la cadencia. —Movía los ojos sin cesar—. Pero, por algún motivo, hoy no me apetece.

Su semblante revelaba que a ella también le parecía raro. Al mirarla, Kanade sintió cierto recelo gélido.

¿A lo mejor Aya sentía *demasiado* la competición? ¿La disfrutaba tanto como espectadora que había perdido toda la tensión? No pasaba nada por actuar sin temer los resultados. Pero la forma en la que se comportaba en ese momento… ¿era buena? El día siguiente sería un punto crítico en la competición.

En las actuaciones de la primera y la segunda ronda, Kanade se había convencido cada vez más de que su oído había acertado de lleno al reconocer la genialidad de Aya, pero con esa actitud no sabía cómo acabaría todo.

Aya no había regresado por completo al escenario.

Kanade estudió el semblante de su amiga, la mirada vacía e inquieta de sus ojos. Kanade conocía bien esa expresión, era la que Aya lucía cuando no estaba segura de sí misma.

Se la había visto en muchas ocasiones. Cuando decidió participar en la competición. Cuando estaba eligiendo los vestidos que luciría sobre el escenario. Cuando llegó al auditorio. En esos momentos, la mente de Aya estaba en otra parte, en un lugar del que Kanade no sabía nada. Kanade quería perseguirla, pero sabía que nunca la alcanzaría.

Si eso fuera parte del mundo musical, del mundo artístico, entonces bien. Pero le parecía que había algo diferente.

Kanade sintió que en su interior se acumulaban una impaciencia y una inquietud vagas.

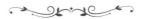

—¡Aa-channn!

Masaru las había localizado y las saludaba mientras se aproximaba.

El príncipe reluciente. Cada vez que Kanade lo veía, su aura la abrumaba. Quizá solo fuera momentáneo, pero lo que irradiaba en ese momento era el tipo de luz que solo alguien a quien se lo habían prometido todo podía poseer.

—¡Ma-kun, has estado genial!

—¿En serio? Me alegro.

—Lo supe en cuanto vi tu programa, pero al oírte pensé: «Guau, esas obras son perfectas para él».

—Eso es lo que esperaba. ¿Qué tal el Sibelius? ¿No ha sido demasiado azucarado?

—Le has dado el dulzor perfecto. Los pianistas suelen contenerse, pero algunas cosas deben ser dulces.

—Sabía que lo entenderías, Aa-chan.

Kanade sintió un poco de la envidia y la misma tristeza que había sentido hacia esos genios musicales cuando habían ido a la playa, pero mezcladas ahora con cierta compasión. La inocencia que demostraban... ¿sería un tipo de bendición que habían recibido por ser incapaces de captar las emociones y las sutilezas de aquellas personas que *no* eran genios?

—Aa-chan, me muero de hambre. Vayamos a cenar —propuso Masaru, estirándose.

—Yo también. Me entra hambre solo de escuchar música. Kanade-chan, ¿qué te apetece comer?

Kanade estaba absorta en sus pensamientos.

—No sé... ¿Curri, quizá?

—Suena bien.

—Pero no demasiado picante o me estimulará demasiado.

—Venga ya... ¡A mí me apetece bien picante!

—¿Te gusta la comida picante, Ma-kun?

—Pues sí. Antes de volver a casa, quiero probar un ramen superpicante en un restaurante de Ebisu, en Tokio.

Mientras se marchaban, Kanade aprovechó para estudiarlos.

La aparición de Masaru era una buena oportunidad para Aya. A otros competidores sería mejor que no los conociera, ya que a Aya las relaciones a medio cocer no la inspirarían. Pero esos dos genios se habían conocido de niños. Y Masaru era muy encantador, un joven maravilloso, como músico y como amigo. Kanade esperaba que, al reconectar con él, Aya quisiera regresar al escenario.

Una parte de eso ya había ocurrido, pero ¿quizá se parecían *demasiado*?

Kanade los observó, como si comprobara su afinidad.

Aya veía a Masaru como su *alter ego*, no como un rival. Eso estaba claro. Aunque una parte de Masaru sí que la consideraba rival.

¿Podía ser que Aya se sintiera satisfecha por el hecho de que su *alter ego* hubiera actuado de forma excepcional? ¿No le confiaba, en parte, su propia música a Masaru? ¿Y no planeaba regresar a la competición solo como espectadora?

—Eh… ¿Y qué pasa con Jin Kazama? —dijo Aya, como si acabara de acordarse. Se detuvo y examinó el vestíbulo.

—No lo veo.

—¿Estaba en el auditorio?

—Ahora que lo dices, no lo he visto. Y es raro, porque estaba segura de que vendría a escuchar.

Aya se quedó mirando a su alrededor.

Eso sorprendió a Kanade.

Era posible que la persona que persuadiera a Aya de vuelta al piano, quien realmente la haría regresar al escenario fuera…

Una imagen apareció en la mente de Kanade: el chico con su gorra.

Mientras Aya y los demás disfrutaban de su curri, Jin Kazama se hallaba en la casa que lo alojaba. Estaba en la habitación del tatami, sentado con el florista, el señor Togashi, y no movía ni un músculo mientras lo observaba cortar con gran habilidad las flores con un par de tijeras, como si estas fueran una extensión de su cuerpo.

—Jin, ¿has cenado ya? —preguntó Togashi y le dirigió una mirada. Los ojos del chico estaban fijos en sus manos.

Jin no se dio cuenta de que le había hablado.

Togashi se sintió alarmado por ese muchacho, como si absorbiera todo el aire de la habitación.

—¿Qué? Ah. Sí… Sí, he cenado.

Los ojos del chico, como espejos claros, regresaron a la vida. Miró a Togashi.

Y Togashi soltó un suspiro de alivio.

Togashi solía pasar mucho tiempo fuera de casa y, cuando no, estaba ocupado con el negocio y el estudio de arreglos florales. Lo que significaba que apenas había tenido tiempo para el hijo de su viejo amigo. Togashi había dejado que su familia y el personal cuidaran de él, y le alivió saber que Jin, acostumbrado a alojarse en la casa de otras personas, no era un huésped difícil de complacer. Aun así, se sentía mal por no dedicarle tiempo.

Una mañana, cuando estaba a punto de marcharse, tropezó con Jin, quien le preguntó si, cuando tuviera tiempo, podía enseñarle cosas sobre arreglos florales. Al parecer, había echado un vistazo en la floristería y el estudio y había visto a Togashi disponiendo las flores.

Pero ¿Jin tenía tiempo? Togashi estaba feliz de que el chico mostrara interés y enseguida accedió, aunque su atareado horario era como un puzle intrincado y le costaría encontrar hueco.

Conocía el alto nivel del Concurso Internacional de Piano de Yoshigae y sabía que de allí salían estrellas, pero desconocía lo bueno que era Jin Kazama o que se hablara tanto de él. Solo se había enterado por su familia de que Jin había pasado a la tercera ronda.

Si hubieran eliminado a Jin antes, a lo mejor habría regresado directo a Francia y no habrían tenido la oportunidad de estar un rato juntos.

Uno de los clientes de Togashi había cancelado de repente, por lo que Jin había vuelto a la casa en cuanto el primer día de la tercera ronda concluyó. De camino había comprado una bola de arroz en una tienda y seguía masticándola al entrar en la casa a toda prisa, así que, en cierto sentido, sí que había cenado.

Las actuaciones de este chico deben de ser espectaculares, pensó Togashi.

Al sentarse, con el lujo de pasar unas horas con Jin por primera vez, Togashi presintió la persona tan extraordinaria que era; alguien que, un poco como él mismo, poseía un talento poco habitual.

No había mucha gente como Togashi, capaz de practicar el arte japonés de los arreglos florales y, a la vez, ser el propietario de una floristería con éxito. Quienes hacían arreglos solían tener floristas que les proporcionaban flores, pero Togashi consideraba la tienda como su principal ocupación, y por eso en el mundillo del *ikebana* lo veían como una excepción. Como si un músico, en vez de adoptar un piano y tocarlo, también fuera fabricante de pianos y triunfara como pianista profesional.

Togashi no se refería a su trabajo como *ikebana*, el término habitual para los arreglos florales, sino más bien como *noike*, traducido literalmente como «arreglos de campo».

El linaje de su familia se remontaba a Kioto y a una escuela de arreglos florales, de esas que escaseaban en la actualidad, conocida como *keshiki-ike*, o arreglos escénicos.

Como el nombre implicaba, los arreglos escénicos reproducían en miniatura colinas y campos y lugares famosos; algunos replicaban los paisajes del periodo Heian para mostrar cómo habían sido esos jardines, tanto que los historiadores los usaban como materiales de referencia en vez de documentos escritos.

De vez en cuando tenían la oportunidad de preparar paisajes a mayor escala, y justo estaban organizando uno para un evento cercano. Jin lo había visto y mostrado interés.

Togashi le explicó con sencillez los tres principios básicos de los arreglos florales (*ten-chi-jin*) y los demostró en un arreglo para él.

Por otra parte, las técnicas del *noike* se usaban para alargar la vida de las plantas sin sobrecargarlas. Debías conocer las técnicas básicas sobre cómo cortar y doblar las flores, o cuánta agua y calor necesitaba cada planta, además del mejor entorno para ella. Cuando conocías todo esto, hacías *noike*.

Jin lo escuchaba con atención.

—¿Puedo probar a cortar algunas? —Observaba las tijeras en las manos de Togashi.

—Vale. Pero hace falta mucha fuerza para usarlas. Eres pianista y mañana tienes una actuación importante, ¿verdad? Te hará daño en las manos, así que ve con cuidado.

A pesar del aviso de Togashi, Jin alcanzó las tijeras y empezó a cortar; probó su filo y cómo trabajaban en su mano. Su mirada era sincera e intensa, como la de un investigador, y estaba claro que sus poderes de observación eran considerables.

—Jin, enséñame las manos.

A Togashi le costaba creer que el chico nunca hubiera usado ese tipo de tijeras, ya que las manejaba con gran habilidad, y le agarró las manos.

—Ah.

Togashi expresó sin darse cuenta su admiración. *Qué manos más bonitas*, pensó. Grandes, rollizas y suaves.

No las delicadas manos de un artista, sino manos más generosas, hechas para el trabajo práctico. Manos como las de un artesano y un hombre de negocios que podían hacer cualquier cosa. Manos que implicaban algo más grande.

Togashi tuvo una sensación de *déjà vu*.

En su visión, era mayor, y junto con Jin, convertido en un joven vigoroso, cargaba puñados de ramas para un evento internacional en el que prepararían las flores.

Había también un piano de cola en el salón; Jin alzó la tapa y se puso a afinarlo mientras Togashi disponía las flores.

El hombre se quedó perplejo por esa imagen y sacudió la cabeza.

¿Qué ha sido eso?

—Mmm, señor Togashi, cuando arregla flores, ¿en qué piensa? Lo hace muy rápido. Como si ya tuviera el arreglo final en la cabeza.

Jin recogió las tijeras y trazó la curva de las hojas con los dedos.

Aquella era una reacción habitual. Casi todo el mundo, cuando veía a Togashi disponer flores, se sorprendía por lo rápido que trabajaba. Completaba los arreglos a la velocidad del rayo, como si cada segundo contara.

—Bueno, hacerlo rápido sobrecarga menos a las flores. Ese es uno de mis objetivos. —Era una pregunta que solían plantearle y esa era su respuesta estándar, pero, por algún motivo, sentía que ese chico necesitaba más que una respuesta sencilla—. Es cierto que, cuando estoy a punto de ponerme a hacer un arreglo *noike*, la escena aparece en mi cabeza. Si quiero reproducir lo que veo, debo darme prisa. Para hacerlo rápido, necesitas dominar la técnica. Por eso he practicado tanto. Al principio, la imagen desaparecía mientras trabajaba y eso me frustraba.

—Guau. —Jin estaba impresionado—. Velocidad.

—Eso es. Necesitas velocidad para que esa imagen fugaz no se te escape.

El chico consideró aquello y sus ojos se tornaron una vez más como espejos.

—Perdóneme si esto le parece maleducado —dijo—, pero ¿los arreglos florales no son una especie de contradicción? Corta cosas del mundo natural, las dobla y todo eso, para luego disponerlas en una forma como si estuvieran vivas. ¿No ve la contradicción en eso? ¿En matar algo intencionalmente para que luego parezca que esté vivo?

El tono del chico era tan natural que sorprendió a Togashi. Podía parecer inocente por fuera, pero bajo la piel había un grado inesperado de madurez.

—Sí que lo veo —admitió el hombre—. Pero nuestra existencia también es contradictoria, ya que se basa en tener que matar algo con tal de vivir. Comer, la base de nuestra supervivencia, parte de eso. El placer en el acto de comer no se halla sino a una fina línea de ser pecado. Cada vez que hago un arreglo *noike*, siento culpa y pecaminosidad. Por eso me comprometo a hacer el mejor arreglo que pueda. —Togashi hizo una pausa—. Una empresa de cosmética dice eso en sus anuncios, ¿no? «Haz que cada segundo, cada vida, sea hermoso». Creo que cada instante es eterno. Y lo opuesto también es cierto. Crear un momento supremo significa que, mientras dispongo las flores, siento con fuerza que lo estoy viviendo. Y como ese momento es eterno, podemos decir que vivo eternamente.

Jin alzó la mirada, como si estuviera asimilando el significado de las palabras de Togashi.

—Mmm. *Ikebana* y la música son similares.

—¿De verdad?

Jin depositó con cuidado las tijeras sobre el tatami y se cruzó de brazos.

—En términos de reproducción, es lo mismo que el *ikebana*, tan solo un instante. No puedes mantenerlo en este mundo para siempre. Solo es ese instante, que se desvanece. Pero el instante es eterno y, cuando lo reproduces, puedes vivir en esa eternidad. —Jin miró el extremo de la rama que Togashi estaba disponiendo. Contenía unas hojas, el último follaje otoñal—. Mmm. Entonces, ¿sacar la música fuera...?

—¿Qué has dicho?

Al cabo de un momento, Jin miró a Togashi.

—Le prometí a mi profesor que sacaría la música de su espacio confinado y la llevaría a un lugar más grande.

Togashi estaba perplejo.

Sacar la música. No conocía mucho el mundo musical, pero ¿no era un poco raro que un chico tan joven se planteara esas cosas?

—Supongo que no quiso decir que hicieras un concierto al aire libre ni nada de eso, ¿verdad? —preguntó.

—Creo que es algo diferente. Tocamos muchas veces al aire libre, así que no era eso. Aún no he podido sacarla fuera. —Sacudió la cabeza, agarró las tijeras de nuevo y observó las hojas relucientes—. Cuando hace arreglos florales, señor Togashi, las ramas y las flores están vivas. Como si no supieran que las han matado. —Togashi se encogió al oír la palabra «matado», pero no pudo apartar la mirada del chico que observaba las hojas de las tijeras—. Un momento de eternidad y... reproducción...

Sin importarle que Togashi lo estuviera observando, el chico siguió con la mirada fija en las brillantes hojas.

TE DESEO

Al despertar, reinaba la oscuridad al otro lado de la ventana; el panel de cristal distorsionaba las vistas. Parecía que caía una gélida lluvia y sintió el frío colándose dentro.

Mieko se estremeció, muy a su pesar.

La primera lluvia del invierno. Así solía sentirla.

La última jornada de la tercera ronda estaba a punto de empezar y prometía ser un gran día.

Ya había pasado el culmen de su agotamiento y se sentía como colocada. Ese era el día en que debía hacer el último juicio real, con una mezcla de anticipación por ser libre y de saber que luego lo echaría de menos.

Es cierto, pensó. *Es así. Siempre me siento de esta forma cuando una competición se acaba.*

La sensación de que, aunque hubiera distintos grupos y opiniones, los otros jueces y ella habían compartido tanto tiempo que eran como compañeros de batalla.

De hecho, habían peleado en una batalla.

Había muchos jueces mayores que la hacían sentir como una subalterna y eran, en general, personas resistentes. De no serlo, nunca habrían triunfado en un negocio que les exigía escuchar música. Esa generación de músicos, que habían sobrevivido a un siglo de guerra, era, en el fondo, dura de remate.

Mieko intercambió un saludo rápido con los otros jueces y entró en el auditorio.

Como era habitual, la primera persona a la que vio fue a Nathaniel. Se dio cuenta de que siempre lo buscaba.

Era un hombre al que había amado, un hombre con el que había pasado años de su vida. Aún tenía sentimientos residuales por él y cada vez que lo veía sentía una leve punzada en su interior.

Nathaniel ocupó rápido su asiento y Mieko vio que estaba sumido en sus pensamientos.

¿En qué pensaría? ¿En el futuro de su alumno? ¿En la esposa de la que se había divorciado y en su querida hija? ¿O en la orquesta que dirigiría la siguiente semana?

No, supo que no era nada de eso.

Mieko se sentó y sacudió la cabeza.

Seguramente no fuera solo Nathaniel, sino también los otros jueces, los que estarían pensando en cosas parecidas.

¿Jin Kazama pasaría a la final? O, dicho en otras palabras... ¿lo *dejarían* pasar a la final?

A Mieko no se le ocurrían más cosas sobre las que pudieran pelear. Los otros pianistas que se merecían llegar a la final se decidirían como siempre.

Los jueces se acomodaron en sus asientos y aguardaron en silencio a que comenzara la actuación.

Pero Mieko lo sabía. Podían fingir estar tranquilos, pero se palpaban las expectativas.

Sabía que esperaban en secreto a oír la actuación de Jin y se preguntaban con qué les sorprendería ese embaucador.

Mieko no podía negar que ella también se sentía emocionada. Como una niña que aguarda a desenvolver un regalo e intenta ser paciente. Se preguntó qué sacaría Jin en esa ocasión.

Desde la primera ronda, las opiniones sobre Jin se habían dividido con claridad entre aquellos que lo apoyaban y aquellos que se oponían a él de forma radical. De algún modo, había conseguido, como quien camina sobre un terreno pantanoso, llegar lejos en ese sendero angosto y traicionero.

Lo que le sorprendía era que, con el paso del tiempo, el número de sus partidarios iba creciendo.

Incluso entre los jueces que habían sentido una revulsión física hacia él, se habían incrementado las ganas de querer oírlo de nuevo.

Esos quienes habían mostrado un claro desdén hacia su estilo expresaban, muy a su pesar, la esperanza reticente de oírlo una vez más. Ya eran sus seguidores.

¿Quién demonios *era* ese chico?

¿*Qué* era?

Mieko sabía que hasta a sus seguidores les costaba descifrarlo. Lo habían oído en dos ocasiones, pero aún no sabían cómo reaccionar. Y Mieko era una de ellos.

Aunque todavía la avergonzaba esa «retracción», como había dicho Smirnoff, también era un hecho innegable que su estilo la atraía. Y, pese a todo, aún cuestionaba sus propias opiniones sobre Jin, sin saber si se había dejado llevar por algo fraudulento.

Y los jueces eran vagamente conscientes de lo perversa y terrorífica que podía ser la trampa de Hoffmann.

Ellos también sabían que, tanto si permitían que Jin alcanzase la final como si no, la decisión revelaría *su* postura como músicos.

Mieko se imaginaba a Hoffmann sonriendo con esa sonrisa traviesa de satisfacción.

En las audiciones de París, nos atrapó pulcramente con su trampa. Dejó expuesta la mecha que uniría esa competición con esta.

Estábamos tan fascinados por el precioso embalaje que no nos fijamos en la potente bomba que había dentro de la caja.

La bomba que Hoffmann había dispuesto tenía una mecha muy, muy larga.

La había preparado en vida… No, aquello se remontaba a mucho antes, a cuando había empezado a dar clases a Jin Kazama. Mieko no sabía en qué momento la había encendido, pero la mecha seguía ardiendo paciente, centímetro a centímetro, hasta el punto de que estallaría en una gran explosión.

Los que habían recogido esa caja eran los propios jueces.

Menudo regalo.

La llama de la mecha se acercaba poco a poco.

¿Deberían lanzarla sin abrirla? ¿O apagar la mecha a pisotones?

¿O quizá deberían aferrarse a ella y soltar unos maravillosos fuegos artificiales?

Mieko no pudo evitar imaginarse a Hoffmann alabándolos con frialdad.

Nathaniel sería quien más sentiría esa mirada.

Así pues, ¿qué vas a hacer? ¿Tú? ¿Tú como *músico*?

Esas preguntas se las habían planteado a todos y cada uno de los jueces, como la hoja de un cuchillo apuntándoles en la frente.

Probablemente Hoffmann no protestaría si tiraban la caja. Si, en el último momento, decidían: «No, esto no sirve», y apagaban la mecha. Lo máximo que habría hecho sería encogerse de hombros.

Si los veía apartar la caja y taparla con una manta, con miedo a la explosión, seguramente se habría acercado, recogido la caja y marchado sin decir nada.

Tal y como había dicho, dependía de ellos si veían a Jin Kazama como un *regalo* o como un *desastre*.

Mieko se llevó la botella de agua mineral a la boca.

Le sorprendió lo sedienta que estaba.

Guau, sí que estoy tensa, sí. ¿Qué me está pasando?

Dio otro trago de agua.

De una cosa estoy segura. Se limpió la boca y se reclinó en su asiento. *Si eliminamos a Jin Kazama hoy, en algún momento del futuro cercano tendré que vivir con eso para siempre, como una de los jueces que lo sacó de la competición.*

El auditorio se llenó al máximo prácticamente al abrirse las puertas.

Las miradas relucían de emoción y la gente buscaba los asientos buenos.

Aya y Kanade, acompañadas de Masaru, se alegraron de encontrar sillas en la parte trasera.

El auditorio resultaba asfixiante por la emoción contenida y las expectativas febriles.

—Ya está lleno.

—La cosa ya se está animando.

Aya y Masaru intercambiaban susurros, pero existía una barrera invisible entre ellos, entre quien ya había actuado y quien aún debía actuar.

—Tienes suerte, Ma-kun, puedes sentarte y disfrutar del resto de la tercera ronda.

—Siento que seas la última, Aa-chan. —Masaru le dirigió una sonrisa irónica—. Pero ser la pianista que pone fin a la competición… eso no es algo que pase todos los días. Eres la que más tiempo está aquí.

—Es una forma de verlo.

Aya le devolvió la sonrisa.

La que más podía disfrutar de la competición. Y la que podía saborearla al completo. Sin embargo, eso también implicaba que era la que más sufría.

—¿Dónde está Jin?

Aya se sobresaltó un poco.

—No lo veo. Siempre está en esa esquina de allá.

Kanade también miró a su alrededor.

—Prefiere el pasillo en vez de una silla.

—Dijo que ahí se concentraba más para escuchar.

—Anoche no estaba. ¿A lo mejor ha ido a practicar?

Mientras escuchaba a Masaru y a Kanade, Aya se sintió extrañamente inquieta.

Me siento ajena a esto. No me siento como si fuera la última en competir. ¿Por qué estoy tan abstraída? Intentó localizar la fuente de su inquietud, pero solo se sentía distanciada y le desconcertaba su falta de emoción.

Saborearlo al completo. Era cierto que había descubierto lo interesante de las competiciones. El placer de escuchar una amplia variedad de pianistas, con sus distintos trasfondos.

Pero esa idea de *saborearlo* no era a lo que se refería Masaru.

«Eres la que más tiempo está aquí».

Quería decir como competidora, como música. Saborear la batalla.

Somos diferentes, pensó Aya. *Yo no lo estaba saboreando como competidora, sino como oyente.*

Sintió que esa sensación se hundía más en ella, como si la gravedad la atrajera hacia abajo en su silla y tirara de ella hacia el abismo.

¿Por qué estoy aquí?

Esa era la pregunta que había estado evitando.

El fragor del público se desvaneció y Aya se quedó sentada en el auditorio a solas.

Subir al escenario *era* divertido, claro. Le sentaba bien tocar delante de un público.

Y puedo ver a mamá. Y volar al espacio.

He estado huyendo y fingiendo para no enfrentarme a mis miedos. Ahora lo sé.

Ha sido una gran experiencia. He podido sentir, de nuevo, lo maravillosa que es la música.

¿Y qué?

Le sorprendía el poco interés que sentía por competir.

La música siempre formará parte de mi vida. Y nunca dejaré de actuar. Eso está claro. Pero eso y esta competición en la que estoy ahora no están vinculados. Hay una desconexión en alguna parte y no creo que la competición esté unida a mi vida musical.

Sintió un escalofrío repentino. Se podía imaginar, una vez que terminase el concurso, diciendo: «Bueno, ha sido divertido. Me gustaría ir a escuchar otro» y salir del auditorio.

Pero ¿por qué eso le daba tanto miedo? Estaba desconcertada.

¿No era suficiente? Ella era así, ¿verdad? Le gustaba ser ese tipo de persona, una que veía la competición en la que participaba como un concierto largo del que disfrutar.

¿Eso estaba bien?

No pasa nada, dijo otra parte de sí misma. Sonaba un poco desesperada, histérica.

Has conseguido lo que querías, que el profesor Hamazaki evitara sentir vergüenza, ¿verdad? Le has encantado al público y han venido periodistas a entrevistarte. Has guardado las apariencias y has cumplido con las expectativas, ¿verdad?

Pero ¿era cierto? La voz de la duda seguía picándola.

¿Qué tengo que hacer ahora? No se fijó en que estaba húmeda por los sudores fríos.

Sonó la campana y el público se apresuró a ocupar sus asientos, pero Aya no lo registró, solo notó la gravedad que la hundía más y más en la silla.

El primer pianista era un hombre coreano. Alto y carismático, con un programa centrado en Rachmaninoff que exponía a la perfección su destreza técnica.

—Guau, es bastante ostentoso, ¿verdad?

—No fue así en las otras rondas.

Kanade oyó los susurros de Aya y Masaru. Y coincidía con ellos.

Había todo tipo de competidores, algunos que empezaban despacio y solo florecían con el avance de la competición. Ese joven había alcanzado su punto máximo justo en el momento adecuado del programa. Llegar a la tercera ronda también habría aumentado su confianza.

—Es muy guay —le susurró Kanade a Aya.

—Sí, va a ser popular.

Mucha gente entre el público coincidió con ella, porque, al terminar su actuación, hubo chicas que gritaron su aprobación.

La siguiente competidora también era coreana. Una mujer joven, del tipo que te hacía disfrutar de la música.

Todos los que habían llegado a la tercera ronda se hallaban a un nivel que pensabas: «Va a ganar esta persona».

Esa chica no tenía ni veinte años, pero poseía madurez.

Tan joven y, al mismo tiempo, con un estilo tan sobrio y contenido. Kanade estaba impresionada.

—Esta también es genial.

—Todos son muy buenos.

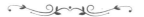

Cuánto talento deben de tener Aya y Masaru para destacar en este grupo tan fantástico, pensó Kanade. *Y no nos olvidemos de Jin Kazama.*

Notaba que los espectadores tenían ganas de escucharlo.

Ayer habían esperado a Masaru, pero ese día era Jin.

Esa atmósfera única propia de él, con su sonido particular.

Le parecía que era muy sensacional, pero le incomodó la emoción que sentía. El talento de Jin era muy insólito y no sabía expresarlo con palabras. Se sentía cautivada por su sonido, pero, al terminar, no sabía qué la había embelesado tanto.

Kanade aún no sabía qué pensar de él, algo que casi nunca le pasaba.

Examinó el público con discreción para buscarlo.

Unas sombras oscuras ocupaban los rincones.

La sala se había llenado ya desde la mañana.

¿Dónde estaba Jin?

El Jin por el que tanto se preocupaba Kanade se hallaba en el fondo del auditorio.

Se había despertado temprano e, incapaz de quedarse quieto, había paseado bajo la lluvia. Entró en el auditorio unos segundos antes de que comenzara la actuación y se quedó junto a la gente de pie, agachado entre ella.

Se inclinó hacia delante, balanceándose mientras escuchaba el fervor de la chica coreana.

Sí... esa parte también es muy bonita.

Estaba con la chica en su mundo musical.

Al parecer, esa parte era un castillo. El interior de un edificio antiguo. Un mundo sólido, tranquilo. Reinaba la calma en el lugar por la acumulación de los años. La chica vestía un traje clásico y estaba inmersa por completo. No parecía saber que Jin se hallaba a su lado.

Echó un vistazo a su alrededor.

Muros de piedra. Suelos de madera.

El parpadeo de las lámparas.

Mmm... un lugar histórico. Algo de la antigüedad en Europa, quizá.

Sintió que alguien lo llamaba. Se apartó de la chica. Su conciencia se transportó poco a poco a otra parte.

Al aire libre.

Salió del castillo hacia un espacio abierto.

Hierba suave bajo sus pies. Una pradera amplia.

A lo lejos, vio al maestro Hoffmann. Entrelazaba los dedos en la espalda y paseaba con la cabeza un tanto gacha.

Sácala fuera. Sácala fuera.

¿Cómo iba a sacarla fuera, cómo iba a sacar la música al amplio mundo?

Jin corrió hacia su maestro.

¡Señor Hoffmann, espere!

Soplaba viento y sintió el sol en las mejillas.

Notaba la luz, pero la escena era difusa.

Hoffmann se detuvo y giró la cabeza. Jin captó un vistazo de su rostro, pero su profesor se dio la vuelta y siguió andando.

Y entonces lo oyó: unas tijeras.

Dejó de correr y se tornó hacia el sonido.

Togashi cortaba ramas. Cortaba sauce a un ritmo furioso con las tijeras afiladas para los arreglos florales. Luego reunió las ramas en las manos.

Todo lo rápido que puedo. Para que no se den cuenta de que están muertas.

La eternidad es un instante y un instante es eterno.

Jin abrió los ojos de par en par.

Hubo un aplauso atronador.

La chica había terminado su actuación y hacía una profunda reverencia. El aplauso se incrementó.

Las puertas pesadas a su espalda se abrieron y se apresuró a ponerse en pie. La multitud que salía lo atrapó y acabó en el vestíbulo.

Sácala fuera. Sácala fuera.

Se acercó con la mente en blanco a los ventanales.

Notaba el frío al otro lado del cristal.

Caía una gélida lluvia y la gente abría los paraguas al salir.

Ya es invierno, pensó.

Jin apoyó la palma en el cristal. Estaba más frío de lo que esperaba y retiró la mano sin pensar.

Mientras observaba el exterior, seguía en ese prado azotado por el viento. Las dos escenas se superpusieron.

El maestro Hoffmann se había alejado, a punto de desvanecerse en la niebla.

¿Qué debo hacer? ¿Y cómo lo hago?, le preguntó a la distante silueta de Hoffmann.

Había tocado el piano al aire libre, con su profesor, pero aquello era diferente. No le daba la sensación de liberar la música. Era divertido, pero Hoffmann no había querido decir eso cuando le dio la orden de sacarla fuera.

—¿Alguna vez se ha sentido así, maestro? —le preguntó Jin.

Hoffmann sonrió y dijo:

—Sí, aunque no muy a menudo.

Luego hizo un gesto con la mano, como si agarrara algo entre los dedos.

Jin buscó la salida. Quería respirar aire fresco.

Las puertas automáticas se deslizaron y entró el gélido viento.

El aire húmedo y frío del exterior.

El aroma del invierno.

Jin echó a andar en silencio.

El auditorio formaba parte de un complejo polivalente más grande y se podía llegar a la estación casi sin mojarse. Solo el pavimento de piedra en la plaza delante del auditorio había recibido agua porque no tenía tejado.

Jin alzó la mirada al cielo.

Sin viento, la lluvia caía con suavidad.

A lo lejos se oyó el retumbar de un trueno.

Truenos de invierno. Sintió que algo burbujeaba en su interior.

No vio ningún rayo.

La lluvia gris formaba líneas oscuras al caer.

Debajo de las zonas cubiertas, el agua caía de lado y humedeció las mejillas de Jin.

Sácala fuera.

Incluso con el azote de las gotas, Jin se sentía como encerrado. La sensación de impaciencia y ansia que había notado al levantarse persistía.

¿A dónde debería ir? ¿A dónde debería llevarla?

Se quitó la gorra, se la puso de nuevo y siguió andando.

Un largo túnel conducía a la estación.

Bajo las luces fluorescentes, los peatones habían guardado los paraguas. Jin los acompañó.

Quiero ir fuera, a un lugar grande.

El túnel húmedo lo asfixiaba.

No es esto.

Apretó el paso.

Salió del túnel casi corriendo.

A la plaza vacía frente a la estación.

Se detuvo de repente, sin aliento.

La estación se cernía sobre él, allí el cielo era más amplio.

El cielo gris, liso, se extendía sobre su cabeza. No había ni rastro de luz.

Lo miró inexpresivo.

La lluvia caía muda sobre su gorra. El mundo se llenó con el susurro del agua. Sonaron pitidos de coches y gritos de vendedores ambulantes, pero la lluvia era muy discreta.

Hoy las abejas no vuelan, pensó.

No puedo oír ese zumbido que tanto echo de menos.

¿Dónde estará el maestro ahora?

Takubo, el regidor de escena, se sobresaltó al ver al chico. Estaba clavado en un punto de los bastidores y parecía un fantasma.

En el escenario, el pianista que iba antes que Jin Kazama estaba en medio de su actuación.

—¿Ocurre algo, Kazama-kun? —preguntó Takubo con calma, pero no obtuvo respuesta.

En general, el siguiente intérprete esperaba en el vestuario, donde podía practicar, y lo llamarían solo cuando el pianista anterior hubiera salido del escenario.

Algunos llegaban pronto, otros practicaban hasta el último minuto; había gente de todo tipo, pero, en el caso de Jin Kazama, les había dicho que casi no calentaba y que prefería escuchar las otras actuaciones desde el auditorio, así que estaban acostumbrados a que no apareciera hasta su turno.

Una persona considerada lo había dejado entrar antes, pero había algo raro en él.

Cuando Takubo le habló, sus ojos no parecieron enfocarse en nada.

Tenía el pelo revuelto (algo normal en él), pero llevaba la cabeza y la camisa mojadas por la lluvia.

Takubo se acercó a unos voluntarios.

—¿Podríais traerme una toalla?

Luego se la entregó a Jin.

—Puedes usarla para secarte —dijo, pero el chico estaba abstraído.

No le quedó otra opción que agarrarlo por el brazo, llevarlo a un rincón de los bastidores y secarle él mismo el pelo.

El tacto del cabello alborotado y suave de Jin Kazama le recordó a su propio hijo cuando era pequeño.

¿Cuánto tiempo hace que no seco la cabeza de un niño de esta forma?, pensó.

Aquello lo llenó de una nostalgia agridulce.

—Kazama-kun, ¿estás bien? ¿Te encuentras mal? —le susurró al oído. Aquello pareció sobresaltarlo. Jin abrió los ojos y empezó a dar vueltas. Takubo se llevó un dedo a los labios para indicarle que guardara silencio—. Estamos en los bastidores.

—¿Es mi turno? —Jin parecía sorprendido.

—Aún no. El pianista previo aún no va ni por la mitad.

Jin guardó silencio un momento y luego soltó un gran suspiro.

Había vuelto al mundo real, al parecer, porque ya no tenía el semblante inexpresivo.

—Siéntate aquí.

Takubo señaló un taburete pequeño y el chico obedeció. Se sentó con la toalla en la cabeza, sumido en sus pensamientos. Takubo no lo había visto así nunca.

Estaba tan concentrado que hasta casi daba miedo.

Por suerte, no parecía enfermo ni nervioso.

Takubo sintió alivio. Luego tendría que preguntar por qué lo habían dejado pasar tan pronto.

Durante treinta minutos, Jin se quedó completamente inmóvil.

Siempre lleno de sorpresas, pensó Takubo.

Le echó unos cuantos vistazos y luego miró el escenario.

La última obra del programa había terminado.

Takubo abrió la puerta y sonrió al joven ruso, que se había sonrojado mientras aceptaba el aplauso atronador.

No había nada como ver la alegría en el rostro de un músico en ese instante.

El aplauso no disminuyó.

Querían un bis y el joven, con una sonrisa vergonzosa, regresó al escenario.

Una obra más, supongo.

Takubo miró a Jin. El chico tenía la vista fija en un punto del suelo y no se había movido ni un centímetro.

El regidor se dio cuenta de que no había registrado ni los vítores ni los aplausos.

Mientras felicitaba al otro competidor, estuvo pendiente todo el rato del muchacho sentado en la oscuridad de los bastidores.

¿En qué estaría pensando? ¿Y qué estaría viendo?

Takubo se sintió inquieto al oír que los espectadores se levantaban y salían haciendo ruido.

Asano, el afinador, se acercó.

—Hola —saludó mientras Takubo señalaba con la cabeza hacia donde estaba sentado Jin Kazama—. ¿Qué le pasa?

—No tengo ni idea. Parece sumido en sus pensamientos.

—Pero tengo que afinar el piano... El pianista de antes lo ha aporreado a base de bien. —Jin usaría el mismo piano que el músico anterior—. Kazama-kun. Kazama-kun.

Asano se acercó al muchacho y se agachó a su lado.

—Ah, señor Asano.

Jin bajó la mirada. Su semblante reflejaba tranquilidad y Takubo se recordó que todo iría bien.

—Bueno, ¿cómo quieres que lo afine hoy? Lo haré como prefieras.

Asano le sonrió y Jin reflexionó un momento.

—Me gustaría que el sonido alcanzase el cielo.

—¿Qué? —dijeron Asano y Takubo a la vez. Jin señaló todo serio hacia arriba.

—Para que el maestro Hoffmann lo oiga.

Y no pudo decirlo con más seriedad.

Asano retrocedió un paso, luego se irguió a toda prisa y tragó saliva.

—¿A qué te refieres exactamente?

—Suave —respondió Jin—. Lo contrario a un sonido nítido.

Aya Eiden entró en el vestuario y se cambió enseguida.

Ese vestido era rojo, casi escarlata. El tercero ya.

Recordó los vestidos rojos que había lucido Jennifer Chan, que también fueron espectaculares. ¿Dónde los compraría? ¿O la gente rica los encargaría a medida?

Aya se imaginó el vestido plateado en el armario del hotel. El vestido que guardaba para la final.

¿Tendría la oportunidad de ponérselo?

No tardó nada en cambiarse y maquillarse un poco. El vestido tenía mangas drapeadas, con lo que podía mover con facilidad los hombros y los brazos. Conservó por el momento los zapatos con poco tacón; ya se pondría los del escenario más tarde.

Aya se miró en el espejo, giró los brazos y asintió satisfecha.

Tampoco había calentado mucho.

Tengo que regresar a toda prisa para ver la actuación de Jin Kazama.

Para evitar destacar con el vestido, decidió ponerse una rebeca negra y salir al vestíbulo tan solo unos minutos antes de que comenzara la actuación.

Se sentía más nerviosa mientras esperaba la actuación de Jin que por la suya. Sabía lo que iba a hacer y cada función parecía terminar antes de que se diera cuenta.

Apuesto por él, pensó de repente.

Pero ¿qué apostaba?

¿Qué quiero de ese genio? Sea lo que fuere, es mi problema y no tiene nada que ver con él. Pero aquí estoy, esperando a que me dé un rayo de esperanza, incluso suplicándole.

Entrelazó los dedos y los apretó.

Era una sensación extraña.

Ahora que lo pensaba, se había sentido así desde la primera ronda.

Cuando oyó tocar a Jin Kazama, sintió que también quería tocar, estar con él. Lo mismo ocurrió en la segunda.

Pudo interpretar su *Primavera y Asura* porque él había tocado su versión. La actuación de Jin removió las brasas humeantes del corazón oscurecido de Aya.

Era justo decir que, si estaba allí, era porque él la había arrastrado. Pero ¿qué pasaría después? Después de la competición y en los días venideros. Su futuro, su vida musical. Cierta ansiedad, cercana al miedo, empezaba a invadirla, como un ardor por la espalda.

Tampoco supo explicar ese sentimiento que ni Masaru ni Kanade podían aliviar.

Pero, de algún modo, Jin Kazama había mitigado esa ansiedad. Era un instinto puro: confiaba en él.

A lo mejor me hace volver, crea un motivo para que me enfrente al mundo real de la música.

En el fondo, llevaba mucho tiempo esperando una chispa. *Así pues… te lo suplico.* Aya dirigió sus palabras a Jin.

Por favor, hazme volver. Dame un motivo para regresar a este mundo duro y maravilloso.

Mientras lo deseaba, otra parte de ella sonrió con pesar y pensó: *Qué atrevida eres al pedir eso, ¿no crees?*

En el espejo, vio el rostro de una chica joven que lucía una sonrisa torcida.

¿Y qué pasará si esta actuación no cumple con mis expectativas? Si me siento decepcionada, defraudada. ¿Eso significará que renunciaré a todo?

La chica en el espejo sonrió entonces con sarcasmo.

Lo único que has hecho ha sido culpar a otros. Depender de otras personas. No eres una artista de verdad. Mira a Masaru. O incluso a Kanade y los otros pianistas.

Han decidido dedicar toda su vida a la música. Sin vacilar. Pero tú no eres así. ¿Alguna vez lo has sido, hasta ahora? Dejas tu destino en manos de los demás, conque ¿estás lista de verdad para dedicar toda tu vida a la música?

El ardor se convirtió en pinchazos.

¡Por eso lo apuesto todo en esta competición!, le gritó a la chica en el espejo.

Masaru es maravilloso y Kanade… la respeto mucho, lo sincera y abierta que es respecto a la música. Los dos tienen cualidades que yo no poseo. Eso me hace sentir celosa, culpable. Un poco inferior.

Lo admito… Tengo sentimientos encontrados. Una chica calculadora que culpa a los demás de todo. ¡Pero yo también quiero tocar!

Aya observó su rostro pálido en el espejo.

Sintió que el corazón le latía con fuerza y el sudor frío le empapaba las sienes.

A lo lejos sonó una campana.

Miró el reloj de la pared. Se recogió el dobladillo del vestido y salió a toda prisa del vestuario.

—Kazama-kun, es la hora —anunció Takubo en voz baja.

Asano estaba en vilo mientras observaba a Jin.

El afinador se había convertido en su fan y, cuando Jin salió a la luz del escenario, lo despidió casi con una plegaria.

Un aplauso atronador sonó en el auditorio y le pareció captar una visión.

Detrás de las puertas había un extenso prado.

El cielo en lo alto. Nubes blancas a lo lejos. Un terreno desierto.

Y, en ese lugar solitario, Jin Kazama se erguía y caminaba solo.

Hacia el horizonte lejano.

Por un camino que no había pisado nadie más.

¿A dónde vas?, llamó Asano mientras lo veía desaparecer por las puertas.

Jin Kazama parecía un poco distinto respecto a las otras dos ocasiones.

No corrió hacia el piano como si no pudiera esperar ni se puso a tocar enseguida, sino que caminó con paso firme hacia él con un semblante sereno.

Cielos... ¿Está nervioso? Eso sí que sería raro, pensó Mieko al principio. *Está mirando algo a lo lejos.*

En el escenario, los músicos siempre estaban solos, pero él lo parecía más.

Pero ¿por qué?

De pie junto al piano, el chico inclinó la cabeza en una reverencia rápida.

El aplauso se detuvo, el público contuvo el aliento.

El chico se sentó. Miró hacia arriba un momento.

Los espectadores también parecieron sentir que había algo diferente.

El muchacho murmuraba algo para sí.

¿Una oración? ¿O solo hablaba en voz baja?

Si, en ese momento, Mieko hubiera podido acudir a su lado, a lo mejor lo habría oído hablar con Hoffmann.

El chico sonrió.

Mieko se sobresaltó.

Y empezó a tocar.

Esa sería seguramente la primera vez que Masaru oyera una obra de Erik Satie en una competición y no creía que la volviera a oír.

La ocurrente pieza «Je te veux». Un vals ligero y emocionante.

La melodía sencilla enseguida transformó el auditorio en las calles parisinas.

El tintineo de las copas en una cafetería, las conversaciones de la clientela.

La música de Jin era muy ingeniosa. Aunque joven, la interpretación del moderno Satie resultaba muy madura, muy certera.

Esa pequeña obra era el prólogo para el programa de una hora.

Poco a poco, hizo un *ritardando...*

Y de repente se lanzó a por la siguiente pieza.

La famosa «Canción de primavera», de las *Canciones sin palabras* de Mendelssohn.

Menudo cambio vibrante de escenario.

De repente, se hallaban en un fragrante jardín floral.

Plantas con brillantes flores y el canto de los pájaros.

Qué encantador.

Qué actuación tan visual, tan llena de color.

Luego vino Brahms. El *Capriccio* en si menor.

Allí el toque se tornó más libre, más desenfrenado. Aquella también era una pieza corta y astuta, llena de melancolía, aunque con un tono de humor. Complicada de interpretar.

Esta escena sería toda azul, ¿verdad?, pensó Masaru y cerró los ojos.

Un paisaje tintado de azul. Quizás una mansión junto a un lago, con gente disfrazada y bailando en el gran salón. Podía ver a las mujeres de puntillas.

Ya no era la actuación de una competición.

Masaru admiraba lo que Jin hacía, pero también estaba impactado.

Era como si tocara melodías y las creara conforme se le ocurrieran. Era una actuación en directo extraña, en la que una canción se convertía en la siguiente.

Sí, no tanto un concierto o un recital, sino una actuación en vivo.

El Brahms terminó como si lo hubieran invocado en otro auditorio.

Jin bajó de nuevo las manos hacia las teclas.

Y la multitud ahogó un grito.

Erik Satie. Otra vez.

El auditorio se alborotó, desconcertado.

Jin Kazama había empezado a tocar «Je te veux» de nuevo.

Por la sonrisa en su rostro, estaba claro que no era un accidente. Sabía que estaba repitiendo la primera pieza del programa.

¿Qué está pasando?

Masaru estaba atónito, pero también preocupado por Jin.

¿Acaso no rompería las normas con una actuación que no se ciñera al programa que había comunicado? Las normas, al fin y al cabo, eran estrictas en una competición.

¿Y si lo descalificaban?

¿Echarían a alguien con tanto talento?

Masaru sintió sudores fríos.

¿Jin no había pensado en lo nervioso que ponía al público?

En el escenario, el chico lucía una sonrisa inocente mientras tocaba de nuevo a Satie.

¿Un crimen premeditado? ¿O pensará que eso entra en las normas? ¿O…?

La segunda iteración de Satie se fue ralentizando antes de pasar sin prisa a la siguiente obra.

Debussy.

«Pagodas», la pieza inicial de su *suite Estampes*. Junto al título en japonés, que significaba «torre», había una anotación que referenciaba a las pagodas.

Estaba claro que Debussy tenía una imagen asiática en mente.

La escena cambió enseguida.

Un cuadro viejo en un marco de época.

Un pueblo al atardecer. La humedad pegajosa y subtropical de Asia. Casi se podía oler la hierba, el aroma del viento cálido. Una antigua pagoda.

Sentías la gravedad que tiraba el paisaje del escenario hacia el público.

Mientras Kanade escuchaba, una parte de ella también se preguntaba si Jin habría roto las normas.

Era una competición. ¿Cómo reaccionarían los jueces por haber oído dos veces a Satie?

Además, no había terminado la segunda iteración. Hacia la mitad, la melodía se había desvanecido en la siguiente obra. Aquello era un popurrí.

Aun así, la escena sonora que Debussy creaba le había robado el corazón y transportó lejos a Kanade.

¿A quién le importan las normas?, pensó finalmente.

Lo maravilloso de la música de Debussy era que, cada vez que la oía, se sorprendía de nuevo por su originalidad melodiosa. Le agitaba el corazón y la sentía como nueva en cada ocasión. Siempre pensaba lo mismo: *Claude Debussy, tú sí que eras un genio.*

Una pagoda antigua… El paisaje de ese cuadro occidental descolorido enseguida aceleró.

Ese sentimiento… ¿Cómo llamarlo? Como agua que, en lo profundo de tu corazón, en un lugar hondo y oscuro, se ve agitada por una fuerza invisible.

La aceleración inesperada de Debussy *transportó* por completo al público a otra dimensión.

El dinamismo de Jin Kazama destacaba más que nunca. A Kanade se le puso la piel de gallina.

Comunicó de maravilla el volumen incrementado del pianísimo al fortísimo. No estaba presumiendo, sino que se trataba más de una interpretación instintiva que ocurría antes de que se diera cuenta.

Como si un coche a la carrera hubiera acelerado de repente, sin producir ningún sonido.

Un drama que se desarrollaba con discreción y cobraba un impulso increíble.

La música pasó a la segunda obra de *Estampes*, «Tarde en Granada».

El público se vio trasladado enseguida a un mundo impregnado de islam.

La palabra «Granada» tenía todo tipo de asociaciones. Se trataba de una localidad de Andalucía, al sur de España, en una región donde el cristianismo y el islam se cruzaban. El anochecer absorbía el despejado cielo azul oscuro. Los pilares blancos del pasillo, a una distancia equitativa los unos de los otros, estaban impregnados por el brillo del sol poniente y la palabra «infinito» brotaba en la mente.

El ritmo de la habanera. Mujeres con el cabello negrísimo que aferraban abanicos y bailaban.

Algo allí también alzó la cabeza desde el mar de emociones que se agazapaban en lo más profundo. Una tarde triste e inquieta.

El momento del crepúsculo, donde se mezclaban las bendiciones y las maldiciones de la vida.

Y lo impregnaba todo.

Un rojo más furioso cubrió al público a medida que la luz vespertina iluminaba el escenario.

Kanade estaba pegada al asiento.

Algo como un enorme muro de energía brotó del escenario y la clavó literalmente en la silla.

Se sintió sedienta y dudó antes de respirar.

Hasta que el paisaje cambió.

La tercera pieza de *Estampes:* «Jardines en la lluvia».

La temperatura descendió de repente.

La luz roja que había iluminado al público se disipó y los trasladó a la fría Francia.

A un jardín frondoso, empapado por la lluvia de la tarde.

El cielo se atenuó de repente con ráfagas de aire húmedo y gotas de lluvia.

El viento se tornó más tempestuoso, sacudió los árboles, las gotas golpearon hojas y flores, hicieron que se agacharan más y más y más.

Los niños se desperdigaron, intentando esquivar la lluvia. Un perro correteaba a su lado.

Ah... Está lloviendo.

Los ojos del público estaban más fijos en el escenario mientras observaban la lluvia caer sobre el jardín.

Empezaron a formarse pequeños charcos.

El agua goteaba de las cornisas.

En la calle de adoquines, la lluvia había formado un riachuelo, un arroyo gris que fluía colina abajo.

Kanade sintió las frías gotas de lluvia en las mejillas.

Tras el dinamismo de Debussy, Jin Kazama se sumergió de pleno en los *Espejos* de Ravel.

El público ya estaba acostumbrado a su estilo.

Y lo raro era que no resultaba incómodo.

En la mente del muchacho, *Estampes* y *Espejos* estaba relacionados. ¿Una asociación por los paisajes?

Nathaniel Silverberg no le había dado mucha importancia a la repetición de Satie.

Algún juez se quejaría, pero ya lo hablarían llegado el momento.

Nathaniel estaba concentrado en demostrar lo que le pasaba a Jin Kazama por la cabeza.

Se había fijado en sus dos apariciones anteriores, en ese enfoque único con el que abordaba las piezas.

En la actualidad, la moda era concentrarse en el compositor, ya que los pianistas intentaban discernir sus intenciones y alinearse más con ellas. Era un enfoque originalista en el que el pianista procuraba averiguar qué tipo de imagen tenía el compositor en mente e investigaba el trasfondo histórico y las fuentes personales de inspiración.

Pero Jin era todo lo contrario. Pretendía atraer la música hacia *él*, lo que provocaría la ira de los profesionales y los perfeccionistas.

No, no era eso. Lo que hacía era convertir la pieza en una parte de *su* mundo. Reproducía su propio mundo a través de la obra y convertía cualquier cosa que tocaba en algo más grande.

Cinco escenas reflejadas en un espejo.

«Polillas», «Pájaros tristes», «Una barca en el océano», «La alborada del bufón», «El valle de las campanas».

Jin sacaba las imágenes que Ravel había escrito. Y las escenas que evocaba eran a gran escala. No solo imágenes que se le ocurrían, sino como si las pintara en el escenario. Movía todo el piano hacia un paisaje y sumergía con él al público.

Tocar a Ravel era difícil. Si te concentrabas demasiado en la técnica, el alcance se estrechaba y acababas con visión de túnel. Jin, sin embargo, había sorteado con agilidad esa trampa.

Cada vez que lo oía tocar, Nathaniel se maravillaba por su técnica. Poseía una habilidad extraordinaria, pero sonaba tan natural que no llamaba la atención. Como si no fueran habilidades que le hubiera costado obtener, sino otras que tenía de forma natural, como por derecho propio. Su destreza era más instintiva, algo que un término mecánico como «técnica» no podía transmitir.

Un chico verdaderamente excéntrico.

Nathaniel estaba conquistado por completo.

Jin llevaba al público a su propio espacio, a un lugar inesperado.

Nathaniel se encontró de repente en un prado que se extendía hacia el horizonte.

¿Maestro Hoffmann?

De algún modo, Hoffmann parecía estar a lo lejos.

¿Qué pretendes al enseñar a este muchacho?

¿Qué es esto?

Hoffmann pareció sonreír.

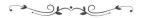

La quinta pieza de *Espejos*, la contemplativa «El valle de las campanas», se acercaba poco a poco y, por tercera vez, sonó el «Je te veux» de Erik Satie.

Estaba claro a esas alturas que Jin Kazama sabía que estaba rompiendo las normas. Esas repeticiones de Satie formaban un paseo que unía todo el recital y daba espacio al público para descansar.

Pasó a un Chopin improvisado.

A Aya Eiden, entre la gente de pie, le sobrevino un sentimiento extraño.

Como si estuviera en el escenario con Jin, como si fueran un único ser.

Como si ella estuviera en el escenario… y tocara el piano.

No, no es eso. Como si estuviera en el escenario, de pie junto al piano, y hablara con él mientras tocaba.

Jin la miró y le dirigió una sonrisa rápida.

—*¿Te gusta el piano?*

Aya asintió.

—*Sí, sí que me gusta.*

—*¿Cuánto?*

—*No lo sé. Me gusta tanto que no sé ni cuánto.*

—*¿De verdad?*

Jin le dirigió una sonrisa traviesa y siguió con Chopin.

—*¿Qué? ¿Te piensas que no digo la verdad?*

Aya lo fulminó con la mirada.

—*No sé. Es que pareces confusa.*

—*¿En serio?*

—*Sí. No cuando estás aquí arriba tocando, sino cuando bajas. Siempre pareces confusa entonces.* —Jin había visto sus pensamientos y añadió—: *A mí me encanta el piano.*

—*¿Cuánto?* —le preguntó Aya en esa ocasión.

—*Déjame pensar…* —Jin Kazama alzó la mirada al espacio—. *Me gusta tanto que, si fuera la única persona en el mundo y hubiera un piano en un prado abierto, querría tocarlo para toda la eternidad.*

La única persona en el mundo.

Aya miró a su alrededor.

La planicie desierta se extendía hasta donde alcanzaba la vista.

Soplaba viento y se oían los pájaros a lo lejos.

La luz descendía del cielo.

Un lugar desierto y desolado, pero uno que te hacía sentir satisfecha.

—*¿Aunque no haya nadie para oírte?*

—*Sí.*

—*¿Puedes llamarte «músico» si no hay nadie para oírte?*

—*No lo sé. Pero la música es instinto. Aunque solo hubiera un pájaro en el mundo, aún cantaría. ¿Y no es lo mismo?*

—*Supongo. El pájaro cantaría.*

—*¿Verdad?* —El toque ligero de Jin Kazama. Una línea melódica que sonaba como si acabara de improvisarla—. *¿No quieres cantar?*

Miró a Aya de refilón.

—*Me pregunto... si me apetece. No lo sé.* —Aya observó la luz con ojos entornados—. *Cuando te veo tocar, quiero cantar. Pude volver al escenario gracias a ti. Si no te hubiera oído, nunca habría tocado.*

—*¿De verdad?*

El chico se encogió de hombros.

—*De verdad. Por eso no lo sé. No sé si quiero seguir cantando o no.*

—*No creo que sea cierto.*

El muchacho sacudió el cuerpo.

—*¿El qué?*

—*Creo que tú y yo somos iguales. Te ves en mí.*

—*¿Iguales?*

—*Sí. La música es instinto. A ti te pasa lo mismo. Por eso no puedes evitar cantar. Creo que, si tú también estuvieras sola en el mundo, aún te sentarías al piano y tocarías.*

—*¿Yo?*

Una cálida brisa soplaba desde alguna parte. Aya se tocó el pelo.

—*Sí. Sin duda.*

—*Pues es que no sé.*

—*Yo estoy seguro.* —Jin Kazama rio—. *Confía en mí. El otro día volamos juntos a la luna, ¿a que sí?*

—*Tienes razón. Lo hicimos.*

Aya también rio.

—*Y por eso... confía en mí.*

—*Si tú lo dices.*

—*Sí. Te lo digo, así que no te equivocarás.*

Sonrió con ganas y siguió tocando.

Aya volvió a sí misma de repente.

Jin Kazama estaba en el escenario.

Su silueta temblaba, parecía borrosa.

Se preguntó el motivo, pero se llevó una mano a la cara y descubrió que estaba llorando.

Antes de darse cuenta, le caían lágrimas por las mejillas.

Gracias, dijo sin palabras. *Gracias, Jin Kazama.*

Se limpió las lágrimas.

La pieza final de Jin Kazama.

África: Fantasía para piano y orquesta, de Saint-Saëns.

Originalmente fue un concierto para piano de diez minutos.

Fascinado por África, Saint-Saëns había escrito ese tema en 1889, de camino a las islas Canarias, en la costa occidental de África, y lo completó dos años más tarde.

Con una melodía única que revela el exotismo que los europeos sentían hacia África en esa época, se dice que la obra incorpora en realidad un motivo de una canción folclórica de Túnez.

Si examinaras el programa de Jin Kazama para la tercera ronda, tus ojos se verían atraídos hacia un punto en particular: en la lista de compositores decía: Saint-Saëns / Jin Kazama.

En otras palabras, el propio Jim había hecho el arreglo para la obra, lo que la convertía en un estreno mundial.

¿Qué tipo de arreglo había creado para dar el toque final a ese recital de una hora?

Masaru aguardaba impaciente para descubrirlo.

La improvisación de Chopin llegó a su fin y, tras una breve pausa, Jin Kazama comenzó con el trémolo de una introducción llena de suspense que se había compuesto originalmente para violín.

El público se tensó.

La mano izquierda, más cerca del extremo del piano, tocaba la melodía.

Acordes bien cargados, que crecían en un *crescendo* y repetían el motivo.

Ya llega, ya llega.

La emoción de esperar una obra maestra.

El público se sintió cautivado enseguida, el voltaje en el auditorio subió.

Era fascinante y pegadizo, o eso le pareció a Masaru.

Una melodía agradable y exótica. Una frase rítmica y ágil que las manos se intercambiaban.

Esto es genial. Yo también quiero tocarlo.

Esa era su respuesta sincera. Con solo imaginarse tocando esa melodía y ese ritmo, supo que lo haría feliz.

Una auténtica obra para concierto, una pieza que era entretenimiento al máximo, con un arreglo que resultaba extraordinariamente creativo.

En un rincón de su mente, un Masaru distinto analizó con frialdad el arreglo.

En general, cuando adaptabas un concierto para el piano, juntabas las partes de la orquesta y de los solos con el objetivo de que el conjunto se pareciera todo lo posible a la partitura original. Cuando hacías lo contrario, un arreglo de una obra para piano en versión orquesta, también desmantelabas la parte del piano y la repartías por varias secciones de la orquesta. Las composiciones cuyas dos versiones, la de orquesta y la de solo para piano, eran famosas, como *Cuadros de una exposición,* de Mussorgsky, y *La Valse,* de Ravel, solían seguir este esquema.

Pero el arreglo de Jin Kazama era diferente.

Se había apoderado de la esencia del tema orquestal, pero también se veía que intentaba convertirlo en una pieza para piano que brillase por sí sola.

El exotismo que sentía Saint-Saëns y cómo evocaba el ritmo africano, ese que los seres humanos sentían de un modo primal en el fondo de su ser.

El gozo del ritmo.

Las escalas en el desarrollo, que fluían una y otra vez desde las notas altas hasta las bajas, los trinos agudos, los acordes graves. Todo se mezclaba en un ritmo que cualquiera podría disfrutar.

¿Cómo será la partitura? Masaru intentó imaginársela.

Cuando leías la partitura, ¿veías lo maravilloso que era el arreglo? ¿O hacía falta una actuación en directo para dejarlo claro?

¿Y acaso estaba siguiendo su propio arreglo? A Masaru todo aquello le parecía bastante misterioso.

El arreglo era persuasivo (al fin y al cabo, era de Jin, y encima el concierto en vivo hacía que destacara más), pero esa pequeña frase, un motivo que solo se podía considerar un parpadeo, no existía en el original.

¿Acaso estaba haciendo el arreglo *conforme* tocaba?

Pues sí que lo parecía.

El cambio en Aya fue radical, pasó de las lágrimas silenciosas a sentirse volando por encima de los colores vibrantes del paisaje africano.

Los colores africanos que Saint-Saëns habría sentido, los sonidos de África, el paisaje, todo proyectado hacia ella desde el escenario. No necesitaba subir allí, porque todo llegó hasta ella. Y en ese momento, el público se *convirtió* en África, como si un viento seco y estruendoso los cubriera.

Jin Kazama sonreía.

Como si quisiera demostrárselo a Aya, aceleró por una extensión amplia de tierra.

Todos nos quedamos atrás. No, Jin Kazama nos está tragando en su universo… No como en un agujero negro, sino más como en un universo de puro blanco. Lo absorberá todo.

Ya no veía la planicie desierta, dura y brillante de hacía un momento, sino una tierra llena de luz.

La melodía resplandeciente y el ritmo estaban envueltos en brillos.

¡Baila, baila!

Aya extendió los brazos para intentar atrapar el chaparrón de luz.

Dejó que el instinto tomara el control y le dio rienda suelta al deseo de su alma de sentir placer.

¡Más… más! Quiero más luz, más colores, más sonidos.

Con las manos extendidas hacia arriba, se estiró hacia el cielo.

Jin Kazama, creo que sé quién eres.

Aya se entregó al vórtice de colores, a la lluvia de luz.

Mieko no podía creer lo que escuchaban sus oídos ni lo que veían sus ojos.

Era como si la presión del sonido le aporreara la cara.

Su piel notaba el golpe, el dolor.

¿Cómo es posible tanto sonido?

¿O son solo imaginaciones mías?

Notó que sudaba.

Ese ritmo... la sensación que crecía desde abajo.

¿Estaba tocando *swing*?

No... era una obra real de Saint-Saëns.

Solo que parecía una obra a cuatro tiempos interpretada en un club de música en directo, con un ritmo apenas contenido.

Pero... ¿cómo? ¿Cómo era posible?

El placer impulsivo que estalló en su interior no tuvo nada que ver con una competición de piano clásico.

Nathaniel Silverberg sentía lo mismo.

La sensación: una calidez que se acumulaba en las entrañas, como si la sangre en tus venas cambiara de sentido. Por Dios bendito, *¿qué era aquello?*

Sintió miedo.

Se maravilló por aquel *objeto* desconocido que dominaba el escenario.

Ese chico, con los ojos cerrados, sonriente, estaba transportando a todo el auditorio al infierno, no muy lejos del cielo. Un escalofrío le recorrió la espalda.

¿A dónde vas, hijo?

Nathaniel se dio cuenta de que su pregunta no iba dirigida a Jin, sino a sí mismo.

Maestro Hoffmann, ¿a dónde nos lleva este muchacho?

No, no es eso, dijo otro Nathaniel.

¿A dónde quiero ir yo? ¿Qué hago aquí, sentado en esta silla de juez en una competición, en una isla del Extremo Oriente?

Nathaniel estaba perplejo.

Lo que hay sentado aquí es un ego en carne viva, desnudo.

Lo que estaba allí, escuchando el piano de Jin Kazama, no era un miembro del jurado, no era un músico, sino una masa anónima y genérica de puro ego.

¿Por qué me siento así ahora? Nunca me había sentido de esta forma.

La pieza de Jin Kazama se acercó a la cadencia final.

¿Cuántos brazos tiene ese chico?

Un sonido masivo, como si golpeara todas las teclas a la vez.

¿Eso está en la partitura?

¿O es improvisado?

A medida que los pensamientos se agolpaban en su mente, Nathaniel, los jueces y todo el público se vieron sobrepasados por esa oleada de sonido, como arrastrados a un lado, engullidos, tirados de aquí para allá.

¡Nos atrapará!, gritó Nathaniel para sus adentros.

Pero entonces la pieza acabó.

Jin Kazama se quedó allí sentado, con un sèmblante inexpresivo. El piano ya no producía ningún sonido.

Pero todo el mundo seguía oyéndolo.

Impregnados en la cadencia que aún llenaba la sala.

Y dentro de Nathaniel la música también persistía.

Era un panorama extraño. La actuación había terminado, pero el pianista, el público y todo lo demás estaban agotados e inmóviles.

Aquello perduró durante unos treinta segundos.

Hasta que Jin Kazama se puso en pie de repente.

El público, al fin, rompió el hechizo y, liberado, empezó a moverse.

El joven hizo una profunda reverencia y mantuvo la cabeza gacha durante un momento.

El aire se llenó de una admiración silenciosa.

Y entonces, como era de esperar, el auditorio se vio azotado como por una tormenta y, durante cinco minutos enteros, se oyeron gritos y aplausos que solo se podían describir como *frenéticos*.

LA ISLA FELIZ

¿**C**uántas veces he estado aquí?

¿Y cuántas veces estaré aquí en el futuro? O sea, ¿cuánto entiendo de lo que significa estar aquí?

—Eiden-san, ¿quizá quieras sentarte? —le preguntó el regidor de escena. Aya estaba inmóvil entre bastidores.

Sonrió, pero rechazó la oferta.

Al captar su intención, el regidor asintió y se retrajo en silencio a las sombras.

Aya se giró hacia el escenario y se enderezó.

El entusiasmo salvaje que había generado la actuación de Jin seguía burbujeando y hubo un bis tras otro. La actuación de la última pianista se había retrasado diez minutos.

El público estaba débil, como si la competición ya hubiera terminado.

Aya captó aquello, pero le dio igual.

Solo quiero quedarme aquí.

Antes de salir a los focos intensos, quiero quedarme aquí y saborear el significado de todo, la alegría, el temor.

Hasta ahora, siempre he venido a este punto sin ningún sentimiento en especial. Aguardaba sin más mi turno. Y, cuando llegaba la hora, salía y tocaba.

Nunca tenía miedo. Pero tampoco estaba emocionada.

Solo lo había considerado un sitio donde aguardar su turno.

Había oído historias y lo había visto en documentales. Cómo las figuras principales en la música clásica, maestros de renombre, se sentían nerviosos entre bambalinas y temblaban de miedo; algunos incluso molestaban a la gente a su alrededor insistiendo hasta el último minuto en que no querían salir.

Aya nunca había tenido pánico escénico, así que siempre lo había observado de un modo objetivo, como una escena que se desarrollaba delante de ella. Podía entender la tensión, pero ¿el miedo? Le parecía inconcebible.

¿Por qué sentir miedo? ¿No están aquí porque quieren? Por eso han venido, ¿no? Entonces, ¿por qué están tan aterrorizados?, reflexionó.

Para Aya, era una cuestión sencilla, pero no pudo olvidar el desconcierto en el rostro de una amiga que la oyó decir aquello. Y, en ese instante, lo entendió: no debería haberlo dicho. *Las otras personas son diferentes*, pensó.

No… La diferente soy yo.

Pero allí, por primera vez, Aya se sintió *maravillada*.

Aya probó a repetir esa palabra.

Maravillada.

Se acordaba de cuando, hacía mucho tiempo, había empezado a aprender.

Cuando se sentaba junto a una ventana y escuchaba el sonido de la lluvia.

La lluvia caía sobre el tejado de chapa en un extraño ritmo, y esa fue la primera vez en que se fijó en los *caballos bajo la lluvia al galope*. En ese momento oyó, con bastante claridad, los caballos galopando hacia los cielos.

En el silencio del aguacero, vi caballos corriendo.

Es la misma sensación que tuve entonces.

En cuanto entendió que el mundo se regía por principios secretos y desconocidos para ella, sintió un desasosiego por lo que había detrás de la ventana, en lo alto y a lo lejos.

En cuanto entendió que el mundo estaba lleno de una belleza sobrecogedora que ni ella (o puede que ni nadie) comprendía, le sorprendió su propia pequeñez e insignificancia. Pero, al mismo tiempo, se sintió maravillada.

Bueno… he sentido esto antes. Desde que oí música en la naturaleza.

Pensó que podía oír los cascos de los caballos en un tejado de chapa y abrió los ojos de par en par mientras miraba desconcertada a su alrededor.

Esa fue la primera vez que sintió las cosas con tanta intensidad, como si pudiera comprenderlas bien. ¿Quizás había sido un *despertar*?

El murmullo del público conversando, los tramoyistas trabajando entre bambalinas; todo aquello fluía por su cuerpo como una melodía increíble.

Cerró los ojos.

Lo que estaba experimentando era muy distinto a la desesperación que sintió en la primera ronda.

Parecía que había pasado una eternidad y, en retrospectiva, había sido muy ingenua. Le había costado justificarse. Aya se encogió al pensarlo y se sonrojó con el recuerdo.

En el pasado, había sabido lo enclenque e insignificante que era, aunque entonces pensó que había cobrado cierta importancia por haber cumplido veinte años. Pero se había sumido en la vanidad de que hacía música, de que la comprendía.

¡Qué tonta fui! Era mucho más sabia de pequeña, cuando comprendía de verdad el mundo.

No crecí nunca. Solo vi lo que quería ver, solo escuché lo que quería oír. El espejo solo reflejaba lo que me convenía.

Ni siquiera hice un buen trabajo al escuchar música.

Un regusto amargo apareció en su interior.

Me jactaba de lo maravillosa que era la música, de cómo iba a pasar la vida inmersa en ella, pero hice todo lo contrario. Me aproveché de ella, la miré con desprecio, me impregné de música normal y corriente. Hice las paces con ella y pensé que ese era el camino fácil. Me creía diferente, cuando en realidad no disfrutaba siquiera de la música.

Cuanto más lo pensaba, más sudores fríos le provocaba.

Kanade y los demás creían en ella, la animaban a competir, pero su actitud en el pasado, y más tarde cuando elegían los vestidos… Cuánta vergüenza, desconsideración y descaro.

Soltó un pequeño suspiro.

Odiaba su estupidez.

Y, cuando pensaba en cómo Kanade y los demás nunca se habían rendido, a pesar de todos sus engaños, y lo bien que se les daba seguir creyendo en ella, se veía más idiota aún.

Y pensar que no me he dado cuenta de esto hasta el final de la tercera ronda.

Sonrió con amargura.

No es demasiado tarde, ¿verdad?, se preguntó.

Escucha, tanto si es demasiado tarde como si no, la cuestión es que aún no has hecho nada. La voz de Jin. *Pregúntamelo cuando bajes del escenario.*

Eso tiene sentido, pensó Aya. *Poco conseguiré preguntándome si mi música es buena antes de tocar.*

¿Dónde estaría Jin Kazama? Si el público descubría su paradero, lo aplastaría, así que quizás estaba escondido en alguna parte.

O quizá, como no solía destacar, estaba paseando por el vestíbulo, como siempre, con su característica gorra.

¿Y Ma-kun?

Se le contrajo el pecho de repente.

Ma-kun era tan abierto y sincero sobre su música que, en comparación, la actitud de Aya no podía ser más grosera.

¿A lo mejor se había ido? Lo habría incomodado. Él quería seguir con la música como era debido, abrirse paso, y quizá fuera demasiado deslumbrante para ella.

Aunque sí que había cumplido la promesa que les hizo a su profesor y a ella.

¿Me prometes que tocarás el piano?

Recordaba que el chico desgarbado había asentido. «Cumplí con la promesa que os hice, Aa-chan».

Qué idiota soy. No sé nada. No entiendo nada… Nada…

Aya soltó otro suspiro quedo.

Tengo miedo. Me aterroriza salir al escenario. ¿Puedo tocar? ¿Tengo buen oído? No sé si puedo tocar algo que valga la pena escuchar.

Le temblaba todo el cuerpo.

Tengo miedo… pero también estoy eufórica, reconoció. *Lo desconocido me emociona demasiado. ¿Qué haré ahí fuera? ¿Qué podré crear? Yo, más que nadie, ardo en deseos de saberlo.*

Sonó la campana que señalaba su hora de actuar y la sacó de su ensueño.

Desde los bastidores, pudo oír el murmullo del público.

«Pero ser la pianista que pone fin a la competición… eso no es algo que pase todos los días», había dicho Masaru.

Antes no había sentido nada, pero ahora se le aceleró el pulso.

Tienes razón, Ma-kun. Es una experiencia bastante emocionante.

Notaba lo lleno que estaba el auditorio, el nivel de emoción ahí fuera… El agotamiento, las expectativas, el sentido del deber, la necesidad de oír cada actuación hasta el amargo final.

Jin Kazama se ha ganado al público, ¿verdad?, pensó Aya. *Así que supongo que yo solo soy un añadido. Eso, en cierto sentido, facilita las cosas.*

Respiró hondo.

La sensación de estar despierta nunca la abandonó. Había llegado el momento. El bullicio de los espectadores también había cesado.

—Señorita Eiden, es la hora.

Por el lateral, una mano se estiró para abrir la puerta.

Todo se iluminó.

Antes de darse cuenta de lo que pasaba, Aya sonreía radiante.

Que comience la música.

En cuanto el público le vio la cara, ahogaron un grito.

Y, cómo no, Akashi Takashima fue uno de ellos.

¿Qué es esa expresión?, se preguntó. *Está sonriendo.*

No el tipo de sonrisa que había visto antes, una forzada para el público, sino una sonrisa luminosa y acogedora.

Como el cielo tras la lluvia, ese tipo de semblante que luce la gente que ha visto salir el sol.

Aya se sentó en el banco y alzó la vista hacia un punto sobre el piano.

¿Qué estaría viendo?

Akashi sintió cierta amargura.

Yo también quiero estar ahí. Quiero ver lo mismo que ella.

Creo que sí que he captado un vistazo fugaz.

Quiero seguir. Quiero seguir tocando, le gritó Akashi a Aya en silencio.

Esa sensación que había experimentado en el escenario, su cuerpo llenándose de música, brotando de él. Esa sensación de enriquecerse por completo; de rebosar omnipotencia; de darle igual cuánto fluyera la música, que siempre habría más. Una vez que vivías aquello, no tenías escapatoria. Querrías sentirlo de nuevo una y otra vez.

Quiero estar ahí. En el mismo sitio que Aya Eiden.

Nunca he querido algo con tantas ganas.

Es como si me cosquilleara la piel, como si la cubriera una membrana de frías llamas.

Para mí, la competición ha terminado.

O eso pensaba, al menos.

Me siento realizado, fresco. Pensé que estaría satisfecho y podría seguir con mi vida cotidiana.

Pero no ha sido así.

Akashi se percató, con una punzada de dolor, de lo ingenuo que había sido.

Solo era el agotamiento el que lo había hecho pensar así, el letargo después de haber dedicado horas a prepararse.

Aquello solo era el principio.

Con cierto miedo, Akashi estaba seguro de ello.

Contuvo las ganas de llorar, pero, en cuanto oyó a Aya tocar con suavidad las primeras notas de la *Balada n.º 1* de Chopin, sus sentimientos, embotellados durante tanto tiempo, salieron a borbotones.

Balada.

En una ocasión, Aya había hojeado un diccionario musical y se había encontrado con la siguiente definición: una canción de amor sentimental tocada a un tempo relajado.

Que era, en general, la idea que tenía la gente de las baladas.

En un álbum siempre se incluía un par. En un concierto, las tocabas como solo para dar un descanso al resto de la banda. Para ser artista, necesitabas unas cuantas obras representativas, canciones para que escucharan los amantes, se acurrucaran, se perdieran el uno en el otro.

Esa era la imagen de las baladas, ¿verdad?

Pero Aya sentía que, en el pasado, habían entendido las baladas de un modo distinto. Algo más parecido a una canción folclórica (término usado de forma diferente en Japón, más cercano a *minyo*, o música indígena), canciones que hablaban sobre acontecimientos reales o sentimientos sencillos.

Las cuatro baladas (o baladas instrumentales) que Chopin había compuesto se situaban un poco en un punto intermedio entre ambos conceptos, entre el significado más antiguo y el más contemporáneo.

Canciones que se cantaban como forma de retener los recuerdos. Eran poemas épicos, cantados, en vez de ser registros históricos escritos. Pero, más tarde, las canciones dejaron de tratar sobre «cosas que habían ocurrido» para expresar «cosas que se sentían», emociones más universales.

Aya descubrió que las baladas de Chopin transmitían lo que significaba ser un niño, al cantar canciones infantiles con ese tipo de soledad que implica ser humano.

Y es justo la soledad que siento mientras toco, pensó. La inevitable soledad que cada persona siente nada más nacer en este mundo.

Las baladas de Chopin eran tan melodiosas, tan pegadizas, que daban la sensación de existir desde siempre, pero Georges Sand había descrito cuánto le había costado componerlas a Chopin. A Aya la conmovía que hasta un genio como él hubiera sufrido durante la composición. Muchas obras parecían haber surgido sin esfuerzo, desde la primera frase brotada de la inspiración hasta el final, aunque siempre implicaban esfuerzo y angustia. Pero eso era de esperar. Porque, si el oyente captara las dificultades durante la composición, la obra perdería todo su poder.

Esa tristeza corría por el flujo oscilante del tiempo, una sensación que solemos fingir que no existe; la tristeza que se adhiere a la vida cotidiana y que no sentimos por lo ocupados que estamos. Incluso si una persona experimenta unos picos envidiables de felicidad, una vida realizada, toda felicidad carga con esa tristeza inherente al ser humano.

Aya sabía que no debía pensar mucho en ello, pues se rompía solo con darle vueltas a la idea, solo con conocer la debilidad humana. Siempre intentaba evitar esa *soledad* fundamental.

Y por eso había que cantar sobre la soledad, la felicidad y la infelicidad de una vida que solo es un momento fugaz y transitorio en el tiempo.

Creía que, hace siglos o milenios, las personas también se habrían sentido así.

Creía que, dentro de siglos o milenios, las personas también se sentirán así.

Lo que una única persona puede hacer es limitado, el tiempo que le han otorgado es muy breve.

En mi corta e insignificante vida, me he encontrado con el piano, he pasado mucho tiempo con él y ahora la gente me escucha tocar.

¿Cuán milagroso es eso? ¿Cuán milagroso es que, en cada momento, cada sonido alcance a esas personas que justo viven en la misma época que yo, que justo se han reunido en este espacio? Da miedo pensarlo, me hace temblar.

Ahora mismo, estoy maravillada, asustada, temblorosa.

Y aun así... esto me hace inmensamente feliz.

Es todo precioso. Desgarrador.

Sacudida por unas emociones tan complejas, Aya estaba más tranquila que antes. Desde que aguardó entre bastidores hasta ese momento, había sentido que podía ver cada centímetro del auditorio... No, incluso *más allá* de los muros del auditorio, hacia el mundo entero. Se sentía equilibrada, con la mente cristalina.

Le sobrevino una duda repentina.

¿Aquello era solo un incidente momentáneo? ¿O lo sentiría cada vez que actuase?

No tenía ni idea.

Incluso entonces, con esa visión tan clara de las cosas, no tenía ni idea.

Para Aya, aquello era territorio inexplorado.

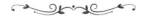

El público también compartía la misma maravilla y los mismos temblores.

No compartían tanto la música como el afecto desgarrador que Aya sentía hacia la humanidad más allá de la composición.

Masaru la observaba boquiabierto.

Lo había hecho de nuevo: dar un paso adelante. Su rostro era totalmente distinto al del otro día.

El estímulo ha sido la actuación de Jin Kazama, pensó Masaru con cierta infelicidad.

El crédito se lo llevaba ese genio.

Cada nota que Aya tocaba iba directa a tu corazón.

Aa-chan, eres una diosa. Te han salido alas.

Masaru estaba medio atónito.

Ahí está, justo delante de mí. Por fin alcanza las alturas.

Se le había adelantado de nuevo. *¿Cuánto voy a tener que trabajar para estar a su nivel?*, se preguntó.

Ahora sabía que Aya no volvería a abandonar la música. Sin embargo, el alivio de poder estar en el mismo lugar duró poco, ya que temía que Aya se situara fuera de su alcance.

Aa-chan es extraordinaria, pensó, y el orgullo llegó un poco tarde.

Sabía que Kanade, a su lado, también estaba orgullosa de su amiga. Kanade, que se fiaba de su oído para la música, siempre había estado segura del talento de Aya desde que era niña. ¿Cuán orgullosa estaría ahora?

Como olas retrocediendo, la balada llegó a su fin.

Silencio.

Con Jin Kazama, el público sabía que se lanzaría directo a por la siguiente obra, así que contenían el aplauso.

Pero, en el caso de Aya, estaba tan sumergida en su propio mundo que no se levantó; el público tampoco se había despertado de su ensueño y no sintió la necesidad de aplaudir.

Permanecieron en silencio a la espera de la siguiente pieza.

Aya se enderezó.

Un cambio de ritmo repentino: una obra elegante y arrebatadora, con una estructura y una técnica llamativas. Una de las *Novelletten* de Schumann.

Qué pieza tan maravillosa, pensó Masaru. *Quiero tocarla a la próxima.*

Sintió lágrimas en los ojos.

¿De dónde procedían? No era precisamente una obra que te hiciera llorar.

Pero las ganas solo se incrementaron. Empezó a respirar con fuerza.

Masaru tenía la sensación de que Aya y él habían hecho un largo viaje juntos. Durante mucho, mucho tiempo. Era como si terminara de leer el último capítulo de una novela épica.

Aa-chan, ninguno de los dos ha vivido demasiado, pero, antes de reencontrarnos, viajábamos por lugares lejanos, como planetas en distintas trayectorias alrededor del Sistema Solar que luego se reunirían de nuevo.

Masaru suspiró.

Ha vuelto. Esta vez de verdad.

La imagen de los dos de niños acudió a su mente, una y otra vez.

Aya le tiraba de la mano, Aya le conducía a la casa del señor Watanuki, Aya lloraba, desalentada, porque Masaru se mudaba.

Las caras de sorpresa de sus padres cuando les dijo que quería aprender piano.

La cara del estudiante de conservatorio que le daba clases; al principio se mantuvo sereno y sobrio, pero luego se mostró claramente boquiabierto cuando lo oyó tocar.

La primera vez que pisó un conservatorio.

Su audición en Juilliard.

El día en que le presentaron a Nathaniel Silverberg.

¿Qué son estos recuerdos? No voy a morir, ¿verdad? ¿Esto es como si me pasara la vida por delante de los ojos? La idea lo ayudó a contener las lágrimas.

Con un sobresalto, se dio cuenta de que no era el único, de que la mayoría de la gente a su alrededor también tenía lágrimas en los ojos. Algunos se las limpiaban con discreción.

Pensó que lloraba por Aa-chan. Pero no era eso. ¿Todo el mundo lloraba con la *Novelletten*?

A su lado, Kanade también lloraba, pero no se limpió las lágrimas. Permanecía en silencio, con las lágrimas bajándole por las mejillas, mientras fijaba la mirada en Aya.

Las emociones siguieron acumulándose, incluso con una pieza tan alegre como esa. Una tras otra, te consumían. Perplejos al ver que tenían tantas emociones contenidas en su interior, los espectadores observaban en silencio. No lo que era Aya, sino lo que, a través de ella, había en *todos y cada uno de ellos*.

Masaru siguió mirándola. Una chica joven con una sonrisa resplandeciente.

¿Por qué estamos todos llorando? Sobre todo cuando está tocando tan feliz, tan ligera.

Recordó su semblante cuando se encontraron de nuevo en la competición, esa cara rebosante de dudas delante del ascensor.

Su cara cuando abrió los ojos y la boca y dijo: «¿Ma-kun?».

Su cara cuando se sentía nerviosa, su cara de impotencia, su cara cuando miraba con intensidad, cuando sonreía y bajaba la guardia.

También recordó la cara de sorpresa de Nathaniel Silverberg cuando le presentó a Aya.

Masaru sabía que su profesor había querido aconsejarle, pero se había contenido. Saltaba a la vista lo que quería decirle: «¡No es el momento ni el lugar para enamorarse de una rival! ¡No tienes tiempo para esas cosas!». Pero Masaru conocía a la mujer que había junto a su profesor. Era su exesposa, y por eso supo que Silverberg no diría nada cuando aún parecía sentir algo por ella.

Masaru observaba y comprendía mejor a su profesor de lo que él nunca podría imaginar.

Sin darse cuenta, se puso a hablarle a Silverberg.

Señor Silverberg, es posible que pierda ante Aya. De hecho, ella ya ha superado el nivel de ganar o perder. Además, debería tener en cuenta a otra persona, a Jin Kazama.

Me dijo que ganara, que consiguiera el primer puesto... y eso es lo que planeo hacer. Pero, si ellos son mi competencia, eso no va a pasar.

Y usted también lo piensa, ¿verdad?

Incluso en su monólogo interno, Masaru se percató de que también lo hacía para contener las lágrimas.

Ay, Dios mío.

No pudo retenerlas más y se limpió con discreción las mejillas.

Aya no se levantó cuando la *Novelletten* alcanzó con suavidad su final. Con los ojos cerrados y una sonrisa jugueteando en los labios, se quedó inmóvil.

El público la imitó.

Silencio. El mundo ininterrumpido.

¿En serio? ¿Vas a permitir que una Novelletten, *entre todas las cosas, te haga llorar tanto?*, se preguntó Masaru con amargura.

La siguiente obra era más dramática, la pieza central del programa: la gran *Sonata para piano n.º 3* de Brahms.

Masaru sonrió mientras veía a Aya alzar los dedos para tocar el acorde inicial, pero le desconcertó que la imagen se empañara de repente.

Si voy a llorar al principio, ¿cómo aguantaré los treinta minutos que quedan?

Las composiciones para piano de Brahms le llegaron al comienzo y al final de su vida como compositor.

En concreto, compuso las piezas para solos al inicio de su carrera.

Brahms escribió la *Sonata para piano n.º 3*, en fa menor, con veinte años, y fue la última sonata que compuso.

Aunque fuera una de sus primeras obras, estaba repleta de elementos que los oyentes asociaron más tarde con él: el sonido solemne, la actitud imponente de la obra, el romanticismo arrollador.

La sonata era un tipo de composición con la que tuvo que lidiar, y era comprensible que nunca más hubiera escrito otra, pues esa sonata era una obra grandísima y atrevida.

Aya Eiden, al interpretarla, tenía la misma edad, veinte años, que Brahms cuando la compuso.

Veinte años durante la época de Brahms no era lo mismo que los veinte actuales, en términos de experiencia y circunstancias. Una persona con veinte años en la actualidad no es más que un niño comparado con otra de veinte años de la época de Brahms.

Lo que significaba que, por muy prodigio o genio que fuera una niña, Brahms era el único compositor que nunca podías tocar a menos que alcanzases cierto nivel de madurez como persona.

Solo Brahms.

Nathaniel Silverberg tuvo que admitir que había llegado el momento de retractarse de su opinión.

Había tenido esa premonición en cuanto Aya Eiden había empezado a tocar la *Balada n.º 1* de Chopin.

Mientras la escuchaba, se dio cuenta de que no lo hacía como uno de los jueces, sino como otro miembro del público. Y ahora que había escuchado a su Brahms, se desharía por completo de esa opinión.

El drama de la resurrección de la chica genio.

Conocía, cómo no, su pasado.

Pero quien tenía delante no era esa chica. Aunque había dejado de actuar, había seguido evolucionando sin saberlo. Y, aun así, la evolución durante los días del concurso había sido extraordinaria. Con cada pieza y con cada jornada, sentía que la veía crecer, cada vez más segura de su música.

Cada nota que nacía de sus dedos era profunda y consecuente. Sentías que la respiración de Aya alcanzaba cada rincón, pero ella conseguía permanecer también como una figura anónima y permitía que la música conservara su universalidad.

Qué extraña música era aquella.

Solo era una persona en un escenario tocando un piano, y las notas que creaban esos dedos aparecían un momento y desaparecían al siguiente. Y, aun así, era casi la definición de lo eterno.

La maravilla de una criatura viva, con una vida finita, que creaba lo eterno.

A través de ese momento fugaz y transitorio de música, podías alcanzar la eternidad.

Solo los auténticos músicos podían hacer que Nathaniel se sintiera así.

Y la persona ante él era, sin lugar a dudas, una de ellos.

Aya Eiden cerró los ojos y aguardó en silencio.

El público hizo lo mismo. No hubo aplauso después de cada obra.

Y entonces empezó a tocar.

La melodía dinámica de la introducción.

La obertura de esa pieza solía parecer grandiosa.

Pero ya no había riesgo de eso.

Desde la primera nota, quedó claro que su interpretación rebosaba verdad. Una sensación de seguridad y expectativa fue llenando el auditorio a medida que el público comprendía que esa era una pianista con la que podían relajarse y a quien podían confiárselo todo.

Tiene la fuerza para calmarnos.

Y habla por todos nosotros y entiende con modestia las trayectorias vitales de nuestras existencias.

Lo que queremos que alguien sepa. Lo que nunca podremos decir. Lo que reprimimos mientras vivimos día tras día. Lo que sentimos, pero no sabemos expresar...

Ella lo entendía todo, como una sacerdotisa *miko* en un templo sintoísta; reprimía su propio ser mientras comprendía todo con honestidad.

Ese rezo tranquilo prosiguió mientras comenzaba el segundo movimiento.

Incontables vidas, relatadas con sencillez.

Los espectadores se analizaban a sí mismos conforme la observaban actuar. Sus vidas hasta ese momento, los caminos que habían tomado, mientras presenciaban todo aquello proyectado en el escenario.

Había personas que, sin duda, presenciaban también la vida de Aya Eiden.

Nathaniel era uno de ellos. Era como si viese una película: la escena de su actuación se superponía sobre un documental sobre su vida.

Sus primeros años como niña prodigio. El asombro, fervor y expectativas de la gente que la rodeaba. Días ajetreados, siempre viajando.

Una muerte en la familia y desaliento. Maltrato y difamaciones sobre ella, la sensación de que todo el mundo estaba en su contra.

Un silencio prolongado.

El alivio y el desconcierto cuando se apartó de la primera línea para llevar una vida *normal*.

¿Eso le dio tranquilidad? ¿O saboreó, por el contrario, una decepción amarga?

¿Se había cansado pronto de la vida? ¿Se había alejado de los demás?

¿Había experimentado el cielo y el infierno temprano en la vida, con lo que desconfiaba de la gente y se sentía vacía y hueca?

Bien podría haber vivido todo aquello.

Pero luego regresó. Y, una vez más, algo empezó a acumularse en su interior.

Al principio fue como un goteo incierto.

Hasta que llegó el flujo de todo un riachuelo y luego un torrente. Deshizo las riberas, sobrepasó colinas y campos, se abrió paso hasta convertirse en un río enorme que fluía hacia la ría.

El tercer movimiento.

Ahí la melodía cambiaba para convertirse en un *scherzo* dramático. En el que la vida de una persona se desarrolla.

Aya no había participado en una competición durante años.

Se habría sentido bastante asustada. Con todas esas miradas de curiosidad y resentimiento. No podía dar una actuación normal. Lo único que se le permitía era ser arrolladora.

Sobre todo habría sentido miedo de sí misma. ¿Podría tocar? ¿Estaba decidida a regresar a los escenarios?

Hasta para el pianista más veterano, el escenario era un lugar sagrado y terrorífico a la vez. Sabiéndolo, una persona que se alejaba de él durante una temporada, para luego volver, debía esgrimir una determinación de hierro y la capacidad de superar con creces la primera vez que pisó uno.

Aya habría tenido sus dudas.

Cuando Nathaniel la vio con Masaru, sintió cierta confusión e incerteza procedente de ella. No parecía haber comprendido del todo que había regresado a los escenarios. Le sorprendió que no supiera si quería ser pianista.

Pero entonces se había reencontrado con Masaru. Aya fue la primera persona en descubrirlo; ese niño se había convertido en un músico extraordinario.

Los sentimientos de Nathaniel eran complicados. Creía incluso entonces que Masaru se llevaría el primer premio y que la aparición de Aya como rival serviría para inspirarlo. Pero, al mismo tiempo, no cabía duda de que Masaru era uno de los factores para la gran evolución que había presenciado en la joven.

Su sorpresa habría sido inimaginable: reencontrarse con alguien a quien superabas y a quien habías introducido al mundo del piano, para luego descubrir que se había convertido en un músico superior a ti. Si eso no la animaba a competir, ¿qué lo haría?

Como intérprete, la sensibilidad de Aya se acercaba más a la de Jin que a la de Masaru. Bien podría ser la primera vez que la chica conociera a alguien tan similar, cuya genialidad igualaba a la suya, o incluso la superaba.

Los genios solo se dejaban influir por aquellos a quienes reconocían como iguales. Hay cosas que solo pueden entender entre ellos.

Igual que Nathaniel y los otros jueces se habían visto afectados por Jin, a Aya también le habría pasado lo mismo. Nathaniel se la podía imaginar más impactada que ellos.

Y, por fin, se lo tomó en serio.

No, más bien había redescubierto cuál era su lugar.

En el cuarto movimiento, hizo un poco de introspección.

Una reflexión profunda, profundísima, una vista de pájaro de todo lo que había pasado hasta entonces.

Podía ver cosas de las que antes era incapaz. Escuchar lo que no había podido oír. Era muy consciente de su pequeñez, de su estupidez, de su inmadurez.

El público contenía el aliento. Veían, en el escenario, su vida, sus propias vidas, incontables vidas y una eternidad que solo podían tocar en ese instante de tiempo.

La propia vida de Aya y todas las vidas de quienes la estaban escuchando. Todas las trayectorias de esas almas que al fin habían convergido en ese presente.

El quinto y último movimiento.

La melodía fue creciendo poco a poco hasta el clímax.

La desembocadura estaba cerca. Después, el ancho mar abierto aguardaba. Cada persona notaba la brisa en las mejillas, algo que no se parecía a nada de lo que hubieran vivido.

Pronto. Muy pronto apareceremos en un espacio abierto increíble.

No habrá vuelta atrás. La persona que era ayer ya no existe.

Nos aguardan retos sin parangón. Pero también una alegría inigualable.

La persona que seré a partir de ahora gritará un sonoro «¡sí!» a la vida.

Aya tocó el último acorde.

La parte superior de su cuerpo, aún inclinada sobre el piano, se enderezó de repente y se puso en pie.

Como si la imitaran, los espectadores se levantaron al unísono y los gritos de aprobación sacudieron el auditorio.

En el escenario, la chica parecía sorprendida y totalmente inexpresiva a la vez.

La gran ovación no menguó, pero aún quedaba una pieza más.

Aya hizo una reverencia, sonriente, y luego otra y otra, hasta que se sentó.

El aplauso al fin se desvaneció y el público también ocupó sus asientos.

Aya soltó un ligero suspiro.

La última pieza del largo recorrido de la competición.

La isla feliz, de Debussy.

Qué suerte que esta sea la última obra, pensó Kanade.

Aya había decidido el programa ella sola. El padre de Kanade la había aconsejado y sus profesores también, claro, pero el programa que entregó fue decisión suya.

Seguramente no se hubiera dado cuenta, pero era perfecto, como si repasara su carrera previa y la evolución a lo largo de la competición.

Kanade recordaba el semblante de su amiga mientras cavilaba sobre si participar en el concurso.

Habría previsto el drama de su resurrección. ¿No había dudado justo por eso? Y, al mismo tiempo, como artista, había pensado un programa con frialdad y estrategia.

La isla feliz empezaba con un trino brillante.

Se decía que a Debussy se le había ocurrido la pieza en un viaje; en concreto, cuando se fugó con Emma, quien se convertiría en su segunda esposa, pero Kanade también había oído que la había terminado un año antes de que se fugaran.

Fuera como fuere, tal y como reflejaba el título, la obra expresaba alegría y júbilo. Una melodía deslumbrante que desbordaba euforia.

Y la propia Aya, mientras la interpretaba, irradiaba calidez. Sí que desprendía una luz intensa.

La alegría de crear música. La alegría de ser una con el público. La alegría de dominar a la perfección su talento.

El público compartía más que nunca la euforia de Aya.

Kanade también sintió que la alegría la abrumaba.

Ha vuelto.

Ese pensamiento trajo más lágrimas.

Kanade se sentía triunfal.

¿Veis? ¡Tenía razón!

Papá, acerté de pleno.

Kanade quería levantarse y gritar al mundo: «¡Tenía razón! ¡He ganado!».

La isla feliz era maravillosa.

Mieko se concentró, ojiplática.

Aya Eiden parecía mucho más grande mientras proseguía sorprendiendo a los jueces.

Y pensar que podía atraparlos con tanta intensidad cuando esa era la última actuación, cuando todo el mundo estaba agotado hasta la médula.

Aún no está claro quién será el ganador.

Mieko se moría por echar un vistazo al semblante de Nathaniel Silverberg, pero se contuvo.

Aya siempre había ido por detrás de los demás, o eso habían pensado, pero consiguió avanzar poco a poco y, con ese último acelerón, los había adelantado de repente.

Hacía mucho que Mieko no veía evolucionar a alguien en tan poco tiempo. Bueno, de hecho, quizás esta fuera la primera vez.

La chica sí que era un genio. Algo terrible, lo de ser genio.

Mieko había conocido a varios a lo largo de su vida, pero con Aya había descubierto un tipo de genialidad totalmente distinta. Como si estuviera a una magnitud diferente de las de Masaru o Jin Kazama. Como las misteriosas profundidades.

Mieko pensó que los jueces se sentirían complacidos con ese maravilloso final para la competición.

Se sentirían bendecidos por tener pianistas tan buenos.

Y de repente se le ocurrió una cosa. La «bomba» que había mencionado Hoffmann… ¿Qué había querido decir?

Sí, todos lo habían estado pensando en esos días… ¿Hacia dónde iba dirigida la flecha que Hoffmann había soltado?

Desde los días de la audición de París, cuando apareció ese chico.

Desde que oyó esa actuación tan incendiaria.

Claro, la carta de recomendación de Hoffmann había causado revuelo con su estilo burlón, había encendido al público y suscitado el debate entre los jueces.

Me siento como si estuviera a prueba, preocupada por si tengo buen oído para la música. Siento que han jugado conmigo, por mi irritación hacia Jin Kazama, por mi valoración respecto de él, por mis sentimientos indecisos.

Sin embargo...

¿Acaso Hoffmann había apuntado, como sugirió Smirnoff, a la institución educativa musical al enviar a ese chico tan poco ortodoxo?

A primera vista, esa parecía la interpretación más plausible. ¿Acaso Hoffmann pretendía hacer temblar a esos jueces tan prominentes?

Os presento a Jin Kazama.

Es un regalo.

Un regalo de los cielos.

Oía la voz de Hoffmann leyendo las palabras de su carta de recomendación.

No le pondréis a prueba a él, sino a mí y a todos vosotros.

Depende de vosotros, de todos nosotros, que veamos a este chico como un auténtico regalo o como un desastre a punto de ocurrir.

Mientras Mieko escuchaba La isla feliz, también oía la voz de Hoffmann.

Os presento a Jin Kazama... Os presento...

Lo que veía en ese momento era la respuesta.

Una pianista que personificaba una alegría explosiva. Alguien que había evolucionado durante la competición y había florecido de verdad gracias a él.

Eso era.

Jin Kazama no había hecho estallar la educación musical. Las actuaciones de ese joven eran un catalizador que hacía florecer la habilidad personal, no actuaciones convencionales o de las que solo contaban con una técnica soberbia. Esa era la bomba que Hoffmann había encendido.

El resultado era la actuación de esa chica genio que estaban oyendo en ese preciso instante.

No me había dado cuenta, pensó Mieko. Ya hemos recibido todo tipo de regalos. Nada de desastres. El regalo de Hoffmann ha cobrado una forma más que bienvenida.

Mieko se sentía conmovida. No solo porque la actuación de Aya era exquisita, sino porque el último deseo de Hoffmann se había hecho realidad.

No me había dado cuenta, pensó de nuevo.

Una tras otra, las siluetas de los demás pianistas se superpusieron a la de Aya. La alegría brotaba mientras tocaba: las actuaciones de Jin Kazama, las de Masaru y las de Hoffmann, todas superpuestas en su mente.

Todas y cada una de ellas eran un *regalo*.

¿Cuánta suerte podía tener una persona? ¿Existía algo más feliz que estar sentada allí y sentir todo aquello?

La isla feliz alcanzó su clímax.

La alegría de tocar, de oír a un genio, la alegría de transmitir aquello.

Mieko pensó: *Nos hallamos en una isla feliz de verdad.*

Todo el mundo, sin excepción, estaba recibiendo el *regalo* de la música.

La frase final.

Subiendo en una escala.

Y entonces, en una exhalación, descendiendo.

Tras terminar la sonata de Brahms, Aya se había levantado sin pensar, pero en esta ocasión no.

Ahora, con una firme convicción y una sonrisa incandescente, Aya se puso en pie decidida.

Un aplauso magnífico remató la celebración. Aplauso para los pianistas, para el público, para los jueces, para todo el mundo.

La batalla, tras más de dos semanas, llegaba a su fin.

Y lo último que quedaba era la parte final.

BATALLA SIN HONOR
NI HUMANIDAD

El ambiente se había aligerado.

De pie entre la multitud que salía al vestíbulo, Masami se sentía tan liberada que se le escapó un suspiro.

Hasta la cámara en sus manos parecía más ligera.

Todo el mundo parecía aliviado.

O quizás aturdido y cansado. Menudos días más intensos.

Era como despertar de un sueño. A lo largo de dos semanas, habían compartido las vidas de casi cien competidores; habían sido unos días profundos y apasionados. Sentía solidaridad por todos ellos, como si hubieran peleado juntos en una guerra.

Sin embargo, su cuerpo no podía más. Nada de competiciones de piano durante una temporada. Aun así… una parte de ella quería volver a vivirlo todo.

Vio un rostro familiar y lo llamó.

—¡Takashima-kun!

Durante un segundo, Takashima se quedó en blanco y luego se dio la vuelta.

—¡Ah! —Se detuvo para recomponer sus pensamientos—. Ya ha terminado. Has trabajado muy duro.

—No, *tú* sí que has trabajado.

Asintieron, con la empatía compartida de compañeros de armas.

—Solo acabo de empezar —dijo Masami—. Tengo muchas cosas que editar.

—Entiendo. Y aún falta la final.

Mientras atravesaban el vestíbulo, examinaron a la multitud que salía por las múltiples puertas abiertas.

—Se van todos.

—La mayoría, sí. Los jueces tardarán en dar el veredicto. Estoy seguro de que muchos volverán luego. ¿Tú te quedas para el anuncio, Takashima-kun?

—Sí. Mi oportunidad ya ha pasado, pero, como he participado, me gustaría oír los resultados.

—Ha valido la pena verlo todo. Me siento llena. —Masami se estiró—. Esa última chica… ¿No ha sido increíble? Nunca había sentido algo así. Mientras escuchaba, me vinieron muchos recuerdos… De mi infancia, las caras de mis padres, las de mi familia…

Recuerdos lejanos resurgieron en su mente y un escozor, como un cosquilleo en el fondo de su ser, que le provocó ganas de llorar.

Masami examinó a Akashi, que escuchaba en silencio.

Él le sostuvo la mirada, con los ojos enrojecidos.

—¿Qué pasa? ¿Te ha molestado algo de lo que he dicho?

—No —rio Akashi, con un gesto de la mano, y apartó la mirada—. No es eso. Para nada.

Pero no cabía la menor duda… Estaba llorando.

—¿Y qué es? ¿Ha pasado algo?

—No es nada.

Akashi sonrió, pero sin mirarla.

Masami no sabía qué pensar. ¿Lágrimas de arrepentimiento por no haber llegado a la tercera ronda? ¿Frustración reprimida que surgía en ese momento?

Reflexionó sobre aquello, aunque no miró a su amigo.

¿Habré dicho algo desconsiderado? ¿O habrá sido porque he alabado a la última pianista? ¿O a los otros?

Mientras trabajaba en ese encargo, había descubierto que la gente vigilaba sus palabras, y Masami también se había vuelto cauta en ese sentido.

No se dio cuenta de que las lágrimas de Akashi se debían a que se sentía conmovido por lo que había dicho. Ni el propio Akashi lo entendía.

Sus comentarios sobre Aya Eiden lo habían hecho feliz. Que alguien como Masami, que normalmente no escuchaba música clásica, compartiera las mismas emociones que él lo llenó de alegría.

Me alegro tanto de haber competido, pensó. *Me alegro tanto de haberme esforzado en el último año. De haber formado parte de esto.*

Esos sentimientos se agolparon a la vez y cayeron más lágrimas.

Masami vio a alguien que conocía y se marchó a saludar. Aliviado, Akashi siguió limpiándose las lágrimas en un rincón del vestíbulo.

No hay nadie mirándome, ¿verdad? ¿Qué hago llorando a mi edad? Siguió con ello, a escondidas y sintiéndose un poco ridículo, pero también atesoró esa sensación.

La vio enseguida.

Una chica en vaqueros y suéter, con una apariencia fresca y sin maquillar, porque se lo habría quitado. Akashi se descubrió acercándose con rapidez a ella.

—Gracias —le dijo.

Aya Eiden alzó la mirada.

¿De verdad era tan pequeña?

Akashi se sentía desconcertado.

La chica ante él era una veinteañera de semblante simpático con grandes ojos. Unos ojos luminosos e inolvidables.

—Muchas gracias, Eiden-san —repitió. Aya lo miró inexpresiva—. Gracias por una actuación tan maravillosa. Gracias por haber vuelto.

Una emoción repentina apareció en el rostro de la chica, como si hubiera entendido algo de súbito.

Esos grandes ojos enseguida se llenaron de lágrimas.

Akashi acabó llorando de nuevo.

El motivo no lo sabía. Lo único que sabía era que Aya, que los dos, compartían emociones similares y lloraban por la misma razón.

La chica arrugó el rostro y, de repente, se agarró a Akashi y empezó a sollozar.

Los dedos que le aferraron el brazo eran inesperadamente fuertes.

Akashi sintió que sus propias lágrimas caían a más velocidad.

Qué situación más extraña, pensaron mientras se abrazaban y lloraban a mares. Y, aun así, esas lágrimas les sentaron bien, les animaron.

Sabían que la gente a su alrededor los observaba.

—¿Qué ocurre, Aa-chan? —preguntó una voz.

Era Masaru Carlos. A su lado había una chica con el pelo largo. Se acercaron juntos.

Akashi y Aya sorbieron aire por la nariz y se limpiaron las lágrimas. Ninguno podía hablar.

Masaru y la chica observaron a la pareja de llorones, pero se dieron cuenta de que no había ocurrido nada grave, de que Akashi no la había hecho llorar, que solo estaban allí los dos lloriqueando como niños. Masaru y la chica intercambiaron una mirada.

Akashi y Aya se miraron, sonrojados, y se echaron a reír.

—Lo siento mucho.

—Perdóname. No sé qué me ha pasado.

Los dos se pusieron a hablar a la vez y se callaron también al mismo tiempo. Luego se inclinaron entre risas.

—Perdona —dijo Akashi—. También he participado en la competición y he sido tu seguidor desde hace mucho tiempo.

Empezó a presentarse, pero Aya lo interrumpió.

—Eres Akashi Takashima. Me encanta cómo tocas.

Sus ojos enormes relucían.

—¿Me… me recuerdas?

—Sí. Y quiero ir a tu siguiente actuación.

El hombre se estremeció como si sintiera un frío repentino.

—Bueno… Nos veremos.

—Seguro que sí.

—¿Quién era, Aa-chan? ¿Un amigo tuyo? —oyó que Masaru y la chica le preguntaban a Aya mientras esta se acercaba.

Akashi se quedó parado en el sitio.

Este es, sin duda, un comienzo, pensó.

La calidez lo envolvió.

Esta competición es el principio. Por fin empieza mi vida como músico.

Kanade miró el reloj. Las 20:42.

Según el programa original, el anuncio para la final debería haber ocurrido a las ocho en punto. Pero, con todas las peticiones febriles para bises, las actuaciones se habían retrasado y habían reprogramado el anuncio para las ocho y media.

Aya había oído que las valoraciones en el Concurso Internacional de Piano de Yoshigae no solían retrasarse y, de hecho, todos los comunicados se habían celebrado a la hora establecida.

Aya y Kanade intercambiaron una mirada.

Habían acudido a una cafetería junto a la estación para relajarse, pero se les había ido el tiempo de las manos y se les echó encima la hora del anuncio. Los tres habían vuelto corriendo al auditorio.

A esas alturas, Aya ya conocía a todo el mundo. Lejos del escenario y libres de cualquier presión, cada semblante reflejaba alivio, cansancio y cierta libertad.

La mayoría de ellos volvían a parecer estudiantes normales y corrientes. Todos muy jóvenes, muy diferentes a su aspecto sobre el escenario. Pero, como los jueces tardaban, la frustración y la tensión habían invadido poco a poco el vestíbulo.

El lugar bullía con un ambiente funesto.

La prensa había acudido para colocar los focos y micrófonos de los jueces, pero no había ni rastro de estos.

—Habrá ocurrido algo.

—Tienes razón.

Con el paso de los minutos, la inquietud empezó a colmar a todos los asistentes.

—¿Crees que estarán discutiendo por algo?

—¿Sobre qué iban a discutir?

Una integrante del personal bajó corriendo por las escaleras y todos los ojos se posaron en ella.

Estaba pálida y parecía preocupada. Sin percatarse de todas las miradas, cruzó el vestíbulo para hablar con otros voluntarios. Sus rostros se ensombrecieron.

El personal se dispersó al fin.

—¿Qué está pasando?

Aya y los demás observaron la escena con atención y luego oyeron a alguien murmurar:

— ... descalificado.

—Parece que ha habido una descalificación.

—Han dicho que han descalificado a alguien.

—¿Cómo…?

—¿Por qué?

Masaru miró a Aya y a Kanade.

Sabía que pensaban lo mismo.

Lo mirases como lo mirases, tenía que ser Jin Kazama.

Por no haberse ceñido a su programa y haber repetido la pieza de Erik Satie. Y no toda, sino solo un fragmento.

Aya tensó el gesto.

—¿De verdad pensáis que lo han descalificado?

Masaru guardó silencio; su mirada no lo confirmaba ni lo desmentía.

Aya no pudo pronunciar el nombre de Jin Kazama. Le parecía que así todo se volvería real.

Conque las descalificaciones existían de verdad.

Kanade sentía una ligera irritación.

—¿Dónde estará?

No vieron al chico por ninguna parte. Él no tenía ni la más ligera idea de lo que había sucedido.

A Aya el corazón le latía con fuerza.

No podía ser cierto. *¿Descalificado?* ¿El chico que tocaba de un modo tan magistral? ¿El que la había hecho regresar al escenario? No. *No.*

Sintió que el suelo se hundía a sus pies.

Masaru la miró a los ojos y respiró hondo.

—Vale —dijo y extendió las manos—. Aún no sabemos nada. Puede que sea otra persona. Que haya otro motivo.

—¿Como qué? ¿Se te ocurre algo? —Kanade parecía escéptica—. Todo el mundo ha respetado el tiempo asignado y nadie se ha sobrepasado. ¿Se te ocurre un motivo para que sea otra persona?

La pregunta razonable enmudeció a Masaru.

Nadie supo qué decir. Descalificado.

Había llegado desde París a Yoshigae y las dos semanas que había pasado allí no habrían servido para nada. No le valdría para su currículo como experiencia en una competición. Sería como si no hubiera ocurrido jamás.

Aya pensó en el tiempo que había pasado con Jin, en todas las conversaciones que habían mantenido.

La imagen de su sonrisa inocente daba vueltas por su cabeza.

Aquello no podía estar pasando.

Sintió un pánico que nunca había experimentado. No se habría alterado tanto ni aunque le hubiera pasado a ella.

Entre el clamor que los rodeaba, oyeron que la gente repetía su nombre una y otra vez, como ondas extendiéndose.

—Dicen que Jin Kazama ha sido descalificado.

—¿Qué...? ¿El Príncipe de las Abejas?

—Descalificado. Eso me han dicho.

—Porque rompió las normas en su actuación.

El inconsciente colectivo era una cosa terrorífica.

Sin darse cuenta, aquello se había convertido en un hecho establecido y el vestíbulo vibraba con la seguridad de su certeza.

Cuando entraba una persona nueva, enseguida se enteraba también de la noticia.

—¿Qué? ¿En serio? —preguntaba con desconcierto. Aquello creó un gran revuelo en la sala.

Y no había ni rastro de los jueces.

La prensa había intervenido para entrevistar a voluntarios y sonsacarles información, pero estos parecían saber lo mismo que los demás.

Ya eran las nueve de la noche.

La gente se movía inquieta por el vestíbulo. El agotamiento y la impaciencia pesaban sobre los asistentes con tristeza.

—Pues se están tomando su tiempo para esto —musitó Masaru.

—¿Cómo pueden tardar tanto en descalificar a alguien? —dijo Kanade.

Justo entonces, una silueta apareció en el vestíbulo; era lo único iluminado en toda la sala. Los ojos de Aya se dirigieron enseguida hacia ella.

—Oh… —exclamó. Masaru y Kanade siguieron su mirada—. Es Jin.

Jin se dio cuenta de que todo el mundo lo miraba. Se detuvo en seco y empezó a retroceder.

Aya recordó la primera vez que el chico había aparecido sobre el escenario, cómo el tumulto del aplauso lo había sobresaltado.

Jin recorrió el vestíbulo con la mirada.

Aya lo entendía. No sabía lo que estaba pasando.

—Kazama-kun, aquí —dijo Kanade y le hizo señas.

El chico vio al pequeño grupo y, aliviado, se acercó.

Pero todos los ojos lo siguieron y se encogió con cierta vacilación.

—¿Qué pasa? ¿Me han eliminado? —le preguntó a Aya, que negó con la cabeza.

—Aún no han hecho el anuncio.

—¿Qué? ¿Con lo tarde que es?

Jin miró el reloj de la pared.

—Eh, ¿dónde has estado todo este tiempo?

El chico parecía perplejo.

—Estaba observando a mi profesor mientras trabajaba.

—¿Tu profesor? ¿De piano?

—Es un florista, el de la casa donde me alojo.

—¿Un florista? ¿Ese es tu profesor? —Kanade parecía desconcertada.

—Sí —asintió Jin Kazama—. Hoy tenía un encargo y me ha dejado acompañarle. Estaba un poco alejado del centro, así que he tardado en ir y volver. Estaba seguro de que ya lo habrían anunciado todo.

Aya y Kanade intercambiaron una mirada de asombro.

Aunque, claro, como todas las actuaciones habían terminado, era libre de hacer lo que quisiera.

—Bueno, ¿qué pasa? Todo el mundo parecía… mirarme.

Jin echó un vistazo a su alrededor. La gente ya había retomado sus conversaciones.

—Al parecer, hay algún problema —respondió Kanade, intentando demostrar calma.

—¿Un problema?

—Dicen que han descalificado a alguien.

Kanade miró a Masaru.

—¿Descalificado? ¿Has dicho *descalificado*?

El chico miró a Masaru en busca de una explicación.

—A mí me descalificaron en una ocasión —se apresuró a decir—. Toqué una pieza que no estaba permitida y me echaron. Te pueden excluir por cosas como sobrepasar el tiempo permitido.

Jin Kazama miró a Aya, poco convencido.

La joven evitó su mirada e intentó decir algo.

Jin pareció conmocionado de repente.

Abrió los ojos de par en par y su semblante empalideció visiblemente.

—¡No!

Su nerviosismo entristeció más a Aya y los demás.

Nunca lo habían visto así.

A Jin le temblaron los labios.

—¿Yo? —Los miró uno a uno, con miedo en los ojos—. ¿Me han descalificado? ¿Por eso me estaban mirando?

—Aún no lo sabemos —dijeron Aya y Masaru a la vez.

—Dicen que han descalificado a alguien, pero no sabemos a quién.

—Pero me estaban mirando a mí. Porque piensan que soy yo, ¿verdad?

El chico examinó con desesperación a la gente que lo rodeaba, claramente disgustado. Luego estudió el rostro de Aya, como si contuviera la respuesta.

—En serio, no lo sabemos. No han anunciado nada.

—Entonces, ¿me han eliminado? —preguntó inexpresivo. Ya no fijaba la mirada en nadie—. Eso significa que mi padre no me comprará un piano...

—¿Cómo? —preguntó Aya.

¿Que no le comprará un piano?

El vestíbulo se agitó.

Los jueces habían aparecido en el piso superior.

Hubo revuelo cuando se encendieron las luces y la temperatura emocional de la sala se disparó.

Los jueces bajaron con paso firme los peldaños.

Kanade intentó descifrar sus semblantes. Todos parecían bastante plácidos.

No como si tuvieran un gran dilema. La mayoría aparentaba satisfacción.

Olga Slutskaya, la presidenta de los jueces, había sido la primera en bajar. Un voluntario le entregó un micrófono.

El micro se encendió con un *pop* y el silencio reinó en el vestíbulo.

—Damas y caballeros, gracias por vuestra paciencia. —A pesar del tiempo que se habían tomado para deliberar, Olga parecía serena y transmitía su señorial sangre fría de siempre—. Me alegra comunicar los resultados de la tercera ronda. No ha sido fácil alcanzar una decisión, pero estamos muy contentos con los resultados finales.

Prosiguió con sus comentarios habituales y recordó a quienes no habían pasado que no deberían considerar aquello como una crítica negativa de su musicalidad ni de sí mismos como individuos. Tampoco debían desanimarse, sino entregarse por completo a su música.

Cómo no, la prensa y los competidores apenas registraron sus palabras.

Olga lo sabía. Percibió la impaciencia y la inquietud en los asistentes y pareció explayarse a propósito.

Se colocó con elegancia las gafas que colgaban de su cuello.

—Bueno, y ahora diremos el motivo de esta tardanza improcedente en nuestra valoración… —Calló un momento—. Ha ocurrido un imprevisto que, por desgracia, ha concluido con la descalificación de un pianista.

Así que era cierto. Aya sintió que Jin Kazama, a su lado, se tensaba.

Le apoyó con ligereza una mano en el hombro y él la observó abatido.

Aya lo miró a los ojos y asintió, como si dijera: «Que no te afecte».

—Hemos tardado tiempo en confirmar los hechos y luego en revisar el caso una vez más. Nos disculpamos de todo corazón por la demora.

Olga hizo una pequeña reverencia y abrió la hoja de papel que tenía en la mano.

«Confirmar los hechos». *¿A qué se refiere con eso?*, se preguntó Kanade. ¿De verdad usarías esa expresión cuando se ha descalificado a una persona?

Olga respiró hondo.

—Estas son las seis personas que pasarán a la final.

El vestíbulo calló de nuevo.

Todas las miradas estaban fijas en sus manos. El silencio en la sala resultaba doloroso.

Aya y Jin Kazama se acercaron más.

¿Eran imaginaciones suyas u Olga tardó mucho tiempo en leer los nombres?

Un silencio extraño envolvía al vestíbulo. Olga mantuvo la compostura en todo momento; estaba claro que alargaba el suspense a propósito.

—El número diecinueve, Kim Sujon.

Sonaron vítores. Un hombre joven, con el rostro sonrojado, alzó los puños un par de veces.

—El número treinta, Masaru Carlos Levi Anatole.

Vítores más fuertes en esa ocasión.

Todas las miradas se giraron hacia Masaru, que ofreció una sonrisa tibia. Costaba descifrar su semblante.

—El número cuarenta y uno, Friedrich Duomi.

Más vítores.

Ya había anunciado la mitad de los nombres.

Quedaban tres. Aya se acercó más a Jin Kazama y él la imitó.

—El número cuarenta y siete, Cho Hansan.

Vítores y gritos.

Aya se tensó. *Allá vamos.* El anuncio del siguiente nombre le daba miedo y no podía soportarlo.

Olga movió los labios.

—El número ochenta y uno, Jin Kazama.

Un potente grito brotó de la multitud... Un chillido o unos vítores, difícil de decir, pero un rugido sacudió el vestíbulo.

El espacio alrededor de Aya se abrió. Se sentía extrañamente liberada. Brillante y ligera.

Jin y ella se giraron hacia el otro, incrédulos. Aya oyó que la voz tranquila de Olga proseguía con el anuncio.

—Y, finalmente, el número ochenta y ocho, Aya Eiden.

Bajó la hoja de papel y observó a la multitud.

A Aya le costaba relacionar aquello consigo misma. Siguieron sonando los vítores, la emoción no disminuía. Olga permanecía fríamente erguida en medio de todo.

El sonido y el tiempo regresaron al fin.

—¡Lo hemos conseguido! ¡Hemos pasado los tres! —dijo Masaru con voz tensa y alzó las dos manos. Aya sintió que una cálida alegría la llenaba.

El semblante de Jin estaba pálido y cansado.

—¡Lo conseguimos!

Aya y Jin se abrazaron con sonrisas irónicas adornando sus caras mientras Masaru y Kanade parecían aliviados.

—Dios... Tanta preocupación para nada.

—¡Ha sido demasiado emocionante para mí!

Por fin podían bromear sobre el asunto.

Aya no sabía a quién darle las gracias ni por qué debía sentirse agradecida, pero sus pensamientos siempre iban encaminados por ahí.

Gracias, gracias, gracias por dejar que Jin Kazama pasase.

Tras la emoción inicial, cuando la conmoción menguó, la gente empezó a preguntar en voz alta:

—Bueno, entonces ¿quién ha sido descalificado?

Tan serena como siempre, Olga guardó silencio, pero al final cedió a la presión y lo explicó.

—Hemos hablado sobre otro competidor, porque ha recibido una puntuación lo bastante alta para alcanzar la final. Pero, tras la tercera ronda, se puso enfermo y se marchó a casa. No informó como es debido a la dirección del concurso y hemos tardado en averiguar dónde estaba.

Al fin, determinamos que sí que había regresado a su país natal, donde lo operaron de emergencia de apendicitis. No podrá tocar en la final.

—Ah... ¿era eso?

—Y nosotros pensando que era... ya sabes...

Aya oyó lo que la gente decía. Miraban a Jin Kazama de reojo.

Olga aguardó hasta que los asistentes aceptaron la situación y prosiguió.

—Enhorabuena a quienes habéis alcanzado la última ronda. Todos sois músicos maravillosos. Para quienes estéis en la final, mostrad seguridad y enseñad todo lo que sabéis hacer. Tras este anuncio se celebrará un encuentro con los jueces. Os animo a aprovechar esta oportunidad. Gracias. Nos vemos en la final.

Aya y su grupo se pusieron a estirarse para aliviar la tensión. A Masaru se le escapó una carcajada.

—¡En mi vida había estado tan tenso!

—¿Verdad?

—¡Estoy tan, tan feliz!

Aya y Kanade se abrazaron.

Jin Kazama había recuperado al fin su sonrisa inocente.

—Guau, eso me ha quitado años de vida. Tendré que contárselo a mi padre.

Kanade encontró un rincón tranquilo en el vestíbulo. El teléfono de Masaru sonó.

—¿Diga? —respondió y miró a Aya.

Era de la dirección del concurso, para confirmar el horario de ensayo con la orquesta.

Los móviles de Jin Kazama y de Aya también sonaron. Su llamada de dirección.

Es la final. Lo hemos conseguido de verdad, pensó la chica.

Y expresó en silencio su agradecimiento.

Aunque no sabía a quién iba dirigido.

En la pared del vestíbulo había una fila tras otra de fotografías.

Ya habían pegado otra cinta en forma de flor a las imágenes de quienes estaban en la final.

Solo seis lucían tres cintas.

Akashi Takashima las miró con el corazón henchido.

Su fotografía tenía una, pero no se arrepentía.

Jin Kazama había llegado a la final y nadie podía negar que esas seis personas no se lo merecían.

Soltó un gran suspiro.

Para él, había sido una buena competición, una experiencia significativa.

Al principio, su actitud había consistido en participar y acabar con aquello rápido. Planeaba quitarse de encima sus sentimientos por la música.

Pero lo cierto era que había salido con cierto valor. Tras escuchar tantas actuaciones y subir a ese escenario, estaba decidido a vivir como músico.

Bueno, a lo mejor debería volver a casa, pensó.

Se dio la vuelta y ya se alejaba cuando le sonó el móvil.

¿Quién será?

Era de la dirección del concurso. Un número que agradeció tener ese último año. Pero acabaría por borrarlo pronto.

—¿Diga? —respondió con vacilación.

—¿Es usted el señor Akashi Takashima? —oyó que preguntaba una voz de mujer.

—Sí, soy Akashi.

—Le llamo de la dirección del Concurso Internacional de Piano de Yoshigae. ¿Puedo preguntarle dónde está en este momento?

Qué pregunta más rara.

—Estoy en Yoshigae. Justo planeaba regresar a Tokio.

—Entiendo. ¿Cree que puede volver el último día de la competición, el domingo 24? —dijo la mujer con seriedad.

—¿El último día?

Akashi estaba más que desconcertado. Ese sería el segundo día de la final. Pues claro que planeaba volver a escuchar a los finalistas, pero ¿por qué lo preguntaba?

—Sí, pienso ver todas las actuaciones de la final.

—Entiendo. Me alegro de oírlo. ¿También asistirá a la ceremonia de entrega de premios?

—¿La ceremonia?

—Exacto. Mientras los jueces decidían a los seis finalistas, también han decidido quién recibirá otros premios. Como resultado de su deliberación, se le ha otorgado una mención de honor, así como el Premio Hishinuma.

—Perdone, ¿qué ha dicho? ¿Una mención de honor y...?

—Y el Premio Hishinuma —repitió la mujer.

Akashi se detuvo para procesar aquello.

—¿Con el Premio Hishinuma se refiere a...?

—Sí. Es el premio que otorga el maestro Tadaaki Hishinuma al pianista con la actuación más sobresaliente de su obra *Primavera y Asura*.

—Y... ¿y ese soy yo? —dijo Akashi, casi gritando.

—Correcto. Enhorabuena.

Por primera vez durante la conversación, fue como si captara la sonrisa de la mujer.

Con el corazón a mil por hora, Akashi hizo una profunda reverencia a la mujer que no podía ver.

¿Yo? ¿Ganador del Premio Hishinuma? ¿Su interpretación de Primavera y Asura había superado a las de Jin Kazama y Aya Eiden?

Y una mención de honor. Un premio que otorgaban a los pianistas que, aunque no hubieran llegado a la final, habían causado impresión y los consideraban como músicos con futuro.

Akashi rebosaba de alegría.

Ahora lo sabía seguro.

Podía triunfar como pianista.

—Bueno, ¿y dónde está Jin Kazama? —le preguntó Mieko a Masaru. El chico se encogió de hombros.

—Ha vuelto a la casa donde se aloja. Según él, aún tiene que ayudar a su profesor.

—¿Su profesor? ¿Quién le da clase ahora? —preguntó Mieko.

Nathaniel, a su lado, prestó atención al oír la palabra «profesor».

—No, no es para piano —respondió Masaru, atribulado.

—¿No para piano? ¿Quizá para solfeo? ¿O composición?

Aya, de pie junto a él, sonrió con ironía.

—Es para aprender a hacer arreglos florales.

—¡¿Arreglos florales?! —exclamaron Mieko y Nathaniel a la vez.

—Un amigo de su padre tiene una gran floristería y es famoso por sus arreglos japoneses. Según Jin, está aprendiendo de él.

—*¿Qué?*

Estaban de pie en el salón de banquetes del hotel, donde los jueces y los competidores disfrutaban de una amigable noche juntos. Lo único que quedaba era la final (los seis pianistas tocarían un concierto con una orquesta) y todo el mundo disfrutaba de la sensación de libertad.

Por todo el salón, grupos formados por algunos de los competidores restantes se arremolinaban alrededor de un juez y lo escuchaban con atención.

—Ay, madre. Sí que desafía las expectativas, ¿verdad? —Nathaniel sacudió la cabeza—. Los jueces querían hablar con él, pero ya se ha ido.

—¿Ah, sí? —preguntó Masaru—. Estábamos todos seguros de que habríais descalificado a Jin Kazama.

—Ningún juez mencionó si debía ser descalificado. Es muy especial. Hasta quienes están en su contra han empezado a convertirse en sus seguidores.

Masaru asintió con aprobación.

—¿Te parece bien que un rival triunfe?

Nathaniel miró a su pupilo a los ojos y este se rio.

—¿Por qué no? Ganar sin Jin Kazama en la final no sería divertido.

—Ah, menudo espíritu tienes.

Esa muestra de la solidez y la confianza de Masaru hizo que Mieko y Nathaniel intercambiaran una mirada y una sonrisa.

—Sí que es… —murmuró Aya—. Sí que es genial que Jin siga compitiendo.

Cielos, pensó Mieko. *El semblante de Aya se ha transformado por completo. Su serenidad hasta se podría considerar audaz.*

Mieko la miró, estupefacta por la transformación.

Para un juez, presenciar un momento así en la vida de una joven pianista provocaba una alegría incomparable.

—Vale, pero no bajéis la guardia —les advirtió Mieko—. Las finales serán intensas. Todo el mundo está en racha y cualquiera podría ganar.

Masaru y Aya intercambiaron una mirada y rieron.

Lo único que les importaba a esas alturas era su propia actuación. Competir no parecía estar en sus radares.

Pero era cierto… Se disputarían el primer premio.

Seis finalistas.

Había cierta tendencia a pensar que, en las finales, ya se había decidido lo principal y solo era cuestión de confirmar el orden, pero actuar con una orquesta tendría un gran impacto y la impresión que se tuviera de un intérprete podía cambiar por completo. Era muy posible que, incluso con una serie de maravillosas actuaciones a sus espaldas, todo les saliera mal.

—Tengo ganas —dijo Mieko y le dirigió a Nathaniel una mirada cargada de intención.

¿Crees que tu alumno estrella puede ganar?

Nathaniel supo lo que quería decir.

—Sí, yo también tengo ganas —respondió, como un eco de sus palabras.

Aunque sonrieran, sus ojos no reflejaban esa sonrisa y lo sabían.

LA FINAL

ENSAYO CON LA ORQUESTA

El edificio polivalente en el que se celebraba el Concurso Internacional de Piano de Yoshigae contaba con tres auditorios. Uno de tamaño medio, con mil asientos, donde se habían celebrado las tres primeras rondas.

Otro más pequeño y subterráneo, con cuatrocientos asientos.

Y luego el más grande, con dos mil trescientos asientos.

La final se celebraría en el más grande.

Los conciertos y el orden de actuaciones eran los siguientes:

Kim Sujon (Corea del Sur): Rachmaninoff n.º 3

Friedrich Doumi (Francia): Chopin n.º 1

Masaru Carlos Levi Anatole (EE. UU.): Prokofiev n.º 3

Cho Hansan (Corea del Sur): Rachmaninoff n.º 2

Jin Kazama (Japón): Bartók n.º 3

Aya Eiden (Japón): Prokofiev n.º 2

El director de la final, con la Filarmónica Shintobu, era Masayuki Onodera, un director de nivel intermedio casi en la cincuentena.

Onodera tenía mucha experiencia, aunque acompañar a pianistas para una competición era un trabajo más duro de lo que nadie se podría imaginar.

Los solistas eran *amateurs* y jamás se le podría echar la culpa a la orquesta, como que no había seguido bien al competidor o no había trabajado para dar lo mejor de sí. Y como el de Yoshigae era un concurso tan grande e importante, la responsabilidad era muy pesada.

Prepararse para la final resultaba agotador. Había decenas de conciertos en la lista de obras elegibles. Todos eran famosos y estándares dentro del repertorio de una orquesta profesional, pero, como la dificultad de algunos era mayor, tenían que repasarlos todos para estar preparados.

Los seis finalistas habían elegido conciertos distintos, algo que la orquesta agradecía y, al mismo tiempo, no.

Onodera había dirigido en un concurso en el cual, de los seis finalistas, cuatro habían elegido el concierto *Emperador* de Beethoven, mientras que los otros dos tocaron el *Concierto n.º 1* de Chopin. El público se había aburrido y, a la cuarta repetición del *Emperador*, la orquesta también estaba harta (ya que eran grandes profesionales, pero humanos, al fin y al cabo). Mantener a la orquesta motivada había requerido una ardua tarea.

Después de las cuatro actuaciones de Beethoven, pasar al concierto de Chopin también fue, para ser sinceros, una hartura. Podía ser una pieza famosa que todos los pianistas ansiaban tocar, pero para una orquesta había unos cuantos conciertos del repertorio estándar que resultaban tediosos, y el *Concierto n.º 1* de Chopin era uno de ellos. En las finales, de Chopin solo se podía elegir entre el n.º 1 y el n.º 2, y daba igual que Chopin fuera la gloria de su país y cuánto te gustara su música, que al final resultaba una tortura para la orquesta. Onodera lo entendía.

En esa ocasión, los seis conciertos eran grandes obras y muchas suponían todo un reto tanto para los pianistas como para la orquesta.

Onodera había recibido información de los finalistas gracias al conocido regidor, el señor Takubo. La información que Takubo le había proporcionado sobre sus actitudes entre bambalinas y sobre su personalidad había sido invaluable.

También había estudiado sus currículos, investigado si habían tocado alguna vez con orquestas y escuchado las actuaciones de la tercera ronda.

Un concierto era un género en el que la experiencia lo era todo. No podías comprenderlo a menos que hubieras vivido los retos que implicaba actuar con una orquesta.

Sin embargo, sobre el escenario escuchabas instrumentos en directo y de cerca, aunque cada uno se situaba a una distancia distinta. Escuchar desde *dentro* de las cuerdas, por así decirlo, la obra que creías conocer adquiría una sonoridad totalmente distinta. El sentido del tempo también podía cambiar con facilidad.

En dos finales de competiciones previas, Onodera había vivido unos conciertos en los que la actuación se detenía de repente. En un caso, el pianista, presa del pánico, se había enfrascado tanto en su interpretación que no escuchó a la orquesta y se habían desincronizado por completo. Un compás entero, para ser exactos.

En el segundo caso, el pianista no creía que su nivel encajara con el de la orquesta y su volumen se fue reduciendo poco a poco. Si el sonido de un solista disminuía, la orquesta también bajaba su propio volumen, naturalmente, para intentar escucharlo, con lo que el volumen de toda la actuación decaía. Al final, bajó tanto que la pieza no se sostuvo y tanto el solista como la orquesta se detuvieron.

No obstante, en esa ocasión los ensayos habían resultado bien y los músicos de la orquesta se sentían aliviados.

Tal y como Takubo le había dicho, los pianistas eran extraordinarios. Cinco de los seis ya habían tocado con una orquesta. Tras cuatro ensayos, apenas había casi ningún problema. Todos tenían su propio estilo, cómo no, y, aunque bastante jóvenes, poseían cierta madurez, sobre todo el que ensayó el día anterior, Masaru Carlos Levi Anatole. Había fascinado por completo a la orquesta y estaban seguros de estar presenciando el nacimiento de una estrella.

El descanso estaba a punto de terminar.

Los músicos regresaron en grupos de dos y de tres.

Por fin había llegado el turno del único pianista que no tenía ningún tipo de experiencia con una orquesta. Jin Kazama, de Japón.

Aunque Onodera tenía ganas de ensayar, reconoció que también se sentía un poco nervioso. La actuación de Kazama en la tercera ronda había sido magnífica, pero le preocupaba que quizá fuera el típico músico egocéntrico que no estaba preparado para tocar con una orquesta.

Y, encima, había elegido el *Concierto n.º 3* de Bartók.

Con la partitura en la mano, Onodera reflexionó sobre cuál sería el mejor enfoque.

Un pianista que tocaba con una orquesta por primera vez, y encima con Bartók, presentaba ciertos obstáculos de consideración. Solista y orquesta deberían negociar muchas cuestiones y, si no se escuchaban con atención, las cosas se pondrían difíciles. El principal problema con Bartók era acertar los dos con el tempo. Bartók era famoso por sus líneas melódicas extensas.

Cuando Onodera entró en el auditorio, vio que el afinador seguía toqueteando el piano.

Había esperado que Jin Kazama ya estuviera practicando.

El afinador lanzaba alguna mirada ocasional hacia los asientos.

—¿Y esto? —preguntó.

—Bien.

Onodera miró a su alrededor y vio a un joven sentado en la parte trasera del auditorio.

Pero ¿qué...?

Abrió los ojos de la sorpresa.

Había pensado que era un voluntario, pero se dio cuenta de que era Jin Kazama. ¿Qué hacía allá lejos?

—Está bastante bien, pero no estaré seguro hasta que entre la orquesta. Señor Asano, ¿podría venir aquí atrás y comprobar cómo suena?

—De acuerdo...

Onodera no se podía creer lo que estaba viendo.

Se había enterado por Takubo de que el chico tenía un oído excelente, pero nunca había conocido a un pianista y a un afinador que se comunicaran con tanta libertad.

El afinador vio a Onodera e hizo una reverencia.

—Lo siento, enseguida acabamos —dijo.

Onodera asintió y colocó la partitura en el atril.

Los músicos de la orquesta entraron y, cuando se acomodaron, el afinador bajó.

Jin Kazama subió al escenario de un salto.

—Hola. Soy Jin Kazama. Tengo muchas ganas de tocar con vosotros.

—Yo soy Onodera. También tengo ganas.

El concertino lo saludó y le estrechó la mano.

Qué muchacho tan agradable, pensó Onodera. *Ingenuo, un tanto rudimentario, pero transmite algo muy natural.*

—Bueno, ¿cómo procedemos? ¿Tocamos todo el concierto? Me gustaría destacar las entradas que requieren un ajuste de tempo.

Pero Jin Kazama negó con la cabeza al oír las sugerencias.

—Tengo una petición —dijo.

Los ojos grandes del chico lo miraron directamente y Onodera sintió que se le aceleraba el pulso.

—Por supuesto.

Qué cara tenía ese muchacho.

—Me gustaría que tocarais el tercer movimiento.

El director se quedó perplejo.

—¿Cómo? ¿Solo la orquesta? ¿Y usted?

—Escucharé desde atrás.

Jin Kazama saltó del escenario y trotó por el pasillo hasta la parte trasera del auditorio.

Onodera y el concertino intercambiaron una mirada.

¿Qué hacía? ¿Poner a prueba la capacidad de la orquesta? Eso no les sentó bien.

—Vale… ¡Podéis comenzar!

La silueta pequeña de Jin Kazama agitó la mano.

Onodera esbozó una sonrisa generosa, asintió a la orquesta y agarró la batuta.

Los músicos, con las cejas arqueadas, prepararon los instrumentos.

El tercer movimiento del *Concierto n.º 3* de Bartók.

Un *tutti* brillante, lo más destacado de la pieza mientras crecía de un modo glorioso hacia el final.

La orquesta dio todo de sí.

Conque quieres ver lo que podemos hacer, hijo. Bien, pues te lo demostraré. Te demostraré el sonido que podemos producir.

Un fortísimo enorme.

¿Crees que puedes enfrentarte a este volumen? Cuando entre el solo y tengamos que bajar la potencia, seremos los últimos en reírnos.

Onodera notaba esos mismos sentimientos en la orquesta.

El tercer movimiento, de casi siete minutos, llegó a su fin.

El director se giró y vio a Jin Kazama y al afinador intercambiando susurros en un rincón.

Le costaba creer que ese chico fuera un competidor de verdad.

—*¡Gracias…!* —gritó Jin Kazama mientras regresaba a toda prisa y saltaba ágil al escenario.

Guau… Menudo salto.

Antes de darse cuenta de lo que hacía, se había abierto paso entre la orquesta.

Onodera se preguntó cuál sería su intención justo cuando el chico empezó a apartar sillas, a cambiar atriles y mover a los músicos.

—Lo siento, pero ¿podríais cambiaros allí? —les preguntó a los contrabajos.

Los músicos sonrieron intrigados y se encogieron de hombros.

Otros no estaban tan contentos.

Sin embargo, el chico parecía tranquilo.

—Pero, si me cambio de sitio, será difícil tocar —musitó el de la tuba.

Jin se dio la vuelta.

—Ahí el suelo está combado. Creo que lo arreglaron hace unos años, seguramente con madera contrachapada. Por eso esa parte del suelo pesa más y la densidad es diferente. Si se sitúa justo encima, el sonido no se proyecta bien.

El músico con la tuba alzó la mirada con desconcierto.

Sin alterarse, el muchacho se acercó al piano y se sentó.

—Lo siento, pero ¿podrían tocar de nuevo el tercer movimiento? ¿Señor Asano? ¿Podría fijarse si todo está equilibrado? —le gritó al afinador, que estaba donde los asientos, y luego miró a Onodera.

El director le devolvió el gesto y, tal y como le había dicho, recogió la batuta. Los músicos, perplejos, retomaron sus posiciones.

Hubo un instante de silencio.

El chico tocó el trino inicial.

Su sonido es inmenso.

A todos se les iluminó la mirada. Qué sonido tan potente. Volaba directo a los oídos, claro y sorprendente.

Onodera agitó la batuta en el primer compás.

Como un reflejo condicionado, la orquesta arrancó al unísono.

Se pusieron en movimiento enseguida.

Una frase que crecía en un diálogo con la sección de madera. Entró el metal, seguido del grave golpeteo del timbal.

El solo del piano.

Un ritmo robusto y seguro.

La orquesta lo siguió, como arrastrada por una locomotora invisible.

La pieza avanzó a paso firme, dirigida por el piano.

Qué sonido tan uniforme y corpóreo. Se unieron las cuerdas.

¡No!

Onodera no podía creer lo que estaba oyendo.

La orquesta había repasado la pieza a un volumen alto, pero su sonido era más intenso ahora. Y, tirada por el piano de Jin Kazama, su volumen seguía incrementándose.

Las expresiones de los músicos eran serias… No, *frenéticas*, mejor dicho. Estaban desesperados por no quedarse atrás.

Onodera se fijó en otra cosa.

El equilibrio era mejor que antes.

Los graves encajaban a la perfección y reverberaban en una capa nítida.

La voz del chico sonó en la mente del director.

«El sonido no se proyecta bien».

Las sillas, los atriles y los instrumentos que había movido. ¿De verdad había captado todo aquello? ¿Con solo un ensayo de la orquesta?

Al fin, se encaminaron hacia el clímax.

No estaban actuando, sino que más bien los *hacían* actuar. Como si sus brazos se movieran de un modo inconsciente.

¿Los metales eran así de potentes? ¿No les había dicho siempre que necesitaban más garra, que les faltaba algo?

Un buen sonido de las trompas. El piano no cedió ni un momento.

La escala final.

Jin Kazama, como si apartara nieve de su camino, recorrió el teclado. La presión acústica resultó abrumadora.

Y ahora el *tutti*.

Los metales sonaron con fuerza; el aire tembló, tintineó.

Qué emoción.

Durante un segundo, Onodera se olvidó de todo.

Los sonidos de todas las secciones de la orquesta convergieron en un único punto en el aire y dejaron a su paso una preciosa reverberación.

Director y orquesta estaban sin habla. Oyeron a alguien aplaudir.

Onodera se recuperó y se dio la vuelta. El afinador estaba aplaudiendo.

—Señor Asano, ¿cómo lo ha oído? —preguntó el chico.

—Ha sido fantástico. Perfecto.

—¿Quizá tendría que ser un poco más suave?

—No, está bien justo así.

—¿De verdad? Bueno, pues ¿les puedo pedir que lo toquemos desde el principio?

Jin Kazama miró al director y, durante un momento, parecía preocupado.

Los músicos lo miraban pálidos, como si fuera un animal extraño.

—Esto… ¿ocurre algo? —preguntó el muchacho, pero nadie respondió.

DÍAS FEBRILES

Las puertas se abrieron a cada lado y la gente entró con ganas al vestíbulo.

No era el auditorio de tamaño medio al que se habían acostumbrado durante las dos semanas previas, sino el más grande. Para llegar allí, debían subir una escalera amplia cubierta por una alfombra roja mullida.

A lo mejor se lo estaba imaginando, pero le pareció que las expresiones de la gente, y sus atuendos, eran más animados que antes.

El primer día de la final era de noche. Ya había oscurecido.

—Conque esto es una final… —dijo Aya, impresionada, mientras miraba el auditorio a su alrededor.

En el escenario, la orquesta estaba dispuesta en un círculo en torno al piano.

Los miembros del personal pululaban por ahí para prepararlo todo y el afinador estaba absorto mientras hacía unos ajustes de última hora.

Kanade, que había asistido a muchas competiciones, como pianista y como espectadora, asintió.

—Aya-chan, esta es tu primera competición, aparte de las de nivel júnior, ¿verdad? Pues esto es una final.

—Parece algo especial —murmuró Jin Kazama, sentado a su lado.

—No me puedo creer que sea vuestra primera competición internacional y vuestra primera final. Tenéis mucha suerte, de verdad os lo digo.

Kanade parecía impresionada.

—Mmm… —musitó Aya, como si buscara las palabras adecuadas para expresar esa atmósfera especial—. Es como… no sé, como si te preparases durante mucho tiempo y sufrieses para escalar hasta la cima de una montaña. Y cuando superas la última cresta, sin aliento, te sientes muy realizada. Pero la cuestión es que lo de después tampoco es fácil. Tienes que vigilar cada paso durante el descenso. ¿Sabéis a lo que me refiero?

—¿De qué estás hablando? —respondió Kanade.

—Lo entiendo, de verdad que lo entiendo —dijo Jin Kazama, asintiendo—. Una vez que llegas a la cima, tienes los nervios destrozados.

—Parad. Solo tenéis que aguantar un poco más y manteneros emocionados para la final.

Kanade les dio una palmada en el hombro.

Pero sabía cómo se sentían.

Había muchos competidores que, tras superar la presión de tres rondas, se sentían desinflados. Era duro, incluso para los profesionales, mantener la motivación durante tanto tiempo.

—Bueno, ¿dónde está Ma-kun?

Jin Kazama miró a su alrededor.

—Como cabría esperar, se ha saltado la primera actuación y está calentando en la sala de ensayo.

—¿Verdad que el *Concierto n.º 3* de Rachmaninoff es muy largo?

Kanade miró el programa.

El concierto que tocaría el primer pianista duraba casi cincuenta minutos.

Aya soltó una risita.

—¿De qué te ríes?

—Me he acordado de lo que Ma-kun dijo sobre el *Concierto n.º 3* de Rachmaninoff, que deja ver el ego del pianista.

—¿En serio dijo eso?

¿Aya no seguía demasiado relajada con todo?

—Por cierto, ¿por qué elegiste el *Concierto n.º 3* de Bartók? —le preguntó Aya a Jin—. ¿Lo decidiste tú? ¿No querías interpretar otro concierto?

Kanade también había querido plantearle esa pregunta. Con una técnica como la de Jin, podría haber tocado cualquier concierto.

—Al principio quise tocar a Schumann.

—¿El que está en la menor?

—Y estaba pensando en componer mi propia cadencia al final del primer movimiento.

—¿En serio? ¿Ese tan famoso?

—Pero mi profesor me dijo que no debía buscar pelea a propósito.

—¿Hoffmann?

—Eh…

Aya soltó otra risita.

No cabía duda de que la virtuosidad de Jin Kazama le permitiría tocar *ad libitum* cualquier pieza que quisiera. Quizá en la partitura dijera «cadencia», pero la práctica aceptada era tocar cadencias que ya existieran. Tocar la tuya, una que tú habías creado, era casi tabú.

—Hiciste tu propio arreglo para *África*, ¿verdad?

Kanade sabía a qué se había referido Hoffmann con lo de «buscar pelea a propósito». Había muchas personas en el mundo de la música clásica que creían que añadir tu propia frase a una obra era una blasfemia total.

—Mmm. Por eso decidí no tocar la de Schumann. Luego dudé entre el *Concierto n.º 3* de Prokofiev y el n.º 3 de Bartók.

—¿En serio? Entonces habrías coincidido con Ma-kun.

Jin Kazama hizo un gesto de gran alivio y tanto Aya como Kanade rieron.

Era sorprendente descubrir que una persona con tanto talento como Jin Kazama no quisiera tocar la misma obra que Masaru. Eso solo reafirmaba la idea del tremendo talento que tenía Masaru.

Resultaba fácil comprender a un «genio excéntrico y natural» como Jin Kazama. Masaru también era un genio, pero más difícil de entender. Tras hablar con él esos días, saltaba a la vista que era un chico muy equilibrado. Era dueño de un talento superior, no cabía duda, pero también te daba la sensación de que era una persona «normal y corriente». Si no hubiera acabado estudiando música, seguro que destacaría en cualquier otro ámbito que se propusiera. Una persona con su talento podía dominar cualquier habilidad.

—Entonces… ¿Por qué te decantaste por Bartók? —preguntó Aya y miró con curiosidad a Jin.

—Por un motivo muy sencillo. Me imaginé que el n.º 3 de Prokofiev sería una elección muy popular, pero que nadie elegiría a Bartók.

—¿Tan fácil como eso?

—Pues sí.

—¿Sabes que Ma-kun dijo que eras un tanto «bartokesco»?

—¿«Bartokesco»?

—Sí, pero no supo decir por qué.

Kanade comprendió lo que Aya intentaba decir.

Con las habilidades naturales de Jin Kazama y sus inesperados
cambios de ritmo, compartía cierta afinidad con Bartók.

—¿Y tú, Aya? ¿Por qué elegiste el *Concierto n.º 2* de Prokofiev? ¿Por
qué no el n.º 3? —preguntó en esa ocasión Jin con inocencia.

Aya y yo estaremos poniendo la misma cara ahora mismo, pensó Kanade.

Antes de que Aya se marchara a la competición, Kanade había
recordado que esa era la última obra que debía tocar en público.

Hasta entonces, su repertorio había sido muy amplio.

Su mirada se encontró con la de Aya y, sin decir nada, sonrieron.

Jin Kazama las miraba primero a una y luego a otra.

—Son mis... deberes, por decirlo así —contestó Aya.

—¿Cómo?

—Esta obra son deberes. De hace mucho, mucho tiempo.

—Ah.

—Y mañana por fin entregaré los deberes. He tardado mucho
tiempo. No, de hecho, parece poco.

Aya parecía estar mirando algo muy lejano.

*Yo también llevo esperando esto mucho tiempo. El día en que Aya regrese
al escenario y yo pueda sentarme entre el público y oír la pieza que tendría
que haber tocado aquel día.*

Kanade reflexionó sobre las palabras de Aya.

—Sí que ha pasado mucho tiempo. Aunque parezca poco.

La campana sonó para señalar el inicio de la actuación.

—Vale, vamos a comprobar si lo que Ma-kun dijo es cierto y el
Concierto n.º 3 de Rachmaninoff muestra de verdad el ego desparramado del pianista.

—¿Ego desparramado? ¿Qué significa eso? —preguntó Jin Kazama.

Aya se giró hacia él.

—¿No lo sabes? Ma-kun lo sabe y vive en Nueva York.

—Apenas he ido a la escuela.

—¿No has leído manga japonés?

—La verdad es que no.

—Luego te lo cuento. Piénsalo mientras tanto.

—Vale.

Fue Kanade quien se rio en ese momento.

Las luces se apagaron y descendió el silencio.

Los músicos de la orquesta salieron por ambos laterales del escenario. El sonido de un aplauso los recibió.

Ahora iban a afinar.

Desde el público, Akashi Takashima observaba cómo se desarrollaba la escena con nostalgia.

Su expresión revelaba una confianza tranquila.

Hubo un momento de silencio y luego la puerta del escenario se abrió y salieron el pianista y el director.

Era el coreano Kim Sujon, que lucía una sonrisa relajada.

A lo largo de la competición, solo había vestido de negro y ese día iba de la cabeza a los pies de negro también.

Algunas de sus seguidoras chillaron.

El pianista miró hacia el público. Era alto, pero su presencia parecía más grande.

Lo entiendo, de verdad que sí, se dijo Akashi. *Poco a poco, has ido comprendiendo lo que haces y dónde estás.*

Observar a un solista enfrentarse al poder de una orquesta te permitía medir su estatura como intérprete. No su tamaño físico, sino cómo manifestaba con claridad el poder del individuo. Ahora podías captar su seriedad real como músico, su fuerza y su alcance.

El joven se acomodó en el banco.

Guardó silencio un momento, como si comprobara dónde estaba.

Luego alzó la mirada hacia el director.

Un instante de contacto visual.

Empezó a tocar. Una melodía sencilla con un poco de *pathos*.

El *Concierto n.º 3* de Rachmaninoff era un peso pesado. La persona que lo interpretase necesitaba cierta escala y fuerza para manejarlo.

El pianista había elegido bien. Akashi observó al joven de negro.

La afinidad con una pieza era un fenómeno interesante.

Akashi sentía que su punto fuerte consistía en las piezas clásicas de época, obras más encantadoras como las de Mozart, pero la gente también parecía disfrutar de sus interpretaciones de obras contemporáneas. Una parte de su subconsciente respondería a ellas, un elemento esencial del que él no se había percatado.

Ese joven era duro. Habría fortalecido mucho la zona abdominal.

Seguro que también va a una academia estadounidense. Akashi había soñado con estudiar en el extranjero, pero sentía que no sería lo bastante bueno para estar a la altura.

Ahora le parecía bien no haberse marchado. ¿Acaso no era aceptable no ir a Europa, el *centro de la música occidental*, y permitir, en cambio, que los músicos estudiasen en su propio país?

Se había quedado en Japón para estudiar y había competido mientras trabajaba a tiempo completo y, pese a todo, su música seguía considerándose elevada. ¿Eso no significaba que esa época se acercaba? ¿La época del músico normal y corriente?

Ahora que la competición estaba llegando a su fin, una idea vaga había empezado a cobrar forma en su interior.

El pianista se hallaba en medio de un pasaje muy intenso, con la orquesta siguiéndole a su lado; la obra de Rachmaninoff era como un edificio enorme y deslumbrante.

Comparado con los conciertos n.º 1 y n.º 2, con esa estructura bien formada de introducción, desarrollo y desenlace, en el n.º 3 había puntos en los que Rachmaninoff era un poco demasiado pesado.

Akashi reflexionó que, tras la gran popularidad del *Concierto n.º 2*, la gente le habría pedido que compusiera más de lo mismo, obras que ofrecieran al oyente un enganche musical tras otro.

Akashi lo comparaba con lo que pasaba cuando una canción japonesa triunfaba y la gente componía canciones con un estilo similar y reciclaba ese gancho. En la época de Rachmaninoff, habría ocurrido lo mismo. No habría sido nada raro si el propio Rachmaninoff hubiera querido crear una obra tan rebosante de momentos memorables y con una melodía deslumbrante para que se convirtiera en el centro de un recital. Al fin y al cabo, él también era un pianista muy popular y buscaba interpretar todo el contenido increíble que pudiera.

Así pues, cuando alguien oía el *Concierto n.º 3*, le parecía un mosaico y daba la impresión de ser un ómnibus que conectaba grandes melodías. Era un punto de inflexión tras otro.

Eso significaba que debías mantener la cabeza fría para tocarlo. Si te dejabas llevar, podías perder el control y la actuación caería en picado, en medio de un desastre vergonzoso y tambaleante. Ese solista en particular había despejado todos los obstáculos.

Su naturaleza fría y misteriosa mantenía a Rachmaninoff a raya y preservaba su magnificencia, todo con un aire sobrio. Y, aun así, aquella seguía siendo una obra tremenda.

Akashi observó mientras el pianista exponía una técnica de lo más trascendental.

Recordaba la primera vez que había visto la partitura, una masa negra de notas, una sucesión infinita de acordes para las dos manos. ¿Cómo demonios podía tocar alguien algo así?

Ese joven sobre el escenario estaba allí después de miles (no: después de *decenas* de miles) de horas practicando, y eso conmovió a Akashi. Sintió cierta afinidad con el pianista.

Detrás de él, los miembros de la orquesta y el director habían pasado también una cantidad ingente de tiempo desde que eran niños yendo a clases, inmersos en música, en busca de ese momento supremo.

Asombro, esa fue la reacción honesta de Akashi.

Estaba presenciando la confluencia milagrosa de esa cantidad enorme de tiempo y pasión, justo ahí, justo en ese instante.

De repente, sintió miedo.

¿Qué tipo de trabajo era ser músico? ¿Qué clase de vocación era aquella?

Vocación… Era la palabra perfecta. Sí que era una vocación, y una *vital*. No te llenaba el estómago, no duraba. Dedicar tu vida a algo así solo se podía describir como *vocación*.

¿Qué tipo de camino he elegido?

Sintió un escalofrío por la espalda y le costó respirar.

Un camino duro, pero permeado de una alegría que no existe en ningún otro lugar. Formo parte de la historia de la música, pensó Akashi. *Aunque solo sea una gota que se aleja en un instante, quiero formar parte de este discurrir.*

Gritos y vítores. Se dio cuenta con un sobresalto de que el concierto había terminado.

El pianista, sonrojado y, por primera vez, con una sonrisa radiante, se levantó.

Las cuerdas agitaron los arcos a modo de reconocimiento.

Al cabo de un momento, Akashi, con aire soñador, también se unió y aplaudió con ganas.

El intervalo duró unos cortos quince minutos.

Sonó una campana para que la gente entrara.

El siguiente pianista era un joven de Francia, de baja estatura y con el pelo rubio rizado. Después del primer competidor, alto, oscuro y todo de negro, cuando ese pianista salió al escenario, dio la sensación de brillo y tonos pastel.

Denotaba cierta ligereza, muy distinto al solista anterior.

El concierto que había elegido era el n.º 1 de Chopin.

De todos los pesos pesados de la final, ese era el más popular.

En cuanto el piano empezó a sonar, Aya pensó: *Mmm, qué interesante.*

La palabra era «individualidad». Inesperadamente esquivo y sutil, pero con sustancia.

Sí, gestos únicos. Una articulación un tanto inusual.

El pianista francés no era del tipo que destacase mucho, nunca había sido objeto de especulaciones o rumores. Se había abierto paso en competiciones internacionales de forma lenta y constante, aunque hasta entonces nunca había dado la impresión de que tuviera una individualidad patente.

Y, aun así, desde que sus dedos tocaron las teclas, Aya percibió una extraordinaria singularidad.

Los jueces, que habían escuchado a cientos, y miles, de pianistas, seguro que habrían distinguido algo que el público no supo dilucidar, esa *individualidad* de la que el solista ni siquiera sería consciente.

El concierto de Chopin de ese competidor era único.

A veces, los pianistas cambiaban el tempo de forma drástica o añadían pausas forzadas para expresar su enfoque personal. Pero con este, las pausas y el tempo eran genuinos, una parte de su voz única.

Si tocabas la pieza justo como estaba escrita, solía sonar lenta y un poco tediosa.

Había unas cuantas partes en las que el pianista debía consultar con el director, aunque en cuestión de tiempos no era una obra complicada. El apoyo de la orquesta era un acompañamiento perfecto para el piano; con tan solo prestar atención a tus compañeros músicos, no cometerías ningún error.

Y por eso los pianistas sentían la necesidad de amplificar e intensificar su interpretación, por miedo a que la actuación no tuviera suficiente dinamismo o emoción. Pero si la *intensificación* era demasiado deliberada, toda la obra acabaría sonando impaciente y precipitada.

Aya siguió el diálogo entre el piano y la orquesta.

El *Concierto n.º 1* de Chopin era bastante impresionante, o eso le pareció a ella.

Recordaba el rostro de Akashi Takashima cuando la llamó el otro día.

Le resultaba muy extraña esa empatía. La convicción y la euforia que habían compartido.

Nunca había vivido algo así, llorar con alguien a quien no conocía.

Recordó que él también había querido tocar el *Concierto n.º 1* de Chopin si llegaba a la final.

Ay, ojalá pudiera oír su Chopin, pensó.

Se imaginó la escena.

Un segundo. La escena que acababa de evocar, con Akashi Takashima actuando, debía ser una premonición del futuro, un instante que aún debía ocurrir.

Lo oigo tocar.

Alzó la mirada hacia el francés.

Puedo oír a Akashi tocar a Chopin.

Ese era el auténtico gozo de la música clásica. Imaginar a otra persona interpretando algo y cómo sería su enfoque. Aún la emocionaba pensar algo así. La alegría de ver, con tus propios ojos, cómo una obra que había sido interpretada durante muchos años se podía moldear bajo el estilo distintivo de cada músico.

Si Ma-kun tocase el *Concierto n.º 1* de Chopin, sonaría muy romántico. Las chicas llorarían y se enamorarían de nuevo de él.

Pero si Jin Kazama lo tocase, el Chopin sería engañoso, mágico, *fascinante.*

¿Y si ella...?

Había pasado una eternidad desde que se planteó algo así.

Si fuera yo, lo tocaría de esta forma. Y así sentiría esta pieza... Le sobrevino la nostalgia y la perturbó.

Es cierto que ver a Jin Kazama en esta competición, escucharlo, estar con él, me ha dado ganas de tocar a mí también, pensó. *Quiero tocar como él, quiero que me devuelva al escenario.*

Habían pasado años desde que se preguntó: *¿Cómo interpretaría yo esta pieza?*

Se sentía agotada.

Podría tocarla así. O quizá de esta forma...

Bueno... no pasa nada por hacer música como si fuera tan natural como respirar.

Notó el cuerpo ligero ante esa idea repentina.

La música tiene su historia y sus normas, pero, al mismo tiempo, también necesita que la renueven de forma constante. Y es algo que debería descubrir de nuevo por mí misma.

De repente, una escena se abrió ante ella.

Como si la brisa soplara desde el escenario, directamente hacia Aya.

Puedo hacerlo. Puedo seguir tocando…

Nunca se había sentido tan segura de nada.

No era una emoción entusiasta del tipo: «Lo haré», ni tampoco una esperanza tan vaga como: «Eso estaría bien». Sino más bien como la certeza segura de: «Esto va a pasar».

En el escenario, el pianista terminaba el relajado segundo movimiento, no con el enfoque que la mayoría solía tomar, sino con un estilo más ligero y juguetón. Ahora pasaba al tercer movimiento, más dinámico.

Sus dedos volaban sobre el teclado, con un aire coqueto y un tanto pícaro.

¡Esto es fantástico!, pensó Aya, feliz.

El final fue vigoroso. Cuando el pianista se levantó e hizo una reverencia ante un aplauso atronador, Aya lucía una sonrisa de oreja a oreja igual que él.

Entre bastidores, Masaru soltó un gran suspiro y luego inhaló hondo.

La respiración humana no consistía en inhalar y exhalar, sino en todo lo contrario: en exhalar y luego inhalar.

Cuando un bebé nacía al mundo, lloraba con fuerza. Lo primero que hacía al salir era exhalar.

Y, cuando alguien moría, respiraba *su último aliento*. En el último momento de sus vidas, las personas inhalaban.

Cuando Masaru participaba en una competición de salto de altura, probaba todo tipo de métodos de respiración. Respirar para acumular poder. Respirar para calmar los nervios. Respirar para concentrarse en el presente.

La imagen mental de exhalar era como meterse en un lugar profundo y oscuro, para luego pasar de las profundidades de tu cuerpo a las profundidades de la tierra. Y la imagen de inhalar eran las incontables partículas de energía esparcidas por el mundo, partículas brillantes de luz.

Lo que estoy haciendo es reunir todos los fragmentos de música esparcidos por el mundo y cristalizarlos en mi interior. La música llena mi cuerpo y se filtra a través de mí para surgir de nuevo al mundo como mi música. No es como si diera a luz a la música, sino que soy el intermediario mediante el cual la música regresa al mundo. Y un concierto era como una sesión musical a gran escala en la que las notas ya estaban decididas. Como todo estaba prescrito, la interpretación podía ser infinita.

Masaru observó a los miembros de la orquesta salir.

Era el último pianista del día y, después de dos actuaciones, el público estaba relajado y charlaba.

Cerró los ojos y notó ese punto brillante bajo las puertas pesadas.

Mientras la afinación de la orquesta se desvanecía, un silencio sin paragón descendió sobre el auditorio.

El señor Takubo y el director a su lado le sonrieron con calma, para darle ánimos.

Masaru les devolvió el gesto con una amplia sonrisa.

—Es la hora.

Era la cuarta vez que el señor Takubo le decía aquello.

Masaru salió a la luz y el auditorio resonó con aplausos.

Pudo sentir el amor impregnándolo.

Durante los ensayos, había notado que se había ganado la aprobación de la orquesta. Y ahora estaba convencido de que lo *querían.*

Ahora mismo, soy muy feliz.

El *Concierto n.º 3* de Prokofiev.

La tranquila obertura de los instrumentos de madera. Algo comenzaba, algo grande y maravilloso. El timbal tocó un ritmo ligero junto a las cuerdas, con anticipación, y fue *in crescendo.*

Luego entró el piano.

Masaru siempre sonreía en ese momento.

Había hablado con Aya sobre ello. En ese instante siempre se imaginaba el espacio exterior.

El mundo de *Star Wars.* Las líneas de texto desapareciendo en la galaxia.

Flotas de Destructores Estelares zumbando por el espacio. Toda la obra daba la sensación de flotar.

Entre los conciertos más famosos, el n.º 3 de Prokofiev era conocido por su demencial número de notas. A Masaru no le importaba el proceso de unir la miríada de piezas que componían el enorme puzle de Prokofiev. Conectar las complejas líneas melódicas era un gozo semejante a subirse a una montaña rusa.

Prokofiev componía música muy contemporánea, eso estaba claro. Ni en *free jazz* se les ocurrían melodías como esa. Masaru no podía evitar maravillarse por la escena que se habría imaginado ese increíble creador de melodías cuando compuso aquello.

Siempre le había parecido milagroso cómo esas estrellas musicales, esos maestros que crearon el género de la música clásica, aparecieron uno tras otro en cada época para componer tantas obras maestras que incluso ahora eran inigualables.

La evolución humana había ocurrido de un modo explosivo, una ola masiva con una variedad de cosas originales que habían surgido a la vez. No de forma gradual, sino todas de repente en el mismo periodo de tiempo.

Ese mismo fenómeno había ocurrido en el mundo de la música en una época determinada.

¿Y qué le ofreció a la humanidad? Desde la antigüedad, personas y música habían establecido una relación estrecha, pero ¿con qué propósito?

No lo sé.

Incluso al tocar así, rodeado, sumergido en sonido, desconocía la razón.

Aunque una cosa estaba clara: existía una alegría infinita en ello, un placer, una maravilla.

Una competición, la final, ganar un premio… Esas preocupaciones triviales se habían desvanecido por completo en el espacio.

¿Por qué? ¿Por qué toco el piano?

¿Por qué la música había evolucionado así?

Masaru se sentía en constante evolución.

Era raro pensar en cosas como esa en medio de una actuación. Hallarse sobre un escenario y pensar en la evolución humana y musical.

¿En qué pensabas tú?

Sus amigos que no eran músicos solían preguntarle: «Durante una actuación, ¿en qué piensas mientras tocas?».

Le parecía estar pensando en todo tipo de cosas, pero también en nada en concreto. Había veces en las que fluían distintos sentimientos, emociones que no podía articular, mientras que en otras estaba, de principio a fin, junto a un lago sereno.

Ese día, se encontró pensando en la evolución de la humanidad y de la música.

Por supuesto, una parte de él también analizaba con frialdad la situación. *La orquesta está en buena forma hoy*, pensó. *Ser el tercer pianista en el primer día me viene muy bien.*

De repente, le llegó una respuesta.

La música se habría originado junto a los humanos para ayudarlos a evolucionar con tal de convertirse en seres espirituales, distintos a otras criaturas. Y, así, evolucionaron juntos: humanos y música.

Con «espiritual», Masaru no se refería al significado que le otorgaban en el cristianismo y en otras religiones. No lo decía de un modo arrogante, como si los seres humanos dominaran toda la creación. Mientras vivieran en la vasija que era la Tierra, todas las criaturas vivas debían tener el mismo valor.

Y, aun así, esos seres llamados «humanos» aportaron algo que les permitía escapar de la carga de ser humano...

Y *crear música* era lo más apropiado para ello, ¿verdad? La música, transitoria, llegada en un momento y desaparecida al siguiente. La buscabas con entusiasmo, le dedicabas tu vida, era similar a la magia que separaba a los seres humanos de otras criaturas.

Y eso, sintió Masaru, era el meollo de toda la cuestión.

La sonrisa no abandonó nunca su rostro. Masaru fue en tándem con la orquesta, a punto de alcanzar ese deslumbrante tercer movimiento repleto de notas.

El vestido plateado, la luz del armario iluminándolo.

Aya lo observó con atención. El atuendo que la esperaba.

—¿Le pasa algo al vestido? —preguntó Kanade.

Aya cerró a toda prisa la puerta corredera y sonrió con vergüenza.

—Solo estaba pensando en que por fin ha llegado el día en que me lo pondré. Me he dado cuenta ahora.

Habían escuchado el primer día de la final, cenado con Masaru y regresado al hotel.

—Ma-kun parecía tan relajado que me ha puesto celosa. Ha terminado todas sus actuaciones y hoy podrá dormir bien. Lo envidio.

—Eres la última una vez más, Aya-chan.

—Sí, cerraré el espectáculo.

Aya alzó el puño hacia arriba y Kanade la observó.

Su mirada, tan llena de afecto, pensó Aya. *Igual que mi madre.*

—Es como si hubiera pasado una eternidad desde que elegimos los vestidos.

Kanade se acercó al aparador, metió una bolsita de té en una taza y vertió agua caliente.

—Nunca me imaginé que llegaría este día —dijo Aya, tirándose sobre la cama.

—Aún no estás segura de ti misma, Aya-chan. Has dejado claro lo desmoralizada que te sientes.

—Es un poco vergonzoso de recordar —replicó su amiga, rascándose la cabeza.

—Y ahora al fin podremos oír tu *Concierto n.º 2* de Prokofiev. —Cuánto tiempo había pasado desde que había huido del escenario—. Estoy tan, pero tan feliz de que hayas participado en la competición. Y de que hayas llegado a la final —murmuró Kanade, como si suspirara.

Su voz le llegó a Aya a lo más hondo. De repente, bajó de la cama de un salto y sobresaltó a Kanade.

—Muchísimas gracias por haberme cuidado tanto tiempo. He sido tonta, dura de mollera. Me acuerdo de tu padre y siento mucho ser tan zopenca.

Kanade parecía sorprendida, pero entonces sonrió.

—No sabes a qué me refiero.

—¿Qué?

—Cuando he dicho que estaba «tan feliz», quería decir que estoy feliz porque me alivia saber que no me equivocaba.

—¿Qué quieres decir?

—La cuestión es… siempre he sabido que tengo buen oído. Para serte sincera, me he planteado qué haría si no llegabas a la final. Si hubiera ocurrido eso, me habría preguntado: «¿Me equivoqué? ¿La he oído mal?».

—Ah, entiendo.

—Así que es *por mí*. Estaba feliz *por mí*. —Kanade se apoyó una mano en el pecho—. Ya no me importa decírtelo, pero me prometí que, si llegabas a la final, cambiaría de instrumento por la viola.

—¿En serio?

—Sí. Pensé que, si mi intuición era acertada, cambiaría de forma oficial.

—No tenía ni idea… ¿Lo sabe tu padre?

—No —dijo Kanade, negando con la cabeza—, aún no se lo he dicho. Él no puede decidir por mí. Tengo que tomar mis propias decisiones. Se lo diré cuando acabe la competición.

—Me alegro de no haberlo sabido. Eso me habría puesto más tensa.

—Ja, ja. Me imaginé que pasaría. —Las dos bebieron té—. Bueno, Aya-chan, ¿cuáles son tus planes para después de la competición? ¿Vas a dar algún concierto como antes?

—No lo sé —respondió Aya, inclinando la cabeza—. Aunque, mira. Quererlo no significa que pueda. Y aun así… —Guardó silencio un momento—. Si hay gente que quiere oírme actuar, me gustaría hacerlo.

El semblante de Kanade se iluminó.

—¿En serio?

Las dos intercambiaron una sonrisa en silencio.

Ha vuelto al frente de la música.

—Debería darle las gracias a Jin Kazama —dijo Aya y alzó la mirada al techo.

—¿A Jin Kazama? ¿Y Ma-kun?

—A Ma-kun también. A todos ellos.

—Jin conseguirá el piano que quería, ya que ha llegado a la final.

—¡Ah, es verdad! Me pregunto qué tipo se comprará. Podrá afinarlo, y eso es genial.

—A lo mejor se construye uno él solo.

—Un piano casero hecho por Jin Kazama. Parece tener maña con las manos. —Aya rio—. Me gustaría ir a un concierto de Jin. O dar uno con él.

—Eso sería genial. Pensemos algo. Seguro que va gente.

—En París y en Tokio.

Kanade miró el reloj.

—Deberíamos acostarnos, se hace tarde.

—Tienes razón, no podemos charlar tanto. Aún tengo que competir.

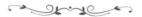

El primer pianista de la jornada era coreano, Cho Hansan, con el *Concierto n.º 2* de Rachmaninoff, una obra extravagante que en Japón era considerada el pináculo de los conciertos. Su estructura y su obertura dramática capturaban al público desde el principio.

Distinto a Kim Sujon, el pianista del día anterior que fue vestido todo de negro e interpretó el *Concierto n.º 3* de Rachmaninoff, Cho Hansan solo tenía dieciocho años y aún poseía cierto aire juvenil. Su actuación, sin embargo, fue noble y majestuosa. Tomó un enfoque ortodoxo, sin dejarse llevar por las modas.

Masaru se relajó en la parte trasera del auditorio.

No veo a Kanade, pensó. *¿A lo mejor está con Aya?*

Había pasado tiempo desde que había escuchado música así, él solo.

Podía disfrutar de las últimas actuaciones de esos competidores sin preocuparse por la suya. Tenía ganas de ver a sus amigos, a Jin Kazama y a Aya Eiden.

Amigos.

Se sentía un poco raro pensando eso.

Conocía a Aya desde hacía años, claro, pero a los otros dos solo los había tratado en la competición. Si no fuera por el concurso, no habrían coincidido nunca.

¿Rivales? Por supuesto, pero no lo parecía. «Amigos» se acercaba más.

Todo se debía a que los habían lanzado en la misma situación con muchas presiones, y por eso podían convertirse en amigos. Pero... ¿los amigos no estaban justo para eso?

Luego cada uno podría seguir su camino, pero siempre estarían conectados. Daba igual en qué lugar del mundo estuvieran, que sus pensamientos siempre los acompañarían.

Tuvo un presentimiento: *Pero de Aa-chan espero no separarme. Quiero tenerla siempre cerca.*

Estaba seguro de que se volverían a ver.

Así pues, ¿cuál sería la última decisión? Masaru regresó a la realidad de golpe.

Creo que estaré entre los tres primeros. Aunque no sé si me llevaré el premio.

Pero estoy bastante seguro de que el premio del público será para mí.

Masaru reflexionó sobre aquello con calma.

Durante la final, cada miembro del público podía votar al pianista que más le había impresionado. Y el que tuviera más votos recibiría el premio del público.

De las tres actuaciones de ayer, creo que fui el que más votos recibió, pero hoy la votación puede estar dividida. Si se da ese caso, yo tengo ventaja.

Mientras el público aplaudía, el director y el siguiente finalista atravesaron el escenario.

Algún día me encantaría tocar esta pieza.

Pero aún no. Aún no quiero.

La tocaré solo cuando esté seguro de que puedo hacerlo. Cuando llegue el momento adecuado. Eso es lo mucho que significa esta obra para mí.

Desde que se estrenó, el *Concierto n.º 2* de Rachmaninoff fue muy popular.

En la época, las canciones populares no se escribían. Hoy en día, un concierto se considera *clásico*, pero en el pasado habría sido revolucionario, el último éxito. Era una época en la que la mayoría del público solo escuchaba música en directo. Quienes hubieran oído esa obra por primera vez... cuánto se habrían conmovido, cuán emocionados se habrían sentido.

Me pone celoso, pensó Masaru. *La suerte que tuvieron esas personas de estar presentes durante la primera actuación.*

¿Ese tipo de emoción pertenecía tan solo al pasado? Masaru reflexionó sobre aquello.

¿Ya no era posible experimentar la alegría de oír una nueva obra en directo por primera vez?

En un mundo donde una canción nueva tras otra aparecía y se transmitía a todo el planeta, ¿por qué no podían recrear la experiencia de oír por primera vez el *Concierto n.º 2* de Rachmaninoff?

A Masaru no le disgustaba lo que tildaban de «música contemporánea». La mayoría era disonante, costaba seguir el ritmo, los músicos y el público necesitaban armarse de mucha paciencia; se despreciaba cualquier melodía clara, se le daba la vuelta al valor musical. Pero, aun así, podía ser interesante si escuchabas de verdad.

Sin embargo, Masaru sentía que ese tipo de música había alcanzado un punto muerto, por cómo despreciaba por error la música melódica como algo que cualquiera podría hacer para remover las emociones del oyente. Algo no iba bien cuando te enorgullecías de la falta de popularidad.

¿Acaso se compondría otro *clásico*? Masaru reflexionaba sobre todo aquello mientras lo envolvía el primer movimiento del *Concierto n.º 2* de Rachmaninoff.

Los viejos maestros eran, cómo no, increíbles. Su existencia y las obras que componían eran un auténtico milagro. No volverían a darse las mismas circunstancias. Sabía que, en el presente, en una época de información sin fin y con acceso a todo tipo de música imaginable, sería complicado que se repitiera ese tipo de milagro.

Pero no era impensable ni imposible. Solo era un hechizo lanzado por los prejuicios y la preconcepción lo que impedía que surgieran más *clásicos*.

Y si ese es el caso, entonces yo...

Se le ocurrió una idea.

Algún día lo haré.

Algún día tocaré la primera actuación de un Concierto n.º 2 *de Rachmaninoff para el nuevo siglo.*

En cuanto empiece, alguien me seguirá.

No... el mundo siempre estaba en sincronía. No era solo él, seguro que había muchos otros músicos, fuera del radar, pensando lo mismo. En el momento en el que alguien empezara, todos se unirían y se convertiría en un auténtico movimiento. Una vez más, la gente podría disfrutar de un concierto nuevo. Una vez más, hablarían de eso sin cesar.

Masaru se ensimismó un rato.

Sin darse cuenta, el pianista sobre el escenario se solapaba consigo mismo. Lo que estaba tocando era el n.º 2 de Rachmaninoff, pero, al mismo tiempo, no lo era. Se trataba de una obra que aún no existía, el futuro n.º 2 de Rachmaninoff que Masaru crearía.

Lo recorrió un escalofrío, un temblor extraño. Se estremeció ante el peso de esa responsabilidad, de las expectativas futuras y de sí mismo.

Se dio cuenta de repente de que ya estaban en el tercer movimiento.

Las expectativas del público crecieron.

Seguramente la mayoría conocería la obra. Pero conocerla solo te hacía anticipar con más ganas su clímax. El corazón de Masaru se aceleró. Y, como siempre, lo sorprendía. *¡Qué emotiva y conmovedora es esta melodía!*

Podía tocarse miles, decenas de miles de veces, que nunca se agotaría. Te emocionaba por muchas veces que la oyeras. Acertaba justo en el corazón.

La forma más elevada de ser humano era la música. Eso creía Masaru.

Los seres humanos podían tener facetas asquerosas y repulsivas, pero en el pantano sórdido que era la humanidad (o, mejor dicho, precisamente por ese pantano caótico), florecía la hermosa flor de loto de la música.

Tenemos que permitir que esa flor florezca siempre, debemos cuidarla para que crezca, para que sea más inocente y hermosa. Así podremos seguir siendo humanos. Esa será nuestra recompensa.

Se decía que las semillas de loto podían brotar mil años después.

Incluso podía haber semillas enterradas en ese instante, en esa época, algunas aún latentes a la espera de su oportunidad para florecer...

Se imaginó las flores de loto abriéndose allá donde mirase.

No sabía si era cierto, pero decían que, cuando el loto se abría, producía un explosivo y alegre *pop*.

Pop, pop... Sonidos de alegría por todo el mundo.

Flores rosadas e inmaculadas por doquier.

El paisaje se iluminó de repente.

Todas y cada una de las flores iluminarían el mundo.

La luz se transformaría en pequeños orbes redondos que se elevarían en el aire.

Miles de luces que ascendían una detrás de otra hacia el cielo.

Masaru estaba fascinado.

¿Están encima del escenario?

No, parece que se han ido al cielo.

Bolas brillantes de luz que flotaban con suavidad y tropezaban unas con otras, se empujaban y competían.

Tanta luz. Tan maravillosamente intensa.

Masaru estaba asombrado.

Cuando el *Concierto n.º 2* de Rachmaninoff alcanzó su clímax, las luces se unieron.

Dios, es precioso. ¿Dónde es esto?

Si él le contara a Aa-chan lo que acababa de ver, ¿qué diría?

¿Cómo? ¿Que has ascendido al cielo, Ma-kun? Entonces... ¿eres cristiano?

Podía imaginarse el semblante desconcertado y curioso de Aya, y sonrió.

No, no soy creyente, respondió a la Aya de su imaginación.

A lo mejor soy más peligroso de lo que pensaba. Comparado con Jin Kazama y Aa-chan, me creía el más sensato.

Masaru se quedó allí, sonriendo para sí, en medio de un aplauso atronador.

Los voluntarios se afanaban por el escenario, moviendo sillas.

—¿Esta iba aquí?

—Mira la cinta en el suelo.

El público observaba, con curiosidad, e intercambiaba miradas.

Pero Aya, en la parte trasera, sabía exactamente lo que significaba todo aquello.

La orquesta estaba entrando en el *modo Jin Kazama*.

Se había fijado en que en las anteriores actuaciones del chico habían cambiado sutilmente los pianos de sitio, un movimiento hecho según las instrucciones de Jin.

El oído de Jin Kazama era especial, único.

Pero ¿qué oiría? ¿Hasta dónde llegaba ese oído? ¿Y cómo sonaba el sonido para él?

Su oído era tan bueno que incluso Aya se maravillaba cuando estaba con él.

Recordó su sorpresa cuando lo oyó tocar por primera vez, en el conservatorio, el *Estudio n.º 1* de Chopin.

Y, desde entonces, cada vez que actuaba, le daba a Aya el empujoncito que necesitaba. La inspiraba. Si estaba allí, era gracias a él.

Así que estaba decidida a oír su actuación. Para poder vivir desde ese momento como pianista.

Aya se había ataviado con su atuendo para la ronda final: un sencillo vestido plateado.

Ya se había convertido en costumbre lo de ponerse una rebeca sobre el vestido antes de que llegara su turno sobre el escenario y quedarse en la parte trasera del auditorio.

Aya sintió un cosquilleo.

Necesitaba que Jin le diera un empujón más fuerte.

Sabía, más que cualquier otro espectador o juez, más que nadie en todo el auditorio, que era la que aguardaba con más ganas la aparición de Jin.

La persona que más ha ganado por participar en esta competición he sido yo.

No sé si volveré a compartir escenario con él. Ni si experimentaré de nuevo esta inspiración, estos ánimos, que siento al escucharlo en directo antes de salir yo.

Ese pensamiento la hizo temblar.

Por favor. Esto es lo último que pido.

Déjame escuchar el Concierto n.° 3 *de Bartók interpretado por Jin Kazama. Y déjame tocar mi n.° 2 de Prokofiev.*

Era como si estuviera rezando.

Sonó la campana para señalar el inicio de la actuación.

El auditorio seguía en movimiento cuando la orquesta entró. Los músicos se acomodaron en sus asientos, sonrientes, relajados.

El aplauso fue enorme cuando el director y Jin Kazama salieron al escenario.

El rostro de Jin, con una sonrisa natural, brillaba ligeramente, como si un foco se centrara solo en él.

Este chico no se da cuenta de que lleva mi vida sobre los hombros.

Esa idea le pareció graciosa y se sintió mal por estar depositando esa pesada carga en él.

Sin embargo, sintió que Jin se percataba de su peso y lo aceptaba con naturalidad.

El chico se sentó en el banco.

El director relajó los hombros, ladeó el cuello. Golpeó la batuta dos veces en el atril.

Un silencio íntimo y singular cayó sobre el auditorio.

El trino quedo de las cuerdas, como unas olas, empezó a sonar.

La introducción amortiguada.

La melodía de Jin Kazama. La intensa claridad de esa primera nota fue suficiente para despertar los oídos de todo el público, Aya incluida.

¿Cómo lo describirías? Como una voz clara cantando en un bosque.

Jin había dicho que quería tocar el *Concierto n.° 3* de Prokofiev, pero, como era tan popular, por eliminación había acabado en el n.° 3 de Bartók. Desde la primera nota, Aya supo que era la elección correcta.

Con Bartók, sentías que estabas al aire libre, paseando por una naturaleza prístina, mientras corría una brisa caprichosa.

Hungría, Rumanía, Eslovaquia. Bartók también coleccionaba música folclórica de Europa del Este y Europa Central, y sus melodías tenían un sabor local que ningún otro compositor incorporaba. Los colores sombríos de un bosque, los tonos del viento y del agua.

Esto, junto con el aire salvaje especial de Jin Kazama, aportaba un aumento del sonido inusual. Ningún otro competidor podía producir ese efecto. El sonido era el de la naturaleza. Cuando tocó «El sermón de San Francisco de Asís a los pájaros», no podías evitar sentirte como si los pájaros gorjearan de verdad.

Inicialmente, la gente oía música en la naturaleza. Y lo que captaban se convertía en una partitura musical y una composición. Pero Jin Kazama *devolvía* esa obra a la naturaleza. Tomaba la música que el público oía allí y la devolvía una vez más al mundo. Creaba aquello con su sonido único y la extraña sensación de estar improvisando, incluso cuando todo estaba escrito nota por nota.

En la mente de Aya coexistían la Aya que analizaba y la Aya que se dejaba llevar por la música. Y había una más. La Aya artista que se preguntaba cómo lo interpretaría *ella*.

En las mejores actuaciones resultaba increíble que, incluso aunque fuera una pieza que conocieras bien, te daba la sensación de estar oyéndola por primera vez. También era maravilloso que pudieras comprender por completo sobre qué iba la pieza en realidad.

El adagio de Bartók en el segundo movimiento. La introducción de la orquesta, relajada y sobria. Como si espiaras a un ciervo que se abre paso despacio por una arboleda.

Se ha levantado la bruma matutina, hace un poco de frío y el ambiente se tensa sobre el mundo.

Aún no ha llegado el amanecer, pero el bosque contiene el aliento.

Aya también paseaba por en medio de esa fría niebla matutina.

Ya no era analista, espectadora ni música, solo Aya que, relajada, paseaba por el bosque.

Las gotas de agua gélida le sentaron bien sobre la piel. Las ramas secas chasqueaban bajo sus pies.

En la bruma lechosa, parpadeó una luz.

Seguía oscuro, aunque el día prometía ser soleado.

El ciervo alzó las orejas y la cabeza.

Se había dado cuenta de que algo se acercaba.

Desde las copas, un pájaro trinó. Gorjeó, cantó. Aleteó como si volara sobre ella. La bruma de la mañana se fue aclarando poco a poco, igual que Jin Kazama al piano.

Andante. A ritmo de paseo.

El chico movía el cuerpo de un lado a otro, como si montara sobre una góndola cómoda y bamboleante.

—*Hola, Aya. ¿Qué tal lo hago?* —Jin Kazama esbozó una pequeña sonrisa.

—*Nada mal. Has entrenado bien a la orquesta. De un modo distinto a Ma-kun. ¿Cómo lo has hecho?*

—*En el ensayo les hice tocar a solas. Y luego moví los atriles, los instrumentos de metal, la tuba y todo lo demás.*

—*Creo que es genial que hayas elegido a Bartók. Nadie puede tocar a Bartók de esta forma.*

Jin Kazama soltó una carcajada feliz.

—*Se lo prometí al profesor Hoffmann, ¿lo sabías?*

—*¿El qué?*

—*Le prometí que sacaría la música al mundo.*

—*¿En serio? Lo entiendo. No me extraña que puedas producir un sonido tan magnífico.*

—*¿Así que lo he conseguido?*

—*Mmm. Yo diría que sí.*

—*Eso espero. Pero aún tengo mucho camino que recorrer.*

Jin Kazama ladeó la cabeza solo un poco.

Sus pestañas relucieron bajo el sol matutino.

—*He hablado con el señor Hoffmann sobre esto, que el mundo está lleno de muchísimos sonidos, pero la música se mantiene encerrada en una caja. Dijo que, en el pasado, todo el mundo rebosaba música.*

—*Lo entiendo. Oían música en la naturaleza y la escribían, pero hoy en día ya nadie la oye, sino que la encierran en sus cabezas. Se piensan que eso es música.*

—*Exacto. Por eso hablábamos de devolver esa música atrapada al lugar del que procede. Él y yo nos planteábamos cómo hacerlo; intentamos todo tipo* de cosas, pero no conseguimos averiguarlo. Ahora se ha ido, pero le prometí seguir intentándolo.

—Entonces, ¿esa es tu motivación?

—Supongo. No lo he pensado mucho.

—A mí me parece bien. Ya que puedes hacernos dar un paseo tan bonito como este por la mañana.

—¿Verdad que sí?

Jin Kazama rio.

—He pensado que tú también podrías llevar la música fuera, conmigo.

—¿Yo?

—Sí. Devolver la música al mundo.

—Bueno, no lo he pensado. Pero quiero ayudar.

—Gracias.

—De nada.

Aya se apoyó en el piano y reflexionó sobre aquello.

Es cierto, hasta ahora siempre ha sido la música la que me ha dado cosas. Todos pensamos que ella nos tiene que dar. Nunca le devolvemos nada. Solo la ingerimos, sin darle las gracias siquiera. Es hora de empezar a devolver.

Aya alzó la mirada al cielo.

El cielo brillante. Con pájaros lejanos que volaban y se deslizaban.

Tenemos que dar las gracias. A este mundo lleno de música. El azul del cielo tocó su corazón.

Jin Kazama la miró en silencio.

—¿Lo prometes?

—Te lo prometo.

—Muy bien, pero tienes que prometerme otra cosa.

—¿El qué?

—Demuéstramelo. Después de esto.

—¿Después de esto?

—Con el n.º 2 de Prokofiev.

Sus miradas se encontraron un instante.

—Demuéstramelo hoy, cuando haya terminado. Una prueba de que mantendrás tu promesa. Muéstrame que quieres hacerlo.

Los ojos redondos y juveniles de Jin Kazama, como los de un cervatillo, se ensancharon visiblemente y se acercaron más a ella.

—*Recuerda, lo has prometido...*

Aya regresó al presente con un sobresalto cuando comenzaba el tercer movimiento de Bartók.

Jin Kazama recorrió las teclas con su brillante escala. El mundo emocionante y dinámico de Bartók creció glorioso, rápido, sobrecogedor.

Menudo sonido producía la orquesta. Casi podías sentir la presión acústica contra la cara.

Aya estaba sorprendida.

Incluso con ese poder abrumador, el piano de Jin Kazama sonaba con fuerza, claridad y nitidez. ¿Qué demonios estaba pasando?

El diálogo entre el piano y las cuerdas. Ninguno cedía ni un centímetro.

El público se dejó llevar, al borde de ser engullido por la actuación.

Recuerda, lo prometiste.

El metal, la percusión, la madera, la cuerda, el piano, Jin Kazama, Aya, el público, el auditorio, Yoshigae... Todo resonaba con música.

Cuando la música se apagó y el auditorio se llenó con los vítores de los espectadores, en la cabeza de Aya solo existía la voz de Jin, como el sonido de una campana que se repetía una y otra vez.

Entre el público reinaba una mezcla extraña de agotamiento y logro ahora que el final estaba cerca, además de la clara sensación de fatiga después del centenar de horas que habían pasado allí.

La competición se acabaría por fin.

Y, a partir de ese momento, comenzaría algo nuevo.

¿Cuánta gente se ha dado cuenta de eso?, pensó Kanade con aire distraído. *Llevo mucho tiempo esperando este día, este momento.*

Aunque no había sido consciente de ello, en un rincón de su mente sabía que ese día llegaría.

Kanade ya no estaba tensa.

Durante la competición, le había parecido que estaba más nerviosa que Aya. Precisamente porque no actuaba, se había puesto tan de los nervios. Lo cierto era que cada vez que su amiga tocaba, Kanade acababa agotada.

Pero con cada actuación de Aya (en la primera ronda, la segunda y la tercera), esa tensión había ido desapareciendo.

Hasta el punto de que puedo decir que me siento relajada, pensó. *Y yo que creía que estaría en vilo hasta la última actuación... Sobre todo con este* Concierto n.º 2 de Prokofiev *tan predestinado.*

Pero sentía una calma absoluta.

Tenía muchas ganas de oír la actuación.

Y verdaderamente aquello se debía en parte a Jin Kazama.

Porque Kanade estaba segura de que, si Jin Kazama daba una gran actuación, Aya también lo haría.

Los encuentros fortuitos eran algo insólito. Kanade no podía evitar pensar en que era el destino, y un milagro, que Aya y Masaru se hubieran reunido de nuevo. Y Jin Kazama.

Los tres se habían conocido justo como estaba destinado. Ese encuentro era necesario, inevitable, por su bien. Quita a una persona de la ecuación y ese momento nunca habría ocurrido.

Ya no tengo que esperar más, pensó Kanade. Se reclinó en su asiento y lo soltó todo.

Cuando termine la actuación de Aya, podré levantarme y comenzar mi propio camino. La restitución de Aya también ha sido la mía. La oportunidad de conocer a esos tres también fue un encuentro predestinado para mí. Quizá forme parte de ello.

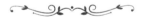

Entre bastidores, Aya aguardaba en silencio.

Ya no sentía esa sensación omnipotente de la tercera ronda.

Sentía una calma completa.

De repente, comprendió que esos dos momentos estaban entrelazados: ese y el de años antes, cuando también había esperado entre bastidores para tocar el *Concierto n.º 2* de Prokofiev.

Era como si una versión más joven de ella la acompañara en ese instante.

¿A lo mejor debería sentir miedo? ¿Sufrí un trauma?

Creo que ese día no había nada para mí ahí. El piano de cola en el escenario parecía más una tumba vacía.

No había música. Mi música había desaparecido.

Lo recuerdo con claridad.

Vale, pero ¿y ahora qué?

La puerta del escenario seguía cerrada, la caja negra no estaba visible. Esa caja de juguetes que solía estar llena de sorpresas. La que, aquel día, había parecido tan vacía y desolada.

Aya recordó las emociones que había sentido durante la competición.

En los bastidores de la primera ronda, la segunda, la tercera.

¿Qué pensaba al estar aquí? O cuando salía al escenario, ¿cómo me miraba esa caja negra?

Se devanó los sesos, pero no recordaba más.

Había pasado mucho tiempo.

Ahora he vuelto. Vagué perdida durante muchos años, pero ahora he regresado al camino que debía recorrer. No es un sendero secundario cubierto de musgo, sino el ancho camino principal por el que va todo el mundo. Ancho, sí, pero tampoco es fácil transitar por él. La competición es fiera y, por delante, hay un prado sin senderos. Todo el mundo tiene que abrirse camino por su cuenta.

La puerta del escenario se abrió.

La orquesta salió en grupos y los absorbió una oleada de aplausos.

Ah… la música llenó el ambiente cuando el concertino tocó un la en el piano y la orquesta se puso a afinar.

Aya cerró los ojos.

Quietud. Silencio.

Sintió que todo el mundo se reunía justo en el centro de su frente.

—Señorita Eiden, es la hora —anunció el regidor de escena en voz baja. La chica detectó una sonrisa en su tono.

—De acuerdo.

Se llenó de calidez. Una calidez muy intensa, un tanto dulce y desgarradora. Como las lágrimas.

Antes de darse cuenta, Aya estaba en el escenario. Un aplauso sorprendentemente fuerte irrumpió en la sala y la inundó.

Y vio la caja negra, iluminada con discreción por los focos sobre su cabeza.

Aya la observó con calma.

No era una caja de juguetes.

Y no estaba vacía.

Los contenidos están aquí. Aquí, dentro de mí.

Y este lugar ya está lleno de música.

¿Verdad?, le dijo a Jin Kazama, que estaba en alguna parte. *¿Verdad? Este mundo ya está lleno de música, ¿no? No solo está aquí. Tenemos que devolver la música a la música.*

Tengo razón, ¿a que sí?

Jin Kazama no respondió.

Aya le estrechó la mano al concertino y se situó junto al piano de cola.

El aplauso era tan febril que sonaba como si la actuación ya hubiera terminado.

Aya esbozó una amplia sonrisa, hizo una profunda reverencia y se sentó.

El director sonrió. Intercambiaron un pequeño asentimiento.

Vale, creemos música.

Mi música, nuestra música.

Y la batuta bajó.

SALUDO DE AMOR

—**B**ueno, ¿cuál era la intención del maestro al final? —preguntó Nathaniel.

—Buena pregunta. No lo sé. —Mieko se encogió de hombros—. A lo mejor ya no importa.

—Qué dices.

Nathaniel la miró con reproche.

—Además, ¿no basta con que al menos sepamos que Jin Kazama no es un desastre, sino un regalo?

Eso tomó a Nathaniel por sorpresa.

—¿Un regalo? ¿Estás diciendo… que era un *regalo*?

—Bueno, es lo que yo creo. ¿No lo era, al final? Un regalo también para tu querido alumno.

Nathaniel reflexionó sobre aquello.

—Mmm. Supongo que tienes razón.

—Ha revitalizado la competición. Todas esas actuaciones tan impredecibles han hecho que Masaru pareciera más regio en comparación.

—Supongo que sí…

—Ha sido como un catalizador que ha influido en los otros competidores. Incluso en ella.

—¿Te refieres a Aya?

—Sí.

—Sus actuaciones han sido espectaculares —dijo Nathaniel con seriedad—. Igual que el *Concierto n.º 2* de Prokofiev en la final. Podría haber ganado.

—Sí. Nunca me imaginé llorando tanto con ese concierto, la verdad —comentó Mieko—. Me alegro de que haya regresado.

—¿Crees que volverá a actuar?

—He oído que, al parecer, sí que quiere, si recibe peticiones para ello. Y creo que ya ha recibido alguna. —Mieko se imaginó su rostro fresco—. Los encuentros fortuitos son algo insólito. Nunca me imaginé que Masaru y ella fueran amigos de la infancia.

—¿No te da la sensación de que Masaru está muy enamorado de ella? ¿No deberíamos decirles que el amor entre pianistas nunca funciona? Que nos miren a nosotros. —Nathaniel rio—. Cielo santo, hasta tengo que preocuparme por con quién sale. No es lo que esperaba.

Suspiró, pero había cierta felicidad en su semblante.

Estaban en el bar del hotel. El lugar cerraría pronto y toda la clientela se había marchado.

Detrás de la barra, el camarero limpiaba una copa.

La ceremonia de entrega de premios había terminado y la prensa vino y se fue. Los pianistas y voluntarios dormirían bien esa noche.

Sentados allí, Mieko también se sintió aliviada y letárgica. Se estiró un poco.

—En cada competición siento que no debería haber aceptado un trabajo tan duro. Pero, en cuanto termina, siento… Esto va a sonar raro, pero… siento que no ha sido tan malo.

—Sobre todo cuando los participantes son tan interesantes. —Nathaniel sorbió su *whisky*—. En otras palabras —dijo mientras dejaba la copa en la barra—, estamos viviendo un sueño sin terminar. El sueño de que, allá fuera, hay música extraordinaria que jamás hemos oído. De que aparezca ese joven que posee ese sonido.

—Creo que el maestro Hoffmann se sintió así.

Un regalo.

«Os presento a Jin Kazama».

Bueno, pues ya hemos recibido el regalo, maestro.

Mieko alzó la copa para hacer un pequeño brindis.

—¿En honor a qué? —preguntó Nathaniel.

—Para dar las gracias.

—¿A quién?

—Al maestro Hoffmann.

—Ah… Entiendo.

Alzó su copa también.

—Bueno, ¿qué planeas para Masaru? —le preguntó Mieko tras un breve silencio—. ¿Lo apuntarás a otra competición? Está listo para cualquier cosa.

—No sé. —Nathaniel inclinó la cabeza—. Antes de poder felicitarlo siquiera, me dijo que quería seguir estudiando. Sobre todo composición.

—¿Composición?

—Sí, lo había mencionado en un par de ocasiones. Aún tiene que estudiar mucho sobre música clásica, pero dijo que al final quiere interpretar sus propias obras.

—Qué ambicioso.

—Dijo que espera que los concertistas puedan estrenar más obras.

—Mmm. Esa sí que es una idea interesante.

Mieko se imaginó de repente a Jin Kazama en la esquina de una calle, actuando.

Los viandantes se detenían. Sus miradas se iluminaban mientras lo escuchaban.

¿Qué era esa imagen?

—A lo mejor ese es su camino. Sé que Jin Kazama puede tocar piezas originales. Su arreglo de *África*, de Saint-Saëns, fue toda una revelación.

—Sin duda. Lo maravilloso de sus actuaciones es que te dan ganas de interpretar tú las obras. —Nathaniel se observó las manos—. Hacía tiempo que no quería tocar el piano como si fuera la primera vez.

Mieko también bajó la mirada hacia sus manos.

—Lo sé. Yo también. Me dieron ganas de correr a buscar un piano. Tú ahora te has dedicado a dirigir y a producir, ¿verdad?

—Así es. Pero nadie puede predecir lo que hará ese chico. ¿Dónde estará dentro de dos años?

—¿Quién será su profesor?

—Al parecer, el maestro Hoffmann seleccionó a unas cuantas personas del conservatorio de París para guiarlo.

—Ha quedado tercero, así que al fin conseguirá ese piano que tanto ansiaba.

Nathaniel sonrió con ironía.

—Todo este montaje ha sido muy extraño.

—Para él, lo extraño es lo normal. Nada ha cambiado desde la audición de París.

—Ahora podéis presumir un poco, ya que lo descubristeis vosotros.

Mieko se rio con ganas, como si hubiera olvidado por completo su enfado después de esa primera actuación.

—Detecto demasiado orgullo ahí. —El camarero les trajo la cuenta, señal de que debían marcharse—. Bueno —musitó Nathaniel mientras firmaba el papel—, ¿lo has pensado?

—¿Mmm? —preguntó Mieko mientras se levantaba.

—Estoy seguro de que recuerdas lo que te pregunté al principio.

Nathaniel no apartó la mirada de ella. Mieko notó que su corazón se tensaba un poco.

—¿Ibas en serio?

—¿Qué? ¡Pues claro!

—Me sorprende —dijo Mieko. Salieron juntos del bar—. Estoy con otra persona, ¿sabes?

—Pero ¿es una relación seria? O sea, no es tu marido.

—Cierto. —Un sentimiento tironeaba de ella. Después de todo ese tiempo, aún sentía algo por Nathaniel en el fondo de su alma—. Supongo que esto sería después de que solucionaras el lío del divorcio, ¿verdad?

—Así que… ¿puedo tener esperanzas?

Nathaniel estaba tan emocionado que Mieko tuvo que sonreír.

—Bueno, veámonos de nuevo.

—Tengo un concierto el mes que viene en Tokio, así que nos podremos ver pronto.

Este hombre, en serio… Mieko chasqueó la lengua para sí. *Siempre intenta organizarlo todo para engancharme.* Había echado eso de menos. Sintió unas lágrimas repentinas, pero las contuvo con firmeza.

—¿Me escribirás?

—Por supuesto. Te reservaré un asiento en el concierto.

En los ascensores, Nathaniel le guiñó un ojo.

Los dos estudiaron en silencio los números cambiantes de los pisos sobre las puertas de los ascensores.

Y ahora volveremos a nuestras vidas musicales, pensó Mieko mientras observaba cómo se encendían los números.

De vuelta a nuestras vidas. A nuestra música.

MÚSICA

El océano parecía sereno a la luz del amanecer.

El chapoteo gentil de la marea sonaba en el ambiente frío.

El chico se hallaba al borde del agua, escuchando.

Quizá nunca vuelva aquí.

Se sopló los dedos congelados con su cálido aliento.

El invierno se acercaba. Lo notaba.

Era el día del concierto de los finalistas; al día siguiente se marcharía a Tokio. Tras dar otro concierto allí, debería regresar a París.

No hacía viento. El océano estaba tan quieto que daba miedo.

Pero... escucha. ¿Lo oyes?

Cerró los ojos.

Si escuchas, el mundo está lleno de música.

¿Verdad, maestro?, preguntó.

La luz del sol. Las nubes que remolineaban perezosas por el cielo.

Un triángulo naranja que parpadeaba y cambiaba de forma en el horizonte.

¿Qué es eso? Algo denso que llena el mundo.

El chico abrió los ojos.

¿No es eso lo que llamamos *música*?

Reflexionó un instante sobre aquello.

Algo reluciente aterrizó a sus pies. Una caracola pequeña con una espiral perfecta en el centro, como una joya.

La recogió con el pulgar y el índice y la alzó hacia el cielo.

—La sucesión de Fibonacci —murmuró con una sonrisa.

De repente, le dieron ganas de reír en voz alta.

El mundo rebosa con muchísima música. La sacaré fuera y ayudaré a llenar el mundo.

Tengo amigos ahora, amigos que echarán una mano.

El chico extendió los brazos y respiró hondo.

Oyó el zumbido de las abejas.

¿De dónde procedían esas abejas? ¿De París? ¿De Alsacia? ¿O quizá de Lyon?

Ah, es cierto. El zumbido que oigo es el sonido de la vida juntándose. El sonido de la mismísima vida.

Tengo que volver. Al lugar donde pueda oír ese sonido. El sonido que me da fuerzas.

El chico se estiró y se dio la vuelta.

Echó a correr todo lo rápido que pudo.

Música. El arte de los dioses. Una musa fértil.

El chico mismo era música.

Él, cada movimiento que hacía, era música.

La música era correr.

En ese mundo asombroso, la música corría en medio de la quietud de la mañana y, en un suspiro, desapareció.

RESULTADOS DEL SEXTO CONCURSO INTERNACIONAL DE PIANO DE YOSHIGAE

Primera posición
Masaru Carlos Levi Anatole

Segunda posición
Aya Eiden

Tercera posición
Jin Kazama

Cuarta posición
Cho Hansan

Quinta posición
Kim Sujon

Sexta posición
Friedrich Doumi

Premio del público
Masaru Carlos Levi Anatole

Premio de reconocimiento
Jennifer Chan
Akashi Takashima

Premio Hishinuma (para la mejor interpretación de la obra del compositor japonés)
Akashi Takashima